ハイドロサルファイト・コンク

花村萬月

集英社文庫

目次

ハイドロサルファイト・コンク

00

十七歳のころ、京都は西陣の植田という洗再工場でアルバイトをしていた。洗剤ではなく洗再だ。染物再生業とでもいえばいいか。売れ残って古び、色褪せてしまった反物を種々の薬剤、化学薬品を使って新品の鮮やかさに偽装する。京都西陣ならではといったところだ。西陣といえば聞こえはよいが、実際に住めば黒光りする織機の金属のぶつかりあう忙しない機械音が四方八方から迫りくる、なかなかに騒音のきつい居住区である。

私は西陣の北側中央やや東寄りの妙蓮寺という本門法華宗の塔頭、本光院に下宿していた。私が米軍払い下げの国防色の寝袋で寝ていることに気付いた本光院のおかみさんが棄てようとしていた敷き布団をくれたので、寝袋を拡げて掛け布団がわりに眠るようになったことが、いま、ふんわり思い出され、なんとなく笑みがこぼれた。このころから昼夜逆転生活をしていたこともあり、カーテンさえない部屋で、射しこむ陽の光をさえぎるために必ず前腕を目の上に置いて横たわるのが習慣化して、がっしゃん、がっしゃん響く織機の単調ながらも意外に威圧的な音を聞きながら眠りに墜ちたものだ。

植田洗再にもどす。湯と薬剤が充たされた巨大な洗濯槽の上部にモーターで回転する横たわった大人ほどの楕円の輪胴が据え付けられていて、そこに反物の端を貼りつけて延々伸ばしていき、薬品の刺激臭漂う湯のなかを十五分ほど回転させる。膝上まである長いゴム長と上半身まで覆う黒く分厚いゴムのエプロンで完全武装だ。そのくせ布を扱うので素手である。濛々たる蒸気が立ちこめるなか、反物が回転する輪胴に巻きつかぬよう両腕を拡げたほどの長さの棒を操って、洗濯槽の縁に交互に折りたたんだかたちで引きあげていく。なかなかに熟練のいる作業だ。この現場の責任者の信ちゃんは失敗とは無縁だが、徹夜したまま出勤するのが常態となってしまった寝惚け眼の私は朝一にかぎって反物を輪胴に巻きつかせてしまって二進も三進もいかなくなるというポカをする。信ちゃんの巨体が空母からカタパルトで射出された戦闘機のように白い磁器に覆われた古臭いスイッチに飛びつき、モーターの電源を切る。自分、夜はちゃんと寝ときいな——と、泣き声で言う。巻きつかせてしまうと程度にもよるが、それをほどくのに三十分ほども作業を中断しなければならなくなるからだ。

反物は白いほど、黄ばみが目立つ。それを再生するには、色柄物とはちがった薬剤——漂白剤を用いる。ハイドロサルファイト・コンクだ。白い結晶で、単斜晶系というのだが屈折率などの物理的性質に異方性をもつ二軸結晶で、雲母の細片を想ってもらえばいいが、見てくれもどことなく剣呑で、亜硫酸ガスの刺激臭がきつい。硫黄の温泉の臭気を極端に濃厚にしたものとでもいえばいいか、はじめて嗅いだときは顔を顰め鼻を抓んだものだ。工業用なので藍染めなどの工芸に用いるハイドロサルファイト・コンクとちがって濃度が凄まじく、とにかく悪臭である。しかも蒸気は許容するが、水がかかれば分解発熱し、発火する。けれど大量の水に投入すれば沸々と不機嫌な気配を見せて身悶えするが、焰が出ることはない。洗濯槽から少し離れたところに設置された発火しても延焼しない仕組みの冷蔵庫ほどもある金属容器に容れられて厳重に管理されていた。

「自分、水虫か」

「あ、俺、不潔一辺倒だけど、皮膚病になったことはないです」

「ふーん。ハイドロの液に足漬けると見事に水虫、治るねん」

信ちゃんは威嚇する眼差しで続ける。

「ま、漬けすぎると皮膚真っ白けになって、じき骨見えてまうけどな」

なるほど水虫の特効薬として売り出されないわけだ。それが決して脅しばかりではないのは、反物を囓りに出没するドブネズミが赤い安物のウインナソーセージの小片の誘惑に負けてネズミ捕りにかかると、太い針金で編まれた牢獄状のネズミ捕りごと洗濯槽の湯に沈め、キキッというごく小さな悲鳴をあげさせて殺してから、信ちゃんはだめになった反物で叮嚀にその軀を拭って水分を取り去り、目玉クリップで尻尾をはさんで軒先に吊して表面を乾燥させ、薄笑いと共にハイドロサルファイト・コンクの容器内に抛り込み、シャベルですくった結晶で丹念に屍体を埋葬する。翌日取りだすと、骨こそ見えないが、黒灰色の巨大ドブネズミがさらに膨張して目を疑うような超巨大な白ネズミに変貌している。信ちゃんは分厚いゴム手袋の親指と人差指でドブネズミだった白ネズミの尻尾を抓みあげ、目の高さにまで掲げ、じつに嬉(うれ)しそうに笑む。

01

そろそろ六十五歳になる。なぜかこのごろ、白ネズミに変身させられたドブネズミの姿ばかりが脳裏に泛(うか)ぶ。年金がもらえる歳(とし)らしいが非国民であった私には関係ない。年金だけでなく、なにもかもが無関係だ。

最初の徴候は二〇一六年だった。八ケ岳(やつがたけ)に地面も建物もやたらと大きい別荘を持っているのだが、一人執筆で籠もるときは六畳ほどの洋室しか使わない。標高千五百メートル、七月八月の平均気温十九度、沢のつく軽井沢のような湿気とも無縁という天国だ。テレビは地デジ移行と共に映らなくなり、ネットも携帯も微妙につながりづらい環境なので、どちらも使わない。新聞は管理事務所かホテルのロビーまで出かければ読めるが、白樺(しらかば)の森のなかにいると存在自体が念頭から消える。完璧とまではいかないが、情報の遮断だ。三日ほどは多少落ち着かないが、それを過ぎてしまえば下界のことなど一切気にならなくなってしまう。山荘の壁をつつく啄木鳥(きつつき)の打音に目覚め、ベランダで小首をかしげて向日葵の種子をねだるリスの姿をぼんやり眺め、ここでは誰も猟銃を撃たないことを知っているのだろう、先頭に立った立派な角の牡鹿がメスたちを引き連れて山荘の敷地を悠々と抜けていくのを見送る。

夕方の四時ごろになると、別荘地内を散歩する。別荘地は全体で二百万坪ほどもあるが、進入路はひとつだけで、迷いこんだ一般の車両は巧みに設計された動線でメインストリートからホテルに誘導されてしまうので、枝道に這入ってくることはない。ごく稀に新築別荘を請け負った工務店の車が通ることもあるが、別荘の住人に告げ口されると仕事を喪うので一時停止と徐行が徹底されていることもあり、自動車に脅かされることもなく、人と会うこともほとんどないので、一切の気負いなく漫ろ歩きができる。

地上とちがってそろそろ秋茜が舞いはじめていた。愛犬はリードなしだが、脇にぴたりとついて、ときどき嬉しそうに御機嫌伺いをするように私の顔を見あげてくる。森の放つ複合した複雑な香りが、地面を這うように漂っている。路肩には名も知らぬ茸が控えめに身を寄せて、これまた控えめなタヌキ横断注意の看板の脇を抜けたあたりだった。赤い塗装が剝げて錆びた鉄の地肌が浮いた古色蒼然とした、けれど現役の消火栓が地面から生えている四つ辻で、私はいきなり動けなくなった。

どうにか路肩に座りこんだ。なにが起きたのか、まったくわからない。目眩や心拍の異常も感じられない。ただただ、ぼんやり座りこんでいた。まったく動けない。眼前の唐松林は揺るぎなく在るのだが、世界がすべて遠ざかり、私は景色を薄膜を通して見つめていた。あわせて愛犬も私の脇に座りこみ、心配そうに身を寄せてきた。その真っ黒な目が私の様子をおどおどと窺っている。私が微動だにしないので愛犬も動かず、高地ならではの鋭く透明な昼の盛りの陽射しを閉じこめたアスファルトから静かに立ち昇る柔らかな熱を全身にまとわりつかせて、幽かな耳鳴りに重なって奇妙なまでに遠く聞こえる野鳥の声につつまれて、生きているのか死んでいるのかわからない非現実感の只中のじつに穏やかな薄暮時だった。けれど自我さえ飛び去りかねない不安が肌を窃かに這いまわる。私は為す術なく座りこんでいるだけだ。

サンダルに素足の足指がわずかに痺れているような気もする。だらしなくひらいた膝頭に秋茜がとまり、そっと翅を落として安らいでいる。私はまさにただの物になって、それでもかろうじて拙い息をしている。愛犬も地面に顎をつけて動かない。彼女は私の肉体の底の底に潜んでいて静的な稲光のように全身に触手を伸ばしたなにものかに気付いてはいるのだが、外見は散歩に疲れて路肩に座りこんでいるというだけであり、対処不能であることに落ち込んでいるように見えた。

秋茜が私の膝に飽いたのか、私が幽かに動いたのか。すぅと膝頭から離れて、中空を舞う無数の仲間たちにまぎれこんで海岸の砂粒のように見分けがつかなくなった。

「さて、と――」

声にならぬ声と共に、膝に手をついて立ちあがっていた。愛犬がそれよりも早く起きあがり、私の足許にしつこくまとわりついた。歩けますか？　と問いかけているように見えた。私は小さく頷いて、来た道をゆるゆる引きかえした。

02

追い抜かれるようになった。

歩道を歩いていて、あとからくる歩行者に追い抜かれる。老若男女、当然のように私を追い越して、さらには私よりもはるかに老齢の女性が、けっして軽いとはいえない足取りにもかかわらず、私を追い抜いていく。追い抜いていった人は、その瞬間に衣料の防虫剤や化粧品、タバコの香り、ときに汗や髪の匂いを置き土産にして、私の傍らに微風を残して遠ざかっていく。私はその幽かな乱流に、自身の歩みがすっかり遅くなってしまったことを悟らされる。

小説家という職業柄、運動不足を心配する妻に命じられて、銀閣寺のバス停まで小学校から帰る娘を迎えにいくのが日課になっていた。ゆっくり歩いているつもりはないが、早足でもない。いわば散歩であるから自分にとってごく当たり前の余裕をもった歩度だ。もともとわりと大股で、歩くのが速い方だった。それが、いつのまにか追い越されるようになっていた。

私の父は明治の生まれで母よりも二十三歳年上で、とても背が高かった。小説家を志していたが、芽が出ぬまま五十を過ぎてしまって、世界を呪っているようだった。早足だった。いっしょに外出すると、小学二年の私はなかば駆けなければついていけないほどだった。貧困の極限にあって電車賃を節約することもあり、一駅二駅の距離は当然のように歩いた。その歩行のさなかに、ひたすら独り言をする。七歳だった私は息せき切って追従しなければならないので満足に聞きとれはしないのだが、吐きだしていたのは、気配から察するに間違いなく呪詛の言葉だった。自分を、自分の作品を認めない世間をひょろ長い脚でせかせか前のめりで歩きながら蠱事していたようだ。

その血を引いたというわけでもないだろうが、呪詛の言葉こそ吐きはしないが、私はけっして歩くのが遅くなかった。他人を追い越すのが当たり前――つまり空気を乱す側だった。自作執筆のために解離性同一性障害の方の取材を始めたときも『この人は、のっしのっし歩いてくるから信頼できる』と主人格の背後に控える基本人格が認めてくれて、外に出て現実生活を取り仕切っている主人格たちとの遣り取りもスムーズになったほどだ。それが追い越されるようになって、小説家稼業も三十年以上やってると、心肺そして足腰の衰えも尋常でなくなるものだな――などと苦笑気味に呟いて、まさかこれが病の前兆であるなどとは思いもしなかった。

銀閣寺のバス停で初夏の陽射しを避けてポプラの木陰に立ち、娘の乗っているバスを待つ。観光客が増えて市バスの遅延は著しく、時刻表などあってないようなものだ。市バスが到着すると、中国語、英語、韓国語、フランス語――ありとあらゆるイントネーションの言葉が飛び交い、裸足にサンダル履きの私が地元在住であると目敏く悟ったガイドブック片手の外国人観光客に銀閣寺テンプルへの道順を訊かれるのが常で、銀閣寺テンプルは重言だよな、などと内心呟きつつ私は白川今出川の交差点を指し示し『クロスロード、ライト。ゴー、ストレート』と雑に呟く。単語を並べただけだが、多少喋れるとわかるとべったり貼りついてくる外国人が多い。私は観光ガイドではないので、最低限のことを教えてお仕舞いにする。まさに交差点を右折して、ひたすら直進すれば銀閣寺なので、私程度の語学力では、中途半端に説明しだすとよけいに混乱させてしまうから、この程度でちょうどよい。

「父、だいじょうぶ？」

銀閣寺に向かう観光客と共に、通っている私立小学校が一律に購入させた大きな紫色の帆布製のランドセルをもてあまし気味に市バスから下車してきた小学二年生の長女が、不安げに見あげてきた。

「なにが？」

「顔色悪い。へーへーいってる」

確かに肩で息をしている。額の汗を甲で拭う。

「間に合うように、全力で歩いてきたんだ」

なぜ私は釈明しているのか。他の歩行者に追い抜かれないように必死で歩いてきたからか。しかしこんな幼い娘が、顔色が悪いというのだから、よほど奇妙な色をしているのだろう。そっと頬に触れる。上気している。息が上がっているのは当然のこととして心拍も烈しい。心臓でも悪いのか。

考えたくない。面倒でもある。六十年以上生きてきて、病気らしい病気をしたこともない。小説家になってしばらくしたころだ。三十代の後半だったと思う。俺のどこが推理作家なんだよ——と思いつつも『萬ちゃん、健康保険があるんだ。国保よりもずっと安いから』と熱心に勧めてくれた大沢在昌の尽力で推理作家協会に入会した。

国民健康保険に限らず、保険と称されるものに加入したのはこのときが初めてだった。そもそも病院嫌いで、加入してからも歯の治療くらいしか使い途がなかった。人間ドックは一度だけ受けたことがある。集英社の編集者が予約してくれた。私としては予約されてしまったので、しかたなく半日、あれこれ調べられに出向いた。昼夜逆転生活なので、一睡もしないで検査だ。違法薬物等々、不摂生の限りを尽くしてきたというのに、血圧の下がやや高め、けれど降圧剤を服むほどでもなく、脳も含めてどこも悪くなかった。

確証バイアスとするのも気が引けるほどだが、私は『病院といえば、歯医者にしか行ったことがないし、二十数年前に受けた人間ドックではどこも悪いところがなかった』という二点だけをもって、大病とは無縁であると確信していた。なんら裏付けのない自信さえもっていた。だから私の異変に気付きつつあった妻の、一度診てもらったら——という言葉を聞き流し、踵のすりへったサンダルを引きずって娘を迎えに片道十分ほどの散歩を運動として捉え、すべきことはしていると満足し、歩くのが遅くなって息があがってしまうのは職業と年齢からくるもの、経年変化であると不安の欠片さえ抱くことがなかった。

　へーへーいってると娘から指摘されたこのときも、俺だけはだいじょうぶ――というなんら裏付けのない確信に支配されて、娘をバス停近くのマルギンに誘った。その昔は丸銀百貨店とかなり誇大な名称だったらしいが、地物の野菜などが並んだいかにも京都の地元スーパーといった趣である。店内は色彩に乏しく、古めかしい。さすがにこれはないだろうと呆れていた壁面にさがるくすんだ金銀のモールは片付けられてしまったが、どことなくうらぶれた気配が好ましい。二階にあがってインスタントの袋麺を見繕う。カップ麺にはまったく興味がない。

　皆が寝静まった深夜、執筆に疲れて空腹を覚え、インスタントラーメンをコトコト煮るのは至福だ。一時期はあれこれ具を工夫したが、なにも入れないのがいちばん美味いということに気付き、ラーメンはストレートに限ると計量カップできっちり五〇〇ccの水をステンレスの鍋にそっと入れる。当然、タイマーはぴったり三分にセットする。私は原理主義者なのだ。翌朝、流しの三角コーナーにラーメンの空き袋を発見した妻から、諦めの面持ちで一応は言っておきますけれどといったニュアンスで、塩分云々と諭される。

　それが頭にあったので、なんとなく袋麺の塩分量を見ていたら、マルギンに置いてある袋麺のなかでは〈うまかっちゃん〉が五・六グラムでもっとも塩分が少なかった。多いものは六・五グラムほどだ。この差はどの程度のものなのだろう。五グラム六グラムで一グラム近い差があるのだから、今日は〈うまかっちゃん〉五個パックに決定だ。

娘は菓子のコーナーで妹のぶんまであれこれ手にとって吟味している。選んだのは〈のし梅〉という渋いというか、地味なものだった。一階におりて惣菜物のコーナーで〈だし巻きロール〉を手にする。明日の朝食だ。だし巻きの本場だ。コッペパンにだし巻きをはさんでオーロラソースを少しかけただけのものだが、じつに食べ応えがあり、美味いのだ。私の生活リズムはぐしゃぐしゃで、十代からの昼夜逆転生活だけでなく、食事も執筆中、ふと我に返って空腹に気付いたときだけという状態で、夕食だけは家族で食べるが、妻がつくった朝、昼食をまともに食べたことがない。勝手に買い込んだあれこれを、勝手な時間に食べる。

さらにアイスのブースで私はガリガリ君のソーダを手にとる。定番である。浮気はしない。長女は目移りしてガラスケースの外から生意気に腕組みなどしてあれこれ視線をはしらせている。結局、妹のぶんも考えてパピコに決めた。パピコならば持ち帰りで多少溶けても冷凍庫で再凍結させればいい。帰りはふたり並んで車も通れぬ京都ならではの細い裏路地を選んで、ガリガリ君を囓りながら、長女はパピコを吸いながら、家路につく。どちらともなく顔を見合わせて呟く。『買い食いって、愉しいねー。してはいけないってことをするのは最高だねー』——父と娘の決め科白である。

二〇一七年、初夏。

私は前年、八ヶ岳でまったく動けなくなったにもかかわらず、さらには日常的に歩くのがやたらと遅くなっているにもかかわらず、足腰と心肺機能の低下からくる衰えであると決めつけ、なんら裏付けのない楽天に支配されて、猪(いのしし)や猿、ときに鹿が出没する、緑あふれる東山大文字山麓(ひがしやまだいもんじさんろく)の里山間近の一軒家で、妻とふたりの娘との生活を愉しんでいた。

03

毎年編集者たちと沖縄に行く。水死体倶楽部(クラブ)という縁起でもない名称のシュノーケリングの集まりである。沖縄は梅雨明けが早いのと夏休み前で繁忙期を避けられるのとで六月後半が多いが、二〇一七年は新連載執筆などの関係で七月七日から十二日までという日程となった。いま思いかえせば、痛みに明け暮れる苦痛の日々の端緒となったのが、この沖縄行きだった。

歩くのが遅くなったことと関係があるのかもしれないが、沖縄では足に集中して怪我(けが)をした。まずはジョン万次郎(まんじろう)が日本にもどった際に最初に上陸したことからジョン万ビーチという別名をもつ大度浜(おおどはま)の斜面から海岸に飛び降りたところ、左膝に激痛が疾(はし)った。

高さ一メートル半ほどで、下は砂地だ。いつも平気で飛び降りていた場所だ。痛みは引かず、まともに足に力が入らなくなり、歩行困難となった。

さらに京都に帰る日の朝、左足にまったく力が入らずに顚倒しかけ、ベッドの脚に右足人差指を強打してしまった。またもや激痛、青黒く膨れあがってしまった。前夜、ずっと沖縄遊びに付き合ってくれた矢野隆と大東寿司をだす居酒屋でどんちゃん騒ぎをしていたこともあり、多少寝惚けていたかもしれないが、自分の粗忽さを呪った。たぶん折れてしまったのだろう、痛みは尋常でなく、脂汗がにじんだ。いやはや――と苦痛に歪んだ顔を無理やり苦笑いに変えた。左膝、そして右足人差指と、私の両足はまともに言うことを聞かなくなってしまった。

那覇から関空に飛び、ガラガラの関空特急で京都駅にもどったときは、黒ずんだ0番線ホームの長さに気が遠くなった。歩くのが遅くなったのではなく、もはやまともに歩けない。バランスが取れない。私を追い越していく人たちは、私のぎこちなさにいかにも怪訝そうだ。あえて振り返る人が幾人もいた。それに気付いていないふりをする私は、じつにみじめだった。

足を引きずって歩くというのは片足だけが不自由になった場合で、両足をやられてしまったのだ。それこそ車椅子がほしい状態だ。右は足指一本なのに、まともに歩けない。いまさらながらに人差指も歩行に重要な役目を果たしていたのだと実感させられ、その結果、左膝には過大な荷重がかかる。負担がかかった左膝はいよいよ悪化し、ついに一切体重をかけられなくなり、なにか神経でも露出しているのではないかと勘ぐりたくなる脳天の芯にまで突き抜ける痛みで、しかたなしに踏み締める右足指は、一歩一歩地に足が接するたびに異様なまでの自己顕示でじつに厭らしい誇示のしかたをする鋭利極まりない痛みで私を苛む。とにかく痛い。右も左も、痛い。這々の体で自宅にもどったが、一気に両足である。妻に呆れられつつ四つん這いで階段をあがる始末だった。

翌日、妻が評判を聞きつけて選んでくれた川端のY整形外科へ連れていかれた。診察待ちをしているのは運動部と思われる日焼けした汗臭い中高生が多かった。リハビリで通っている中高生も多いようで、華々しさと裏腹にスポーツというものは過酷なものだと、憂鬱そうな彼ら彼女らの姿に傷ましさを覚えた。私にも遠い記憶があるが、つい頑張りすぎてやりすぎて、故障にまで到ってしまうのだ。才能ある者は適当に力を抜いて軽々と、ほとんど故障や怪我とは無縁だ。努力は、いつだってそれに見合った結果を与えてくれず、失意の種子にしかならない。

膝と指、計六枚レントゲンを撮られた。左膝は軟骨がつぶれていた。先生は顎の先を翫びつつ思案し、軟骨修復剤の注射は、とりあえず見送ろうか——と呟いた。右足指は、やはり折れていた。斜めに断裂して大きくずれていた。先生が私の目を覗きこんで『かわいそうに』と言った。まるで子供扱いだ。診察その他じつに的確で、この人は名医だと感服した。先生はその場で、自ら熱湯で自在にかたちを変える空色の厚さ一・五ミリほどの樹脂を成形し、指用のギプスをつくって人差指を固定してくれた。執筆時、膝を九十度以上深く曲げてはいけないというアドバイスも受けた。これはべつに軟骨等に異常がなくても座り仕事においては必ず守らなくてはいけないことらしい。

膝は自然治癒の可能性もあるので、右足指共々、半月後に様子を見ようということになった。が、この日以降もまともに歩けない状態が続いたにもかかわらず、私は整形外科を訪れなかった。連載執筆が山積して身動きがとれなかったという言い訳があるにせよ、私が次に〈Y整形外科〉を受診したのは九月になってからだった。階段の上り下りができない私の姿を見るに見かねた妻にしつこく促され、『ったく、やかましい』と吐き棄て、しかたなく助手席に座り、夕刻、出町柳（でまちやなぎ）へ出向いた。

折れた部分のレントゲン撮影はすぐに終わったが、診察は一時間半後なのでいったん離れてもよいと受付の人が言う。待合室には沈鬱な顔をした無数の若者が放心して座っている。妻を促して家にもどり、『小説すばる』連載中の〈花折（はなおれ）〉の原稿をみて、ふたたび妻に送ってもらって〈Y整形外科〉にもどったが、けっきょく診察が始まったのは夜九時近かった。私が診察を避けていたのは、この常軌を逸した待ち時間が頭にあったからだ。なにしろ名医である。誰だってヘボに診られるのはいやだ。だから、患者が集中してしまう。結果、診察の順番は永遠に回ってこない。前回の待ち時間で懲りてしまったのだ。ヘボに診られるのはいやだが、延々待つよりも歩けないことを選ぶ。私はそういう性格だ。

いきなり先生に叱られた。

「半月後に見せにこいと言ったはずだが」

あきらかに裂けて断裂したままの人差指のレントゲン写真を示し、

「もう骨はくっつかないよ」

と、追い打ちをかけられた。

「ずいぶん痛みに強いね」

そんな皮肉も言われた。さらに疑いを隠さぬ眼差しで、

「つくってやった指のギプス、どれくらい嵌めていた？」

と、問われた。

「十日前後、ですかね」

変なところで正直な私である。

「僕は四週間嵌めていろと言ったはず」

私はポケットに入れてきた空色の可愛らしい指ギプスを取りだして、けれどいまさら眼前で嵌めるわけにもいかない。

「よけいな荷重がかかってしまったからね。もう、骨はつかないよ」

「このまんま、ですか」

「ハードな運動をしなければ、不自由だろうが、まあ――」

先生は言葉を濁した。

「痛みは、とれますか」

「キミは自由に動けることよりも、それだけしか念頭にないだろう」

「まあ、そうですね」

「不自由だよ」

「でしょうね」

それは日常的に身に沁みている。先生は痛みは消えるかという私の質問には答えていないが、即座に気持ちを切り替える。——くっつかないものはくっつかないのだから、悩んでもしかたがない。

「それよりも先生、左膝、痛みはずいぶん治まったんですけど、階段の上り下りでまったく力が入らないんですよ」

神妙な顔をつくって訴える。膝のお皿の裏側、軟骨部分に軟骨修復剤の注射をされた。診察台に寝かされ、膝を立てての注射だったが、軽く首を持ちあげてさりげなく見守ると、先生は若干、怨みのこもった手つきで注射器を扱った。もちろん先生の言うことを聞かなかった私の罪の意識が、そう感じさせたのだろうが。

先生はやはり達人で、たいした痛みもなく太い注射針が大腿骨の内側顆から膝蓋骨の下の軟骨部分に這入っていくのを感嘆気味に見守った。二十代、モトクロスの真似事で膝のお皿に罅を入れたことがある。割れているとは思わず、歩くと目眩をともなった痛みに難儀した。一ヶ月ほどして痛みもましになったころ、左膝頭が大きく腫れあがった。痛みは耐えることができたが、あまりに腫れが異様なので知り合いの健康保険証を借りて診察を受けた。割れたお皿はほぼ固まっていたが、完全に癒着していないその隙間からじわじわ出血して血液が滞留し、皮下で膨らんでいるとのことで、今回と同様やたらと太い針を刺されて血を抜かれた。四、五回通って抜かれて終熄したが、医師の腕もあるのだろう、針を刺されるときの激痛はいま思い出してもゾッとする。

けれど先生は躊躇いなく刺して、私にほとんど痛みを感じさせなかった。ところが薬剤が注入されると比喩としては適当でないような気もするが、目の覚めるような鮮烈な痛みが膝頭の内側から放たれて、骨盤のあたりにまで達した。覚醒感をともなった痛みはじわじわと鈍痛に変化していく。

いったい、いつまで先生は治療をしているのだろう。私が解放されたのは夜十時近かった。先生は、まともに歩けないだろうから迎えにきてもらうか、医院の前でタクシーを拾えと私に命じた。このころ私は携帯電話をもっていなかったので細かな連絡が取れないこともあり、迎えにこなくていいと前もって言っておいたので、二〇三系統のバスに乗って自宅にもどったが、出町柳の北から河原町今出川のバス停までの一キロ弱を、痛みこそましになってはいるが折れた部分が疼く右足のみに荷重をかけて、鈍痛だけでなく薬剤のせいで自在感の一切失せた左足を引きずって歩くのはなかなかの難事だった。

銀閣寺道でバスを降りてからは山に向かうので道はのぼりになる。たいした勾配ではないのだが薬剤が軟骨に浸透しきったのか、いよいよ歩行は覚束なくなり、路肩に立ちどまって休み休みしながら痛みの鎮まるのを待ち、時間をかけて前進する。脂汗をかきながらふと見あげた東山に、わずかに右上が欠けた大きな大きな見事な立待月がかかっていた。

04

私の暮らす東山山麓はいかにも日本の四季といった風景がすばらしいところで、窓からは哲学の道の桜、そして紅葉がよく見え、ベランダからは法然院の鬱蒼たる古木の群れや椿が拡がる。あわせて我が家の小さな裏庭にも造園屋に頼んで樫や椿を植えたが、樫の生長の早さには驚嘆させられた。枝打ちをしているにもかかわらず、いまでは屋根の高さを超えてしまった。

紅葉にはまだ早いが、藪蚊が飛ばなくなる十月は散歩がてら法然院に隣接した公園に娘たちを連れていき、遊ばせる。公園を覆う庇のような樫の巨木には大きな洞があり、どんな小動物が集めるのか、どんぐりだけでなく松ぼっくりまで種々の宝物が隠されていて、そっと覗くのが楽しみだ。試みに鉄棒にぶらさがれば、逆上がりも満足にできなくなっていて、くるくる廻る娘たちにバカにされる始末、彼女たちと同じくらいの年頃には猿と呼ばれていたのだが、いやはや肉体の衰えはいつのまにか忍び寄り、過去の自慢話をするしかないというみじめな境遇に苦笑が湧く。

公園から細い路地をくだって哲学の道と鹿ヶ谷通を横断し、白川通に出て、最近開店したダックスというドラッグストアで娘たちの駄菓子を見繕う。アイスを口にするにはやや風が冷たいのだが父と娘たちはなんのその、抹茶ソフトを手に、『この時期になると溶けてポットンて落ちなくなるからいいよね』などと言い交わしながら、観光客が難民のように歩く哲学の道を経て自宅にもどる。

「Kさんからメール」

「ん」

妻のスマートフォンを受けとって、二つ違いの妹からのごく短いメールを読んで、暢気な散歩気分も吹きとび、思わず口をすぼめた。直腸癌で十日に手術するとあった。幸い転移はみられないとのことだが――。

妹は少し前に夫を膵臓癌で亡くしていた。葬式は主義で一切出席しないことにしているから、その前に亡くなったTさんを訪ねた。ふくよかだったTさんはすっかり痩せ細ってしまって、見事に高い鼻が思索に充ちた哲学者の風貌だった。妹は『口の中が渇くので、とてもつらかったみたい』と呟き、奥歯を嚙み締めて中空を睨んだ。不謹慎かもしれないが、私はTさんの死に顔に思いもしなかった気高いものを見て、意外さに打たれた。Tさんはおそらくは病の中ではもっとも苦しいであろう膵臓癌（私の母も膵臓癌で死んだ。あまりの苦痛に、早く死なせてくれと訴えた）、そこからもたらされる死と戦い抜いたのだ。それが迫って、慟哭しそうになった。

こんどは妹が直腸癌――。私が小説家として駆け出しのころ、まだ若い角川書店の編集者が直腸癌で亡くなって衝撃を受けた。私は自身が関わってきた許多の死に思いを巡らすうちに心が閉じてしまった。手術成功を祈るといった能天気なメールを返すことなどできない。私は沈黙に支配された。

一方で、ちょっと動けば息が切れ、鼓動が乱れ暴れるといった自身の状態にはなんら関心がなく、相変わらずやや頭が足りないのではないかというニュアンスさえ漂う楽天ぶりだった。多少は膝の苦痛も折れた右足人差指の痛みもましになってきてはいたが、満身創痍といっていい状態だ。もちろん深刻になり、暗くなるよりはよほどましだが、しかし私に仕込まれているこの人生に対する楽観は、いったいなにからもたらされるものなのだろうか。

そんなさなかに、(この作品〈ハイドロサルファイト・コンク〉の担当でもある)集英社Kより電話があった。江戸は天明の最下層を描いた〈日蝕えつきる〉が柴田錬三郎賞を受賞したという。そもそもこの賞は候補になったという連絡があるわけでもなく、一切念頭になく、ああそうですか――という気の抜けた応対で、賞金額を訊く始末、三百万と聞いて、これで一息つけると笑みが泛んだ。このときの日記を引用しておく。

それにしても〈日蝕えつきる〉が選ばれるとは思ってもいなかった。理由、限られた人に向けて書きあげた普遍だから。内面の文学性を隠蔽するために徹底して資料に拠って書きあげたなあ。

妹のこともあるので、めでたさもなかば、といったところ。

俺は20年以上身体検査の類いをしていないので、それを貫徹しよう。死ぬときは、手遅れ。これがいちばん好い死に方だ。


普遍だの内面の文学性だの、日記とはいえ厚顔無恥にもほどがある。だが、なによりも恥ずべきなのは『死ぬときは、手遅れ。これがいちばん好い死に方だ』——まったく、じつに恰好いい科白だ。見事に自分が死ぬということを実感していないのが見てとれる。死など他人事といった想像力の欠如が、こういう文章を書かせるのだ。受賞で心窃かに舞いあがっているところも垣間見える。

翌日からは桜木紫乃からの純白の胡蝶蘭をはじめ、柴田錬三郎賞を祝う品々が次々に届き、昼夜逆転の私は宅配に睡眠を細切れにされて嬉しいけれども苛立つという心理状態に陥った。芥川賞受賞のときもリビング全体がお花畑になってしまったが、あのときと同様の気分が私を侵略し、皆が祝してくれるというのに、どんどん気持ちが醒めていく。私は小学校高学年から中学卒業まで鑑別所じみた児童養護施設に収容されていたのだが、その閉鎖社会において目上の者から褒められる＝賞されるということは、教官側、つまり体制側に認められることであり、賞状的なものは良い子の免許証のようなもので、じつに無様なことであるという顛倒した思いを叩き込まれていた。不良たちならではの価値観だが、幾つになっても賞というものに対する嫌悪に近い違和感が抜けない。

こんな感情を抱くのは屈折しきったごく少数派であることは自覚している。だが感情の問題ゆえに理性ではどうにもならない。吉川英治文学新人賞のときは候補から外してくれとごねて、賞担当の編集者から、受賞すれば〈皆月〉を担当した編集者の将来にも関わってくるのだから、自分のことだけ考えるのはどうか——と諭されて純潔を喪った私である。芥川賞のときは、ピエロになって周囲に合わせて踊ればそれなりの金銭的見返りがあるだろうというその一点だけで、やたらと忙しない日々を耐えた。

今回は、じつは、面倒臭いという思いと同時に、金銭面のことも含めて素直に嬉しいという気持ちもあった。『小説すばる』連載時、担当Yとあれこれ遣り合いつつ集中して書きあげた作品だ。それを褒められるのだから、そろそろ青臭い思春期の突っ張りを卒業してもいいだろう。そんな私らしくない殊勝な気持ちも多少は芽生えていた。

あえて書き添えておく。新人賞は職業小説家に与えられる賞とはまったくベクトルが違う。新人賞というシステムがなければ、アマチュアはプロになる手立てがほとんどない。新人賞はじつに合理的な仕組みだ。

じつはこのころ、足の甲が腫れはじめた。とりわけ右足がひどく、靴紐を最大限ゆるめてもスニーカーに足が入らない状態になった。足指骨折の影響かとも思ったが、左足の甲も右ほどひどくはないが烈しく浮腫んでいる。私自身は象足などと自らの足を揶揄して、どこか面白がっていた。たぶん、その奥底には不安があったのだろう。けれど整形外科での待ち時間を考えたとたんに診察など糞食らえといった気分で、気を揉む妻を無視した。

　十月十一日の夜七時半くらいだったか、妻は私を強引に車の助手席に乗せ、娘たちのインフルエンザの予防注射などでときおり世話になっている家から歩いて十分程度の白川通に面したK内科医院に私を連れていった。彼女にはなんらかの予感があったのかもしれない。いまでも私はあのとき拉致されたと感じている。もちろん逆らうこともできたが、それをさせないなにかが妻にはあった。

　私は行くべき病院が違うのではないかと違和感を覚えていた。足の浮腫みだ。内科受診は的外れで整形外科の案件ではないか。先生も見事に腫れあがった足の状態を黒目がちの目で一瞥し、うちは内科なんだがな——といった気配を隠さなかった。私は『妻がこの病院を選んでしまったんです』と、いささか失礼な言い訳をした。

　けれど先生は診療時間が終わっていたにもかかわらず、問診をはじめとても叮嚀に診てくれた。二十年以上健康診断に類することはしていないと告白すると、血を抜かれ、小便をとられた。後日どんな検査結果が出るかすこしだけわくわくした。薬がでたが湿布薬と腫れ止めとしてロキソニンを処方された。肩透かしだった。もっとも原因不明なのだからしかたがないが――。

白川の流れに沿った帰り道、妻と娘と途中にある洋食の〈キッチンなかお〉に寄った。ネットなどでは昭和の洋食などと評されているが、一皿に海老フライやハンバーグ等々がのったものが娘たちに大人気だ。いつもこの店で感心するのは、白米が美味いことだ。艶やかで、きちっと研いだことがわかる。これは食堂の基本だが、米が美味い店は案外少ない。もちろん基準以下はあまりないが、銀閣寺参道近くの某食堂など、べちゃっとした御飯がだされて居たたまれない気分になる。なぜあなたの店は客が入っていないのかわかりますか？　と言ってやりたいところだが、もちろん言わない。二度と暖簾をくぐらないだけだ。話がそれたが、この晩も楽天的な私はいつもどおりの健啖ぶりを発揮し、量的に多すぎて次女が半分ほど食べてもてあましたカラッと揚がった海老フライの尻尾まで食い尽くし、さらにソフトシェルクラブの揚げ物まで堪能して、妻だけ車で帰し、足を多少引きずりながら、右手に長女、左手に次女、両手に花で家にもどった。

05

十三日の金曜日、紅葉にはやや早いころ、最初の血液検査の結果が出た。哲学の道の疏水沿いを家族でのんびり歩いてK内科医院に出向いた。十月の夜道はしっとり涼やかで気持ちがよい。すっかり散歩気分だったが、私を迎えた先生の白いものが目立つ眉は微妙なハの字形で、深く刻まれた二重の瞳は、どこか深刻そうな上目遣いだった。検査結果は、赤血球が最低基準値の半分近く、血小板が最大基準値の倍ほどもある＝症状としては貧血だという。

「速歩で歩いたりしたら息が切れませんか。動悸が烈しくなりませんか」

「へーへー言っています」

「でしょうね。この赤血球の値では――」

「両足、怪我したんです。で、四ヶ月ほどで五キロほど太ってしまったんです。体重超過のせいかと思っていました」

一呼吸おいて、得心がいかぬので苦笑いしつつ呟いた。

「この俺が貧血というのも、合点がいきません。血の気だけは多いと思っていたので」

先生は取りあわず、血液検査報告書に赤ボールペンでチェックを入れながら、ふたたび眉間に縦皺を刻んだ。

「足の腫れ云々よりも、赤血球が足りないことのほうが重大としたいところだけれど、貧血ねえ。それよりも血小板の異常な量と白血球の乱れは――」

取り留めのないことを独白して、うーんと先生は言葉を呑んでしまった。親指と中指ではさんだボールペンを不規則にゆらゆらさせて、なにやら思い当たる節があるようだ。けれど血液検査だけでは断言できないといった気配が伝わってきた。気を取りなおした先生が、洩れた赤インクで汚れたボールペンの先で血液検査報告書を指し示す。

　赤血球の基準値は四三〇～五七〇万／μℓだが、私の場合二九六万／μℓ。同じく血小板は一三・一～三六・二万／μℓのところが七九・五万／μℓだった。白血球中の好中球・好酸球・好塩基球・リンパ球・単球の値もそれぞれてんでんばらばらに上下して基準からひどく逸脱していた。先生は基準値から外れたあれこれをボールペンで叮嚀にマーキングしていく。私は漠然とそれを追う。

　ともあれ赤血球が足りなければ軀に酸素が運ばれないのだから動悸息切れは当然だ。能天気な私は、赤血球を増やすには『レバーかな』などと胸中で呟き、嫌いではないが毎日レバニラ炒めを食うのはしんどいから、なにか薬剤を処方してもらおうなどと思い巡らす始末だった。慥か妹が鉄剤を処方されて、それが異様に大きな錠剤で服むのに苦労したと言っていた。

　過大なる血小板と、ぐしゃぐしゃな白血球の成分については対処法など素人には想像もつかない。先生にあれこれ訊くのも憚られ、念頭から消去した。

「骨髄穿刺が必要ですね」

「こつずいせんし？」

　間抜けな私は一呼吸おいて骨髄戦士なるキャラクターを脳裏に描いて、あわてて打ち消した。先生は白衣の胸のあたりを軽く叩くようにして、言った。

「胸。ここ、胸骨の第二肋間。骨粗鬆症じゃないですよね。もしそうだとすると胸骨は骨折の恐れがあるから、腸骨の上後腸骨棘からになるか。いまは安全を見越して第二肋間じゃなくて腸骨なのかな」

「なんのことか、珍糞漢糞なんですけど」

「骨髄液を採取してね、造血細胞や血液細胞の状態を調べるんですよ」

はあ――と頷きつつも、胸骨は骨折の恐れというあたり、なんだか剣呑だ。私は手を組んだ。先生も腕組みした。真っ白い光に充ちた診察室で、沈黙した。

骨髄といえばずいぶん以前のことだが、懇意にしていた六本木の鮨屋の主人が『花村さん、焼き肉食いに行こ』と私の都合も訊かずに都内ではあるが、かなり辺鄙な場所にある○○○○苑という焼き肉屋に連れていかれ、生を食べたことがある。骨髄の刺身というわけだ。

朝に屠った牛だからこそ食べられるそうだが、もちろんメニューに骨髄は存在しない。焼き肉屋の主人と鮨屋の主人、お互い職人同士、じつに親しく、行列のできる繁盛店にもかかわらず待たずに店内に案内され、ごく目立たぬ店の隅で、希少部位を次から次に供してもらい、焼き肉やホルモンを堪能したのだが、やはり骨髄は印象に残った。

幽かに黄みがかった白色の、太さ一センチほどの紐状で、味らしい味はない。厭味のない脂身のように感じられた。塩コショウを振ると幽かな甘みが感じられたが、けれどごく少量だったので味を云々するほどまではいかなかった。それほどに無味で無臭、ごく淡泊だったのだ。

モジリアニに憧れてフランスに渡っていた某君が肉屋では牛の大腿骨の骨髄＝ロス・ア・モワルがとにかく安価、ときに貧しい画学生の黄色人種に愛玩動物に投げる眼差しで他の買物といっしょに余剰分を無料で恵んでくれるので、劣等民族の苛立ちはぐっと抑えこんで喜んで頂戴し、直火で焙って啜ってばかりいたと言っていたのを思い出した。とにかく腹持ちがいいとのことだ。大腿骨ならばさぞや食いでがあったことだろう。

フランス人は牛や羊、豚の骨髄や脳をよく食べるそうで、骨髄は断ち割った骨にスプーンを挿しいれて食するわけだが、脳などそのままの形状で供されることもあり、オーブンで焦げ茶色にされた脳味噌は、やはり骨髄と同様、脂肪だそうだが、白子の味がするという。スーパーマーケットには透明なパッケージに入った脳味噌各種がずらりと並んでいて壮観だそうだ。

日本のフランス料理屋は恰好ばかりつけていて、じつに中途半端だ。残念ながら私は日本において脳味噌を出すフランス料理屋を知らない。いまや付き合いも途絶えてしまったが、フランスのミシュランの星付きで修業したということが唯一の拠り所で、訊かれもしないのにそれを口にする某シェフは、中国人は脳味噌を食うと悍ましげに語ったが、フランス人の脳味噌好きには一切触れようとしなかった。名誉白人はそんなことはまったく知りませんと脳味噌に背を向けているのだ。骨髄までは出すけれど、そこから先がないのは無様だ。脳味噌の姿焼きを食わせろ！　それがだめなら、せめてテット・ド・ヴォー＝仔牛の頭を！

私が食べたのは刺身だったせいか啜るには歯ごたえがあり、しかも細かった。記憶が曖昧だが脊髄と教えてもらったような気がしてきた。そうだ。脊髄だ。脊髄と骨髄では食味が違うのだろうか。脊髄と骨髄では役目も違うし、私は骨髄を食べたことがないとするのが正しいかもしれない。いや、はっきり思い出した。脊髄を生食した直後、BSE＝狂牛病が流行(はや)って、これはスリリングですとおどけたものだ。

視線を感じ、目をあげた。先生が私の顔を覗きこむようにしていた。じつに怪訝そうだった。私はときどき思いに沈んで、誰かと対面しているにもかかわらず、浮かびあがれなくなってしまうことがままある。骨の髄＝脊髄なら食ったことがあるなどと言えるはずもなく、骨髄穿刺はいやだなあと苦笑じみた愛想笑いを返した。

ふたたび血液を抜かれた。看護師の腕もいいのだろうが、痛みはほとんどない。いまの注射針の類いはレーザー研磨で皮膚や肉に対して引っかかりがないのでじつに具合がよいものだと、覚醒剤中毒者を取材した折りに耳にしたことが脳裏を掠(かす)めた。

先生は私も名前だけは聞いたことのある総合病院の血液内科に紹介状を書いてくれ、上辺は従順な私の態度の裏側を読まれたのだろう、絶対に受診するようにと厳命された。貧血の薬は処方してもらえなかった。そういう問題じゃないと突き放された。もっとも、ここまでいっても私にとっての最大の問題は、足の腫れだった。とくに右足がひどくなっていて、スニーカーから靴紐をはずしても履くのに難儀する始末だ。

「足の浮腫みは、治りますか」

「まあ、なんというか、足の腫れから派生した別件逮捕みたいなもんだから」

「別件逮捕？」

「そう。別件逮捕ですね」

　この人は、なにを言っているのか。だいじょうぶか。どこか遠回しかつ妙に比喩的な先生の物言いに、いささか失礼な思いを抱きつつ、自分の血液にはなんらかの異常があるのだろうな——ということだけは悟った。

　けれど、多少の不安感はすぐに霧散し、この夜も病院帰りは〈キッチンなかお〉で夕食というわけで、白川のごく控えめな流れの音を背に、薄茶色の暖簾をくぐった。ヨーロッパ系の白人と思われる八人ほどの客が奥の席に座っていて、なにを注文したのか料理が出てくるのを待ちわびていた。私たちは定番のセットメニューだ。私は大海老フライと蟹（かに）クリームコロッケを頼んだ。

　どうしたことか私たち家族の注文した料理だけがすっと供され、待ちぼうけを喰（くら）っている外国人観光客たちの視線が刺さる。

　娘や妻と料理を交換しながらのんびり食べ尽くしても、まだ白人たちにはほとんど料理が運ばれていなかった。いったいなにを注文したのだろう。キミたち、日本の洋食屋には脳味噌も骨髄もありませんよ。会計のとき、奥さんがちらりと迷惑そうに彼らを一瞥していた。私にはどうでもいいことだが、客商売にはいろいろあるのだろう。

　それにしても蟹クリームコロッケ一個と交換した長女のハンバーグ半分は、ミシッと肉が詰まっていて重量感抜群、じつに美味かった。いつのころからか肉汁という能書きが流行り、ミンチに安い牛脂を大量に仕込むといった遣り口が当たり前になってしまっているが、この店のハンバーグはそういった小賢しい細工をしない。昭和の洋食屋の矜持だろう。

06

もちろん後に知ったことだが、超大型と称される勢力を保ったまま日本に上陸した台風は、記録があるなかではこの年の二十一号が初めてとのことだった。十月二十三日の深夜零時過ぎ、いつもどおり執筆していた私は、巨大な岩石と岩石がぶつかりあうような破壊音をごく間近に聞いた。脳裏に火花が散ったような錯覚が起きた。何事かと腰を浮かせた瞬間に、停電した。六枚ほど書いていた角川書店の連載小説〈ニードルス〉の第十回も消滅した。

私の家は京都ならではの細長い土地に建築家が凝りに凝って造ってくれて、地盤改良だけでもずいぶん金がかかっている。裏庭の敷地内に沢蟹が棲む、ごく小さな水路があるのが窃かな自慢だ。防音を考えて書斎がある一階はコンクリート打放し、二階は木造という複合した建築素材を用いてある。

防音は外からの音ではなく、私が発する音――オーディオやら暇つぶしで弾くギターやベースの音が外に洩れて周囲に迷惑をかけないように配慮したものだ。なにしろ執筆中のオーディオの音圧による振動でマウスが勝手に動き、ディスプレイ上で矢印が乱雑なダンスを踊るほどだ。けれど外に出て耳を澄ましても、音洩れはほとんどない。

借家住まいが長かった。常に音量を気にする生活を脱することができたこともあり、私はこの京都の家が大好きだ。

欠点は――私は欠点とも思っていないのだが、内の音が外に洩れぬのと引き替えに、外の音も一切入ってこないことだ。だから執筆で引きこもっていると、家人らが『凄い雨だったねえ』などと言い交わして外からもどってきても、雨が降っていたこと自体に気付かない。二階は幾つも天窓があるので、雨の音にも気付くのだが。

自宅自慢が過ぎて、流れが断絶してしまった。要は私の書斎は防音がしっかりしているのだが、それが、この途轍もない破壊音である。けれど自身の肉体になんの裏付けもない自信を持っているのと同様、この建物に対しても楽天的で、市から届いたハザードマップでも、大文字山麓銀閣寺周辺の地崩れ水害予測からなぜかこの界隈だけが白いままであることから絶対にだいじょうぶと、めったに出番のない懐中電灯を手に妻子の様子を見るために上階にあがっていった。

リビング前面の天窓を見あげると、大きな雨粒が強化ガラスを爆撃していた。懐中電灯で照らして目を凝らせば、強風に引き千切られて飛散した木の葉や小枝らしきものが、ほぼ一方向に整列している。雨の投げ遣りな乱雑さにくらべて、風は一定方向に集中しているようだ。

　愛玩しているリクガメ＝インドホシガメのために二階に畳三枚分ほどのコンクリの中庭を造ってもらったのだが、全体が建物の屋根よりも高いコンクリート塀に覆われて、天井だけが吹き抜けになっている。ガラス越しに見つめる亀の庭は、いわば垂直の筒の中にあることもあって、雨粒が乱雑に上下して烈しいダンスを踊っていて、強風による乱流が目で見えた。

　インドホシガメは実在の人物の名前が付いているのだが、差し障りがあるので姓を省いてたけし君としておく。たけし君は私がレンガとモルタルで設えた豪奢な石造りの家からあえて出ていて、手足首尻尾を引っ込めてはいるが、なぜか直接風雨に打たれている。その濡れて懐中電灯の光を銀色に反射する星の模様も艶やかな甲羅を見つめていると、妻が足早に近づいてきた。

「二階にいれば、土砂がきてもだいじょうぶだよね」

「まあな。ちょうど我が家の上の方は法然院の石垣だろ。あれは野面積みといって、一見雑に石が組んであるように見えて、じつは凄く高度な石積み技術の結晶なんだ。確認はとっていないが、延暦寺と同様、穴太衆の仕事だろう。皇居のお堀のような綺麗な石積みは脆いんだ。なにが言いたいのかといえば、野面で石が組んであるかぎり、まず土砂崩れは起きない。長々と御静聴、ありがとうございました」

懐中電灯があるのに、わざわざ蠟燭など灯してピクニック気分の妻と娘たちである。

「でも、降りも尋常じゃないよ」

雨粒は極端な強弱をともなって、ババババババ——と機銃掃射、我が家を打ち据える。

「引っ越してきた当初は、勾配があるから豪雨のときはどんなもんだろうと心配してたんだけど、なんのことはない、山からの水はすべて哲学の道に流れこんでしまって、いつもすぐに引いちゃうだろ。雨がやめば即座にカラカラだ」

哲学の道とは疏水のことだ。他の土地だったら床下浸水といった降りであっても、うまい具合に東山からの雨水の流れは勾配に沿って一気に下り、排水路である疏水に流れこんでしまう。疏水は普段の三倍ほどの水量になることもあるが、天然の河川ではない。水流に対して大幅な余裕を持って設計されているので雨水が滞留することはない。

やめておけばいいのに、妻がベランダの引き戸をわずかに開いた。吹きこんだ強風が笛のような音を立て、蠟燭の火を吹き消した。子供たちが騒ぐ前に懐中電灯を点けた。妻は若干前屈みになって小顔を誇るかのように顔だけ出して素早く外の様子を窺う。

隣の一画は電気が点いているという。停電は我が家の周辺だけだ。論理的に考えれば、我が家と周辺に電力を運んでいた電線が切れた——電柱が倒壊したということだろう。あの破壊音は電柱が倒れてなにものかを捲きこんだ音だと私は偉そうに解説し、R（長女）に素早くチャッカマンの使い方を教え、蠟燭をつけさせ、いつまで停電が続くかわからないから溶けちゃう前に食っちゃおうと冷凍庫からアイスクリームをとりだす。不安げにしていた娘たちの頬がゆるんだ。

私たち家族は風の哭(な)く音と、打ちつける雨粒の音を聞きながら、蠟燭の光でレディーボーデンを愉しんだ。

07

停電から復旧したのは、なんと朝の八時過ぎだった。近ごろ八時間近い停電もめずらしい。冷凍庫が心配だったが、冷凍用保冷剤が入っていたおかげか、ブルーベリーがすこし溶けた程度だった。

台風に襲われたその日の朝九時が、総合病院の血液内科の予約時刻だった。

妻がM（次女）を幼稚園に送っていくのに便乗して家を出た。急勾配の坂を上って法然院の隘路(あいろ)に到ったところで、警察官がニンジンと呼ばれる赤色灯を振りあげながら飛びだしてきた。

「この先は電柱倒壊、倒木が道路をふさいでいて通行不能です。本来、銀閣寺参道、一方通行といいますか一般車両通行禁止ですが、こんな状況ですので超法規的に通行可となっております」

「ちょっと覗いてみていいですか」

「――かまいませんが、規制線の中には入らないでくださいよ」

車から降りて、歩いて角を折れる。規制線などなかった。黄色いカラーコーンが幾つか立ち並んでいるだけだ。

私と妻は立ち尽くした。法然院の石垣は無傷だが、その上から倒木が三本、中空をふさいでいる。さらに電柱が法然院の向かいの某大企業の保養施設の金属壁を縦に裂いて倒れていた。あの常軌を逸した破壊音は、壁が轢断されたときに発されたものだったのだ。

カラーコーンのギリギリまでいくと、直角に折れ曲がった隘路の先まで見透せ、壁を破壊した電柱の上方の状態がわかった。鋼管柱にもかかわらず、上から三分の一あたりでくの字に折れ、すれ違いが難しいので、いつ対向車がくるか気を揉みながら注視していたカーブミラーの鏡は消滅していて、真っ黒な筐体だけが残っていた。地面には銀の粒が拡がって、朝の陽射しに燦めいていた。

無数の電線や通信線が、乱雑な放物線を描いて地面を這っている。そこに樹齢百年ではきかないだろうという樫の巨木が倒壊して伸しかかっていた。折れたのではなく、強風に根から引きぬかれたようだ。クレーン車がやってきていた。作業員が樫の巨木にロープをかけているさなかだった。路面を覆いつくした濡れてふやけた枝や木の葉を踏み締めながら次女の待つ車にもどった。

警官御墨付きのもと、一方通行逆走だが、とにかく銀閣寺に到る道は狭い。車両がすれ違えないのだから一方通行も当然だが、妻は複雑に折れた裏路地もすいすい、いや、ぐいぐい抜けていく。ペーパードライバーだったが、いつまでも眠っている娘たちをバス停まで送るのを強いられているうちに、じつに運転が巧くなっていた。

二十数年健診を受けていなかったことや、そもそも健康保険証を持っていなかったことからもわかるとおり、私は病院が大嫌いだ。その理由の第一は、待ち時間だ。幾時間も待たされているにもかかわらず、診察を受ける者は総じて従順な羊だ。偉そうに言うわりに、私も医師の前では見事な子羊だ。待たずにすむなら幾らでも診察を受ける。そんな傲岸さだったが、紹介状があるせいかすぐに診てくれた。

心電図、レントゲン、血液、尿、エコーと検査にまわされた。結果は相変わらず赤血球が基準最低値の半分強ほどしかないこと、血小板が基準最高値の倍以上あること、そして白血球の乱れが追認された。けれど心臓の肥大もなければ心電図も肝臓をはじめとする内臓にも尿にも問題なし――貧血以外は至って健康、というわけで、理由がわからないと顔色の悪い胡麻塩頭の医師は呟いた。

「骨髄の検査もあるが、まあ様子を見ましょうか」

骨髄穿刺とやらをせずにすむらしい。私はとたんに甦った。やたらと軀が軽い。軀の軽さは心の軽さ。軽薄さで浮きあがり気味の私は病院前の客待ちのタクシーに乗って、血を抜かれた左肘を押さえつつ帰宅した。

角川書店連載の〈ニードルス〉だが、小刻みなバックアップのおかげで数行喪っただけだった。WZエディタの設定は当然、自動保存するようになっているが、常に小指と中指を用いてCtrl+Sで段落ごとに小刻みに保存する癖が付いているので、今回もその無意識のバックアップのおかげで、損傷は最小限に抑えられた。それなのに――。

なんとなく気に食わない。締め切りから遅れに遅れているにもかかわらず、ケチがついた原稿だ。薄笑いを泛べて、破棄した。あらためて冒頭から書きはじめる。私にはこういうマゾヒズム、いや正確には自分自身に向かうサディズムがある。病院からもどった私は『なにやってんだ、俺』と呟きながら、パソコンに向かった。

08

明けて二〇一八年一月十八日、原稿を見ていたらK先生より電話がかかってきた。十月以来ぴたりと来院しなくなったが、ちゃんと血液内科で診てもらったのか、どうしても気になるので、明日の夜、必ず来院しろと厳命された。先生の切迫の気配に、やや怯んだ。電話を受け、子機をもってきてくれて書斎でそのまま待っていた小学二年の長女に『父は死んじゃうかも。いなくなっちゃうかも』とふざけたら、顔がくしゃくしゃになって泣きだしてしまった。ごめん、ごめん。絶対に死にません。いなくなりません。
どうやら私以外は――K先生をはじめ妻や娘たちまで状況を深刻に捉えているようで、

これは骨髄穿刺を受けて白黒つけなくてはならないなと肚を決めた。

　わざわざ電話までかけてきてもらったので無視するわけにもいかず、翌日の夜、家族揃ってK内科医院に出向いた。気の弱い私は、恥ずかしいことに一人では病院に行けないのだ。前回はしっとりしてはいたが、それなのにさらりとした秋の涼気につつみこまれていた疏水沿いだが、皆、ダウンジャケットで膨らんで白い息を吐きながら、それでも夜の散歩は娘たちを昂ぶらせ、はしゃぎ声が人気のない哲学の道に響く。それに呼応して、どこかで犬がけたたましく吠えだした。

「さらに赤血球半分以下の血小板倍以上ですか」

「前回の血液検査以上に赤血球の値が半分以下で、血小板が倍以上」

「しかも」

「しかも？」

「今回、数の異常だけでなく、血小板が巨大化していることがわかりました」

「血小板が巨大化？」

　先生は抑揚を欠いた口調で告げた。

「血小板が赤血球よりも大きい」

　それがどの程度大きいか、まったくわからないが、平常から大きく逸脱しているといった気配は伝わってきた。

「血小板が奇形化しています」

「奇形！」

「尋常でない大きさですよ」

「尋常でない……」

「白血球の様子と照らしあわせて」

「はい。照らしあわせると？」

すっかり鸚鵡になった私に、先生はとどめを刺した。

「最悪、白血病」

「白血病――」

が、そこまで聞くと、すべては単なる言葉となってしまって現実感の欠片もない。これは保身の一種なのだろうか。それとも私が身につけている無感覚なのだろうか。いよいよ追い詰められたとき、私は常に無感覚に這入り込む。たぶん、誰もが無感覚に逃げるのだろうと気を取り直すと、もう、不安の影は綺麗に消え去っていた。

ただ受付事務の若い女性が、私と家族を等分に見やって、こんな小さな子供がいるのにといったニュアンスのなんともいえない複雑な眼差しをして、私の視線に気付くと即座に眼を伏せ、上の空といった態で診断書らしきものをめくりはじめた。妻は気配を察していたが、娘たちは退屈をもてあまし、声を殺してちょっかいを出しあっている。

またもや前回行った総合病院の血液内科に紹介状を書いてもらった。血小板巨大化奇形が見つかったことから、こんどは間違いなく骨髄から髄液を抜かれる。それがどのようなものか想像がつかない。が、骨に針を刺すということだけはわかっている。医学とは、恐ろしいものだ。一人首をすくめる。

帰りは慣例の〈キッチンなかお〉で、娘たちは悧巧にもセットはもてあますと学習し、ハンバーグのみの注文で、米は私たちからせしめるという。妻はホタテフライと牛生姜焼き、私は牡蠣フライと海老フライを頼んだ。相変わらず揚げ物天国である。けっきょく娘たちに海老フライをとられてしまい、牡蠣フライ定食になってしまったが、小粒だが味の濃い牡蠣が八個ほど、美味かった。

父、よこせ！　と、私から強引に海老フライを奪ったRだが、上目遣いで頬張ったさなか、唐突に顔がくしゃくしゃになった。箸を持っている手が小刻みに顫えている。K内科での気配を悟っていたのだ。泣きかけているRの頭に手をのばす。そっと撫でる。だいじょうぶだよと囁く。Mは怪訝そうに私とRを交互に見較べている。

09

執筆に夢中で床についたのは朝の六時過ぎだったが、総合病院の予約が午後一時半なので、昼前にもそもそ起きだした。一月も今日と明日で終わりだ。目脂を中指の先で刮げ落として出発準備完了と頷いていると、妻がいっしょに行くという。

妻は漆職人なのだが、来月初旬に東京ドームで大規模な工芸展があるとのことで作品にかかりきり、子供たちの世話もあって平均睡眠二時間の日々を続けている。

病院に行く前に、家の近所のうどん屋〈おめん〉で昼食をとることにした。上州伊勢崎のうどんを出す店だが、観光客も含めていつも満員だ。歩いて数分なのだが、車だと大廻りしなければならないので、歩くよりも時間がかかる。〈おめん〉の駐車場は狭い。そこに妻は幅一・八メートル超の車体をバックですっと入れた。私は前に進むことしかできない阿呆であるから、感嘆した。

暗黙の了解というべきか、私は長距離以外は運転させてもらえない。ひところは執筆に集中して抜け殻になった深夜、そっとエンジンに火を入れ、忍ぶように家を出たものだ。もっとも当時の私の愛車は水平対向エンジンならではの独特の排気音なので、よその家の車ではないことは一目瞭然ならぬ一聴瞭然、また暴走ですか——と妻はベッドの中で溜息をついていたそうだ。

これでも私は大いに妥協していたのだ。自動車の運転は退屈だ。スピンしても鋼鉄の箱が護ってくれる。私がほんとうに乗りたかったのはオートバイだ。八ヶ岳の仕事場である山荘を手に入れたのも、オートバイを幾台でも入れられ、大型の整備道具の設置も自在な五十畳ほどの広さの半地下の倉庫があったのと、近隣にナビの地図にも表示されないすばらしいカーブの連続する農道をはじめ、無数のワインディングロードがあったからだ。

これらの屈曲路をオートバイで走るのは、最高の歓びだ。常軌を逸した速度で愛車を大きくバンクさせ、自分なりの限界でかろうじて重力とバランスをとり、右に左に切り返すその瞬間、死んでしまってもいい——と本音で思い、さらにアクセルをあける。

前面からぶち当たってくる強烈な風圧、走っている場所と季節そのままの温度と湿度と匂い、ありとあらゆる生の感覚、それら非現実にして圧倒的な物理が支配する虚構ではない世界に身を浸せば、オーディオの擬似的な威圧的音量しか刺激のない硬質な殻である書斎に閉じこもっているばかりの私は、別人になれた。

そもそも十代から、アラビアのロレンスではないが、いま弾かれれば必ず死ねるという状況で、自分の持てる全集中力を地球の重力とのバランスに捧げるという行為は、私が生きるということにおいて、大きなウエイトを占めていた。

重力とのバランスと、それを手玉にとる命がけのダンスは、恥ずかしながら社会から逸脱気味な私の精神バランスに通じる重要な行為であった。

『首都高を車で走っていると、とんでもない勢いで追い抜いていき、走り去るオートバイがあるけれど、なにか悲しいことでもあったんですかね』と嘲笑した編集者がいたが、彼のように顚倒を恐れて、人生における安全運転ばかりを心がけて怪我をしたり死んだりしないように意を砕くばかりの屍体には、絶対に理解できない境地があるのだ。

大きくバンクさせてステップが接地すると金属と舗装がぶつかりあい咬みあって、グワッシャン、ガガガガ——という派手な音がする。別れた二番目の妻は、私の腰にしがみついて八ヶ岳の無数に連続するカーブを切りとっていくのを愉しみにしていた。ステップが接地すると悲鳴に似た歓声をあげていた。

路面との接触で削れて四分の一ほどの長さになってしまったステップのバンクセンサーに気付いて、オートバイだけはやめてくださいというい まの妻の哀願に従ったのは、たぶん長く小説を書き続けたいという慾がでたせいだろう。

かわりに自動車ならば自爆してもそうそう簡単には死なないからいいだろうと、夜な夜な出陣である。

我が家のごく近くには田ノ谷峠を越えて琵琶湖に下る山中越という無数にカーブの連続する道があるのだが、道幅が狭いのと、なによりも交通量が多すぎるのとで、走ってもまったく愉しくない。そこで白川通を北上して国道三六七号線を高野川に沿って八瀬大原を抜け、途中越で県境を越えて滋賀に入り、そこから花折峠の花折トンネルに到るまでの複雑に屈曲したヘアピンコーナーが私専用のコースとなった。じつに攻略しがいがあって、地元の少年たちにまじってリヤタイヤを軋ませ、深夜の治外法権を愉しんだものだ。

六十を過ぎてしばらくして、花折サーキットにも出向かなくなった。私は津波警報が出ていても避難しないタイプである。火口附近にいて噴火が始まっても、平然と火口を覗きこみかねない。

十代から『死んでもいい』と思いつつ、たぶん死なないというなんら裏付けのない正常性バイアスに支配され続けて、還暦を過ぎてしまったのだ。

　そこで、ふと気付いた。

　鎖骨を折ったり膝のお皿を割ったり肩の筋を断裂させたりとオートバイのおかげで満身創痍ではある。だが、六十三歳という私の母が膵臓癌で死んだ歳になろうとしても私はまだ生きている。若いころは漠然と父が死んだ五十六歳以前に死ぬと決めつけていた。それをあっさり超えて、母の死んだ歳を超えつつある。

　生きろってことかな。

　そう思ったとたんに、ブーブーや悲しいことがあったと嘲笑されるオートバイになど乗らなくても、誰も後ろ指を差しはしないことに思い到った。死ぬかもしれないという緊張を生きる縁（よすが）にしていると、まちがいなく死ぬ。時間の問題だ。

　無意識の自殺願望が、私を大胆に、非論理的な行動に駆り立てていた。こうして書くといささか大仰だが、歪んだ自己愛のまぶされた自負心や自尊心というものは、往々にしてこのような見苦しい境地を強いて、それを自発的な義務のごとく唯々諾々と受け容れて、今夜もアクセルをあけるバカ者がそこかしこに出没する。誰にも褒められず、誰にも認められない悲しき自壊。

　そこからすっと抜けだしてしまった恥知らずな裏切り者は、どうしても揚げ物から逃れられずに冷たいうどんに天麩羅（てんぷら）、妻は蕪菁（かぶ）と湯葉の温かいうどんを啜った。

『一時半だぜ。間に合うかな』『だいじょぶだよ』——そんな遣り取りをしつつ、妻は余裕たっぷりに車を走らせる。妻が娘たちのためにハンドルを握った当初は、助手席に座っているとじつに怖かった。緊張しすぎからもたらされる注意散漫と、近くを見すぎていて、視線の送り方がうまくできないことからくるカーブや曲がり角でのよろめくような運転に、私はいつも足を踏んばっていたものだ。

うどんをのんびり愉しんだせいで、間に合わないだろうと開き直っていたのだが、一時半の五分前に病院に着いた。先生は胡麻塩の頭を撫でつけるようにしつつ、銀のフレームの奥の瞳を光らせる。

「幾つかの可能性があるけど、増殖しているのが血小板だから白血病ではないよ」

ああ、そうですか。一安心。まったく他人事な私である。まずは採血され、さらに先生の手で骨髄液を抜かれることになった。骨髄穿刺の部屋はカーテンで仕切られていて、ごく狭い。ただ頭上の蛍光灯の白い光だけは過剰で、影が一切できない。ジーパンとトランクスを下げて臀(しり)を出し、診察台に俯(うつぶ)せに寝かせられた。看護師が私の背に訊いた。

「不安ですか」

正直に怖いと答える。

「骨に針を刺されたことはないので」

敏感になっているのだろう、俯せにもかかわらず、看護師が頷いたのを感じた。先々のために明示しておくが看護師と表記したときは、すべて女性である。先生が入ってくると、純白のカーテンが揺れて乱れて空気の流れが私の臀を擽(くすぐ)った。

看護師にはまかせず、先生自ら私の骨盤の後ろ、左側を入念に消毒した。かなり広範で幾度も拭う。アルコールとは違う消毒液なのだろう、スッとすることはなかった。ちょうど針を刺す部分を中心に穴のあいた滅菌ドレープで腰を覆われた。施術される前にちゃんと観察しておいたのだが、空色だった。手を拡げた程度の大きさの正円があけられていた。

私の特技だが、見たものを映像のかたちで覚えることができるのだ。もちろんサヴァン症候群ほどに精緻ではないが、充分に実用に足る。執筆に用いて不足はない。それどころか曖昧な部分が多々あるせいだろう、サヴァン症候群のように記憶が固定してしまうこともない。

取材に出ても私は筆記用具を持たないことで一部の編集者に有名、あるいはちゃんと取材する気があるのか——と呆れられているのだが、じつは意識して見たものは、ちゃんと脳裏に映像のかたちで刻まれている。

たとえば看板の屋号を文字言語で覚えるのではなく、映像として記憶している。再現は自在だ。食い意地が張っているので大好きな食堂など、忘れようがない。鮮やかな黄色地に小さな教科書体のような文字の『沖縄料理の店』、同じ書体で倍ほどの大きさの『お食事処』、そして『みかど』という店名の相撲の番付のような文字が写真のように浮かびあがる。周辺の景色込みだ。その下の料理見本の上に据えられた白い看板に記された電話番号等も数字ではなく絵として覚えているが、煩瑣(はんさ)になるのでやめる。特筆しておきたいのは、前述のとおり不要と判断した映像は即座に消去できることだ。

　ただし、こういう頭の使い方をしているせいか、日常生活においてはある種の痴呆だ。貌(かお)はくっきり覚えているのだが、人の名前などまず覚えない。町内会の人がやってきてにこやかに会話しつつ、あれこれ伝言を言付かっても、その場限りで完璧に失念する。

　あまり頭がよくないというか、自分の脳のキャパシティがじつに乏しいことを自覚しているから、すべてを覚える努力など一切しない。バカに無理を強いるんじゃねえ――と、常々自戒、いや自嘲している。

　率直に言って覚える努力、詰め込みこそが私の記憶を阻害する。私の文字に関する記憶はザルだ。小説家にして読書量が絶望的な理由だ。けれど花村式映像記憶は私にとってはよくできているシステムで、覚えようとしないからこそ必要に迫られればちゃんと思い出すことができ、再現できる。

　ペンとメモ用のノート、あるいはボイスレコーダーであれこれ吹きこむ小説家との取材に同行したことがあるが、面倒臭い奴(やつ)だなあと思った。書いてしまったこと、吹きこんでしまったこと、たいして印象に残っていなくても言語で残してしまえば、使いたくなってしまうではないか。もちろん口にはしない。それにメモしてしまえば使わずにはいられないというのは、貧乏性の私だけのことかもしれない。

　ここから先の施術は俯せなので見ることができなかった。だから触覚その他から類推して書く。どうやらマーカーで針を刺す部分に目印を書いたようだ。皮膚というべきか、骨盤に近い肉に痲酔（ますい）を数本打たれた。痲酔注射だから痛いのは最初の一刺しだけで、あとは不快な無感覚が続く。

さらに肉の組織に対する痲酔が効いたのを見計らって、骨の痲酔を数本打たれた。骨の痲酔と書いたが、あとで調べてみたら骨膜に対する痲酔だった。骨付きカルビを焼き、骨の上を覆っているやや硬い膜を突きだした前歯で刮げるとじつに愉しい食味を覚えるが、あの硬膜である。骨膜には神経や血管が走っているので、強い痛みを感じる部位なのだ。かなり薄い膜だが、それを狙って痲酔の針を刺すのはなかなかの技術だ。それとも針先が骨に当たる感触が伝わるだろうから、逆に痲酔を打ちやすいのだろうか。とにかく医師の手つきには一切の躊躇いがなかった。

骨膜に対する痲酔注射の一発目は、眉間に皺が寄る格別な痛さだった。骨膜は敏感なのだ。皮膚と同様に、数度痲酔を注入する。痛みも遠のいた。骨膜痲酔の注射の三度目を終えて、訊かれた。

「痛み、ある？」

「あります。でも、耐えられないほどでもありません」

「ん。じゃ、も少しいってみよう。初体験だし、多めに入れてあげる」

ありがとうございます、とでも答えればいいのか。慥かに初体験なりの怖さと痛みに、額にすこし汗が浮いていたようだ。ところで幾度も針を刺されたわけだが、注射筒内の一本の薬液を数ヶ所にわけて射していたのかもしれない。

違法薬物使用やアルコール中毒という過去があるので、なんとなく痲酔の効きも悪いのではないかとの思い込みがあったが、たぶん人並みなのだろう。多めに入れてもらったこともあるのか、やがて針を刺されている感覚も消滅した。

ただ、隣のブースで中年女性が私とほぼ同時進行で同じ施術をされていて『痛い痛い痛い痛い！』と、あたり憚らぬ大声をあげて暴れる。看護師が携帯端末で応援を求める声が伝わってきた。

看護師が幾人か駆け込んで、どうやら軀を押さえつけているようだ。けれど中年女性が暴れるのに合わせて、カーテンが揺れ、派手に波打つ。私に付き添っている看護師が眉を顰める。私だって痛い痛いと騒ぎたいところだが、それよりも腹這いで首を左に曲げ続けているせいで、痲酔が完全に効くのを待つあいだ、硬直してしまった首が引き攣れ、痛みはじめた。執筆過多で私の首は柔軟性が一切ないばかりか、骨が前方に曲がってしまっているのだ。

「痲酔や採血と違って髄液。とても太い針を刺すからね」

覚悟を決めろということか。よけいなことを吐かすものだ。後に医学書を当たったところ、吸引時の痛みには痲酔が効かないために、かなりの苦痛が生じることを前もって吸引時に息を吐くという呼吸法と共に患者に伝えておくのだそうだ。

「行きます」

先生の声と同時に、看護師がかなりの力で両足首を摑んで押さえつけてきた。腰の奥でゴリゴリ音がして、脊椎を伝って後頭部にまで到る。刺すというよりも、錐で穴をあけている気配だ。痛みはあったが、看護師に押さえつけられるほどでもない。

　吸引だが、じつに気持ち悪い。痛みは耐えることができるが、なにやら骨の内側からずずず……と抜けていく実感がある。薄気味悪い。先生は手を離したが、針はそのまま腰に突き立っている気配だ。

「もう一本、採りますからね～」

　なぜ、語尾をのばす？　二度目も痛いし、気持ち悪い。『ああ、諦めの境地だぜ』と思った瞬間、先生はなにも言わずに三本目を採取した。

「針を抜きますね」

　先生が言ったとたんに、太り気味の看護師が凄い力で足首を押さえてきた。思わず身構えた。実際に音がしたはずもないだろうが、スポン！　と一気になにやら抜ける気配がした。同時に奥歯をきつく嚙み締めて耐えねばならぬほどの痛みが腰全体に拡がった。

「抜くときに効く痲酔はないんですよ～」

　また語尾をのばしやがった。そのまま看護師の手で腰の左にあいた穴に円形の硬質なパッドをあてがわれ、仰向けになって一時間ほど自重で止血しろと命じられた。

　毛布をかけてもらって天井の蛍光灯をぼんやり眺めていたら、硬い表情の妻が入ってきた。簡単に様子を訊いてきたあと、看護師に用意してもらったパイプ椅子で眠ってしまった。私はもってきた任天堂Switchの〈ゼルダの伝説〉で時間を潰した。

10

恐ろしいことに気付いてしまった。

私の内面である。なんと十七歳あたりからまったく成長していない。明日のことをまったく考えないということだ。肉体がここまで衰えて、ようやくそれに気付いた。ヤンチャというのか、野方図というのか、なんというべきか、時効であることに加えて先々のあれこれに関係があるので、だからあえて書いてしまうが、たとえば私は合法非合法問わず、ありとあらゆる薬物を自分の軀で人体実験してきた。

昔は悪かった——といったいやらしい追憶ではなく、還暦を過ぎても現在進行形であったところが私の十七歳たる所以(ゆえん)だ。とはいえアルコール中毒のきつさに懲りて二十代半ば以降、非合法の薬物はおろか、酒もタバコも口にしなくなったのだが。

アルコールはすべての薬物の中でも、私にとってもっとも精神、および肉体を破壊した代物だった。それはシンナーなどの有機溶剤とどっこいどっこい、いや合法であり、自販機がいくらでもあることも含めて最悪の薬物だった。ニコチンは酒以下、酔えるわけでもなく、たいした実利もないくせに、これもまた凄まじい習慣性があって、やめて一年ほどもたっていても、一本喫(す)えば元の木阿弥(もくあみ)。得られる快楽や精神的なプラスからすると、私にとっては無用の長物だった。
二十代半ば以降、酒、タバコは徹底した人体実験の結果、あまりに実害が多くして取り柄がないこと（とはいえアルコールによる酩酊の好さは認めます）、そして非合法薬物はたとえ不起訴になっても勾留などの面倒が伴うこともあってバカらしくなり、避けるようにはなったということだが、それが合法であるならば、そして、それなりの精神変容をもたらしてくれるならば、誰に迷惑をかけるでもないと平然と手を出すことに変わりはなかった。たとえば睡眠薬。合法ハーブと呼ばれて一時期、野放しであった大麻や覚醒剤の類似物質。さらにはこれから詳述しようと考えているベニテングタケなどの法律で取り締まられないキノコの類いである。

　個人薬物史というのも大仰だが、記しておこう。学年の記憶が曖昧だが小学三年のころか、ハイグレランという鎮痛剤の大量服用が私の薬物耽溺の始まりだ。上級生から手渡された長方形の金属製容器はいま思えばじつに薄っぺらだったが掌に冷たく、いかにも貴重品めいていた。ハイグレランを扱う上級生の眼差しには危うい非合法の代物を扱う緊張した気配が横溢していたが、実際は市販薬なので、どこの薬局でも買えた。昭島市立F小学校の近所の薬局のおばちゃんはいつも白衣の袖を腕まくりしていた。私たち悪ガキが息を殺してアクリルのドアを開くと、薄眼を閉じるような目つきで笑む。私たちがなにも言わないうちから『ハイグレかい？』と呟いて、ガラスケースの上に六錠入りの青いケースを四つほど置く。つまり四つ、買わされるということであるが、あのころ私の家は貧困のどん底だったので金を払ったことはない。独りでやるのが不安だったのだろう、必ず上級生が私の分まで買ってくれた。

　最初は四錠くらいだったか。やがて一缶といっていいのか、ぺらぺらの金属ケース内の錠剤すべてを服むようになった。薬効は、軽い痺れと共に動けなくなる。腰が抜けてしまい、昭和公園の隅の植え込みで昏倒する。植物の青臭い匂いと昆虫の悪戯さえ気にしなければ、身を隠す場所がいくらでもあった。いつのまにか夜だ。軀に夜露が降りて、しずしず濡れていくのは感じている。寒い暑いは当然のこととして、薬理で不安感その他一切ない。無になっている。軀だけでなく顔の筋肉までもが弛緩していたようだから、ひょっとしたら地面に転がった私たちは薄笑いを泛べていたかもしれない。

　いま思い出せるのは、無数の流星だ。幻覚か、錯覚か、それとも本当に流星群が紫めいた藍色の夜空を駆け抜けたのか。同一方向に無数の銀の線が流れていった。それをうっとり見つめて、ようやく軀が動くようになるのは二十二時あたり、ふらつきながら家に帰れば病弱にして労働を嫌うがゆえに、常に家にいる父が遅く帰った異様な息子の姿に一応は怒ってみせる。私はまだ薬理が残っているので父がいかに強圧的に振る舞おうと、頰を張られようと恐怖はおろか、なにも感じない。父の姿は息みかえる無声映画のモノクロの登場人物にすぎない。父も叱りはしたが、あまりうるさいことを言わなくなった。なにせ瞳孔の開ききった私に叱責は一切通じないし、たぶん父はこのころ、もう息子に失望し諦めてしまっていたのだろう。

この父が死んで、いよいよ糸の切れた凧となった私は小学六年で児童相談所に送られてしまった。相談所から自宅にもどされることはなく、そのまま当時、弱年の不良から『サレ鑑』という愛称？　で呼ばれ、H実務学校と共に品行のよろしくない少年たちから忌まれていた、小平市と小金井市にまたがった養護施設に抛り込まれてしまった。

『サレ鑑』の鑑は、鑑別所の鑑だ。『サレ鑑』は月に一度父兄面会日があるだけの完全に閉ざされた檻だった。けれど私は、外界と完全に断絶した檻に入れられたおかげで、ハイグレランごっこから抜けだすことができた。禁断症状はあったと思うが、いまとなっては記憶がない。圧倒的かつ執拗な暴力が支配していた最悪な檻だったので、それどころではなかったのだろう。

『サレ鑑』から出所してしばらくして、ふとハイグレランが頭をよぎり、薬局で声をかけたら、ハイグレランは薬害が問題になって消滅していた。薬剤師は私の前に新グレラン十錠入りのケースを置き、上目遣いのような横目遣いのような、揶揄をたっぷり含んだ眼差しで『いまは新グレランだけ。あえて言っておくけど、成分が違うから効かないよ。いや、頭痛や歯痛には効くけれどね』――どうする？　という目つきで私を見つめる。私は首をすくめて薬局をあとにした。懐かしのグレラン、どうなったのか調べてみたら、二〇〇五年に帝国臓器と合併してグレラン製薬自体が消滅していた。

ところで『サレ鑑』だが、『文藝春秋』などに取りあげられた白人神父による性的児童虐待――神父が男児を犯す等々――を隠蔽するためか、いまでは日本人聖職者がすべてを仕切っているようで、収容生たちは施設から一般の学校に通っているらしい。もはや檻ではなくなった、ということだ。私は本音で『サレ鑑』に触れたくない。このすべてが暴力によって解決される閉鎖環境で、まるで迎合するかのように私の暴力的性向が目覚めてしまったからである。もちろん反社会性も増長し、覚醒してしまったといいたいところだが、私はそれを笑顔で隠蔽して世渡りする狡さも身につけている。小説家になってからも、花村さんはいつも頬笑んでいると編集者から言われたものだ。そもそも反社会性とはいったいなにか。

ずいぶん以前に取材した医師からメールをもらった。模範的な社会生活を営んできた高学歴の品のよい良家の柔和なお祖母さんが、入院時の苦痛を和らげるためのモルヒネ投与で譫妄が起きて、首に刺した大量の点滴を引き千切り、大暴れして、ここには記せないような暴言妄言猥言を連発、怒鳴り散らしたという。

私もアルコールで譫妄や嫉妬妄想が起きて入院させられてしまった過去があるので偉そうなことは言えないが、私の場合入院時の一ヶ月にわたるモルヒネ投与は、眠くなって時間の感覚が失せただけで、じつはしっかり連載執筆に励んでいた。ただし執筆した記憶はなく、入院時の日記を読み返して、目を瞠った次第、実際にモルヒネ投与下で執筆された連載作品を挙げれば『群像』〈帝国〉、『小説宝石』〈ヒカリ〉、『小説すばる』〈たった独りのための小説教室〉で、それらは普段とまったく変わらぬクオリティ（当者前年比——冴えない冗談、ごめんなさい）、しかも執筆枚数も毎日十枚近く、きっちり仕上げていた。

なにが言いたいのかというと、その医師と実際に対面して話を聞いたところ、完璧な社会生活を送ってきた温厚な人ほど心の中に抑圧を隠しもっていて、それがモルヒネなどで抑制を喪失し、一気に迸ってしまうことがあるということらしい。アルコールでも同様のことが起こる場合があるが、モルヒネの抑圧されていた深層意識を解き放つ力はアルコールの比ではないということだ。好い人を演じてきたあなたにとって、本性が剝きだしになってしまうモルヒネはなかなかに恐ろしい薬物ではないか。

静かに執筆に励んだ私には、抑圧がなかったというのか。そんな拗ねたことを思いもしたが、すべての人間には二面性がある。当然のことだが、単純な区分け過ぎて気恥ずかしくもあるが善悪の二面性など最たるものだろう。善と悪、それらが真の意味において善であり悪であるかはさておき、社会的な事柄にかぎっていえば、慥かに私はいまだって合法ならば、正確には罪に問われないならば、平然と幻覚物質を用いるような男である。社会的罰則は単に私の仮初めの自由を束縛する鬱陶しい代物にすぎない。だから逮捕勾留の煩わしさがなければ、なんの躊躇いもなくそれに手を出す。十七歳のころと違うのは、そういった大人じみた判断、と書くのも恥ずかしいが、妙に理詰めに処することができるようになった——損得勘定ができるようにということだが、多少狡くなっただけでその本質は、なんら変わりない。実際十代半ばからの十年ほどは、捕まる恐れがある非合法な薬物でも、一切気にせず用いていた。

断っておきたいのは、たとえばヘロインによる便秘で思いあまってバースプーンで金属ボールと化した黒褐色の便を掻きだし、大出血のあげく、人間の生の虚しさに頭を抱えるといった情緒的な自己憐憫、あるいは物珍しさに働きかける小説じみた表現はしたくないということだ。とりわけ薬物に関しての記述は、ある種の報告書を目指す。それは非合法薬物だけでなく、これから先に大量使用させられる抗癌剤、免疫抑制剤やステロイド製剤等々の無数の薬剤、あるいは放射線全身照射についても同様である。

さて、グレランの次は、有機溶剤だ。これはなんと『サレ鑑』に抛り込まれていたときに覚えた。『サレ鑑』は終戦直後の戦災孤児を収容していたころから勉学よりも実際的な技能職能を身につけることを重視していて、当時の義務教育は日曜休みの週六日授業だったが『サレ鑑』では水、土曜は授業がなく、作業の日だった。もっとも私が収容されていたころには技能実習も有名無実化していて、木工では撮影を終えたＮＨＫ大河ドラマのセットなどが寄附されて運びこまれ、それを冬のストーブの燃料にするために解体するといった雑用が主で、農場では牛豚鶏の糞掃除といった単純労働をさせられていた。私たちは常時飢えていたから、農場でトマトなどをくすね、教官に見つからぬよう苦労してもいだ柿が渋柿でも意地になって食い尽くしたりしていた。

問題は、木工だ。木工では一人の教官が施設内の学習机等々の修理をこなしていた。鉄の角パイプを切断溶接して骨格をつくって合板を張り、見事な家具をつくりあげる技能を持った方だった。私たちは彼にあれこれ命令されて雑事をこなしていたのだが、木工所にはニスやペイントを希釈する有機溶剤がつきものだ。シンナーやトルエンの類いだ。

同級生のS君の父親は懲役刑を終えて社会復帰、その直後の月一の第一日曜日の面会日に息子に会いにきたはいいが、S君に刑務所内で流行っていた有機溶剤吸飲を囁いた。私たちが世間とか社会と呼んでいた檻の外の世界では、接着剤＝ボンド吸飲が大流行していたらしいが（いまの接着剤には精神作用をもたらす成分は含まれていない）、のちに純トロと称されて有機溶剤中毒者に最高品質として崇められたトルエンやシンナーの一斗缶が木工所には無造作に置かれていた。これは木工作業がある刑務所でも同様で、S君の父親は服役中、存分に嗜んでいたらしい。ちなみにトルエンはシンナーの主成分で、シンナーにはさらに多種の有機溶剤が混合されている。原理主義者はトルエン一本槍だが、トルエンと比して、シンナーのほんの気持ち複雑な酩酊も棄てがたいとする愛好家も多い。

吸飲すると最初のうちは目眩と共に壁面などが歪曲して見える。このころは手近な女の子とやけに素早い性交などをすることもあったが、連用して幻覚が見えるようになると性的な昂ぶりなど体力の衰えに合わせて霧散して、自身に耽溺する。レッド・ツェッペリンの〈Whole Lotta Love〉は楽曲のつなぎ部分のノイズじみた部分やロバート・プラントの呻きが、じつに心地好い陶酔を誘いはしたが、得られる幻想は陳腐で、自意識もあるので記すのがやや気恥ずかしいが、お化けのジェットコースターといったものが多かった。ジェットコースターからもわかるだろうが空間や時間の変容がある。ただしそれが愉しいかというと、微妙だ。シンナー中毒者の会話に白けるという言葉がよく用いられるのは、まさに白けてしまうからだ。絶望的な倦怠だけが残るからだ。私など、白けるという言葉はシンナーからきた隠語だと長年、思い込んでいたものだ。

私が自分の身体に取り入れてもっとも後悔しているものが、シンナーやトルエンの有機溶剤だ。なにせ溶剤だ。前歯二本が溶けて差し歯になった。歯科医の代金は貧困のどん底にあった母に出してもらった。恥ずかしい話だ。歯とちがって目視できはしないが、脳も相当溶けてしまったことだろう。シンナーに牛脂を抛り込めば即座に理解できるが、有機溶剤は脂質を溶かすのだ。ペンキも溶かすし脂質で成り立っている脳も溶かす。視神経、気管支や肺、食道や胃、肝臓、腎臓、生殖機能、そして骨髄破壊と人体に与えるダメージは凄まじい。

じつは覚醒剤やヘロイン等の薬物は脳細胞に報酬系回路をつくりあげることにより快楽等々の作用をもたらすものなので、脳細胞などに対する物理的損傷はほとんどない。けれど有機溶剤は脳細胞を溶かすことによって酩酊を誘い、脳細胞が溶けることによってチープな幻想が見える――というわけだ。私の手許には中学二年の女子が三ヶ月間、シンナーを吸っただけで大脳皮質が八パーセントほど溶けてしまったという資料がある。八パーセント溶けた脳とは、八十代の高齢者の萎縮脳と同等の数値だ。最悪だ。文字通り軀も心も溶かしてしまうとでもいえばいいか。

ただし私は、それをしたいという人を制止しない。したい人は、すればいい。けれど、あえて老婆心ながら付け加えておく。補導されて川崎の保健所に附属していた施設に入れられたころ（なにせ前歯を溶かすほど耽溺していたので、どのような施設か、記憶がはっきりしない）、そこで有機溶剤がいかに人体を溶かすかということを叩き込まれたのだが、それを他人事と思っているあなたに教えてあげたい。酒。アルコールも有機溶剤なのだ。あなたが酔っ払っているとき、脳細胞も溶けているのだ。シンナーほどハードではないが。でも、まちがいなく溶けている＝酔っ払っているというわけだ。私を担当してくれた方は『酒は禁止されていないぶん、どこでも買えるぶん、よけいにたちが悪い』と呟いていた。中毒症状による社会からの脱落、暴力や酔っ払い運転なども加えれば、社会的害悪はシンナーの比ではないとも。そしてそれは二十代半ばの私にS記念病院のアルコール治療病棟に二ヶ月間の入院という素敵なプレゼントをしてくれた。ちなみにタバコをやめたのも、この二ヶ月の治療中だ。はっきり言ってしまえば、取りあげられてしまったのだ。シンナーとアルコールについては、重ねあわせて書いたので、先々詳述はしない。とりわけアルコールについては私があれこれ吐かすよりも、あなた自身が二日酔いを理由にして出社をサボり、起き抜けからアルコールを舐めているといった反社会的？　行動を取り始めたことで充分に自覚しているだろうから。しかし自覚してもやめられませんよね。当然です。肉体的にも精神的にも中毒状態にあり、依存しているのだから。私があれこれ言って物事が終熄するほど世界は甘くない。存分に酩酊を愉しんでください。正確には憂鬱な慢性自死による酩酊とするのが正しいような気もするが、素面でいるよりも依存している状態のほうが幸せならば、この世は生きるに値しないと言い切ってしまおう。多飲してください。程よく飲んで気取ってワイングラスなど傾けている輩には反吐がでる。

さて最悪の有機溶剤中毒から抜けだすことができたのは、当時タイスティックとかブッダと呼ばれていたタイ産の大麻を喫うようになったからだ。タイスティックは、有機溶剤のもたらす安い幻覚など比較にならぬ衝撃的かつ知的昂奮さえともなった幻想および幻視をもたらし、さらには超越的な肉体的精神的快感をもたらした。併用することさえ考えつかないほどで、もはやペンキ溶かしなど吸飲している場合ではないというわけだ。

タイスティックは一〇センチ強の竹籤に乾燥したマリファナの先端部分が巻きつけてあって、たぶん有史以前から幾千年もかけて品種改良が続けられてきたのだろう、じつにすばらしい効力を持つ。欧米でシステマチックに品種改良された強圧的な効き目をもつ大麻と違い、じつにバランスがとれていて、軽いわけではないが、不快感とは無縁というすばらしい植物だ。化学的アプローチで含有成分の濃度をいかに高めるかに腐心する欧米の方法論との差が如実に感じられる、アジアならではの東洋思想さえ垣間見える逸品だ。七〇年代当時で末端価格は一本五千円くらいしたが、それで三回から五回くらい愉しむことができた。天然物なので品質にばらつきがあった。二喫いで天上に舞いあがることができる場合もあれば、五回喫わなければ同等の境地に達することができない場合もあったということだ。

　最初のうちは、歌舞伎町（かぶきちょう）のサパークラブのハコバンのドラマーにして売人のYさんから好きに選べとティッシュに包まれたタイスティックを見せられれば、みっしり葉が巻きついた物を選んでいた。けれどみっしりよりも貧弱な物のほうが効き目が強いことに気付いた。葉が落ちてしまうような脆いタイスティックには、黄褐色の極小の粒子がたくさん貼りついているのだ。

　Yさんは『やっと気付いたか』と嬉しそうに笑い、私が選んだタイスティックを入れたビニール袋に商品すべての破片を落とし込んでくれるようになった。これがエッセンスとでもいうべきもので、それこそ一喫いで天の最奥まで昇天することができた。

　昇天と書いたが、慥かに舞いあがる。けれど吸い始めはソファーに軀がめり込んでいって、凄まじい、けれど不快でない重力を感じつつ、比喩でなく肉体と精神がどんどん沈殿していき、忘我のまま地球の中心にまで到ってマグマの熱を全身に感じて恍惚（こうこつ）とする。そのさなか、軀各部の凝りや痛みが控えめに感じられ、静かに伸びをすれば凝りの部分が骨格からほぐれていき、呻いてしまうほどの快感が全身を疾る。痛みは消滅する。そこでホッと一息つくと上昇に転じる。重力から解き放たれた肉体と精神は圧倒的な光輝に誘（いざな）われて、どこまでもどこまでも昇っていく。

　が、真のクライマックスは、これらが落ち着いて、自在に身動きできるようになってからだ。やりくりして一気に増えた画集をひらく。私は大麻を喫うまでレンブラントの意味がわからなかった。その書斎の学者の光と影に魅入られているうちに一時間くらいたっていて、我に返る。長谷川等伯の目眩く宇宙に取りこまれてしまえば、まさに時間を忘れてしまう。遊園地に遊ぶような稚気が湧けば、エッシャーで途方もない錯視を味わう。上昇と下降、無限ループ、この当時は知らなかったが、なるほどペンローズの数学、量子論の絵解きだったといまになって当時の驚嘆を反芻している。エッシャーも大好きだった。なぜか文明ということを考えさせられた。無数の絵画が、そして映画が、私の視覚を慰撫してくれた。けれどダリは受け付けなかった。ピカソもひどい代物だった。

聴覚も鋭くなり、いままで聴きとれなかった音の細部までスローモーションじみた符割りで（実際に音符が見えることもある）音楽の神秘を教えてくれる。下手くそなギターを弾いていた私が音楽家を諦めたのは、プロフェッショナルな音楽家がいかに繊細な超絶技巧で演奏をしているかを、大麻によって底上げされた聴覚によって悟らされてしまったからだ。

舌も日常とは別物となる。一例を挙げれば牛乳の味だ。牛が青草を食べたのか、干し草か、サイロのサイレージを食べたのかがわかってしまう。このように五感が超越的に鋭くなるが、痛みは消える。肉体的な苦痛だけでなく、精神の痛みも消える。まさに魔法だ。あえて詳細は省くが、性の交わりにもすばらしい時間をもたらしてくれる。死期が近づいたら、私は大麻が合法化されているカナダに移り住んで、のんびり死のうと思っている。手近な韓国も医療用大麻を合法化しているから、もし日本人であっても入手できるなら、ソウルで死んでもいい。固陋(ころう)な日本国にはなんら期待していない。

最悪だった有機溶剤から抜けでられたこともあって、また、その作用がすばらしいこともあり、少々入れ込みすぎた。けれど良質の大麻を喫ったことのある方ならば、私が書いたことを全面的に受け容れてくれるだろう。もちろん稀に勘ぐりと称される精神不安定状態に陥る人もいる。虚勢を張っている人が陥りやすいようだ。私が出会ったのは一人だけだったが、裸足のまま外に飛び出していってしまい、電柱の周りをうろうろしていた。私に憎まれているのだそうだ。面倒なので放置していたら、十分くらいでもどって、いったいあれはなんだったんだ？　という調子で皮も剝いていない桃にむしゃぶりついていた。彼は普段から耳に手を当てて私たちには聞こえない外からの声に耳を澄ますといった統合失調症的な異常行動が目に付いたが、とても気弱な人格であることがよくわかった。

売人のYさんには男色傾向があり、その誘いをはぐらかすのに若干の苦労はしたが、私は彼からＬＳＤや覚醒剤も分けてもらうようになった。

ＬＳＤは最強の精神変容薬物だ。切手状の紙片に成分が染みこませてあり、舌下錠のように扱う。種々の意匠があるが、ディズニーのキャラクターを茶化したかの絵柄などが、なかなかに愉しい。幻覚に遊びたいならＬＳＤが最高だが、大麻と違って現実と幻想の区別が付かなくなることもあるので経験者と愉しむべきだ。また最上の媚薬であることも添えておく。ただ粗悪品にはフェンサイクリジンなどで水増ししてある物もあるらしく、要注意だ。フェンサイクリジンは象などの巨大生物のハンティングに用いられるという俗説さえある強烈な痲酔剤で、人体使用が禁止された最低の幻覚剤だ。副交感神経に作用して呼吸を危うくし、錯乱すれば洗面器の水に顔をつけて溺死するといったことが起きかねない。

覚醒剤も性に効く。ただし射精に到らずじわじわだらだら無限大——といったニュアンスか。抗不安薬としては最上かもしれない。私はYさんのアドバイスにより、ツブレと称される限界がきた時点で、ベッドの中でうつらうつらしつつ二日ほどじっと耐えることによって覚醒剤を抜き、そして気が向けばまた針を刺すといった方法で、うまく日常生活をまわしていた。ツブレたときに追い射ちをかけてしまうから、地獄に堕ちるのだ。ツブレがきたら休む。これさえ守ることができるならば、さほど恐ろしい薬物でもない。なにしろ戦時中は、学徒動員で徹夜作業を強いられていた女学生にまで服ませていた代物だ。ただ、ツブレの苦痛に耐えることができる人が少ない。たいした苦しさでもないのだが、追い射ちバカの誘惑に耐えられない者ばかりなので、試みる機会があっても、自分がどの程度の精神的強度をもっているかよく考えてほしい。覚醒剤の一番の問題は、それが純粋なメタンフェタミンなりアンフェタミンならばどうということもないが、売人が自分が射つぶんを確保するために樟脳やハイポ＝チオ硫酸ナトリウム＝

写真の定着剤で水増しするので、それらの薬害のほうが悲惨であるということだ。殺虫剤を静注すれば、どうなるか。私のようによい売人を知らなければ、死ぬ目に遭うかもしれない。Yさんだってさんざん混ぜ物をしていた。カミソリの刃でナフタリンを削るのを手伝ったこともある。ただ、私に恋情？　を抱いていたので、純粋なものを与えてくれたというわけだ。

非合法薬物について書くのにも飽きた。ヘロインはモルヒネからつくられるジアセチルモルヒネのことで、気持ちよくなるには若干の修業がいる。最初はほとんどの人が嘔吐してしんどい思いをするばかりだ。その時点で身を翻してしまえば多少の依存脱却での苦しさはあるにせよ、忘却の彼方だが、頑張って耐えて胸の閊えが一気に消滅するラッシュを迎えられるようになると状況は一変するそうだ。途轍もなくすばらしい地獄の始まりです。私は一度試して、気前のよいYさんのおかげで過剰摂取、嘔吐しまくって、以後手を出していない。けれど凄いのは、その一回でしっかり依存性がついてしまったことだ。鎮痛作用は超越的だそうで、抜けがきたときに仄見えた陶酔もすばらしかったが、いかんせんお見合い大失敗、相性が悪すぎた。また直感的にこれはやめておいたほうがいいと腰が引けてしまったのも事実だ。あるころからYさんの様子がおかしくなってきて、異様に諄いヘロイン賛美を聞かされるようになり、私にまでしつこく勧めるようになって、一応試してはみたが、逆に身を引いてしまったというわけだ。Yさん曰く『ちょびちょびやってると、嵐がくる』とのことで、自律神経系の苦痛に襲われ、それはもう耐え難いものであるらしく、それで使用量が増えていくわけだが、こんどは過量摂取で死に到る。Yさんは覚醒剤とヘロインのちゃんぽんで極端な上昇と下降のうちに錯乱し、千葉は市川の病院の中毒者を収容する病棟に入れられた。ま、そうそう入手できる代物でもない。日本ではダウナーと称される薬物は、あまり人気がない。

モルヒネは入院するまでやったことがなかった。非合法薬物にどっぷり浸かっていたときは、眠るなら大麻で足りていたからだ。大麻による夢さえ見ない眠りは眠剤など比較にならないすばらしさだ。おっと話がそれた。二十二歳くらいだったか、鹿児島の歯科医の娘と日本中を彷徨ったことがあるが、彼女の祖父がモルヒネ中毒で、ときどき『モヒくれ、モヒくれ〜』と大騒ぎしたらしい。モルヒネを常用するようになったきっかけが、茹で卵を一気に食べ過ぎて胃痙攣を起こして、彼女の父が安直にモルヒネ注射をしてしまったことによるそうで、失笑気味に苦笑したものだ。注射してやれば至って温和しいというか、縁側の籐椅子が指定席、外から見ているとうつらうつら、日なたの猫のようだったという。いま御存命かどうかはともかく、老いてからのこういう生活はある種の理想だ。私にも医師の息子がいたらよかった。

と、ここまで書いて、目論見が外れた。ずいぶん枚数を使ってしまった。非合法薬物については、それだけで一冊の本ができてしまう。これでもエピソード的かつ小説的な描写は極力避けているのに、だ。非合法という新たな題材を得たような気もするが、目的であるベニテングタケに辿り着けず、私は小さく苛立っている。気力を振り絞って合法ではあるが、ろくでもない、愛すべき薬物のことを記していこう。

二十四歳ころか、唐突にすべての薬物を断った。理由は、頭の中にある巨人なスイッチをオフにしてみたかったからだ。頭はだいじょうぶかと言われてしまいそうだが、私の脳内には古い巨大な灰白色のセラミックの碍子で絶縁されたスイッチがある。観念ではなく、明確なヴィジョンとしてスイッチの実体がある。大きさは、線路をつなぎ換える転轍機ほどもある巨大さだ。それを右から左へガッシャンと動かして、接続を切ってみたのだ。諸兄諸姉は、私が案外煩悶することなく薬物を断ちきっていることを察しておられることだろう。なんだ、こんな程度なら私もやってみようかな、と——。

いつのころからだろう、私の頭の中にスイッチが居座ったのは。有機溶剤に惑溺していたころには、まだ、なかった。このスイッチは薬物だけでなく人間関係その他すべてのオンオフができる。

実際、小説家になって七年目くらいか、執筆にも飽きてきたな、と、スイッチをオフにしたところ、唐突に蕎麦屋をはじめる気になり、調布に居抜きの店舗を見つけだした。蕎麦屋といっても手打ちではなく製麺機、汁は希釈して用いる業務用の一斗缶の有り物に鰹厚削りを加えて煮出す程度の代物、ラーメン屋は脂臭いから蕎麦屋といった至って消極的な理由による選択だ。

小説家廃業、蕎麦屋起業は、ある編集者に露見し、流れ作業的執筆が厭になったのならば、好きなものを好きなように書けばよいと迫られ、大失敗作〈鬱〉を書きあげ、現在に到る。五十枚に一度、性的場面か暴力描写をおいて読者におもねるということを排除したら、小説というものはじつに愉しい趣味であるということに気付いた。いや、あくまでも仕事ではあるけれど、以前のような倦怠とは無縁な、大仰なことを吐かせば、自分の命を削ってもよいくらいの悪事であることを思い知らされたのだ。

話をもどす。二十代半ばにスイッチをオフにした。ここまでは恰好よい。が、やはり十代から親しんでいたアルコールの量が一気に増した。私はあまり酒に強くない。それでも渇いたときのビール、冷えた晩にちびちび舐める日本酒の好さは知っている。けれど、まったく労働と無縁である、つまり暇であることも加担して、私は日がな寝っ転がって三楽という合成酒を啜り続けるようになってしまった。いま思いかえしても口中にあの甘ったとろい化学調味料の過剰な旨味が拡がる。私は有機溶剤で、そしてアルコールで脳細胞を溶かし、同居していた人にあれこれ迷惑をかけるようになり、多摩川がほど近い聖蹟桜ヶ丘のS記念病院に抛り込まれてしまった。我に返った私は、アルコール治療病棟内で即座にスイッチをオフにして、完全に酒精を抜き、社会復帰以降、酒は一切口にしていない。タバコもいっしょにやめさせられたことは前に書いたが、一年後くらいに他人が喫っている煙を喫っている自分に気付き、チェリーだったか、いまだかつて喫ったことのない銘柄ならばいいだろうという中毒者につきものの意味不明な理由付けでコインを投入し、一本喫ったらこれまた元の木阿弥、十本ほど立て続けに喫い、ニコチンに飽いて少々気持ち悪くなった時点でスイッチを切り替え、パッケージごと握りつぶしてゴミ箱に叩き込んで、喫煙も終わりにした。

　威張って言ってしまうが、以来私は酒タバコを完全に断っている。もちろん非合法薬物にも一切手を出していない。それならば立派な社会復帰、いや迎合だが、なんのことはない、私の内側の決まりで合法とされている精神変容物質は随意取り入れて問題なしということで、まずは睡眠薬からいきますか。フーテンの時代のハイミナール、懐かしいが、アホらしい。良貨は悪貨を駆逐する、タイスティックを知ってしまってからはまったく手を出さなくなった。私にとってタイスティックは睡眠の友としても別格だったのだ。ところが某フォークシンガーが大麻で逮捕され、それがこのタイスティックであったことから監視が厳しくなり、タイから輸入のマホガニー製玄関ドア一式の内部にみっしり詰め込まれて日本に届いていたそうなのだが、それがすべて税関で撥(は)ねられて、一気に供給が途絶えた。日本にも麻繊維を採るために栃木県鹿沼(かぬま)では麻畑が拡がるが、あるいは北海道東北には野生の大麻が自生しているが、それらは効き目がほとんどないと断言してしまってもいいくらいの喫うだけ無駄な代物、けれどそれでも捕まって試薬が紫になれば逮捕されてしまうのだからバカらしいことこの上ない。

　最初は寝付きが悪いからと入手した睡眠薬あれこれだが、頭のどこかにハイグレランの取り柄のなさがあって、週単位で量を半分に減らしていき、すぐに断薬してしまった。それが再開してしまったのは、小説家の仕事に就いて運動不足からどんどん肥満して、覚醒剤を愉しんでいたころは四十八キロだった体重が、八十六キロにまでなってしまい、睡眠時無呼吸がひどくなったことによる。妻に息が三分以上止まっていると指摘されて、検査入院させられた。結果、CPAP（シーパップ）と称する気道に空気を送りこむマスクを装着することになった。神経質な私は、これではとても眠れないと医師に睡眠薬を処方してくれと訴えた。結果、睡眠導入剤として、アモバンという作用時間が超短時間の睡眠薬を処方された。欧米では向精神薬指定を受けている薬物なので厳格な管理を受けているらしいが、私が処方されていたころは日本ではなぜか向精神薬指定から洩れていて、いくらでも処方してくれた。一気に百二十錠入手も可能で、薬局を数軒回ればとんでもない数のアモバンが手に入る。向精神薬指定された二〇一六年末くらいまでは野放し状態、多量服用し放題で、口中に湧きだす苦みの副作用さえ気にしないならば、最高の眠剤だった。

　二十代に嵌っていたサイレースといった睡眠薬は定量であっても丸一日、だらだらと効き目が続く。コカインといっしょに嗜むと、それがじつによい作用をもたらすのだが、小説家の私にとって二十四時間ボケ状態は願いさげだ。けれどアモバンは7・5㎎を五錠ほども服めば筋弛緩で身動きに若干問題はでるが、柔らかな幻覚を愉しむことができ、しかも超短時間型の睡眠薬なので七時間くらいですっと現世に帰ってこられることもあり、睡眠時無呼吸症候群のおどろおどろしいマスク装着のストレスからも解放され、少なくとも最初の三時間くらいは暗黒の眠りを与えられることもあって、アモバンはじつに好いなあと感心していたら、亡き異才、見沢知廉（みさわちれん）もアモバン最高といった文章を書いていて、同志よ！　と勝手な連帯感をもった。

　定量である7・5㎎一錠服用ならば、それほど深刻な副作用があるわけでもなく、唾液腺から滲みだす苦み以外はなかなかによい睡眠薬だ。薬価も安価で、経済的にもおすすめだ。不眠に七転八倒しているならば、医師に相談してみるといい。もう人量処方もしてもらえないから、ストッパーもある程度かかるので、市販の風邪薬に毛の生えたようなジフェンヒドラミン塩酸塩の薬剤を購入するよりも、はるかに効率的だ。薬価は高いが、アモバンから苦みの副作用を取りのぞいたルネスタを処方してもらうのもいいだろう。ちなみに私はアモバンを服用していた時期も、きっちり大量の原稿を書いていた。クオリティが落ちていたとも思えないが、それは自分が評価することではない。

　ほかになにか薬物があったかな？　と思いを巡らせてみた。まだ、合法ハーブのことを書いていなかった。社会問題にもなったが、私にとっては忘れてしまう程度のことにすぎないこともあり、早くベニテングタケのことを書きたくて、またもやイラッとした。けれどここまで書いて端折るわけにもいかない。流して書く。そもそもデザイナーズドラッグと称される大麻類似物質や覚醒剤類似物質を使用したのは、向精神薬指定されていなかったアモバンと同様、罪に問われずに大麻や覚醒剤を嗜めるということ、そして、それで裁く法律がないということも絡めて短篇小説を書いてみたいという慾求を覚えたことだ。『文學界』で書いていた連作〈色〉の一篇〈緑〉という作品で合法ハーブのことは徹底的に描いたから、興味のある方はＡｍａｚｏｎで〈色〉という作品集をダウンロードするなり、単行本を購入するなりしてください。

私が合法ハーブを知ったのは知り合いの刺青彫師が〈忍者〉という銘柄をプレゼントしてくれたからだった。三グラム入りで四千円也、これが飲酒に較べれば、じつにリーズナブルで毎晩喫っても半月近くもつ。正直なところ所詮は合法と侮っていた。だが実際に吸飲したところ、天然の大麻とは別種の強烈な効き目があった。ただし純粋な化学調味料を口中にぶち込まれたかの余韻もなにもない凄まじさだ。〈緑〉にも書いたかもしれないが、良質な大麻が滋味あふれる鰹椎茸炒子昆布だしだとすれば、合法ハーブは暗緑色の葉っぱに若干くすんだ白い薬剤がまぶされたケミカルだった。当然ながら日本国内で育てられ流通している値段だけは高価なゴミのような大麻に較べれば、化学物質だけあってずっと激烈な作用をもってはいる。けれどタイスティックのような良質な天然物と比較すれば、味わいに欠けた。はっきり言って不味かった。幾種類かの成分がブレンドされているとはいえ自然天然の大麻草の成分の複雑さには遠く及ばない。輪郭が淡く薄い。瞼の裏の幻覚も、多幸感も、外界に対する感受性も、すべてに微妙な靄がかかっている。はぐらかされている感じがする。前にタイスティックは地球の中心にまで引きこまれていくような心地好い重力がかかると書いたが、合法ハーブは、ひたすら重いだけだ。

私は数ヶ月各種喫いまくり、もう充分に書けると見切った時点でスイッチを切り替え、ぴたりとやめた。いや、正確には大量のストックが残ってしまい、これは書いてよいものか微妙だが、犯罪を構成しないのだから書いてもかまわないだろう、編集者とシュノーケルで沖縄で遊ぶ例の水死体倶楽部という集まりのときに持ち込んで、私の部屋に置きっぱなしにしておいて無礼講、初夏の十日間ほど、じつに愉しい時間を過ごしたものだ。ちなみに大麻類似物質だけあって、吸飲したせいで習慣性がついてしまい、やめられなくなってしまった編集者はいない。

さて、ベニテングタケのことを書く。この不思議の国のアリスのキノコに到るまで、じつに長い道程だった。構成がうまくいかないのは、薬物で脳細胞がかなり死滅してしまっているからかもしれないが、じつは私の執筆はいつだって成り行きまかせで、まあ、こんなもんだ、と開き直る。

超大型台風が直撃して我が家の裏手の法然院の樹木や電柱が倒壊したのが十月二十三日、そして長野のHさんから大量のベニテングタケを宅配便で送ってもらったのはその六日ほど後だった。長野県の某公園に大量に生育していたとのことだ。画像も添附されていたが、目を瞠ってしまうほどに一面、ベニテングタケで占められていた。大きな物はカサが二〇センチを超えるが、さすがに搬送の振動に耐えきれなかったのだろう、崩壊していた。新鮮なうちに食するべきだが、小説家として執筆がすべての私は、十月の連載執筆をすべて書きあげるまで、冷蔵庫の野菜室に収まっている真っ赤なボディに白いソバカスの散った美女をチラチラ眺めやって辛抱した。アリス。スーパーマリオ。毒茸のヴィジュアルといえばベニテングタケだが、妻や娘はその派手な姿に騒然としていた。

十月三十日、KADOKAWA連載〈ニードルス〉を書きあげ、十月分の連載執筆をすべて終えた。これで多少、身体に不具合がでても後顧の憂いなし。ルイス・キャロルが不思議の国のアリスを書いたのは、ベニテングタケを食べ、その幻想がもとになっているという俗説さえある代物である。私は連載執筆終了からもたらされるすばらしい解放感を抱き締めながら、丑三つ時にカサの直径一〇センチほどのものを三つ、オリーブ油でソテーして食い、でてきた汁もあまさず飲み干した。

味わいや幻覚症状その他を記す前に、なぜ私がベニテングタケに固執していたかを明かしておきたい。同月中旬、私はK内科医院で足の浮腫みその他の症状で血液検査を受け、赤血球が最低基準値の半分強、血小板が最大基準値の倍以上、そして白血球の異常な乱れといったあれこれが露呈していたのだ。つまり軀に異常がでているさなかに、K先生が別件逮捕と憂えて総合病院の血液内科に紹介状を書いてくれ、骨髄検査をするかしないかといったさなかに嬉々として毒茸を食べていたということだ。どうやら私には自重といった感情がないとまではいわないが、相当に薄いようだ。いまとなっては、私という人格に附与されている異様なまでの楽天性が不思議でならない。なにしろ年明け早々には、初回とは比較にならない大量のベニテングタケを食し、とんでもない状態に陥ったのである。

11

ベニテングタケの成分であるイボテン酸はグルタミン酸の二十倍ほどもの旨味があるとキノコ関係の図鑑その他にあったが、二本目に食べたものが図抜けていて、食べ終えてからも舌の付け根から咽にかけて旨味がこびりつき、沁みこむように残っていた。強いてその旨味を言葉にしてしまえば、鰹だしなどの動物性のものではなく、たとえ化学的に濃縮しても不可能であろう強烈な昆布だしといったところか。ただしベニテングタケの旨味には著しい個体差があった。

光文社の編集者Kが野生キノコを食べる会に所属していたことがあったそうだ。長野は霧ケ峰のペンションで各々が採ってきたキノコを、エキスパートが選別して食べられるものと食べられないものに分けて、キノコ尽しの一夜というすばらしき美食の宴を過ごすのだが、そのときにベニテングタケを食したことがあったとのことで、私が水を向けると『ほんの数切れでしたけど、ほかのキノコが霞んでしまうほど美味しかったです』と熱く語っていた。Kは数切れだったので精神変容は訪れなかったが、その旨味に負けて大量に食べた会員は、わけのわからぬ雄叫びをあげて二階ベランダから放尿するなどの狼藉を働いたらしい。

じつはベニテングタケに限らず、毒茸の成分は多岐にわたって複合していて、食した人の性格や情況により様々な症状があらわれるらしい。結果から先に書いてしまえば、私は放尿その他、人道？　にもとる所業に及ぶことはなく、ごく静的かつ案外理知的とでもいうべき時間を過ごした。

毒茸関係の蔵書は、かなり所有している。というのも前章では触れなかったが、一九九〇年代末から数年ほど、気が向くと乾燥させたマジックマッシュルームを紅茶と混ぜて抽出して愉しんでいたことがあり、そのときに図鑑をはじめ関連書籍をあれこれ入手していたからだ。これは私の実感でもあり、毒茸関係の学術書にも記されていることであるが、マジックマッシュルームをはじめとする幻覚性キノコの習慣性は大麻と同程度、ちなみに大麻の習慣性はカフェインよりも弱い。

これは最近の私自身のことだが、エナジードリンクの多飲は要注意だ。海外通販で入手したカフェイン錠は安価で強力なのだが胃が痛くなるので、今年に入ってから執筆時の眠気を抑えるためにカフェイン含有量最多のエナジードリンクを箱買いして飲んでいた。半月ほどで習慣化＝カフェイン中毒の症状があらわれ、軽い偏頭痛と苛々が起き、エナジードリンクを飲むとすっきりするというサイクルに陥った。一日に数本程度ならばともかく程々を知らない私の悪いところだが、たかがカフェインと侮っていると案外手痛い報いを受けることとなる。もちろん脳内スイッチを切り替えて、即座に断飲（という言葉があるのかどうか）し、代わりにインスタントコーヒーで代用することにした。

と書いて、これではカフェインから抜けだしたことにはならないか――と苦笑が洩れた。ともあれインスタントコーヒーならば自分で濃さを決められる。睡眠時間を削って書くぞ！　というときは、ティースプーン山盛り五杯ほどを牛乳で割って飲む。不要と判断すれば、飲まない日も多い。もちろんコーヒーの滋味は充分に理解している。深煎りの真っ直ぐな苦みのあるコーヒーが好みです。けれど凝りだすと限がない。知り合いだった人にコーヒーのマニアがいてあれこれ蘊蓄を垂れ流すので、強烈な反撥心が湧き、豆を挽いてコーヒーを淹れるということ自体が鬱陶しくなり、インスタント一筋になってしまった私だ。カフェインという名の合法覚醒剤は、残念ながらその効力からすると副作用のほうが大きく、ヒロポン〈大日本住友製薬〈現住友ファーマ〉の商品名〉のようには、いきません。ちなみに私の父は終戦後に軍関係から流出したヒロポンを嗜んでいた一時期があり、銭湯で幼かった私と並んで座って泡立てているさなかに、二階から飛び降りても怪我ひとつしなかったという奇妙な、脈絡のない自慢話をしていた。

おっと、脱線してしまった。マジックマッシュルームは、いま現在でも胞子の所持は罰せられることがないが、それを育てて口にすれば罪となる。よくわからない法律だが（同様に大麻取締法は麻繊維等の絡みから吸飲は罪に問われないが所持が罪を構成するというやや不可解な法律だ）、まだ法規制がなかったころは、渋谷の某店で購入した観賞用？　のヒカゲシビレタケを育て、胞子を得てさらに新たな株を育てるという方法で延々愉しむことができるというリーズナブルさだった。得られる幻覚は視覚に関していえばＬＳＤよりも凄いものだ。念押しするのも気が引けるが、ヒカゲシビレタケは日本におけるもっともすばらしいマジックマッシュルームだ。その作用は拙著〈武蔵〉に詳細に記してある。

ともあれ、これを毒茸と知らずにごく普通のキノコとして食すれば、立ち顕れる幻覚に驚愕し、狼狽えたあげく途方もない恐怖に襲われるだろう。けれど端から幻覚を愉しむ心構えで試すならば死亡例もほとんどなければ習慣性も無視できるので、どうということもない。私自身、愛おしんで栽培し、月にせいぜい一度、執筆に差し障りのないときに徹底的に胃の中に物がない状態にして（これが大切）キノコ入り紅茶を飲んだということだ。で、煮出し汁といった態の紅茶を飲みほしてしまったら、柔くなったキノコを摘まんで食す。法規制がなかったころ『文藝春秋』に、これらの実体験の詳細なルポが掲載されていたが、わざわざ私のところにその号だけ送附してきたのは、どのような意図だったのだろう。口にしてはいけないという法律ができたときは、手塩にかけて育てたキノコなので若干の愛惜の念を覚えつつ、燃えるゴミとして出してお仕舞いと相成った。

いま、思い出したが、私の薬物行脚で書き洩らしたものにコカインがある。でも、もういいでしょう。短時間作用する覚醒剤です。頭がよくなったような気がしますが、自身の持っている本来の能力を超えることはできません。右の鼻腔に鼻茸なるポリープができてしまい、いまだに通りが悪く、鼻づまりに悩まされている。以上。

さてベニテングタケ。腹痛嘔吐が起きる場合があると物の本にあったので、食す前にベッド脇に空にした百円ショップのプラスティックのゴミ箱を置いた。私の寝室兼書斎は一級建築士に念入りに造ってもらった分厚いコンクリの監獄なので、外からの音の侵入は一切ない。静謐(せいひつ)の極致だ。

小一時間もすると別世界だ。

凄まじく心地好い痺れに支配された。その痺れに身をまかせて脱力していると、腰や股関節がひどく凝っていることに気付き、ストレッチした。股関節を大きく曲げて伸ばしていくと、そこから発した痺れが脳の痺れをさらに増幅していく。ただし良質な大麻ほどの心地好さはない。それでも日常の仕事が座り詰めで肉体に相当な無理を強いていることを実感した。

ストレッチしながらリモコンを操作してオーディオを鳴らす。低音が痺れに連動してじつに心地好い。フェミ・クティといったアフリカの音楽がじわじわ沁みた。ただしこれも大麻ほどの好さはない。

やがて、ここからがベニテングタケ独特の作用なのだろうが、なぜか精確な系図をつくる——と眦(まなじり)決して、ひたすら脳内で系図づくりに専念した。じつに偏執狂的厳密さだが、所詮は私の系図。自身が把握している係累のみだから難しいことはなにもない。けれど、とにかく、頭の中に拵(こしら)えた長方形の枡目(ますめ)に氏名等をきっちり精緻に埋め込まないと気がすまず、尋常ならざる集中力を発揮した。これが幻覚というならば、じつにクリアな幻覚であり、はっきりいって面白みの欠片もない。この無彩色は、正月にふたたびベニテングタケを試みたときにも引き継がれて、私の脳のなんらかの要素がこのような白と黒しかない単調な幻覚を催させたのかもしれないとも思う。不思議の国のアリス的な極彩色を期待していたのだが、肩透かしだった。

　ともあれベニテングタケの取り柄は、圧倒的な痺れで、これを素直に受け容れると、じつに心地好い。この痺れを味わうためだけでも価値がある。試みにトイレに立ったが、ふらつきと目眩は尋常でない。その一方で意識の芯はしっかりしていて、顚倒しかねないので壁を伝い、じつに注意深く行動した。排尿後は無性に蕎麦が食いたくなった。二階リビングにあがって、キッチンの食品棚から乾麺を取りだしはしたが、しばらくぼんやり思案した。火を使うことはやめておくことにする。机上にあった冷たい焙じ茶を飲んだ。そのままさらにぼんやりしていたのだが、ふとソテーしたフライパンに目が行き、明朝、妻が子供たちの朝食の調理に使いかねないということに思い到る。ベニテングタケのエッセンスが残っていると、いけません——金束子で丹念に磨きあげ、安堵した。これを理性的というならば、火を使うことを控えたことも重ねあわせて、妙なところで理性的だった。ともあれ腹痛や吐き気もなく、圧倒的な痺れからもたらされる快感に浸りつつ、寝室にもどって、深い眠りに墜ちこんだ。

　目覚めたら昼過ぎ、一時くらいだった。よく寝た。じつに見事な、ただし四代しかない系図をつくりあげたのだが、ぬめっとしたひたすら平板な純白の背景に黒い線で拵えられた幾何学的な形式などが泛びはするが、クリアなのに焦点を結ばない。書き込んだ文字がよく見えない。本音を記せば、結局のところベニテングタケはなんらかの新たなヴィジョンやスペクタクルをもたらすこともなく、痺れ以外は案外地味なものだった。

しばらくぼんやりしていたが、やたらと蕎麦が食いたかったことを思い出し、即座に茹でて、辛み大根を載せて食べた。蕎麦は乾麺マニアの私が選んだ北海道江丹別のもの、辛み大根はベニテングタケを送ってくれたHさんが同梱してくれたもので、蕎麦のごく幽かだがジャリッとした舌触りに辛み大根の鮮烈な辛みが鼻腔を抜けていき、目眩が起きそうだった。物を食べたとたんにトリガーが引かれたらしく、嗅覚も鋭くなって香りの坩堝、そのままソファーに座ってケーブルテレビでやっていた〈ロード・オブ・ザ・リング〉を小一時間ほどうっとり眺めているうちに、我に返った。筋書きその他、なにも頭に入っていなかった。

このときに感じたベニテングタケの欠点を挙げれば、半日どころか翌日になっても完全に効力が抜けないということだ。じつに抜けが悪い。気分はふわふわで、なかば宙に浮いたような感覚が支配している。日課の学校帰りの娘をバス停まで迎えに行くときも、地面にちゃんと足を着いているのだろうかというどこか愉快な浮遊感があった。また活字を追うことがまったくできない。途中まで読んでいた〈バディ・ガイ自伝〉を開いたが、ほとんどインタビューで構成された趣の活字さえもまともに追うことができなかった。目を閉じると妙にクリアな光の帯にもっていかれてしまう。執筆を試みたが、うまくいかなかった。こうなると、とても連用する気にはなれない。オーバーワークで疲弊しているし、ちょうどよい機会だ。せいぜい軀と心を休めよう。そう割り切って、まだ大量に残っている分は冷凍した。

12

大晦日（おおみそか）の夜、新刊〈續（ぞく）　太閤私記（たいこうしき）〉のゲラの手入れをしているさなか、午前零時をまわったと娘たちが書斎に駆け込んできた。家族で近所の大豊（おおとよ）神社に初詣に出かけた。神社の石畳の上りで、ひどく息が切れる。駆け足の娘たちをぼんやり見送った。黒いダウンジャケットの背を丸め、膝に両手をついて前屈みで呼吸を整えている私を、妻がなんともいえない虚（うつ）ろな表情で見つめていた。雨上がりで路面は濡れているが、よく晴れあがって、見てくれはほぼ満月の十三夜が藍紫の夜に泛んでいる。二〇一八年は、この純白の月の印象からはじまった。

じつは風邪を引いていた。一月一日の日記に『喉風邪？　は、どうやら抜けたようだ。まだ多少違和感があるが。長引いた。もっとも俺の心理を分析してみると、連載などでずっと無理を重ねてきたあげくそれが一段落すると、軀を休めようと無意識のうちに病気になるような気さえする。それでたっぷり横たわって軀の修復に励むというわけだが、さて実際はどうなのだろう。単に免疫が弱っているだけかもしれない』とあった。

単に免疫が弱っているだけ――ちゃんと自身の軀の異変の本質に気付いているのだ。

このころ、よく風邪を引いた。白血球の異常はリンパ球＝免疫担当細胞の弱体化をもたらしていたのだ。ただし異変の本質についての意識は識閾（しきいき）の間（あわい）でとどまってしまい、表層にまで上がってこないことが、私の精神の微妙な鈍感さ、あるいは欠落を如実にあらわしている。

正月二日、〈續　太閤私記〉のゲラの手入れの目処（めど）がついた私は、妻と娘に荒々しい声を投げつけた。

「てめえら、とっとと帰（けえ）れ！　俺は一人静かにキノコを食うんだからよ」

とにかく私は口が悪い。生まれも育ちも東京だが、江戸っ子のべらんめえ口調というよりも三多摩地区の最下層労働者階級の言葉遣いだろう。娘たちにもそれはすっかり伝染してしまって、彼女たちは多摩言葉と京言葉のバイリンガル、一人称は『俺』である。もっとも言葉は荒く聞こえるが、別段私は怒っているわけではないのだ。私の体調が心配なのか、なかなか里帰り（といっても、ごく至近だが）しようとしない妻と娘たちに、早く祖父母のところに行ってやれ、そのあいだ、私は一人でベニテングタケを愉しむから――といったニュアンスである。強いていえば娘たちが御節（おせち）はいやだと吐かして、なんとフランス風の御節の重箱が届いて、それに辟易（へきえき）していたこともある。伊達巻（だてま）きには中心に未成熟のミモレットチーズとやらが入っていて、鹿肉のナントカが並んでいるといった具合で、私も御節料理自体は大嫌いだが、加えて和洋折衷のフランス風保存食がなんとも微妙かつ耐え難いものだったこともある。つまり私はカップ麺でも袋麺でもいいからインスタントラーメンや冷凍してあるドミノ・ピザを食いたかったのだ。ならば食べればいいではないかと言われてしまいそうだが、私は変なところで和を乱すことを嫌う。家族の雰囲気は大切だ。妻の名誉のために書き添えておくが、彼女は同志社で美学を専攻した漆職人なのでやや観念的なところはあるが、漆器をはじめとする正月の器はそれはすばらしいもので、大晦日の晩から大量の昆布を仕込んで拵えた京風の白味噌の雑煮は、じつに見事な味わいだった。そこに、何故、おフランス～といったところだ。

　私は隠し事をしない。本当に隠すべきことを隠蔽するために、多少のリスクを承知であれこれ率直に口にする。妻子が不在のあいだに再度ベニテングタケを食べると宣言し、正月二日、ご心配には及びませぬ、と妻と娘を自宅から追い出した。

　一月三日の午前一時半、〈續　太閤私記〉のゲラの手入れを終える。私は豊臣秀吉という人物が嫌いだ。好悪を乗り越えて、よく書ききったものだと頷く。秀吉の出自について〈明史〉によると、秀吉は薩摩州人の僕（現在の一人称僕ではなく、身分の低い者の意）とあり、殷都が書いた〈日本犯華考〉には秀吉は中国人であるとある。李氏朝鮮の柳成龍〈懲毖録〉にも『秀吉なる者、或いは云ふ、華人の倭国に流入する者なり』と中国や朝鮮の歴史書には、秀吉の出自が日本人でないことを示唆するものがけっこうあり、これを参考資料に載せるかどうか悩む。初めて天下——日本をほぼ統一した人物が日本人でないとする説は面白いが、採用しなかったこともあり、また一般の人がこれらを入手できるとも思えない。加えて著作権もないので省いた。もういちど日を通したいのでゲラをもどす手配はしなかった。

けっきょくベニテングタケを食べたのは、四日の午前二時をまわってからだった。カサの大きな物だけを選びだしたが、冷凍がいけなかったのか、解凍した時点で軟体動物化してしまい、鮮やかな赤色がすっかりくすんだ褐色になって、見てくれも味も最悪になっていた。苦みが増し、眉間に縦皺を刻んでしまうほどに化学薬品臭じみた悪臭が強烈だ。まったく食欲がそそられないが、マジックマッシュルームもけっして旨いものではなかったと思い直し、前回の四倍以上の量を無理やり胃に押しこんだ。

食しながら、片目でノートパソコンをいじり、いつでも記録できるようにエディタを立ちあげたままスリープさせた。前回と違って今回はきっちり記録をとるつもりだ。もはや必要を感じなかったが、空のゴミ箱をベッドの右脇に安置し、横になった。さすがに量が多いのと初体験ではないのとで、すぐに作用の徴候を摑み、ベニテングタケの夢幻の渦中に到った。そこでエディタに記録を取ろうとして半身を起こしたが、どうしてもパスワードを思い出せず、文字入力自体がまともにできず、諦めた。

記憶があるのはここまでで、朝方、明るくなってからベッドにしょんぼり座っていることに気付く。たぶん気を喪っていたのだ。夜から朝にワープしたような気分のまま、横になった。別段吐き気もしないのだが、そこから吐かないこと、胃の内容物を一滴たりとも洩らさないことに特化した幻覚に包みこまれてしまった。もっとも吐かないことに特化した幻覚という言葉が残っているだけで、いまでは具体性が一切ない。ただ涎が口の中に一杯たまり、まるで飲み物を含んだかのようだった。

やがて幻覚はマリネッティが主導した未来派の、あの多重形象にして無機的かつ形式張ったポスターのようなものが際限なく奔流しはじめ、幾何学的かつ理性的で強固な印刷物じみたものとなった。動きはなく、燦々や目眩くといったニュアンスとは程遠い。私は未来派の主張とは裏腹に、その作品群を目の当たりにしても躍動的な力および運動を想起させるもの、機械と速度のダイナミズムなど一切感じられないのだが、前回の系図作成と同様の単調さに支配されていた。幻覚は無彩色が主体だが、彩度の低い赤や緑や黄と多少の色が付いていた。

トイレに立った。前回のような痺れさえ感じられない凄まじい朦朧ぶりだが、周囲は黄金色に塗り込められて中途半端に明るい。小便だが、これほどためたことはないと唖然とするほどに大量で、排尿自体はかなり長かったが、私の動作も含めてすべてが素早く動く幻覚に支配され、わけもわからず機嫌がよい。いま思いかえすと、嘔吐と無縁であると確信したような気もする。なぜか『嘔吐』が頭にこびりついてしまっていた。

ベッドにもどると、新たな幻覚が押し寄せた。トイレからもどったせいだろう、便座に小型の便器が数十個、みっしり並んでいる。よくできているミニチュアだと感心していると（そうなのだ。大麻やＬＳＤの幻覚と違って、なにやら精緻な模型を目の当たりにしているようなリアリティがあるのだ）、すべてが小型化してしまえば、時間が早くたつということに気付く。私にとっては大発見だ。以降、私が目にする世界はすべて精緻に折りたたまれていた。四角い立体も線状に完璧に折り込まれている。この小型化は、すべての事象、すべての物理現象が（時間さえもが）折りたたまれているという発想で、なかなか哲学的刺激に充ちていて、口にするのはややおこがましいが、次元の有り様を俯瞰（ふかん）している気分で遊び、超弦理論を完璧に理解したような気になった。

やがて瞼の裏側に見えるものから色彩が失せていき、代わりに白黒灰の無彩色のグラデーションのみだが、凄まじく精緻な、ハイパーリアリズム的な夢に取ってかわられていった。ハイパーリアリズムと記したのは、白黒写真とはまったく別物の実在感があったからだ。これから先の記録は、正直なところ俗っぽく、若干の羞恥を覚えるが、恥をかくのが小説家の仕事、超弦理論で止めておけば私もなかなかのものなのだが、あえて率直に書き記しておこう。

市川海老蔵（いちかわえびぞう）と顔だけは知っている俳優（高島（たかしま）ナントカ？）とつるんでなにやら私は騒いでいる。陳腐極まりないが、なぜ海老蔵？　と苦笑しつつ、その精緻な映像に遊んだ。掲載時に仮名にならぬことを祈りつつ、実名を書いてみたが、じつはこの超越的リアリズムは延々続いて止（や）むことがなかった。だんだん苦痛になってきた。けれど夢や幻覚の常で、自分の意思では抜けだすことができない。ひたすら我慢するしかない。適量？だった前回のときのような痺れはないが、あるいは痺れを通り越してしまっているのか、まともに立つことができぬまま、どんどん時間だけがとんでもない勢いで流れ、世界が動いていく。けれどたぶん実際には時間はほとんどたっていないことも直観された。もう勘弁してくれと騒ぎたいが、軀が動かない。なんと十八時過ぎまで起きられなかった。海老蔵以外に中途の記憶はない。エアコンがつけっぱなしだったので軽く汗ばんでいた。

目が覚めて、仰向けのまま薄闇のなかで微妙な違和感を覚えていた。徐々に感覚がもどってきて、もちろん正常には程遠いのだが、現実を認識できるようになってきた。ゆっくり身を起こす。どうしたことか背中が粘る。ぎこちなく腕を折り曲げ、パジャマ代わりのトレーナーの背をさぐって、附着したものを刮げおとす。なにやら不定形にして雑にプレスされた肉片のようなものだった。それがなにであるかはわからない。まだ脳の回路が現状を認識していない。やがてベッドの背もたれに縋って立ちあがって驚愕した。シーツの上に吐いた嘔吐物の上に私は寝ていたのだ。が、嘔吐した記憶は一切ない。その巨大にして薄汚い茶色い花を正視するのがいやで、顔を背けて呟いた。

「ゲロを背中に寝てたのかよ――」

そもそも掛け布団を剝いで、わざわざシーツのど真ん中に吐くという行為自体が信じ難い。カップ焼きそばを食べたらしい。御叮嚀に豚肉を炒めたものを大量に混ぜ加えたらしい。海老蔵だけなら笑い話だが、大量肉入り焼きそば。いつ？　どこで？　誰が？　なにを？　なぜ？　どうやって？　どれだけ？――5W2Hというやつが頭を駆けめぐる。なんとか要領よく現実に起きた出来事をまとめたいと必死だ。

けれど、いくら脳髄をさぐっても、これらすべての記憶はない。ただし吐かないこと、胃の内容物を一滴たりとも洩らさないことに特化した幻覚に包みこまれていたことがぼんやり泛んだ。あのとき、もう嘔吐していたのだろうか。電気敷き毛布の熱のせいだろう、千切れた麺はともかく、水分が抜けてほぼ乾燥肉と化している豚肉片が日立つ。後始末を考えると、がっくりきて泣きたい気分だ。電気毛布やマットにまで沁み込んでしまった嘔吐物の臭いが、例の変質してしまったベニテングタケと胃液の混淆した凄まじい悪臭で、顔を向けるだけでも気分が悪くなる。これから先、夜毎この上に横たわって眠るのかと思うと気鬱の極致だ。しかも、軀の怠さは尋常でない。頭痛と言いきるほどではないが、眼底から側頭部にかけて幽かに痛む。これがじつに気ぜわしい。正直、ベニテングタケが愛好されていない理由を実感した。この不快感はひどい。懲りました。もう二度と試さないだろう。

次元を畳む幻想はおもしろかった。けれど十代後半に試した俗称PCP、STP＝フェンサイクリジンよりも後味が悪い。ＳＴＰは抜けてしまえば、虚無だけが残って、肉体的不快はほとんどない。ただし悪罵するだけではフェアでない。私はベニテングタケの幻覚の渦中で、ほんとうに超弦理論を理解した（つもりになれた）。付け足しておけばフェンサイクリジンなんてろくなものではないが、まだ量子論を知らない十九歳が、無数無限の泡状の銀色の宇宙が蠢き、ひしめきあい、誕生するマルチバースの概念を慥かに映像として目の当たりにすることができ、それ以降の私の宇宙に対する捉え方が直観的に単一宇宙（ユニバース）から、インフレーション理論的な多元宇宙論を獲得してしまったことは、記しておきたい。

　前回の程よいトリップをもとに、連載中の〈花折〉では、ベニテングタケを用いてよい気分になる場面を描いてしまった。書籍化の折りには食用は控えるように注意書きしなければ――と殊勝なことを思った（実際には、書籍化されたときには、きれいに失念していたけれど）。もう吐く物などなにもないのだが、イボテン酸の薬理で嘔吐中枢が刺激されるのだろう、暗くなってから二度ばかり胃液のみ嘔吐した。深夜になってから、食欲など欠片もなかったが、冷凍ピザを焼いて蟀谷を揉みながら、もそもそ食べた。

　ピザで腹を充たしたあと、怠さに負けて、妙に畏まって嘔吐物の沁みたベッドに横になった。これも薬理なのだろう、あっさり眠りに墜ち、たくさん夢を見た。まだベニテングタケの支配下にある私は、顔がボコボコに腫れた海老蔵となにやら仲良く和気藹々と行動している。俗夢の続きには例によって色彩がなく、ただ黒白のグラデーションから離れて、精緻な茶褐色のグリザイユといったところだ。翌日正午まで起きられなかったが、やはり無数の、しかもつまらない夢に襲われ続け、かなり食傷したが、夢＝幻覚なら、耐えていれば、いずれ醒めるということを経験上熟知しているので、素直に身をまかせて精神的不快を怺えた。ただ、どうしたことか判で押したように一時間ごとに目覚め、枕許のＬＥＤ時計を見やると、毎回必ずオレンジ色のＬＥＤが二十八分を表示している。これも幻覚だったのかもしれない。とにかく疲れた。抜け殻になったという比喩がしっくりくるほどに――。

この日の午後五時、睡眠時無呼吸症候群の月に一回の通院日だった。私はバスが大好きで、市バスの一番後ろに陣取って揺られているうちに、ずいぶん気分がましになってきた。とはいえ歩行は覚束ない。細心の注意を払って四条通に面した睡眠クリニックに辿り着いた。先生とは診察というよりも、いつものごとく世間話で、年末進行でとても忙しかったことなどを適当に喋った。体重や血圧などを測るのだが、これもイボテン酸その他の薬理だろうか、血圧は百十二の六十八で、しかも体重が二キロ減っていて、看護師に褒められる。ベニテングタケで嘔吐し、丸一日、冷凍ピザ一欠片しか食べられず消耗していたせいとも言えず、苦笑いした。あれこれ処方したがる先生だが、いまや睡眠導入剤は服まないことがほとんどなので大量にたまってしまっている。止めてもらった。

帰りは岡崎神社前でバスを降り、フレスコに寄った。とにかく辛いものが食べたくてうろついていたら、棚の下部に隠されていたかのようにLEEの限定版辛さ二十倍カレーを発見し、神、我を見棄てず！　と胸中にて大仰に叫び、すべて買い占め、そのままレジ袋を提げ、哲学の道に出て白い息を吐きながらゆるゆる歩き、自宅にもどった。正月明けでほとんど人と出会わず、緊張感に欠けるせいか、けっこうふらついていたと思う。家にもどって〈續　太閤私記〉のゲラを送附するのを忘れていることに気付いた。昨年中にもどす約束だったのだが、もういちど読み直そうと考えていた。けれど、もはや気力がない。ベニテングタケ、食ってる場合じゃないよな——と自嘲し、担当Oに申し訳ないと思いつつ、まだ薬理の渦中にあるのだろう、じつに叮嚀な手つきでゲラを梱包し、クロネコに集荷依頼した。

13

血液異常が見つかったさなかに毒茸を食べていた顚末だが、羞恥を覚えるのと同時にバカらしい気分に覆われて、小さく息をついた。延々書き連ねた合法、非合法薬物についても、畢竟（ひっきょう）ガキ（十七歳）の粋がりにすぎず、俯（うつむ）きたくなった。だが、これから先、治療という名目で自分の意思とは無関係に尋常でない量の薬物を点滴され、服用させられるのだ。なかには視覚異常＝幻覚が立ち顕れた薬物もあった。副作用で腰が立たなくなった薬物も多かった。基点はハイグレランで、違法合法を問わず私の個人史における諸々の薬物の薬理は、その基底をなす部分でもある。気を取りなおして続ける。

執筆のためにこのころの日記を参照していたら、二〇一八年一月十一日の記述にこんなものがあった。『〈心中旅行〉を書くために医師に相談したので、俺の手許には種々の睡眠導入剤がある。フルニトラゼパムからベルソムラまで——ベンゾジアゼピン系・非ベンゾジアゼピン系・メラトニン受容体作動薬・オレキシン受容体拮抗（きっこう）薬といった具合だ。バルビツール酸系は現代小説だとしたら、もはや時代後れでしょうと処方してもらえなかった。』

アメル＝フルニトラゼパムは、健忘と筋弛緩を伴うのでレイプドラッグとして元TBS記者が強姦に使った眠剤であるという噂もある。筋弛緩作用が強いので肩凝りによく効いた記憶がある。日記に目を通しつつ、岩のようになった肩を上下させて、残しておけばよかったなとも思う。この日、私は思い切りよく、すべての眠剤のストックを棄て去ってしまったのだ。おっと〈心中旅行〉執筆のために便宜を図ってくれた医師に迷惑がかかるようなことがあってはならない。これらは、完全な虚構である。

一月二十八日の日記に、こんな段落があった。『小川国夫先生に、俺はとことん情報をぶち込んで小説を仕上げますよ、と偉そうに言い放ったあの日のことがあるからこそ、こうして俺はマニアックといっていい事柄までとことん書きこんで小説を成立させている。が、そろそろ、こういったあたりから離れたい。先生、俺、もう充分にやりましたよね！　と、勝手に頷いている。』

ところが、なんのことはない。この〈ハイドロサルファイト・コンク〉は見事に情報をぶち込んであるというか、羅列ではないか。小説であって、なおかつ小説から離れることを意図してはじめはしたが、進歩しないものだ。開き直ってさえいる。けれどこのころ『群像』に書いた〈東風解凍〉といった作品は、情報とはまったく無縁に書いている。スタイルを限定しないことこそが肝要か。とにかくいまもこのころも常軌を逸した勢いで原稿を書いている。

一月三十日は、以前書いたとおり骨髄穿刺を受け、その結果が二月末に出た。が、その前の二十五日の日記に目を通していたら、以下のような文章があった――『疲れ切って台所の机に突っ伏してぼんやり。妻に京都弁の手入れを頼んだ〈花折〉の最終回の原稿、プリントアウトしたものが目に入った。

が、冒頭よりどうしたことか尋常でない赤入れである。今回の関西弁、そんな間違いの多い原稿だったかな？　と怪訝な気分で手許に引き寄せて吃驚（びっくり）！　R（小学二年）が悪戯で赤入れしていたのだ。

モチーフが「モチモチ」、レンブラント油絵具のレンブラントが「プランクトン」。カブ（スーパーカブ）に「犬？　野菜？」と疑問がだされ（妹の愛犬の名がカブなのだ）、スマートフォンが「スマートラック」、底の底で、という部分が「うちゅう」。サディズムが「リズム」。ボードレールが「バレーボール」。イボテンさんは「イボ」と「サボテン」にすべて直されていて、オリジナル（たぶんRはオリジナルは知っていてもオリジナリティは知らないのだな）――という具合。枚数にして4枚ほどで終わっていたが、いやはや。正直、受けてしまった。ま、親でなかったら読まされてもまったくおもしろくねえ話だろうが。』――あえて引用してしまうのが、まさに親バカだが、小説家の家の子供らしいエピソードだ。

二月中は新連載の相談で講談社の編集者とぼたん鍋と名乗った元祖である上御霊前（かみごりょうまえ）

烏丸の〈畑かく〉で、猪鍋を食らって白味噌仕立ての汁で煮る猪の美味さに感激し、新刊のゲラの手入れで忙殺され、もちろん連載執筆に追われ、病院になど出向いている暇はないといったところだが、妻に拉致されて二月二十八日、骨髄穿刺の結果を聞くために総合病院の血液内科に出向いた。

検査結果だが、髄液まで抜かれて、骨髄異形成症候群、あるいは慢性骨髄増殖性疾患だろうとは思うが、結局はよくわからないとのことで、少なくとも白血病ではありませんと医師は言う。骨髄異形成症候群だの慢性骨髄増殖性疾患と言われても、それがどのような病なのかまったく見当も付かない。けれど鼻に落ちかかったメガネを中指でくいと元にもどし、当院で治療チームを結成して万全の処置をしますと言ってくれた。するとそれなりに重篤な症状なのか。当人はなにがなにやらといったところなのだが、妻が食い下がり、紹介状を書いてもらってK大医学部附属病院で検査されることになってしまった。

この先生だが、貧乏揺すりがとても烈しくて、事務椅子が微かに軋むほどだった。その伎倆とはべつに、患者になんとなく不安を与える過敏なものがあった。違う病院で診てもらうことになって、心のどこかで安堵したことも確かだった。ただしこの先生の名誉のために付け加えておく。この先、無数に骨髄穿刺を受けるのだが、その腕は一二を争うほど慥かだった。骨髄穿刺にかぎらず、絶望的に伎倆の低い医師のほうが多いというのが現実だ。伎倆の低い医師ほど偉ぶるか愛想がいいという両極の態度にわかれ、ニユートラルは存在しない。中庸は、心技体がともなった結果だ。この医師は神経症気味な気配が患者に微妙な不安を与えてしまう。もったいないことだ。人間とはわかりやすいものだと諦めつつ、妻の提案を受け容れた。私は、この医師が貧乏揺すりさえしなければ、妻を押しとどめて素直に今後の治療をまかせただろう。

三月十五日、K大附属病院に出向いた。その規模の巨大さに驚いた。ローソンにレストランが二軒、コーヒーの芳香を漂わせているドトールだけでなく、入院時に必要な品々や食品を扱う売店というには大きすぎる店舗、医学書専門店、理容店に美容院に郵便局に市販薬剤の薬局等々、病院内が完結した街だった。人出が凄い。外来患者が難民の群れのように会計に列をなしている。診察手順はすべてIT化されていて器械に診察券のバーコードをかざすことで、ほぼ完結する。呼び出し受信機なるものをポケットに入れておけば、順番がくれば病院内に居さえすれば音と振動で呼び出してくれる。ディスプレイには受診する科の案内図まで表示される。病院と無縁だった私は浦島太郎で、院内を探検した。

これからずっと世話になることになる血液内科だが、総合病院の紹介状があったので時間通りにすぐに診てもらえた。担当のK先生は穏やかでとても親切かつ叮嚀で実直な気配だ。ただし総合病院の骨髄穿刺のデータを見る限り、やはり血液異常の理由は不明だという。謎の奇病かよ——と胸中で呟いて、足の浮腫みと怠さや息切れ以外に自覚症状がないのだから、これはもう病気とはいえないのではないかなどと希望的観測さえ湧きあがる始末だった。

そんな私に、浮腫みは貧血からの症状であると明確かつ論理的に説明してくれたのは、私が小説家であると知ってわざわざ出向いてくれた血液内科副部長のY先生だった。

Y先生は某小説家（名を知れば驚愕されるほどの大家だが、本筋と無関係なので省く）の奥様の白血病の治療をした方で、しばらく言葉を交わすうちに、すばらしく文学的であることを悟った。医師に必要なのは医学知識および技術であるのは当然だが、生き死にに関わることもあって、感受性豊かな医師は必然的に文学的になるということを実感させられた。いままで浮腫みを訴えるとロキソニンを処方というのが定番だったが、服みも貼りもしないロキソニンの錠剤と湿布薬がたくさん残ってしまっていると訴えると、柔らかく笑って、服まなくていいし、貼らなくていいと言ってくれた。これから先、ときに死を覚悟、あるいは肉体も精神も崩壊しかけて生きる意慾自体があやふやになるような状態に陥ったとき、常にY先生が支えてくれることとなる。妻が強引にK大附属病院に紹介状を書いてもらい、Y先生に出会った。私は運がよい。恵まれている。実感だ。

一週間後の午後一時半過ぎ、遺伝子検査をされた。私にとってはいつもの採血と変わらない。ただ、保険がきかないと告げられた。また遺伝子検査自体は同志社大学で行うとも言われた。同志社と医学部が結びつかず、なんとなく怪訝な気分だった。

私はあれこれ深掘りして追究する質（たち）だが、病気、とりわけ癌に関してはまったく興味をもてず、だから知識も皆無に等しい。なにしろ白血病と囁かれても、それが血液の癌であると認識していなかったほどだ。白血病という単独の疾病であると思い込んでいたのだ。ただ子供のころに〈愛と死をみつめて〉という映画があり、――まこ　甘えてばかりでごめんネ　みこはとっても倖わせなの　はかない　いのちと　しった日に　意地悪いって　泣いたとき　涙をふいてくれた　まこ――という歌と共に白血病（実際は軟骨肉腫とのことだが、なぜか私の周囲では白血病と伝わっていた）は不治の病というイメージを植えつけられていて、白血病の可能性を指摘されたときは、なんとなく『俺も寿命か』と思ったものだが、けれどその思いにリアリティはなく、まさに他人事だったが、遺伝子検査でどのような病気であるか確定するとのことで、ワクワクというのは語弊があるが、実際に期待や喜びなどによる胸騒ぎによく似た感情の動き昂ぶりがあった。

　この日、妻と娘たちはパンダを見に南紀白浜のアドベンチャーワールドに出かけ、どこかの温泉に泊まってくるとのことで、一人で構内を歩きまわっていたのだが、初めてK大附属病院を訪ねた三月中旬、和食やラーメンなどがメニューにあるレストランのほうで同行していた妻と次女といっしょに遅い昼食をとったことが、いきなり映像のかたちで脳裏に泛んだ。Y先生からは痩せろと命じられていた。このとき早くもY先生は八十六キロという肥満体がこれから先の諸々の治療に差し支えがあることを読み切っていたのだろう。太っていると、移植する骨髄の量も増えるので、ドナーに負担がかかるし、治療される私のほうも予後など芳しくない方向に陥ってしまうのだ。

私は一人、レストランの前に立ち尽くしていた。あのとき次女は限定喜多方ラーメンを美味しそうに食べ、割り箸を割るのがへたな妻は白身魚の甘酢揚げ定食を前に、中途半端に割れて折れてしまった割り箸に顔を顰め、それをしつこく揶揄する私のうどんに甘酢揚げをそっと入れてくれた。痩せろと命じられていた私は当座だけにすぎないのだが、揚げ物を断念して湯葉のとろみうどんを注文したのだった。

店内の人と目が合った。どうぞ、と会釈してくれた。朝食も昼食もまだだったのだが、急に居たたまれなくなり、私はレストランから離れ、K大附属病院をあとにして市バスに乗って誰もいない家に帰った。

14

左臑の打ち身だが、一年、いやもっと以前から縦長にくっきり青く痣になっていた。いつ、どこでぶつけたのか判然としない。その青黒い染みは、押せばそれなりの痛みで自己主張してみせるが、触れさえしなければ頑なに沈黙を守っている。たちの悪い寄生虫じみていて、普段はジーパンなどで隠されて見向きもされぬ臑に沈潜して、鎮まっているのだ。いちいち触れなければいいのだが、まだ残っている——と一瞥した瞬間、指先が圧迫を加えている。触れなくともよい瘡蓋をいじるのに似ているが、それに加えて治らないということを痛みで追認しているのだ。ネットなどで知ったのだろう、打ち身の青痣が消えないということは血液異常からもたらされるものであることも薄々理解していた。私にとってこの青痣は永遠に記されているもので、いわば刺青なのだ。永遠だの刺青だのといった取り留めのない想念は、そのまま私にとって血液の癌という概念に対するリアリティの欠如をあらわしている。

遺伝子検査の結果がでた。

私自身は三番と十三番の染色体に欠損、あるいは異常があったと告げられたと記憶しているのだが、後付けで物の本を繙いたところ五番目の染色体に問題がある場合が多いようなので、記憶違いかもしれない。とにかく遺伝子の二ヶ所に異常があって、骨髄異形成症候群と診断された。

この症候群は『くすぶり型白血病』であり『前白血病状態』と称されるそうで、『くすぶり』というのは、いかにも私らしい優柔不断があらわれていると内心面白がったが、担当医からははっきり断言された。遺伝子の状態から、そのまま放置しておけば数年後には必ず白血病に変異し、そのときは手遅れであると。

「放置したら、どうなりますか」

先生は黙って資料を指差した。二年生存率が約二〇%、五年生存率が一〇%以下——とあった。さらに先生の指し示すところを凝視し、素早く数字を追ったが、もっとも確実な治療法とされている造血幹細胞移植＝骨髄移植を受けると、五年生存率が四〇%となるらしい。

放置で二年後に八割、五年後には九割以上が死ぬ。なかなかの致死率である。移植を受ければ四割がまだ息をしている。ひっくり返せば、あれこれ治療を頑張っても六割は死ぬというのだから、やたらと分の悪い博奕（ばくち）だな——と胸中に苦笑が湧く。私としては、どのみち死ぬのなら、治療に費やす時間を執筆にあてたい。頭のはっきりしているうちに書くべきものを書ききってしまいたい。先生はそんな私を見透かしたかのように呟いた。

「吉川（よしかわ）さんのような状態の骨髄異形成症候群を放置すれば、近いうちに、間違いなく死ぬということです」

死の宣告。

遠くない未来に、私は死ぬ。

けれど、なぜこうも他人事なのだろう。取り乱すわけでもなく、騒ぐでもなく、ただ気になるのは、執筆を続けられるかどうかということのみだ。それに附随してごく淡いものだが、ああ、あの青痣が刺青化してしまったのには、こういう理由があったんだ——という静かな感慨を覚えた。あくまでも感慨であって、諦念でないところが私の性格的なものをよくあらわしている。

執筆を続けられるかどうか。その気負いをこうしてあらためて記すと気恥ずかしいものがあるが、私にかぎらず、あと数年で死ぬと宣告された職業人は、いつごろまで仕事を続けられるのかという切実な思いを抱くのではないか。

六十を過ぎた私には、無数といってよい小説の腹案があった。小説家をやめて蕎麦屋になろうとしていた時期からは信じられない、小説に対する執着があった。この大きな心境の変化は、あえて子作りを避けてきたが、五十も半ばになって二人の娘が生まれたことによる。学校帰りに銀閣寺側からゆるやかにカーブする鹿ヶ谷通を横断しようとする重たいランドセルを背負った娘が、速度を落とさずに走り抜けようとする観光客の運転する車に撥ねられ、血まみれの肉塊と化す。いまだかつて無縁だった縁起でもない絵が脳裏にまざまざと泛んでしまう。それも神経症的な引き攣れとは無縁の、悟りに似たヴィジョンだ。私自身の死は他人事だが、娘たちの死は現実だ。旺盛な幼い髪の匂いをさせる小さな生き物は、不条理にもある日、唐突に死ぬ可能性がある。それが実感として迫る。いままで私が描いてきた『死』は、絵空事だった。けれど娘の存在が、その欺瞞を打ち毀してしまった。私は『真の死』を描かなくてはならないという、いささか大仰な、けれどリアルな思いに取り憑かれてしまっていた。そもそも小説なる散文が創りだすことはといえば、突き詰めてしまえば『生と死』以外になにもないではないか。それに気付いたとたんに、際限なく虚構が迸って、抑制がきかなくなった。あれも書きたい、これも書きたいといった多大なる昂揚と若干の錯乱をともなった状態である。大仰な物言いになるが、書きあげなければ死ねないといったところだ。

このとき私は、とりわけ数年にわたって取材を重ねてきた解離性同一性障害、俗にいう多重人格を書ききるまでは絶対に死ねないという強い思いがあった。資料や研究書から抓んで引っ張って安易な解釈で書きあげるのではなく、あえて私に連絡をとってきてくれ、取材を受け容れてくれた解離性同一性障害の方とずいぶん長い時間、面談を重ね、人の精神の複雑かつ精緻な有り様に、内面の宇宙とでもいうべきものを実感し、これは必ず小説として世に出さねばならないと思い詰めていたのである。また詳述は避けるが、私には精神医学的に本来は幼いときで消滅してしまうはずのイマジナリーフレンドと称される内面の別人（ただし解離しているわけではない）を思春期以降はおろか、現在も持っていることもあり、解離性同一性障害と親和性が高いという個人的な事情もあった（小説家など、虚構を扱う仕事に就いている者は、このイマジナリーフレンドを持っていることが多いという研究結果もある）。ただし解離性同一性障害の方と対峙して、私と同居している？　内面の別人格とは桁違いの本物を目の当たりにし、驚嘆し、畏怖したというのが率直なところだ。

解離性同一性障害に対する徹底した取材は事柄が精神の深淵に関わることゆえ、傍観者ではなく否応なしに渦中の人とならざるをえない。距離をとって、などという己に都合のよい遣り口は通用しない。いろいろなことがあった。最初に待ち合わせの場に出向いたとき、最奥に潜んでいた基本人格が、私がのっしのっし歩いているので信頼できると判断したのだそうだ。のっしのっし歩いていた私は、その数年後、誰からも追い抜かれる歩みの遅い亀となった。それはともかく取材を重ねるにつれ、解離は障害か？　という疑問を抱くようになっていた。解離性同一性障害の方には社会的成功者が多いということが、あながち俗説ではないことは取材をはじめて即座に悟ることができた。それどころか日本で最難関とされる国立大学を抽んでた成績で卒業しているのだ。私は中卒なので大学のランクも入試の仕組みもよくわからない。遺漏があるかもしれないが、東京大学が頂点であることくらいは知っている。この方はバスケットボールに夢中になっていて、そろそろ高校卒業も見えてきた秋の大学入試センター試験出願時に東大に入ると決めて、いきなり勉強をはじめたという。それが凄いことなのか、よくあることなのかは私には判断しようがないが、東大に入ると決めて即座に入ってしまったということだ。じつはこの方の内面には勉学専門の人格が存在し、一気呵成に成し遂げたことなのだが。この方は、幼いころに受けた犯罪としかいいようのない性的虐待により性を受け容れることができない。つまり性は絶対、忌避せねばならぬことなのだが、解離性同一性障害が基本的に記憶喪失の一分野に分類されることを実証するかのごとく、その心的外傷の記憶を持たぬ結婚出産および日常生活を引き受ける人格も存在すれば、冷徹な渉外担当の人格も存在し、皆から好かれる人格（好かれるということは、自分は好意を持たれているという相手の勘違いから許多の問題を惹起するということでもあるのだが）も、苦痛や難事を軀を張って引き受ける人格も存在する。さらには自らを罰する人格も、さらには自らを抹殺しようとする人格も——。

そして一人の人間の中に存在する無数の人格はときに自死することも、あるいは殺されることもある。取材中に妻として、母として子育てに集中していた人格が、理解の欠如した夫に家庭内暴力で脾臓を傷つけられ、無限に詰られ、精神的に追いつめられたあげく殺されたときには茫然とし、凄まじい怒りを覚えた。その方の肉体は入院生活でなんとか持ち直しはしたが、死した人格は甦ることがなかった。けれどこの夫は自分の妻であった人格が死んだことが理解できず、いまだに軀は同一であるが精神はまったくの別人と同居しているようだ。夫は多重人格という言葉を知っているだけで、その実際をまったく把握していなかった。赤の他人の私があっさり見抜ける各々の人格を、彼は一切見抜くことができなかったのだ。あげく妻である人格に対して演技をしているなどと言いがかりをつけ、異常であると責め、死に到らしめた。性が絶対的な禁忌である彼女たちの、自分の子供が欲しい＝生きる縁が欲しいという切実な思いに衝き動かされて新たに妻として生きるべく出現した人格だったが、殺されてしまった。私は本音でこの男に殺人罪を適用したい。たとえ不能犯として処せられるであろうにしても。

　賢明なる読者諸兄にはあえて強調しておきたいが、解離性同一性障害の脳には、真の別人格＝他人が、無数に潜んでいるのだ。あなた自身も、自問自答して一人二役をすることがあるだろう。脳内の天使と悪魔が遣り合う戯画が代表的なものだが、そういった単純な単一ではなく、複数の完全な個人が、一つの脳内に無数に生存しているのだ。その複数の個人は、記憶喪失の例に洩れずお互いの意思の疎通はない。私には精神科医的な資質があるのだろう、取材を続けているうちに彼女らの意思疎通を可能にし、さらには統合までをも成し遂げることができたが、それは〈対になる人〉を読んでいただくことにする。いま現在、子育てその他は、夫とは無関係の他人である別の人格が引き継いで、滞りなく日常を過ごしている。

　これは書くか書くまいか悩んだのだが、この方たちは頭抜けた知性だけでなく、各々強弱の差はあるが、超能力としかいいようのない不思議な力を発揮する。断っておくが、私は超能力など信じていない。スプーン曲げが流行ったことがあったが、延々スプーンをこすり続けてようやく曲げることのどこが超越した能力か。親指をあてがって、ぐいと力を込めればスプーンなど即座に曲げられる。往古、誰もがスプーンを指先でこすって曲げる能力をもっていたのだが、力をかけて曲げたほうがよほど早いので、こすって曲げる能力は劣る能力として退化した——などと回りくどく嘲笑していたものだ。

　詳細は拙著〈対になる人〉を参照していただきたいが、この方々の超越した能力には肉体に対する治癒がある。内面の葛藤から生じたある事件があって、この方の下膊に無数の咬み痕が残った。それは皮膚はおろか肉まで裂く尋常でないものだった。基本人格が出現し、腕を撫でた。上下の歯形がくっきり刻印されてまだらに血がにじみ、青黒く変色した咬み痕が次の瞬間には完全に消滅していた。『見てくれは繕えるけれど、痛みはそのままなんです』と、当人は笑んでいた。私の目の前で『見苦しいですよね』と、肩の古傷であるケロイドを瞬時に消したこともあった。

　基本人格と、それに対になる人格が凄まじい力を発揮していたが、この二人は都合の悪い電話はたとえ私が他者と話しているときであってもアナログならば突然切断し、デジタルならば当然のごとく圏外にしてしまう。逃げたい会話のさなか、絶妙のタイミングでどうでもいい電話がかかってきて、話の腰を折る。さらには距離にして四百キロほども離れているだろうか、私の寝室のＬＥＤ電球を明滅させた。当人たちが言うには、私の中に入るときに電球を光らせてしまうとのことなのだが、私の中に入るというのはどういうことなのだろうか？　私には入られた実感など一切ないが、現象としては彼方の地から私の枕許の読書灯を明滅させるわけだ。彼女たちの言うことを信じるならば、寝入りばなにそれが起こるということは、私の中に入るのには私が半覚醒状態のときが最良のタイミングなのだろう。けれど、それが必ずうとうと揺蕩う心地好い状態のときなのでじつに迷惑で、苛立った私は読書灯のコンセントを抜いてしまった。

ところが――。

明滅するのだ。あまりのことに笑ってしまうという慣用句があるが、確かに私は呆れ果てて笑ってしまい、そして茫然とした記憶がある。私は二人に『頼むから、ちゃんと俺を眠らせてくれ』と哀願した。それ以降、二人がよほど激昂することがなければ読書灯その他の明滅はやんだのだが、かわりに壁がピシッと鳴り、あるいはベッド上で寝返りさえ打っていないにもかかわらず、いきなり空気清浄機がフルパワーで稼働するということは続いた。漆喰壁が鳴るのは湿気の影響、空気清浄機は偶然センサーが臭気を捕捉したとすることもできるが、なんらかの蓄電作用によって、コンセントから抜いたＬ

EDが明滅するということは、有り得るのだろうか。

当人たちに問い詰めたところ、百ワットは無理だけれど、LEDの電球くらいならば自在に光らすことができるという。それにしても、コンセントから抜いたLED電球が烈しく明滅したときの衝撃がわかってもらえるだろうか。私の勝手な推測だが、スマートフォンといい電話機といい、低電圧のものならば自在に操れるようだ。外に出て対外的なことをこなしている主人格たちと違い、基本人格と基本人格と対になる子（そう、彼女たちはじつに幼く『子』と称するのがぴったりなのだ）は、常軌を逸した力をもっていて、この対になる子が荒ぶるとポルターガイストそのものの騒乱が起き、背筋が冷える。ポルターガイストなどの心霊現象は決して作り事ではないのだ——と実感した。なにしろありとあらゆる物が微振動し、てんでんばらばらの方向に移動し、かと思うとその不規則さから一転、一律の方向に打ち寄せる波のような動きで物が移動する。もちろん照明も烈しく明滅する。あるいは私の書斎など訪ねたこともないのに、基本人格に連れてきてもらって仕事場を覗いたという子は、室内の様子を細部まで正確に遺漏なく語ることができた。こうなると監視されているようなものだ。けれど私は別の可能性——私があるとき何気なく語ったかもしれない書斎の様子を彼女が再構築しているということも念頭から消し去っていない。まずは治癒で度肝を抜かれ、LEDの明滅で途方に暮れ——といったところではあるが、安易にオカルティズムとして解釈を放棄する気はさらさらない唯物の権化としての私は、現象は現象として、ありとあらゆる解釈の可能性をさぐった。

ともあれ物理学（正確にはニュートンからアインシュタインまでの古典物理学）では説明が付かないことがあれこれ起こったのは事実だ。ずいぶん以前から勉強をはじめていた量子力学にいよいよ傾倒していくこととなったのは、彼女たちの超越した（ある種意味不明な）能力が思いのほか量子論とすっきり馴染むことによる。時空の超越など、彼女たちから発現する古典物理学では説明の付かぬ一見派手なあれこれを、電子や陽子の振る舞いが滞りなく解き明かしてくれるからだ。いま現在は、ペンローズ的なる決定論的量子脳理論を勉強している。量子脳の研究が進めば、超能力やオカルトといったあれこれは、ずいぶん解明されるのではないか。

もちろん私は量子論の学者ではないので、いかにも文学的な、あるいは哲学的解釈をしてしまっているのかもしれない。けれど彼女らと向きあって、それが神懸かりや安手の手品でないとすれば、その周辺で起こるマクロ的視点では説明の付かないあれこれは、いったい何か——ということの論理的解釈を求め辿っていけば、量子論は避けて通れないということだ。そもそもミトコンドリアにおける電子伝達系から始まって、脳自体が電位で作動しているのだから。それ自体があの子たちの幻想であったとしても、私の中に入るということからして、どこにでも在るという、まさに量子的振る舞いではないか。

私という矮小な人間に彼女らが心を許して存在の神秘と秘密を垣間見せてくれたのは、死の宣告を受けた瞬間に〈対になる人〉を書きあげることができるだろうかと思案する現実から大きくずれた感受性のせいかもしれない。〈対になる人〉ではあくまでも虚構として彼女らと性の交わりをもっているように書いているが、じつは、彼女たちは過去に受けた不条理な性的虐待のせいで、性的な行為は一切許容しない。勝手な推測だが、彼女の夫は妊娠のための性的接触以外一切許容しない屍体のような妻に苛立っていたのだろう。無理やり肌を合わせれば、強姦されたときに出現した一切言葉を喋れない人格が相手をするそうだ。無言の凍えた行。大いに同情を覚えはするが、だからといって服に隠された部分を蹴り、殴打し、脾臓を傷つけるといったことの免罪符にはならないし、際限のない言葉の暴力が許されるはずもない。

　話は飛ぶが、造血幹細胞移植＝骨髄移植を二〇一八年九月に受けて二年ほどたった。地獄の二年間だったし、地獄はいまも続いているが、一日に十枚程の原稿を書くことができる程度の力は残っている。この先どうなるかはわからない。だが、ベッドの中でノートパソコンで執筆というスタイルがすっかり定着した。脳が働いて、指先が動けば、小説なんて書けてしまう——というのが実感だ。小説が書けないことの本質は『書くべきことがない』ということにすぎないのが、よくわかった。この二年間で〈帝国〉〈ヒカリ〉〈くちばみ〉〈対になる人〉と四作品の連載を滞りなくこなし、書き切ることができた。いま現在は〈姫〉〈夜半獣〉、小説ではないが〈たった独りのための小説教室〉、そしてこの〈ハイドロサルファイト・コンク〉の連載を続けている。もちろん自慢しているのだ。もう少し体力に余裕があれば、認知症の老婆に寄生しつつ究極の無法を貫徹する川崎の底辺の不良少年を描いた〈カースト・アウト！〉、読み手の良識と神経を最悪に逆撫でする〈サイコ郎〉、さらには（日本にボーキサイト鉱は実在しないが）太平洋戦争中のボーキサイト鉱における過酷な争いを描いた〈槇ノ原戦記〉と、書きたい作品が目白押しだが、一応癌患者であるし、実際に三十キロ強ほども痩せてしまって体力と呼べるようなものなどほぼ喪っているので、いま連載しているものが終わるまでは自重しろ＝次の作品に手をつけてはならない――と自身に言い聞かせている。

15

移植から二年を費やして〈対になる人〉の最終回を書きあげることができたよろこびに延々書いてしまった。これだけは、と念じていたものを書き終えた。だからといって、死んでもいいとならないのが人間の性かもしれない。執筆意欲はますます旺盛だ。

が、時系列をもどして軌道修正しよう。まずは〈現代用語の基礎知識〉（二〇〇四年版）から引いて、造血幹細胞移植＝骨髄移植についてあきらかにしておく。

『造血幹細胞移植〔hematopoietic stem cell transplantation〕骨髄移植のこと。白血病などで、骨髄細胞がゼロになるほどの大量の抗がん剤を使用して、がん細胞の撲滅をめざす場合、あとで造血能がある細胞を補充して造血能力を回復させる。大きく分けて3

法があり、一つは同種骨髄移植で、患者とHLA（組織適合抗原）のタイプが一致する他人から骨髄を採取して、化学療法後にそれを輸注する。HLAタイプが合う人を探すために、骨髄バンクが設立されている。（二つ目三つ目の方法は略す）どの方法にも、治療死の可能性がある。』

最後の一文『どの方法にも、治療死の可能性がある』は決して大仰ではなく、私も静かに死を覚悟したことがあったのだが、それはまだ先のこと。骨髄移植は肉体に凄まじい負担がかかるので、五十から五十五歳くらいまでというのが建前だ。六十三歳の私が治療に耐えられるのかという不安がなきにしもあらずだったが、先生たちは意に介さず、骨髄移植をしたがった。私が自身の限界も顧みずに次から次に連載仕事をするのに似て、職業人は己の為すべきことを過剰と感じていても為さずにはいられないといったところだろうか。

梅雨の前触れのころから移植コーディネーターの女性と綿密な打合せがはじまった。ドナーを探すのだ。HLAは両親からその半分ずつを受け継ぐので、親子やきょうだいのあいだでも一致する確率は低いが、非血縁関係では数万分の一程度の確率でしか一致しないそうだ。非血縁による移植＝骨髄バンクにどれくらいの人が登録しているのかはわからないが、数万分の一の確率がさらに厳しくなることは予想に難くない。Y先生に教えてもらったのだが、たとえば閉鎖的な山間の集落などでは親子やきょうだいでなくともHLAが一致する確率はずいぶん高まるが、人口が流動的な現在の日本においては、それも崩壊してしまっているという。造血幹細胞移植では、自分のＨＬＡのタイプに合わないものはすべて異物と認識して攻撃を始めてしまうため、ＨＬＡの適合性が重要視される。だから基本的に血縁関係者とのあいだでＨＬＡ検査を行い、ドナーとレシピエントの適合性を読みとることが最重要であるとのことだ。

　まずは、三人いる妹たちの血液検査が行われた。正直なところ、これを妹たちに頼み込むのは気が重く、すべては妻任せだった。三妹が私と白血球の型が完璧に一致した。血のつながりのある親族から骨髄をもらえるならば、それは予後も含めて最高にして最上だ。けれど彼女は白内障で、最終的にドナーから弾かれてしまった。

「お兄ちゃん、ごめんなさい」

　悄然(しょうぜん)と俯く妹に私がかける言葉などない。けれど心の底ではこの小柄な妹に全身痲酔をかけ、あのおぞましき骨髄穿刺によって一・五リッターもの大量の髄液を抜かずにすんだことに安堵していた。移植に使う骨髄は検査と違って桁違いの量を抜くのだ。

　私は、じつは本心では治療せずに執筆することを選択していたのだが、それを口にすると小さな修羅場がおきる。結局は妻や子供たちに哀願され、また大恩人であるＹ先生の勧めに従って、それを翻した。けれど身内に痛く苦しい思いをさせてまで生(い)き存(なが)えようとは思わない。本音でホッとしたというのが、そのときの心境だった。ドナーがいなければ、骨髄移植などしようがないからだ。そもそも私と白血球が完全に一致した妹とは歳が十近く離れていて、貧困のどん底にあった小学校中学年のころは乳児の妹を晒(さら)し布を転用したと思われるおんぶひもでおんぶして遊びまわっていた。一度、対面式のブランコの鉄柱に背後の妹の頭をぶつけてしまい、あわてておんぶひもをほどき、大泣きしている妹を公園のベンチで膝の上に横抱きして必死になだめ、傷や瘤がないか狼狽しつつ細く頼りない頭髪の内側をさぐったものだ。幼い妹をおんぶして遊ぶ兄。いかにも昭和の光景だが、いまだにあのときのことは鮮烈に覚えている。十年以上会わなくても平然としているくせに、私は妹たちが愛おしくてならないのだ。

私としてはドナーがいなくなって、骨髄移植よ、さようならといった心境だったが、それ以降も妹は私の役に立てない自分を責め、すっかり落ちこんでしまった。どうなだめようが、自分が私の役に立たないということを原罪のように抱え込んでしまって俯くばかりだった。ああ、妹は本当に俺に骨髄をくれようとしていたのだ——と、いまさらながらに心が軋むように揺れ、柄にもなく瞑目した。血のつながりのある者の情は、沁みいる。本気で治療しようと決心したのが、このときだ。それまでは周囲に押されて内心どっちつかずだったのだが、いや治療を断る理由と機会があったら逃げだそうと考えていたのだが、妹は本気で私を治したかったのだ。

ここまで書いて、苦笑が洩れた。こういうよい話を書くのはきついものがある。平然と感動の物語に仕立ててあげることができる厚顔さがあれば、私の小説はもう少し売れるだろう。虚構と割り切って昭和の光景とあわせて感動の物語をでっちあげれば、それはそれでプロの仕事ではあるが、偽悪に覆いつくされた恰好つけの私には無理だ。

落ちこむ妹を、そして家族を尻目に、私は梅雨の魁(さきがけ)でじめつく灰色の空を見あげているうちに、旅行したいという衝動に囚(とら)われた。娘たちは学校で、妻も不在だ。こんなときに黙っていなくなれば、周囲からは世を儚(はかな)んだ家出としか捉えられないだろうが、私自身はごく軽い気分だった。私は小学生くらいのころから誰にも告げずに、そのときの気分でふんわり家からいなくなることが多かった。とにかく体力の衰えが尋常でない。旅行ができるのもいまのうちという直感、いや実感を覚えたから、数日彷徨ってこようということだ。また数万分の一の確率で非血縁者のドナーが見つかったら、それはそれで一、二年は旅行どころではないだろう。私はスマートフォンの類いを持っていない。行き先は、決めていない。気が向いたら、公衆電話から家に連絡を入れよう。着替えも持たず着の身着のまま、昼過ぎに手ぶらで家をでた。京都駅でどこに行くか思案した。見あげた路線図にマキノというカタカナの駅名を見いだした。滋賀県マキノ町は私が京都に住んでいた十八歳のころに結婚の約束をして、けれど十八の自分が夫になる姿が想像できず、ギリギリのところで逃げだしてしまった女の子の出身地だ。柄にもなく甘酸っぱい思いを抱いて、まずはマキノ町探訪と決めた。マキノに行くには、湖西線(こせいせん)だ。奮発して窓口で特急サンダーバードのグリーン席を頼んだ。

0番線ホームは小綺麗だが閑散としていた。サンダーバードの停車位置は、長大なホームのずいぶん後方で、グリーン車の車両は一番外れだ。だいぶ歩かされた。人影がまったく見当たらなくなった。黒っぽいコンクリートのホームは、真上からの陽射しを浴びた部分が黒曜石の断面のような輝きを見せつける。後に知ったのだが、京都駅0番線ホームは全長五五八メートル、日本で一番長いホームだそうだ。なぜかチョコレートの自販機があった。昼飯抜きだが、どんより蒸し暑いのでねっとり甘い物には食指が動かない。ふとホームを見返すと、日本で最長のホームは遠近が狂って感じられ、キリコか——と呟いた。

漂白されたカピバラの貌にそっくりなサンダーバードが入線した。一番C席は車両の先頭の右側、一人掛けの席だった。北上していくのだから常に琵琶湖の湖面が間近に見られるはずだ。よい席を按排してくれたものだ。グリーン車に乗っているのは私だけだ。子供っぽい感情だが、真の先頭で車両独占は嬉しい。十四時十分、列車が動きだしてから、ぼんやり入線待ちをしているあいだに家に電話を入れておけばよかったなと思った。手荷物もなく、よれたTシャツ、穴の空きかけたジーパンに足は草臥れ底がすり減ったサンダル姿だ。検札にきた車掌が、どこか怪訝そうだったというのは僻目か。車掌さん、お金はけっこう持っているんですよ——。いや、そういうことではない。市バスにだってこんな雑な恰好をした乗客はいないだろう。

わずかに首をねじ曲げて、ぼんやり琵琶湖の鏡面じみた湖面を眺めている。雲の切れ目から陽射しが旭日旗のように降り注ぎ、湖を擽っている。私は究極のリラックス状態だ。湖西線に乗るのは初めてだが、雄琴のソープ街で幾軒もソープランドやファッションヘルスを、六本木などでクラブなどを幾つも経営し、名古屋の裏カジノを仕切っている友人の車に乗って、このあたりはずいぶん走りまわっている。彼は額に手をあてて『萬ちゃん、俺はもうダメだよ、いよいよ鬱がひどい』というのが口癖で、巨大クルーザーをシドニーに係留していることからもわかるとおり信じ難いほどの金を持っていて、常軌を逸した食通で、いっしょに食事をすると奢ってもらっているにもかかわらず、物を食う手順に口うるさいので、気の短い私とはいつも険悪な雰囲気になった。それでも腐れ縁というか付き合いは途切れず、唐崎駅を過ぎたあたりで連絡を入れておけばよかったなと懐かしさに柔らかな笑みが泛ぶ。面倒で億劫だからと自分からは絶対に誘いの電話を入れないのだ。もちろん電話がかかってくれば大喜びで付き合うのだが。私の対人には、冷淡なところがある。よくいえば、一人でいることがまったく苦にならない。呼ばれなければ、自分からなにかきっかけをつくることを一切しない。相手がお膳立てをしてくれれば、なんのこだわりもなく顔を見せる。

　サンダーバードは快調に走っている。昼飯を食べていないので腹が空いてきた。けれど車内販売もないようだ。ぽつんと佇んでいた自販機のチョコが泛んだ。無い物ねだりをしても仕方がない。眠ってしまおう。ますます力の抜けた私の視野の端に、比叡山坂本の駅が流れすぎていく。友人は比叡山の比を略して叡山坂本と呼んでいた。そんな漠然とした追憶に耽っていたさなかだ。

　がっつん！　ぐぎぎっ——という衝撃が、列車最前列の車輪の下から届いた。ちょうど私の臀の真下である。がっつん！　ぐぎぎっという擬音は、まさにそのまま正確で、入眠にはまだ早かった私は、即座になにかを轢いたことを悟った。列車は跳ねあがりはしなかったが、若干車両前部が持ちあがった錯覚がおきた。列車はゆるゆると速度を落とし、困惑したかのように停止した。減速重力がかかるような急停止ではない。私は臀に残された衝撃を反芻した。間違いなくなにものかを轢断した。真っ二つにした。飛びこみ自殺、と心は短絡するが、それを諫める自分もいる。素早く窓外の景色を見やる。右は馴染みの琵琶湖、左側には青い文字のａｒｃｅというスーパーの巨大ディスプレイが見えるあたりでサンダーバードは停止していた。ａｒｃｅの読みがよくわからないので、執筆時に地図で確認したらアルセ坂本というショッピングセンターらしい。最前列右側一番Ｃ席という座席を与えられた私は、まさに自分の臀の下で鉄輪がなにものかを轢断するのを実感したのだ。幽かな昂ぶりと、非現実感にあちこち見まわすが、グリーン車には私しか乗っていない。処理で忙しいのだろう、車掌があらわれるはずもない。腕時計に視線を落として確認した午後二時二十分過ぎといった時刻くらいしか情報がない。走りはじめて十分強しかたっていない。やや、やきもきしはじめたころ、緊急自動車のサイレンの音が重複して耳に飛び込んできた。

「当列車とお客様が接触されまして、当車車掌が消防救急と引き継ぎをしております。引き継ぎを終え、車両の点検が終わり次第、発車します」

ようやく車内アナウンスがあり、やはり人を轢いたのだと納得した。が、お客様が接触というのはどういう意味か。お客様とはまさかサンダーバードの乗客ではあるまい。

叡山坂本駅のホームから跳んだ人がいた、ということだと納得した。東京生まれの私は中央線の人身事故で列車が遅延して腹立たしい思いをしたことが幾度もあるが、まさか自分の乗っている列車の、自分の座席の真下の車輪が人を轢く瞬間を実体験するとは思ってもいなかった。もどかしいのは窓が開かぬ特急、上体を乗り出して外を覗くということができないので、いやらしい好奇心を充たしてくれる情報が一切届かないことだ。ま、いいか——と諦めて、まだ臀の下に轢断屍体があるのだろうか、男か女か、若いのか年寄りか、あれこれ想像していると、三十分強の停車でサンダーバードは動きはじめた。

私は頭の後ろに手を組んで座席に軀をあずけ、中央特快が人身事故で遅れるときに一瞬だが崩壊した人体を思い泛べることもあったが、そのほとんどはまさに他人事、どんどん膨れあがっていく列車待ちの乗客の蒸れた熱に辟易しながら、死ぬなら迷惑をかけない方法で死ねと胸中で悪態をついていた。今回は私の臀の下でまさに鉄輪が人体を破壊したのだが、物理的な衝撃のみが心に深く刻まれ、死した人の人生などには一切思いが到らなかった。轢断なら手っ取り早くていいが、俺にはちょっと無理だな——と奇妙な笑いが泛ぶ。血液の異常で、じわじわ死んでいくのが似合っている。そんな似非ニヒリズムとでもいうべき思いに囚われている一方で、心の奥底で急激に虚構に火が付いて、際限のない延焼の予兆があった。

補遺として付け加えておけば、この事故はニュースにはなっていないようで、帰宅後に接続した〈NAVERまとめ〉というサイトでようやく近在の方々がネットにあげたあれこれを確認することができた。――14時21分頃、湖西線比叡山坂本駅で列車がお客様と接触したため、山科駅～近江今津駅間で運転を見合わせております。このため振替え輸送をしています。運転再開は15時25分頃となる見込みです――湖西線の人身事故による運転見合わせは今年2回目です。昨年は1回、おととしは3回発生しました。前回は、2018／03／15（木）12：02に発生したおごと温泉駅の事例で、58分見合わせました――乗ってる車両が緊急停止、サンダーバード25号……止まりました。車掌の話では当車両に人が接触とか。うつらうつらしていたけどアラームでびっくりして起きたよ――うげぇ自分の乗った特急で人身事故とか勘弁――家の前が物々しい雰囲気。でも、しばらく時間たってるからまだ、そうでもないんやろな。人身事故発生当初はもっと……だったんやろな――

事故の詳細はわからないまでも、列車が北上するにしたがって、この人身事故に遭遇したことで私の内面に一気に小説の最後の場面が炸裂した。動かぬ列車の座席に軀をあずけたまま、私の脳髄は自在に飛翔しはじめ、精緻な虚構に取りこまれた。この瞬間は〈対になる人〉の最後に使おうと考えていたが、実際に執筆をはじめた時点で、扇情的という言葉が相応しいかどうか判然としないが、遣り過ぎという判断で〈対になる人〉に用いるのはやめた。

虚構構築から醒めた瞬間に、いきなり現実的になった。マキノで降りるには、近江今津で各駅停車の列車に乗り換えなくてはならない。けれど人身事故遭遇で、この旅の目的を果たしてしまったような気分だ。私の臀の下で一人、死んだのだ。それも轢断というかたちで。けれど私はまったく痛くない。わたしは至って平穏な息をしている。死ぬときは、一人。当たり前のことだ。いまさらマキノでもないと厭世的な素っ気なさに覆われて、けれど即座に引き返すのも面倒なので、いつも名神高速道路を走っているときに標識が示す地名を一瞥するだけで実際に訪ねたことのない関ヶ原にでも行ってみるかと気を取りなおした。なにしろ私にとって関ヶ原近辺は心地好い山間のカーブが連続する、けれど制限速度が八十キロに落とされてしまうじつに取締が厳しい面倒な場所だった。私はこの高速道路上しか知らないくせに、平然と時代小説で関ヶ原の戦いを書いていた。もちろん、取材すればよいというものではない。〈信長私記〉等も刊行したことだし、私の頭の中の関ヶ原と現実の関ヶ原を対比してみようと大して気乗りせぬままに関ヶ原探訪を決定した。関ヶ原近辺ならば野宿に使える東屋のようなものもあるだろうという消極的理由もあった。

関ヶ原に行くには近江塩津駅まで行って、乗り換えだ。人身事故の遅れもあって二時間強で近江塩津に着いた。素早く降りて、ホームから覗きこんでカピバラの貌を確かめた。見過ごしただけかもしれないが、先頭車両には傷ひとつ付いていなかった。鋼鉄対人体、結果はこんなものかもしれない。

夕刻の気配が忍び寄る時刻だが、曇天が重々しく、日の長いころでもあるので、時刻が読めぬ優柔不断な空模様だ。黒い梁と白い漆喰の三角屋根の木造駅舎は風情があったが、コーラの自販機の鮮やかな赤が微妙に浮いていた。同じく朱色の郵便ポストは許容できるのだが、この差異はなにからきているのだろう。乗り換えの時間潰しに外に出たとたんに関ヶ原などどうでもよくなってしまった。訪れれば私の頭の中の関ヶ原が瓦解してしまうことがわかりきっているからだ。

　国道八号線を琵琶湖方向に下っていく。道の左側はガードレールなのだろうか、初めて見る形状の、鉄骨に樹脂のボードではっきり区切られている歩道で、幅もあって歩きやすい。左側斜面は噎せかえるような緑で、ときどきドクダミの匂いが降ってくる。やがてあらわれた湖西線と思われる陸橋を抜けると集落に到り、やっと信号機があらわれた。そこから先は優雅な歩道も消滅し、とんでもない勢いで走り抜けていくトラックの風圧に煽られながら、人家の軒を首を竦めながら歩く。黄色と白のペンキで大書された〈キリストが真の神・聖書〉という看板に苛つく。

　先を透かし見ても曇天を背景に薄ぼんやり低山が拡がるばかりで、蒸し暑さが弥増すばかり、のっしのっしではなく、ちょこちょこよたよたしか歩けない私は、ほぼ萎えかけていた。水の駅一キロの看板があった。目を凝らす。道ではない、水だ。琵琶湖に引っかけているのか。バス停もあったが、時刻表を一瞥して、とても待っていられないと即座にバス乗車は諦めた。道路右手に真っ赤な外壁が目立つコインランドリー併設のラーメン屋があった。ラーメンとキムチ焼き飯セットを頼んだが、メニューを見ているときから『なんにしましょー、なんにしましょー』と覆い被さるように連呼されて、苦笑した。朝からなにも食べていなかったので貪り食ったが、味は可もなく不可もなし。けれど丼に山盛りの自家製らしい唐辛子が置かれていて、周囲に倣ってレンゲで加減せずすくって投入する。可もなく不可もなしの味が、一気にすばらしいものとなる。量が多いので私もだが、許多のトラック運転手が満腹して呆けた顔をしていた。『なんにしましょー』と急かされさえしなければホルモンも食べていただろう。

近江塩津駅から歩きはじめて二つめの信号に、セブン－イレブンがあった。もう一時間以上歩いている。その間信号二基ということだが、セブン－イレブンはじつに嬉しい。今夜の、そして明朝の弁当や飲料などを買いこむ。レジ袋をジーパンのベルトループに縛りつける。レジの女の子に琵琶湖岸まで歩いてどれくらい？　と訊いたら、歩いたことはないからわからないけれど一時間はかかると思います——と断言された。店頭左脇の公衆電話で妻に電話を入れた。琵琶湖周遊の旅に出たと偉そうに言うと、ははは——と気の抜けた笑いが返ってきた。ちゃんと宿を取ってくださいというので、わーったと投げ遣りに返事しておいた。キムチ焼き飯のニンニク臭いゲップに気合いを入れなおし、ふたたび路上の人となる。しばらく行くと道の駅ならぬ水の駅があらわれた。一応、寄ってみた。食堂は鴨うどんが名物らしいが、キムチ焼き飯ラーメンで満腹なので、まったく食指が動かない。販売所には万能葱が山盛りだ。脱力気味に水の駅をあとにした。

復活していた歩道も、このあたりからふたたび絶望的な幅の路肩になって、トラックがぎりぎりを掠めていく。列車に飛び込む人がいれば、首を竦めてビビる私もいる。

道が上りになり、大きく左にカーブしている。その先に琵琶湖最北端の水面がわずかに見えた。二時間弱かかって、歩行の不自由な私は国道から外れて塩津浜緑地公園からさらに奥の塩津園地の東屋の下で息をついた。完全に暮れていた。『ちゃんと宿を取ったぞ、吹き抜けだけど』と呟いてボトルのコーヒーを飲み、ぼんやりしている。海と違って湖の波はチャポ、チャポ、チャポ、チャポせわしない。野宿をしたことのない人には理解しがたいことかもしれないが、精神状態によっては波の音というものは、ひどく耳について心を苛立たせるときがある。もちろんこの日の私にとっては、近江塩津駅からここまでの歩行がかなりのオーバーワークだったので疲労困憊、煩いと感じる余裕もない。

今日、臀の下で人が轢断されて死んだ。死の宣告を受けた私は、とぼとぼ歩いて琵琶湖北岸の公園の東屋の寄せ木のベンチで取り留めのない思いに耽っている。案外強い湖上からの風に藪蚊の類いもまとわりつく余地がなく、湿気はきついが過ごしやすい。月、でないかな――と、柄にもなく小声で呟いて、気付いたら自分を両手で抱くようにして心臓を下にして眠っていた。

16

琵琶湖周遊の旅からもどって、郵便受けにたまった郵便物を仕分けしていたら、骨髄バンクからドナーの検査費用八千円也の請求書が届いていた。数日後、Ｋ大附属病院の移植コーディネーターからドナーが見つかったという報せが入った。そう簡単にドナーが見つかるはずもないと高を括っていた。確率からすると信じ難い。実感もない。担当医によると白血球のかたちが一つ合っていないが、骨髄移植するという。蛇足だが届いた封筒には表に請求書在中の印が捺してあるだけで、骨髄バンクの表示が一切ない。プライバシーを守るためらしい。以下は国立がん研究センターの〈がん情報サービス〉から引用させていただいた。

ＨＬＡ（Human Leukocyte Antigen）とはヒトがもつ白血球の型です。ＨＬＡには多くの型がありますが、造血幹細胞移植では特にＨＬＡ－Ａ・ＨＬＡ－Ｂ・ＨＬＡ－Ｃ・ＨＬＡ－ＤＲを合わせる必要があります。ヒトはＨＬＡ－Ａ・ＨＬＡ－Ｂ・ＨＬＡ－Ｃ・ＨＬＡ－ＤＲを2セットもっており、合計8抗原が一致することが最良です。（中略）血縁者にＨＬＡが一致したドナーがいない場合は、骨髄バンクへ登録し非血縁ドナーを探します。

これは、いまネットで調べたのだが、当時は興味さえ湧かず、担当医の言うがままだった。妹がドナー不適格になった一件で、私はすべてを無感覚のまま受け容れることにしたのだ。あれこれ調べることもしなかった。知れば、雑念が起きる。俎板の鯉である私は、じたばたせずに静かに対処を待つだけと決めていた。血液型占いはＡ、Ｂ、ＡＢ、Ｏの四種類のみだが、白血球の型は数万通りだ。ＨＬＡには多型という構造バリエーションがあるそうで、ＨＬＡ－Ａは二八五〇種以上、ＨＬＡ－Ｂは三五八〇種以上、煩瑣になるからやめるが、ＨＬＡの一致はきょうだいでもなければ、なかなか難しい。またＨＬＡは両親からその半分ずつを受け継ぐために、両親とは適合しない。そのころはそういった知識もなかったが、臀の真下で人ひとり死んだ琵琶湖周遊の小旅行からもどったらすんなりドナーが見つかっていたということに、どこか超自然的な不思議さを覚えた。以下は〈がん情報サービス〉の記載の続きだ。

ＨＬＡ８抗原が完全に適合しないと移植ができないわけではありませんが、一部が不適合のドナーから移植を受けた場合は、生着不全や移植片対宿主病（ＧＶＨＤ）をはじめとする免疫関連合併症のリスクが高くなるため、免疫抑制剤を使用して予防を強化する必要があります。

私はたった一つだけかたちの違った白血球をもったドナーから骨髄移植を受けた後、移植から二年を経たいま現在、この原稿を執筆時点も慢性の移植片対宿主病（以後ＧＶＨＤと略す）にとことん痛めつけられている。日本赤十字血液センターのサイトから抜粋引用する。

白血球は自分以外を敵と見なして攻撃する性質を持っています。移植されたドナーの造血幹細胞がうまく患者に生着すると、患者の体の中をドナーの白血球が回るようになります。すると、このドナーの白血球にとっては、患者の体は「他人」とみなされますから、免疫反応を起こして患者さんの体を攻撃してしまいます。この現象による病気をＧＶＨＤといいます。移植後早期に起こるものを急性ＧＶＨＤといい、皮疹、下痢、肝障害などを来たし、重症になると多くの内臓に障害が生じます。移植後１００日をすぎて、場合によっては数年に亘って生じるものを慢性ＧＶＨＤといい、皮膚症状、目の乾燥、口内炎、肝障害など多彩な症状がでることがあります。ＨＬＡの型が合っていない場合や、血縁者以外からの移植の場合にＧＶＨＤの頻度が高くなることが知られています。

前後を飛ばしてＧＶＨＤのことを書いているのは、残念ながら数ヶ月前あたりから慢性GVHDのせいで新たに全身の関節が鋭く痛む得体の知れぬリウマチ症状を呈するようになり、検査によるとリウマチに罹患するとあらわれる三つの血液反応全てがマイナス、MRIその他により血管が関節部分で太くなっていることがわかり、肩など痛みの烈しい部分は腫れだけでなく水がたまっている等、リウマチではなく治療方法が判然としない状態で、起き抜けには手指、手首、肘、肩、膝、踝(くるぶし)、足指と全身すべての関節が硬直してまともに動かず、その痛みはなかなか凄まじい。いま現在私が恐れているのは、手指の関節がまともに動かなくなる＝タイピングができなくなる＝執筆ができなくなるということだ。能天気な私だが、この章を執筆している二〇二〇年の九月時点でも手指の痛みと動きの悪さは相当なもので、これが進行するとまともにタイピングできなくなるのではないかという不安がある。もはやまともに万年筆も持てず、ゲラ刷の赤入れは地獄の苦痛で、意地になってあまり書かない手紙を書いたりしているが、手書きはともかくタイピングが難しくなれば、この連載も中断しなければならなくなる。書くことだけが道楽の私は、途方に暮れるしかない。とりあえず綱渡りであるという現状報告をしておく。なお、処方されているアセトアミノフェン系鎮痛剤は、まったく効かなくなってしまった。免疫抑制剤ほか多量服用している薬の副作用で腎臓に問題が出ているので、基本的に鎮痛剤はアセトアミノフェン系しか用いることができないのだ。両肩が痛いので、寝ているときに横向きになれない。寝返りが打てない。ひたすらミイラのように固まっている。これが、しんどい。眠るのが厭だが、そろそろ眠る時刻だ。おやすみなさい。

　ベッド上で執筆しているので目が覚めれば即座に執筆だ。まともに眠れたわけではないけれど、おはよう。今朝の関節の様子は――書かずにおく。無理やりタイピングしていれば動くようになるので。

　時間を巻きもどす。ドナーが見つかったことにより治療の予定や筋道がどんどん決まっていく。私は言われるがままだ。二〇一八年七月二十三日、骨髄移植の前段階で、検査入院させられることになった。私は拡張性に劣るノートパソコンが嫌いだ。デスクトップを自分の好みであれこれ改造して（水冷に飽き足らず、量子論から発想してペルチエ素子を用いて冷却し〈実際に製品があった！〉、ＣＰＵを結露させてしまったという失敗まであるが）、筐体にはランダムに娘たちからせしめたシールやらステッカーを貼って悦に入る幼稚さ（オタク）だ。だが、病室にフルタワーの愛機を持ち込むわけにもいかない。通販でノートパソコンを見繕った。過剰性能が大好きなのだが、どのみちテキストデータを扱うだけなので高度なものは必要ないと割り切った。起動にＳＳＤ、データ保存に１ＴＢのＨＤＤが入ったヒューレット・パッカードの数量限定が六万円台で見つかった。液晶がＶＡだったので、連絡をとってＩＰＳに替えてもらった。経験上、目が一番疲れないのがＩＰＳパネルだからだ。加えて別途、キーボードを用意した。腱鞘炎（けんしょうえん）覚悟でないとノートパソコンのキーボードは大量執筆には使えない。

　月曜の朝、私は不機嫌だった。午前六時近くまで原稿を書いていて、ほとんど眠っていなかったからだ。朝十時に入院ということは決まっているのだ。それなのに原稿を書き続けていたのは、もちろん逃避だ。朝飯はいらねえ、入院の準備は面倒くせえ——ノートパソコンだけ抱えてごねる私に、妻が視線をそらして溜息をつく。それでも最低限の執筆資料や着替えなどを持たされて、車に押し込められた。

どういう精神の働きか、まだ目が完全に覚めていないからだと信じたいが、私の内面では入院はこれが初めてであるという強固な思い込みがあった。ぶすっとしたまま助手席で人生初入院の感慨に耽っていたが、路上駐車ひしめく丸太町通の平安神宮北を走っているあたりで、我に返った。二十代半ばにS記念病院のアルコール治療病棟に二ヶ月間入院させられていたではないか。さらにはオートバイの事故で鎖骨を開放骨折し、救急車で運びこまれた川崎の老朽化した病院に一週間ほど入院した。数年前には睡眠時無呼吸の疑いで四条の睡眠クリニックに一晩だが、検査入院させられた。つまり今回のK大附属病院入院は、四度目である。

牽強附会気味だが、どうやら私にとって入院は無意識のうちに記憶を消去してしまうくらいの最悪の出来事らしい。実際、これまでのすべての入院が意識にのぼることもなく、厭なことはなかったことにしてしまうという私らしい処世というか、精神を正常に保つ方法でもあったのだが、これは『サレ鑑』ことサレジオ学園に抛り込まれていたことが遠因だろう。外界と隔絶し、プライバシーなど一切ない環境だ。いまでも米軍放出の鈍色の金属ベッドが五十ほども整然と並ぶサレ鑑の寝室、その寒々とした光景が泛ぶ。ベッドとベッドの隙間はサレ鑑内の木工所で作られた幅四〇センチにも充たぬ床頭台（この原稿を書くまで、ずっと消灯台であると思っていた。教官の『消灯！』という怒鳴り声が、いまでも耳の奥で木霊する）で区切られているのみで、左右のベッドで自慰がはじまると、かさついた忙しないノイズをステレオで聞かされる。ときに巡回している教官が感づいて、真夜中にいきなり寝室全体の灯(あか)りが点き、蛍光灯の白けた光の中で、打擲(ちょうちゃく)が始まる。この檻の中においてカトリック的禁欲を強いられた少年たちにとって、自慰は絶対的な禁忌だった。短く『罪』とだけ呼ばれていた。性に目覚めるころではあるが、自慰に耽っていた黄色い猿の子供に触るのは穢(けが)らわしいとばかりに、白人の神父はスータンと呼ばれる黒く長い僧衣に忍ばせた軟球で収容生を殴打した。軟という字が付いているとはいえ野球のボールである。ソフトボールというが、革で覆われた代物だ。それで顔面を殴打するのだ。奥歯が折れ、顎が折れる。救急車騒ぎもあった。白人神父が罪に問われたことはないが。もちろん殴られる方も工夫して、ボールが顔に当たる瞬間、大げさに吹っとぶ。衝撃を逃がしてしまう。苦痛に呻いてみせる。もっとも演技が下手くそだと、もういちど起立させられて軟球をお見舞いされる。

　自慰が露顕したことはなかったが、私は反抗的態度云々でセルベラ神父からソフトボールで殴打されたことがある。白昼、野球グラウンドでの殴打というシチュエーションがいまでも苦笑いを誘うが、ソフトなボールで撫でられて、うまく飛んで衝撃を逃がしたつもりだったが、自分の歯で口の中をざくざくに切ってしまい、五日ほど味噌汁などを飲むと沁みて痛く、じつに切なく苦しかった。耳鳴りもひどかった。

ずらりとベッドが並んでいる光景。私にとって地獄だ。

それも、とてもリアルな――。

集団で寝るのが厭だった。眠るのが厭だった。入院は強制収容とは違うが、私にとっては大差なく、記憶から綺麗に消滅させていた事柄だ。信号待ちで、さりげなく妻が私の様子を窺う。私は俎板の鯉で、すべてを無感覚のまま受け容れると決めたのだ。自宅からK大附属病院まで三キロもないだろう。多少渋滞していても、十分もかからずに着いてしまう。入院診療経過計画書に目を通す。検査入院なので最長でも一週間で退院できそうだ。K大附属病院の入院車用のゲートを抜けたあたりで私は完全に肚を決めた。とことん愛想よく振る舞おう。


以前は血液腫瘍内科と称されていたらしい血液内科の病棟は積貞棟(せきていとう)という地上八階、地下一階の建物の三階にあり、任天堂の山内溥(やまうちひろし)相談役の七十五億もの寄附により建てられたという。このころ〈ゼルダの伝説〉に嵌まっていたが、リンクするように〈ゼルダを遊んでいる方は、ダジャレかと苦笑されるだろう。わからない読者にはまったくわからないだろうが、頰被りする〉任天堂である。運を天に任せるから任天堂などと呟きながら花札を繰っていた悪ぶりたい盛りの十代を思い出していたら、見事に禿(は)げあがり、眉まで消滅し、日焼けでは有り得ぬ黒さに変色した百八〇センチほどの背丈の患者が家族と一緒にエレベーターから降りてきた。運動選手かと思わされるほどに体格は立派だが足許は覚束ず、奥さんにきつく脇を支えられていた。先輩だ。放射線照射や抗癌剤投与以前に私は禿げあがっているが、おそらく彼はふさふさの髪をしていたことだろう。積貞棟が癌病棟であることを実感した。

貞を積む棟。貞は操が正しい女といったニュアンスを泛べてしまうが、どういう意味だろう。そんなことを考えながらエレベーターで三階へ。エレベーターフロア以外、この階全体が特殊な空調で無菌状態を保っているらしい。エレベーターフロアにはマスクの自販機が据えられている。病棟に入るにはインターホンで来意を告げて、最初のドアを開けてもらう。ここから先はマスク着用が義務づけられていて、洗面台が二つ並んでいる。緑色の液体石鹼で手を洗い、アルコール消毒する。必須である。それで二番目のドアが開く。妻が荷物を持とうとするが、俺はまだ病人じゃねえ——などという子供じみた突っ張りで拒絶する。

担当看護師のKさんに案内された病室は六人部屋だったが、左右に三つずつ並んだベッドの真ん中に私と同年代の胡麻塩頭の男がいるだけだった。ただしこの隣人はカーテンを引いて、それこそ息を殺しているかの気配で、この時点ではまったくどのような人物かわからなかった。私はその左隣、通路側のベッドをあてがわれた。まだベッドは四つあるのだから、窓際にでもしてもらえないかな——などと若干の不満を覚えた。おそらくは病状の急変などを伝えるためにも患者同士が隣りあっている方が合理的なのだろうと無理やり納得した。妻も去って、荷物を床頭台に収め終え、ノートパソコンの電源を確保した。隣人は壁面以外の三方に巡らされているカーテンをぴたりと閉じているので、それをいちいち開くのも気が引ける。しっかりしたカーテンなので、私にとっても都合がよい。一応挨拶をしておく。

「お休み中だったら、申し訳ありません。カーテン越しに失礼します。今日からしばらくお世話になる吉川です」

私は案外、礼儀正しい。単なる世渡りである。一声かけて筋通したんだから、あとは知らねえよ——といったところである。隣人からの反応は、一切なかった。幸いベッドは電動で背と脚を起こすことができる。ベッドテーブルはじつにしっかりしたつくりで、パソコンを置いて高さ調整をする。カチャカチャうるさいと執筆を止められてはたまらないから、キーボードは静音仕様だ。ほとんど眠っていないのでとても原稿を書く気にはなれないが、一応手慣らしといったところだ。が、集中は訪れない。睡眠不足もあるが、隣人の気配が頬のあたりを擽るのだ。無音だが、私を窺っている。カーテンの隙間から覗かれているという錯覚さえ起きた。神経質で気の小さい私ならではの思い込みだと自身に言い聞かせるが、とりあえず執筆は無理だ。パソコンにヘッドホンをつないでふて寝した。愛用しているバング&オルフセンの有線ヘッドホンは耳に負担がかからず、ベースラインがくっきり聴きとれる抑制のきいたじつによい音だ。気持ちが和む。一方で、早くも拘禁反応があらわれていると張り詰めている。サレ鑑の寝室の、ずらっと並んだベッドが脳裏に泛ぶ。他人と眠ることに対する拒絶反応が肌をチリチリ疾りまわっている。

この日は午後四時に胸部レントゲン撮影があるだけで、外来患者ではなく入院患者なので待ち時間もなく、すぐに終了した。骨髄移植を受けると感染予防のために三階の血内病棟から出られなくなるとのことだが、気詰まりな病室にもどる気もおきず、私は検査入院なので院内を彷徨った。地下の医学書専門の書店で、かなり高価だったが毒物関係の医学書を衝動買いした。美容室、理容室、薬店と並んでいるが、横目で見て通りすぎる。南の外れにはパン屋まであったが、ローソンであれこれ買い込んでしまった。覗いただけであとにした。北側の端の売店で院内でネット接続をするためのカードを買った。記されている数字を入力すればネットに接続できる。ほかにはテレビカードも売っていた。サレ鑑のちっぽけなものとは別物の床頭台に液晶テレビが附属しているのだが、見るためにはカードが要るというわけだ。私には不要だ。

夜の六時過ぎ、妻と長女、次女が見舞いに来た。幼いころからすべての物を分解し、コンセントに指を挿しいれて感電するほど探究心旺盛な長女のRは、祖母の甲状腺の薬をピンクが綺麗で甘かったからと勝手に大量服用して三日ばかり入院したことがあるくせに、備品その他に興味津々で、あちこちいじくりまわす。リモコンを手に、私が横になっているというのにベッドの背を上げたり下げたりしたあげく、テレビが映らないのが不満で、早く帰ろうなどと言う。次女のMが妙に素っ気ない。まともに顔を合わせようとしない。語りかけても幽かに頷くばかりだ。瞬(まばた)きも少ない。とにかく長女の声が大きく騒がしい。偽善的な私は、長期間入院しているらしい隣人にはたぶん見舞いに来る人もいないと直感し、気を遣って、もう帰るようにと声をかけた。妻は私がスマートフォンの類いを所持することを頑なに拒否するので、連絡方法がないことが不安そうだ。病棟内の入り口近くに硝子(ガラス)張りの個室の有線電話があるのだが、コインの代わりに例のテレビカードを使って電話する仕組みだ。絶対にテレビカードは買わないと頑なに拒絶する。せめてメールの遣り取りができるのか、と新調したノートパソコンを一瞥した。これで二週間、ネット接続できるんだとＷｉ-Ｆｉのカードを示す。ようやく妻の頰が安堵でゆるんだ。

騒がしかった見舞いだったが、姿が消えると肩が落ちた。急に病人であるという自覚に囚われ、先行きに漠とした不安を覚えた。なにしろ自営業である。原稿を書かなければ、即座に収入が断たれる。おそらく一ヶ月後になる本入院の医療費だって払えるかどうか。夜七時の面会終了を告げるアナウンスを聞きながら、とにかく原稿を書こうとパソコンを立ちあげた。メールが届いていた。

うえーんかえてっきて？？？？かえてきたらぎゅーだよ？？？？Ｍよ李

Ｍ泣いてるぞ。どうするんだよ。Ｒより

母のスマートフォンを借りたのだろう、この年四月に小学一年になった次女のメールは、意味不明のクエスチョンマークと脱字と誤変換、小学三年の長女は、まるで私が悪いかのように糾弾する。素っ気なく無表情だったMの態度は、じつは緊張と不安からきていたものだったのだ。

「Mよ李、か」

心底から思った。子を得てよかった。

消灯は二十二時だ。さすがに前夜ほとんど眠っていないのと、眠剤をもらったのとで、すっと眠りに墜ちた。

声がする。

夢を見ているのか。

半覚醒のまま、時刻を確かめる。午前二時過ぎだ。椅子を引く音がする。床頭台附属のテーブルを引き出す音もする。それが、一切加減のないもので、ドン！　ギシギシギシ、ピシッ！　といったノイズが眠剤で暈(ぼ)けている鼓膜に刺さって、現実であることを悟る。

「食べなくちゃ。食べなくちゃ」

なんのことだ？

「食べないと。食べないと治らない」

包装を裂く音、カップがぶつかる音。

「食べることが大切なんですよ」

煎餅？　バリバリ派手だ。

「御存知でしょうが、食べないと」

御存知？

「食べるんです。食べなくちゃ」

もしかして、私に言っている？

「そう。食べるんです。食べなくちゃ」

以心伝心？　私に言ってるみたいだ。

「食べてください。食べなくちゃ」

どう対処すべきか。半身を起こして、苦笑い気味に思案する。なにしろ丑三つ時だ。

煎餅らしき物は食い終えたらしく、くちゃくちゃ咀嚼(そしゃく)する音がする。椅子が前後に動いて、脚と床がこすれ軋む音が囂(かまびす)しい。

食べるあいまに、いちいち私に聞かせるかの『食べなくちゃ』に、途方に暮れる。はいと返事をすればいいのか。いっしょにローソンで買い込んだカレーパンでも食えばいいのか。うるさいと怒鳴りつけたいところだが、入院初日に問題をおこすのも考え物だ。なにしろ隣人は、私に血液の癌で衰えた体力をもどすには食うしかないと教え諭して？くれているのだ。ならば存分に食べておくれ。私は耐えますから。

午前三時を過ぎて、物を食う音は聞こえなくなった。ただ、椅子を前後に揺すっているらしく、脚が床を打つ忙しない音が止まらない。まるで貧乏揺すりだ。さすがにこんな状況にいつまでも付き合っていられない。絶対に怒鳴りつけるなよ——と自分に言い聞かせて、そっとカーテンを引いた。

隣人は、プッチンプリンを食べていた。御町噂に容器からではなく、プッチンしてお皿に載せて——。

じつは、私はプッチンプリンが大好物だ。どんな高価なプリンよりも、プッチンプリンだ。理由は、卵臭くないからだ。そういえばしばらく食べていない。久々の睡眠薬服用で夢でも見ているのだろうか。あらためて、そんな非現実感に襲われた。隣人は目を合わせようとはしない。が、皿を顔の高さに掲げ、啜るようにしてプリンを吸いこむと、俯き加減のまま唇を動かした。

「食べないと、ならないんですよ」

「よく、わかりました。心に留めおきます。でも、いまは眠る時間です」

「はい。食べないと、うまくないんです」

妄執とでもいうべきか。医師に小食を咎められでもしたのか。よほど治療がつらく、それを繰り返したくないからこそ、たくさん食べて体力をつけようと考えているのか。あれこれ推察が渦巻きはするが、どれもが的外れな気がする。けれど隣人の丑三つ時の夜食が毎晩続くようだと、私は絶対に爆ぜてしまう。怒鳴りつけてしまうだろう。隣人が逆らいでもしたら、手が出てしまいかねない。それを避けるためには、卑怯ではあるが、看護師に告げ口をしてやんわり諫めてもらうしかない。そう決心して黙ってカーテンを閉めた。

たった二人の大部屋で、よりによって大当たりだ。朝食後、そして昼食を終えてすぐ、午前も午後も、カーテン越しに隣人の鼾が聞こえる。丑三つ時の夜食を堪能して、やたらと長い午睡だ。もう苦笑いも泛ばない。担当の看護師のKさんがやってきたとき、話がしたいと誘い、廊下に出て顛末を語った。Kさんは周知していたかのように即座に同意し、微妙な表情だ。私が神経質で文句の多い面倒な告げ口患者で、もてあましているというニュアンスではない。Kさんの表情から察するに、どうやら隣人は認知症の徴候があるのではないか。もちろんKさんは、それを口にはしない。私は呼吸を整えて言った。

「一応報告ということで。もともと夜型で、昼間寝ているので、もう騒ぎません」

Kさんは、申し訳ありませんと頷いた。

「検査入院ですぐ退院だし」

と、言い添えると、Kさんは眼差しを伏せて言った。

「悪気はないんです。それでも睡眠時の飲食は、問題です。ちゃんと注意しておきますから」

「お手数をおかけしますが、あの方も悪意でしているわけではないようなので――」

微妙に語尾を濁して、柔らかく笑む。なんなのだ、私のこの善い人ぶりは。自分で解決せず、第三者を誘導して逃避した。裏返せば悪意の塊ではないか。自己嫌悪を抱え、カーテンに閉ざされた隣人の方を一瞥し、溜息を呑みこんだ。多少なりとも会話が成り立つならば、外面だけはよい私である。うまくやる自信もあるのだが、『食べなくちゃ』以外の言葉を発しない隣人である。医師の問診でも、はいといいえ以外は一切聞こえなかった。下ネタでも交わして、ガッハッハと笑ってしまえればどれだけ楽か。鼾が聞こえぬようヘッドホンをかぶって睡眠不足を解消した。

どのように諭してくれたのか、この夜から隣人の丑三つ時の飲食はぴたりと止んだ。それはありがたいのだが、強く根深い奇妙な罪悪感が残った。

翌日は朝一番でシャワーを浴びるように厳命された。骨髄穿刺があるので、軀を清潔にしておけということだ。そうでなくとも感染予防で必ず毎日シャワーを浴びなければならないのだが。大部屋のシャワーは共用で、朝六時から予約ができる。自分のベッド番号のマグネットを希望の時間に予約ボードに貼りつける。のこのこシャワー室に出かけていったら、ほとんど予約は埋まっていた。その合間のもっとも早い時間帯にマグネットをつけた。シャワーで特筆すべきは、シャワーヘッドが上半身用と下半身用、二つあって使いわけなければならないことだ。もちろん感染予防対策だ。決まり事が大嫌いなくせに中学生時代の集団生活で和を乱さないことを叩き込まれている私は、一見すると模範的な入院患者だ。けれど内面は、病棟の存在自体に凄まじい嫌悪を抱いている。無菌状態を保つために出入り口のドアが二つあることから始まって、感染予防感染予防

感染予防感染予防感染予防――。すべては感染予防に収斂する。完璧な閉鎖環境だ。いまは検査入院だから出入りの関門の面倒さえ厭わなければ、病棟から逃げだしてドトールでコーヒーを飲むこともできるし、入院食が充実しているのでとても食欲はないが、なんでもありのレストランでラーメンを啜ることもできるし、ローソンで買物もできる。けれど骨髄移植で免疫を一切喪えば、病棟から一歩も出られないのだ。そのことを思っただけで俯き加減になる。溜息が洩れる。溜息はマスクの中で蒸れた臭いを放つ。ああ、逃げだしたい。

骨髄穿刺は病棟内の処置室で受けた。その様子は詳述してきたので、もう書かないが、胃のあたりがきゅっと縮こまるようなストレスがある。なお、これから先も折々に髄液の状態をみるために骨髄穿刺が繰り返される。さらには歯のレントゲンを撮り、心電図を測られた。検査入院というだけあって、毎日、採血採尿その他による検体検査が続く。けれど、どれもが幾時間もかかるものではない。時間はたくさんある。神経質な私だが、隣人が話しかけてこないこともあり、環境にも慣れ、執筆が捗った。悪性腫瘍の有無を調べるらしい骨軟部組織診、全身のCTスキャン、心臓の超音波診断等々、その気になれば一日ですべてを終えられそうな検査ばかりだが、律儀に基本的に一日に一つの検査をこなすといった具合だ。限界まで息を止めたり吐いたりさせられる肺拡張能力試験、努力性肺活量と担当医が呟いていた肺機能検査が案外しんどくて印象に残っている。

検査入院三日目、午後三時過ぎくらいか、学校帰りに母から携帯を借りて送信したと思われるメールがRからあった。

喜怒 I LIKE

泰山鳴、どうして鼠一匹？

虚を衝かれたというのも大仰だが、しばしどう反応すればよいのかわからなかった。垢抜けない私は屋上屋を架すことにする。『喜怒哀楽』は子思・中庸の喜怒哀楽之未発謂之中＝喜怒哀楽のいまだ発せざるこれを中と謂ふであり、『大山鳴動して鼠一匹』はローマの詩人、ホラティウスの引用が日本に伝わったものらしいが、なかなか見事な訳である。いや、そんなことではない、長女Rだ。

じつはRは劣等生だ。入試などであくせくさせたくない親バカ心から、幼稚園から大学までの一貫校に入学させたのだが、小学三年生時点、つまり私の入院時においてはクラスで後ろから二番目くらいの成績らしく、補習ばかりさせられていた。いかにエスカレーター式であっても、この調子では中学に入れるのか？　と危ぶまれるほどだった。けれど私はまったく心配していなかった。飽きっぽく集中力に欠けるが、成績にはあらわれない語彙の豊富さ（誤用も多いが）、言語能力の高さに一目置いていたからだ。さらに絵もとても上手＝見たものを脳裏で変換して、再構成できるので、どうせならケツから一番を目指せと叱咤していた。当人も、一番ビリを目指します！　と私の眼前に拳を突きあげて高らかに宣言していたが、上には上がいるもので、それは叶えられなかったようだ。そもそも国語の漢字のテストを例にあげると点画が足りなかったり（省かれていたり？）、偏や旁が中国の簡体字のように省略されていて、採点結果には×が並んでいるわけだ。妻か義母か判然としないが、とにかく教育熱心な女性陣が与えた四字熟語や諺の本を読み散らしたあげく、唯一身についたのが『二階から目薬』であり、それを私が面白がってしまったのが間違いのもと、意味や状況と無関係に、さんざん『二階から目薬』と捲したてられて辟易した。まあ、こんなことを得々と書いているのも親バカ丸出しだが、『泰山鳴、どうして鼠一匹？』である。偶然にすぎないが『喜怒ＩＬＩＫＥ』に到っては、隣人に対して荒んだ偽善的悪意をもった私をさりげなく窘めているかのようで、このメールですっと心が軽くなった（追記・五年生になった近ごろはとりわけ勉強しているわけでもないのに、クラス中位くらいにまで成績が上がってしまったらしい。ま、中庸ということでおさめるか）。

　どうして鼠一匹？　のメールがきた三日目の夜も、妻と娘たちは見舞いにきた。ぎこちなかった次女の様子も打ち解けてきて、猫のような目をあちこちに投げて病室のあれこれを観察し、私が頭上の大仰な空調のいい加減な説明をすると、含羞み笑いが泛ぶ。こい、と一声かける。とたんに次女は私の胸に飛びこんできた。骨髄穿刺をされたばかりなので腰部がどんより重いが、ぐいと抱きあげる。チビで痩せなのですごく軽い。生まれたときに、心臓に穴があいていて、医師は二年ほどでふさがると請け合ってくれたが、気を揉んだものだ。心臓の穴は医師の言うとおり、たいしてたたぬうちにふさがった。いまはときどき癲癇発作がおきる。壁に顔が見えると呟いて昏倒したりする。気が気でないが、どうにか薬剤で抑えられている。これも時間がたてば自然治癒するだろうと医師は言った。実際、この時点から一年ほど後に服薬も終え、発作はおきなくなった。このころ次女はドラム教室に通っていた。自らドラムを叩いてみたいと言いだしたのだが、ある程度叩けるようになった時点で、やめてしまった。理由は『疲れるから』とのことで、私も『疲れるなら、やめるしかねえよな』と苦笑いしながら、その頭を撫でた。長女と違って集中力の塊で、なにをやらせても細部に対する執着が凄まじい。いつだって『疲れ果てちゃうから、そろそろやめろ』と、注意したくなる集中なのだ。対人が苦手で俯き加減で『ボッチだから』と告白した。『校庭で遊ぶときは、いつも一人で立っている』とも。愛想の欠片もないが、それは過剰なる羞恥からで、内面はじつに繊細だ。私はこの子が可愛くてならない。髪や肌の香りも大好きだ。

長女が私に抱きあげられて中空に浮いた妹を凝視している。トン、と床におろして、長女に目配せする。『たいざんめい』と唇を動かす。私の唇を読んで、ふんと横を向いた。強引に抱きあげた。腕にギュッと力を込めて顔を覗きこむと、じつに得意げだった。整った面差しと愛嬌で年長者に取り入るのが巧みで、祖母など完全に骨抜きにされている。一方で、妹に能力的なことからくる微妙な劣等感を抱いている。だからこそ私は

Ｒの承認欲求をとことん充たしてやろう。私は子を生すことを恐れていた。私の父親はまともに働かずに常に家でぶらぶらしていて、私に過干渉した。同じことを自分の子供にしてしまうのを恐れたのだ。けれど、なんのことはない。実際に娘たちが生まれたら、私自身は貧困ゆえに欲しくても一冊も買ってもらえなかった小学館の図鑑を全巻買い与えたこと以外は教育に類することは一切せず、学校帰りに買い食いを愉しむことを教え込み、当人たちが欲しがるものはマンガだけでなくアニメのＤＶＤも含めて委細構わずＡｍａｚｏｎに注文し、古本だがさりげなく高橋留美子や楳図かずお等々無数のマンガを全巻買い揃え（二〇二〇年九月現在、長女は高橋留美子神と崇めている。夢中になっていたくせに〈鬼滅の刃〉は高橋作品の焼き直しなどと厳しいことも言う）、いっしょに任天堂スイッチのリモコンを操る。〈あつまれ　どうぶつの森〉だが、私はいまだにあえてテント生活だ。私は病室で二人の子供を抱きあげて、その体温を愛おしみ、新たに決心した。この子たちのためにも生きねばならない。収入を確保しなければならない。図鑑だけでなく、都下五日市町（当時）の百姓である母方の祖父に預けられていた私の幼少期は、童話や絵本に類するものがゼロだった。読書に限らず、情操教育といったものとは完全に無縁だった。裏山に登り、秋川で泳ぐ日々だった。生活苦ゆえの長い夫婦別居のあげく、小学一年のときにいきなり父親があらわれて、いきなり読めもしない岩波文庫を押しつけられたのだ。小学一年の私が森鷗外〈阿部一族〉を読みたがるか。すべては押しつけ、虐待だった。だから私は娘たちが欲しがるものをなんでも買ってやる。

ねだられれば、とりあえず厳しい顔や気のない態度で拒絶するが、必ず買ってやる。極端に疾る私は、娘たちには自分の幼少期と正反対の状態にしてあげたい。玩具なども誕生日とクリスマス限定だが、欲しがるものを必ず買ってやる。とにかく金が要る。見舞いのために病院の駐車場を使うと千円取られる。じつにケチくさく腑抜けたことを書き記しているが、本音だ。だからあえて言った。

「もう見舞いにくるな」

　妻が食いさがる。

「そうはいきません」

「本番のときは、洗濯物とかあるしな。突っ張る気はない」

「はい」

「たぶん金曜には出られるよ。看護婦がそう言ってた。三食昼寝付きで検査してるだけだし。ローソンでスナック買いまくりだ」

　一呼吸おいて、続ける。

「RとMに命じる。適当に選んで、持って帰ってよし。ただしチーザのカマンベールは俺が食う。とにかく、おまえらが毎日、のこのこ顔を見せる必要はない」

　今日は水曜日だから——木、金と指折り数えて、Rの顔が輝く。

「父がもどってくる！」

　スナック菓子で迎合したせいか、喜色満面のRの笑顔が面映ゆい。寝間着代わりのジャージの裾を引いて、Mが問いかける。

「父、本当に帰ってくる?」

「うん。金曜日に帰るから、土曜はマルギンに買物、行こう」

「絶対、お菓子は二つまでって言うからな」

「――特別、三つでもかまわん」

次女が脚にしがみつく。めずらしく感情を露わにした。ふと気付いて、無表情に離れたが、両手指をくねくね絡みあわせている。

わかりました。明日からは楽させてもらうね――と妻が頬にこびりついてしまった苦笑気味の笑みを深くする。大騒ぎして病室から出ていった姉妹は、スナック菓子を持ち帰るのを忘れていた。

17

毎年、七月末から八月いっぱいは八ヶ岳の山荘で過ごすのだが、この年は行きそびれてしまった。娘たちも愉しみにしているし、十日くらいでも――と考えていたが、八月中旬に血液検査があるし、入院日が八月二十八日に決まり、なんとなく気力が削げてしまった。入院当日は、娘たちも夏休みなので同行したが、表情は暗い。

検査入院と同様、朝十時に入院だ。日記には現実味なし、とだけ書かれていた。こんどの入院は数ヶ月、具体的にはどれくらいの期間になるかわからない長丁場、病室に運びこむ検査入院とは桁違いの荷物が鬱陶しい。感染予防のために水道水も飲めなくなり、口にできるのは国産のペットボトルの水のみになるという。しかも開栓後二十四時間以内に飲みきれなければ廃棄しなければならない。とりあえず一ダース用意した五百ミリリットル入りのペットボトルを一瞥して溜息を呑みこむ。

救いは、その感染予防のために無菌室＝個室に入院できることだ。病院の個室といえば高額ぼったくりの代名詞だが、白血病や骨髄異形成症候群は移植がうまくいっても免疫を喪うために前述のとおり水道水さえ飲めぬだけでなく面会その他、制約だらけだが、個室は必然なので保険がきくという。Ｙ先生がやってきて、ここなら執筆が捗るでしょうと笑う。私は頭上に据えられた一辺が一メートル以上ある正方形の空調を示して訊く。

「どんな仕組みなんですか」

「ＨＥＰＡフィルターです」

「空気清浄機の？」

「クリーンルーム用は、家庭用のものと違って厚さが五センチ以上あります」

我が家にも二台あるが、私は空気清浄機をどこかで侮っていたのでさらに尋ねた。

「ＨＥＰＡって、本当に細菌やウイルスを捕捉することができるんですか」

「大きな粒子は当然ＨＥＰＡの硝子繊維を抜けられないけれど、極小の細菌やウイルスはブラウン運動や、硝子繊維に滞留している静電気で吸着してしまうんです」

「ブラウン運動——」

思わず呟くと、Y先生がじっと見つめてきた。照れ臭いが言ってしまった。

「じつは、一年くらい前から量子論にはまってまして」

Y先生はメガネの奥の目を細めた。私は勢いこんだ。

「原子や分子が存在するということの礎になった物理現象ですよね。ランダムウォーク、日本語では『乱歩』なので印象に残っていました」

「江戸川乱歩はランダムウォークからきてるのかな」

「どうなんでしょう」

乱歩のよい読者でない私が首を傾げていると、先生は診察の途中で抜けだしてきたのでと断って、妻や娘たちに会釈して無菌室から出ていった。どんなことでも相談してください——と、立ち会っていた担当の看護師も病室から出ていった。

とたんに言いようのない沈黙が拡がる。私よりも妻子が落ち込んでいる。眼差しを伏せた妻が、黙って運びこんだあれこれを床頭台に収めていく。娘たちは病室内に据えられた青い光を放つ巨大な殺菌灯付きの浄水器にチラチラ視線をはしらせる。たぶん紫外線だから、覗きこむなと命じると、二人とも俯いてしまった。気詰まりだ。気鬱とはこういうことを言うのだ。私は悪くないが、病気そのものが悪だ。なかば怒っているような、じつに素っ気ない態度で、もうおまえたちは家に帰れと呟いた。妻子が立ち去ると、俺は、いつも、なぜ、威張っているのだろうとベッドに座ったまま嫌悪感に襲われた。

そこに別の看護師がやってきた。

「昼食後、中心静脈カテーテルです」

「なんですか、それ」

「中心静脈カテーテル穿刺。内頸静脈（ないけいじょうみゃく）っていう首の一番太い静脈にカテーテルを入れるんです。これさえしておけば点滴のときにいちいち針を刺さなくてすむから、楽ですよ」

すらすらと空恐ろしいことを——。穿刺という言葉に過敏になっている私は、思わず首筋を押さえた。

中心静脈カテーテルの挿入まで、暇つぶしに〈同種造血幹細胞移植を受けられる患者さんへ〉というK大附属病院血液内科が作成した詳細な冊子に目を通した。家電でもなんでも解説書や説明書に一切目を通さない悪癖があるが、自分の命に関わる解説書である。きっちり読み解こうと集中した。——造血幹細胞移植とは、大量の抗がん剤投与や全身放射線照射を行い、患者さんの血液細胞を死滅させます。そこに提供された正常の造血幹細胞を移植することで、病気の治癒を目指す治療法です——という冒頭の一文に目を通しただけで、先に進まなくなった。いい加減な私であっても、さすがに否応なしにいろいろ知っているのだ。知識の断片はある。けれどそれらの知識によるあれこれが、自身の肉体にとって具体的にどのように作用するのかということに思いを致すと、なんら明確な像を結ばない。なんか難儀だな——といった若干投げ遣りな印象だけが残る。知識や論理と感情の乖離(かいり)を強く感じるばかりで、結局はリアリティがない。肉体は物質であるという当たり前のことから、抗癌剤だの放射線だのといった諸々の作用副作用の化学的論理が立ちあがりはするが、精神はそれらのインプットが知識に過ぎないことを悟ってしまっている。まさにたかが知識だ。まったく心に響かない。私にとって、すべては他人事だ。

「病気のせいで凄く痛い思いでもすれば、話は違ってくるのかな——」

独白しつつ、拙い認識だが、たぶんそういうことだろうと納得する。骨髄穿刺は骨膜を貫通するときの烈しい痛みと、骨髄を吸引されるときの薄気味悪い体感さえ耐えれば、結局は痲酔下で行われる。治療に関する検査だから、病そのものがもたらす苦痛ではない。ややずれるのを承知で書けば、歯医者に通うのは嫌だが、多少痛くても痲酔を施してもらえるわけだから、虫歯を放置して苦しむよりはましであるという損得勘定とでもいうべきものが働くのに似ている。このときは、まだ、長閑(のどか)なものだった。知識として漠然と知ってはいても、治療それ自体が死に直結する可能性があるという現実に直面していないからだ。

——元々の病気やその後の合併症などでそれぞれ金額は異なりますが、移植を行った月の医療費請求額は平均五〇〇万円前後です。移植翌月、翌々月でも平均二〇〇〜三〇〇万円の請求額になります——。ということは一千万くらいかかるとみておいたほうがよいようだ。本来は骨髄移植ができる年齢ではないこともあり、さらに金がかかるかもしれない。保険がなかったら、大変なことになる。小説家になって三十もなかばをすぎて推理作家協会を経て（さすがに私の書くもののどこが推理小説かと苦笑が湧いて、推協は脱退した）文芸美術国民健康保険組合に加入するまで無保険で、医療保険になんら意味を見出していなかった私が、急に真剣になった瞬間だった。入院中に、いつもと同じように執筆できるとも思えない。つまり無収入になる。自営業の恐ろしさである。入院前にも骨髄バンクにドナーの検査や入院費用その他かなりの額を支払っていて、ずいぶん物入りなものだとやや驚いていたのだ。さらに普通の入院と違って徹底した感染予防が求められる。感染症を防ぐために飲料水をはじめ入院生活に必要な諸々をすべて別誂えにしなければならないのだ。退院したら退院したで、プロフェッショナルな人たちの手による自宅の徹底した消毒清掃が必要ともあった。まったく現金な奴である。治療の手順のあれこれはまったく意識に沁み込んでこないくせに、金銭が絡んだとたんに幽かな緊張が背筋を疾った。そのくせ高額医療費申請云々に関しては、妻がやることだと決めつけ、もはや活字を追う気もない。パラパラめくっていくうちにクリーンルームについてという項目が目に入った。院内でも医師を含めて無菌室と呼び、クリーンルームとはいわないが、総体は差別用語に似て菌という日本語ではなく英語に言い換えたいという思いがあるのだろう。――このお部屋はNASA基準クラス一〇〇の洗浄度を保っています。これは一立方フィート（二八・三L）の中に〇・五ミクロン（たばこの煙ほどの目に見えない粒子）の粉塵が一〇〇個以下である、という洗浄度です。通常都市部の住宅地や事務所内ではクラス一〇〇万程度といわれていますので、かなり洗浄度が高いことがわかると思います——。

頭上で静かな唸りをあげている空気清浄装置を上目遣いで一瞥した。粉塵一〇〇万の世界から一〇〇個以下の個室にやってきたらしいが、もちろんなんら実感するものはない。その一方で、無味無臭の極致であるという気配が迫りあがってきた。無菌室内は常に室温摂氏二十五度に設定されていて、暑くもなければ寒くもない。医師、看護師その他出入りする者は、必ずマスク着用で手指を洗浄し、アルコール消毒する。次々に病室を訪れなければならない看護師たちは、手荒れをどう防いでいるのだろうとよけいな心配をする。私自身、いまだかつてない清潔に関するレクチャーを受け、歯磨きは、起き抜け、朝食後、昼食後、夕食後、就寝前と一日五回強要され、起き抜けと朝食後はあまりにも時間が近くて無意味ではないか、朝食後に食べかすを落とすために磨けばいいのでは？　と抗弁したところ『起き抜けがもっとも口中に細菌その他が増えているのです』と、やんわり窘められた。『誰でも起き抜けに口をゆすぐと、多少なりとも水が白っぽく濁るけれど、あれは細菌の色です』とも言われた。『どうか、あとで苦しまないためにも苦しみを最小限にするためにも、歯磨きを徹底してください』——とも。このときはまだＧＶＨＤによる口内炎の恐ろしさが想像できなかった。この小冊子にも、ほかの骨髄移植関係の冊子にもＧＶＨＤによる口内炎の激烈さがさんざん説かれていたのだが、口内炎といえば、口の中に小さなぽっちりができて、折々にそれが歯に当たって沁みて苛立たしいものといった程度の認識しかなかったのだ。

無菌室に入って数メートルほど、ちょうどシャワールームとベッドルームの境界の床に白いテープが貼ってあるのだが、この小冊子に目を通して、それがなにを意味するのかがわかった。見舞いにきた人は、これ以上中に入ってはならないということを示しているのだ。ちなみに無菌室に入れる面会人は親族のみにして二人までとのことで、妻とRとMはいっしょに見舞いできないということだ。あとで看護師に訊いたら、子供は感染源として相当に危険な存在であるという。国境線ばかりでなく、人数まで制限して家族を引き裂くのか〜などと大仰に胸中で叫んでみたが、もちろん冗談で切実さなど一切ない。だが触れあいなどもってのほかということだ。RとMをぎゅーできないのは、ちょっと寂しい。さらには移植がうまくいっても、ペットがいる家には帰れないのだそうだ。冊子にはペットの預かり相談についてまで書かれていた。愛犬ブビヲはRが生まれるのと入れ替わるように十二歳で死んでしまった。いま家にいるのは飼いはじめて十四、五年になるか、大型のインドホシガメのたけし君のみだ。たまたま訪れた看護師にペットはダメとあるが、カメはどうかと訊いてみた。『先生に相談しなければ正確なところはわからないけれど、たぶん、ダメだと思います』と看護師は眼差しを伏せた。いままでもペットについての相談をたくさん受け、そのほとんどすべてにNOと答えてきた気配が濃厚だ。愛猫とはいっしょにはいられませんと宣言されて、涙を流した人がたくさんいるのだ。笑顔で看護師を見送って、冷たい私は背に腹はかえられぬと、たけし君を巨大ガラスケースや保温器その他一式ごとRかMの同級生にでももらってもらおうと決めた。男の子にとって背に星形の模様が拡がるこんもり巨大なリクガメはじつに魅力的なものだ。しかもたけし君はすばらしく人に懐いていて、いつだって私のあとをゴトンゴトンと重々しい音を立てつつ、結構な勢いでついてくるのだ。たけし君は私が京都の東山山麓に家を建てたとき、光文社の編集者が金を出しあってプレゼントしてくれたものだ。私は新築の自宅の二階にカメたちを放し飼いにする空中庭園と称する四畳ほどの三方を高い壁で囲み、同じくリビングの高く大きな窓から愛でることのできるベランダ状の空間をつくってもらったのだ。たくさんのカメを飼うのが夢だった。その夢は北海道に住んでいたときに叶ったのだが、東京に住んでいたときの気象変化の感覚が抜けなくて、十月下旬の寒波襲来で結構な数のカメを冬眠ではなく、凍死させてしまったことがあった。東京ならば、十一月になってから屋内退避させるくらいでちょうどよかったのだが、札幌の冷気は別物だった。俺は抜け作だ——と自嘲して、カメを飼う資格がないことを思い知らされた。それでも京都の家にはカメの楽園となるべき空間を拵えてもらった。ただしカメは飼わなかった。そこに光文社の一行が訪れて、T君が汗を滴らせながら両腕で抱いた巨大なガラスケースを、私に引っ越し祝いですとプレゼントしてくれた。そのケースの中には、日本のカメと較べれば充分に大きいが、インドホシガメとしてはまだ小さかったたけし君の姿があって、私は小躍りしたものだ。以来、たけし君は楽園を独り占めし、私はたけし君と同じ視線の高さで、つまり腹這いになって、手ずからほうれん草などを与えて、溺愛してきたのだが——。

小冊子にもどる。三階は無菌病棟ではあるが、見舞い時間である十四時から十九時までは外来者によってクリーン度が落ちるので、なるべく自分の無菌室から出ぬようにと記されていた。見舞いに訪れる者も看護師同様、徹底した手指消毒やマスク着用を義務づけられていて、食品その他の差し入れも厳禁、まして無菌室内での飲食などもってのほかというわけで、一般の病気見舞いとはまったく別物の不自由さだ。今の今まで私は自身の免疫についてなど、まともに考えたことがなかった。風邪を引けば免疫が衰えているのかなあ——といった感慨をもつこともあったが、要は軀が弱っているのだといった程度の認識だった。けれど、ここまで徹底した細菌やウイルス、黴（真菌）対策を知れば、免疫の喪失は、そんな生やさしいものではないようだ。ようやく私はこれから先、免疫を喪うのだという実感を覚えた。

次の項目は、リハビリテーションについてで、実際にベッドですべき運動、体力維持についてがカラー印刷も含めてなんと七頁にわたって、解説されていた。——移植後早期においては体幹（腹筋や背筋）、足腰が弱りやすく、これらの筋肉は姿勢を保持、歩行を行う上で非常に重要な役割を担います。このような筋肉は重力に抗する際に力を発揮してくれるため「抗重力筋：こうじゅうりょくきん」というものに分類されます。造血幹細胞移植後早期では、ベッド上での臥床時間が増加するために「重力と戦う機会」が減少してしまい、これらの筋肉が弱りやすくなります——とのことで、移植は問題なくうまくいった女性が、運動をあまりせずに体力を弱らせてしまって、階段で転んで大腿骨を折り、そのまま衰弱死してしまったとリハビリ担当の医師が教えてくれた。

小冊子のリハビリから先は移植の前処置、つまり抗癌剤投与や放射線照射についてなので、明後日からの事柄だ。明日明後日のことを考えるのが億劫だ。とりあえず放置することにした。ベッド上にて仰向けのまま臀を持ちあげたり、片脚を交互にあげている妙に真顔な短パン姿の男を眺めているうちに、どうでもよくなってきてしまったというのが本音だ。あるいは明後日からの抗癌剤や放射線によって私の肉体に加えられる改変について、肝心のところは知りたくないという深層心理が働いたのかもしれない。

執筆のために読みたい資料もあるのだが、黴は致命的に危険であるということで古本は無菌室内に持ち込めない。幾冊か新刊を持ち込みはしたが、まったく食指が動かない。そこにY先生が訪ねてきてくれた。ちょうどよい機会だ。以前から気になっていたことを訊いた。

「俺は過去に禁止薬物をはじめ、ありとあらゆる薬物を軀に取り入れてきました。そのこと自体は後悔していませんが、今回の血液の癌の原因の染色体異常は、そういった薬物が関与しているのではないですか」

Y先生は即座に首を左右に振った。

「骨髄異形成症候群や白血病は、じつは、疫学的に、いまだに原因が特定されていないんですよ」

「はあ――」

「タバコを喫いすぎれば肺癌。酒を飲みすぎれば肝硬変。因果関係はあきらかですが、骨髄異形成症候群に関しては、いかに健康に気配りしていても、罹る人は罹る。そういうことです」

よくも悪くも私に現実からの浮揚あるいは沈潜をもたらしてくれた薬物が、この病の原因ではないと断言されて、安堵したというのもおかしいが、なんとなくクスリに対して義理が立ったというような肯定的な気分になった。疫学という言葉は知っていたが、単なる知識としてであり、その意味が実際に肌で感じられた瞬間だった。さらに、私の内面には揺るぎないヴィジュアルとしての巨大なスイッチがあり、頃合いをみてガッシャンと切り替えてしまうのです。今回は無意識のうちにも幾度かスイッチを切り替えて、無感覚というか楽な気持ちになることができています――といったことを口走りそうになったが、それは控えた。私のスイッチは、解離性同一性障害＝多重人格における他人格創造と同様の、逃避のひとつのかたちではないか――ということに気付いたからだ。

解離性同一性障害とは肉体的あるいは心的に、致命的な傷害を受けたとき、記憶の連続性がない、つまり外から受けた理不尽かつ不条理な加虐などの記憶が一切ない別人を脳内につくりあげて個体を保つ最終的な精神的な心的防御で、記憶喪失の究極のかたちだ。拙著〈対になる人〉で取材を受けてくれた女性の裡にある無数の人格には常時外に出て社会的日常生活を営んでいる主人格が数人存在したが、その中の仕事などの実務を受け持つあかりさんは、苦痛を受け持つ係でもあって、内面に存在する小学生くらいのひかりと呼ばれる死と罰を与える人格による激烈な頭痛、腹痛、呼吸停止などをその身に受け、あるいは夫による脾臓が傷つくほどの物理的な烈しいドメスティックバイオレンスによる苦痛を一身に引き受けていた。

子と呼ばれる彼女たちは、小学二年生のときに担任教師から受けた性的虐待により、主に性的な事柄に関するじつに細かく厳密な内的規範をもっていて、そこから逸脱すると自己を罰することになっている。それを決めたのが小学生時分だったので、性的欲望などが未分化な状態からくる幼さゆえからか一切の斟酌（しんしゃく）がない苛烈さがあり、決まりに反するとぴったり正確に、二十四時間にわたる常軌を逸した苦痛（子たちは肉体を自在にコントロールするというべきか、他人格が肉体をまかされているとき、罰を与える子＝ひかりが、その人格に対して自在に激烈なる苦痛を与えることができた）を受けなければならず、だから取材過程で密接な関係になっても、綿密なディスカッションでそれを知り、実際に夫との望まぬ性行為——妊娠目的でない強姦に近いものを受け容れてしまった結果の自己を罰する現場に出くわしてしまい、そのあまりの激烈さに茫然とし、取材者である私の慾望をはるかに凌駕（りょうが）するストッパーが働いてしまい、性的関係が成立しなかった。取材対象者である彼女もじつに切ながげだったが、逆に精神的なつながりが強固になったのは慥かだ。

じつは解離性同一性障害の治療で知られている精神科医の中には、診察を受けにきた者と性的関係をもつのが当たり前のような堕落した医者もいるのだ。彼女もはじめて診察を受けた医師から性的関係を迫られて、その時点で精神科医という存在を一切信用しなくなり、治療を投げだした過去がある。精神科医には見せなかったであろう凄まじき自己罰の現場に立ち会わされた私は臆してしまい、自身の性的衝動を封印した。だからこそ彼女は私を信頼してくれて人格同士の意思疎通から人格統合に到るまで精神をまかせてくれたのだが、自己罰よりも私を烈しく畏怖させ、萎縮させたのが、あかりさんの忘却であった。

私たちは、つらいことが重なって限界を覚えると、もう、ほかの子にまかせてしまおうと、自身の役目を投げだして、わりと簡単に自殺してしまうんです。夫に非道いめにあわされれば、心が耐えきれなくて死んでしまう――殺されてしまいます。あの人は私たちを暴力で支配し、食い物にする変質者ですからね。いままでに、幾人死んだことか。殺されたことか。私たちを殺しても、殺人罪に問われないのは不条理です。けれど、なにを言っても無駄なのはわかっていますから。でも、死屍累累。それではあんまりです。そこで私という耐えることに特化した、しかも忘却する――忘却させられる人格がつくられたんだと思います。誰かが死ぬときは、苦しいですよ。本当につらい。肉体の死ではないですけれど、精神の死だって信じ難い痛みをともなうんです。死ぬってことは、けっして救いではないですね。それは身に沁みています。痛みの気配が洩れ伝わるんです。肌が粟立って冷たい汗が背筋を伝います。死ぬことは、痛いことなんです。地獄ですよ。

私が死んだわけではないけれど、その苦痛の一端が私にも伝わってきますから。

これは、あかりさんの言葉だ。あかりさん自身、ある出来事で自死してしまった。けれどそれについて詳述するのはやめておく。興味がある方は拙著〈対になる人〉を読んでください。宣伝ばかりしているようだが〈ハイドロサルファイト・コンク〉で、この方の解離性同一性障害についての詳細を書き記す余地はない。ここで重要なのは『私という耐えることに特化した、しかも忘却する――忘却させられる人格がつくられた』という件だ。外因内因にかかわらず、通常の人間ならば耐え難い苦痛を与えられたとき、それを受けて七転八倒したあと、その苦痛を原因共々綺麗に忘れて――記憶を喪失してしまい、まさに涼しい顔をして担当である仕事などの対外的な事柄にもどっていくのだ。

蛇足だが、妻として家庭内をまかされていた主人格はアルコール依存気味で毎日の飲酒を欠かせず、飲みすぎて胃から出血するような状況で、あかりさんに替わってしまうという狭いことをする。あかりさん自身は『胃の潰瘍程度の苦しさでは、忘れることはできませんけれど』――と苦笑していた。あかりさんの自死は、忘却する（させられる？）ことによる新たな苦痛の甘受、けれどその痛み苦しみが精神の奥底に窃かに沈殿していて、それが原因の一つであった――と推察している。

さて、私の場合、脳内のスイッチを切り替えてしまうことである種の忘却を惹起しているのではないか——ということが、あかりさんの面影と共にいきなり泛んだのだ。様々な中毒性、習慣性のある薬物を嗜んできたが、私はそれらを断っても、巷で言われているほどの七転八倒を経験したことがない。多少なりとも苦労したのはアルコールとタバコだ。スイッチを切り替えても、世界は自販機に充ちている！　酒屋などで対面で酒を買うのは私のような自意識の持ち主にとっては、なかなかに難しいことなのだが、用事があって深夜に帰途についたとき、闇の中にワンカップの自販機が黄金色の輝きを放って浮かんでいる（実際に浮かんで見えるのだ）。これに抗することのできる（できた）アル中は、私くらいのものではないか。

あかりさんのような完璧な記憶喪失ではないが、私は脳内にある巨大スイッチをオンオフすることによって、いままで耽溺していたものや苦痛や執着といったものを、多少なりとも忘却できてしまうのではないか。すくなくとも一般の人に較べると、切り替えが早いのではないか。イマジナリーフレンドはもっているが、解離しているわけではない。が、いくらかは解離性同一性障害に似た精神状態を巨大スイッチという呪物によってつくりだすことができるのではないか。ガッシャンという大仰な音と共に切り替わったスイッチは電流を遮断してしまっている。つまり、耽溺や苦痛や執着の電流を流れなくすることができる。この古く巨大な転轍機ほどもある灰白色のセラミックの碍子で絶縁されたスイッチが脳内に居座ったのは、いつくらいのことだろう。有機溶剤に惑溺していたころには、まだ、なかった――と以前、書いた。あれからずっと折々に記憶を手繰っているのだが、巨大スイッチ成立の時期は判然としない。

急に黙りこんでしまった私だが、Y先生は黙って見守ってくれている。よほどイマジナリーフレンドも込みで相談してみようかとも思ったが、ガッシャンで楽になる云々は微妙だと考え直した。まだ精神的内面的なことを相談するには遠慮があったのだ。

後に、私の心の中に棲みついた二十七人の子供についてを相談したことがある。血液内科の医師に精神科の相談をするのも図々しいが、入院中に苦痛緩和ケアでたびたび訪れてくれた精神科医にはおくびにもださなかったことを、Y先生には語ることができた。というのも子供たちの声が聞こえることに若干、精神の有り様が心配になったからだ。二十七人の子供と書いてもなんのことやら読者にはわからないだろうが、これも〈対になる人〉に取材対象者の死という虚構にまぎれこませて書き込んでおいたので、興味をもたれた方は参照してほしい。Y先生に相談したときに少々不安だったのは、二十七人の子供が私の精神の中に棲んでいるということが、じつは統合失調症の陽性症状ではないかという疑念を抱いたからだ。声が聞こえるのは普通ではないが、統合失調症ではないという御墨付きがほしかったのだ。実際、統合失調症のように外から声が聞こえるのではなく、内面からの声で、しかも日常生活を一切じゃまされない――就寝中や入浴中などの意識が弛緩しているときに子供なりの他愛のないことをあれこれ話しかけられ、雑に答えて、場合によっては無視して、と暮らしにも執筆にもなんら害が及ばないのだから、単なる妄想と片付けてしまってもいいのだが、この歳になって棲みついた子供たちは、物量的、いや数量的にも当然ながら元々いたイマジナリーフレンドを凌駕する。人数が多すぎて、名前を間違えてばかりなので決まりが悪いのだが、脳内の前後左右から複数の声が届くのが不可解というか、不思議だ。つまりちゃんと声が分離していて、各々の声が同時に届くということだ。これは実際に体験するとすごいことだ。幼稚園の園庭の真ん中にいるかのような気分だ。ただし各々が言いたい放題をぶつけてきたのは最初だけで、子供たちも私のことを考えてくれているようだ。いまでは多くても三、四人程度で寝入りばなに話しかけてくる。二十七人、それぞれに明確な個性があるので、この子たちは私の内面において間違いなく実在する人格で、思いもしないことを語りかけてくる。私は遣り取りを愉しんでいる。けれどこんな状態はどうなのだろう？　という疑念がないわけでもない。そこで、率直にY先生に相談したところ、吉川さんには統合失調症的な分裂傾向もないし、なによりも凄い勢いで原稿を書いているじゃないですか。統合失調症を患えば整合性を喪って、とてもじゃないが執筆などできませんよ――と請け合ってくれた。蛇足だが、イマジナリーフレンドは小説家にとって重要なファクターなので、興味がある方はアリソン・ゴプニック著・青木玲(あおきはるみ)訳〈哲学する赤ちゃん〉亜紀書房刊を参照してください。赤ちゃんのあれこれに関しては、ああそうですかという感想しか持てなかったけれど、イマジナリーフレンドと小説家の関係に関する記述はなかなかに面白く、小説家の自尊を充たすところがあります。なおH・G・ウエルズの短篇〈塀についた扉〉はあきらかにウエルズ自身のイマジナリーフレンドについて書かれたものです。岩波文庫〈タイム・マシン　他九篇〉橋本槇矩訳で読めますが、古典的名作ですので、読んだ方もたくさんいるのではないかと思います。あらためてイマジナリーフレンドの観点から読み直して、巧みにそれを組みなおして成立させた小説家という特殊な賤業に就いている者の精神に思いを致していただきたい一篇ですが、解説に『統一された人格という観念は生物学的にみて便宜的に作られた幻覚である。肉体を制御し、単一な自我という共通の幻覚を生み出す多数の行動体系の統合もその幻覚によってである』というウエルズが英国学士院に応募した博士論文における卓見が記されています。

本筋から外れて、ですます調で書籍の紹介をしている場合ではない。いくら逃げたところで、予定の時刻がくれば中心静脈カテーテル穿刺を施術されてしまうのだ。私はA4の用紙六枚にわたる注意事項を記した書類末尾の同意書の『同意する』にチェックを入れてしまったのだ。なぜ六枚もびっしり注意事項があるのかといえば、『中心静脈カテーテル挿入は、一定のリスクを伴う手技であり、合併症が起こる可能性があります。（中略）合併症の発生の頻度は、一般的には数％と言われておりますが、K大病院では、年間二千件程度行われている中心静脈カテーテル挿入のうち、数件です。（中略）重篤な合併症が起きた場合は、手術が必要になったり、生命の危険が伴ったりすることがあります』とのことで、この先ありとあらゆる施術に対して、同意書が用意されることとなるのだが、その第一弾だった。もちろん担当のA先生の詳細な説明は私の頭を素通りして、幾らかの断片以外は一切残らなかった。

実際に施術するのは、A先生の下につくα医師とβ研修医の二人だった。α医師は大きな声でよく喋る小柄な人で、β研修医は大学を出たばかりという育ちのよい雰囲気の美男子だった。もっとも平気でマスクを外して喋るα医師と違って、β研修医も看護師も誰もがマスクをしているので、全体的な顔貌はよくわからないというのが本当のところだ。目許が美しければ、なにやら絶世の美女や美男に見えてしまうわけだ。この時点で、幾人かすばらしく美しく感じられ、しかも過剰なくらいに親切な看護師がいたが、さすがに年の功というべきか、マスクを外したトータルしたものは判断のしようがないわけで、並以上に美しく感じられても、また親切なのは職業柄で、ゆえに勘違いしないようにと自身に強く言い聞かせた。そうしないと私は、ずるずる幻想、妄想を膨らませて彼女らに惹きよせられていくからだ。ちなみに以前にも書いたが看護師と表記したときは、すべて女性である。一人だけ担当に男の看護師がいたが、いろいろな事柄が空回り、単に彼自身の問題かもしれないし、性差に収束させるのはよくないかもしれないが、本音で看護師という仕事は女の濃やかさに優るものなしといった感慨をもった。いちいちその空転具合を記す必要もない。ゆえに彼のことは省くこととする。

昼食後、看護師に呼びだされ、同じ病棟の処置室に連れていかれた。処置室は六畳くらいの広さか。壁などは白色だが、相対的にステンレスの光に充ちている感じがした。

銀色と施術用の寝台にかけられた白布の色彩がすべてといったニュアンスだ。せまく硬い寝台に横たわらされた私は、首の右側を露わにするように顔を左に向けるよう指示された。α医師は軽いがよく通る声で『昔は職人芸というか、山勘でエイヤッて穿刺してたんですけど、上手下手が見事に分かれてたんですよ。失敗すればアレですからね。でも、いまはエコーで確認しながら穿刺するからずいぶん安全になりました』と教えてくれた。私は頭から首にかけて拡げられた、たぶん血液や消毒液を受けるための吸水シートらしきものの、ややふわついた感触に違和感を覚えつつ、失敗すればアレ——というのは、どういうことだよ、と渋面こそつくらないが、苦笑に似た歪みを顔に泛べてしまった。α医師の軽さと対照的にβ研修医の緊張の気配が伝わって、どうかすべてをα医師が施術してくれますようにと心の中で願った。握手をしたら、彼の掌は汗でじっとり濡れているのではないか。それくらいにβ研修医は心許ない気配と緊張を発散しているのだ。看護師も、ちらりと彼の横顔を窺う。α医師も私をリラックスさせるよりもβ研修医の緊張をほぐすために、あれこれ軽口を叩く。

エコーでカテーテルを挿入する内頸静脈の位置を特定し、そこにマーカーで×印を記して、看護師から丸めた脱脂綿に沁ませた茶褐色の消毒液を手渡されたβ研修医が、もっと広範囲にと指示するα医師に従って消毒液を首に拡げていく。常軌を逸した量で、首の半分が消毒液に染まったかのような錯覚がおきた。私としては首の左側に穴をあけてもらいたかった。トラックに当て逃げされて鎖骨を開放骨折したときも、林道で進行方向に止まっていた友人のバイクを避けるために自ら顛倒して膝のお皿を割ったときも、モトクロスでジャンプに失敗して肩の筋をおかしくしたときも、たぶん右をやると日常生活に差し支えがあると瞬時に判断したのだろう、すべて左側だったからだ。けれどカテーテル挿入は問答無用で右側に決められてしまった。そのときはベッドの位置やらなにやらで、後々点滴を取り付けるなどの作業がしやすいのだろうと素人考えで納得したのだが、じつは内頸静脈というのは、だいたいにおいて、右側のほうが太いそうだ。執筆に当たってJ・W・ローエン／横地千仭共著〈解剖学カラーアトラス　第3版〉（医学書院）を当たったところ、男の首を縦半分に割った生々しい写真には信じ難いほどに無数の管がはしっていて迷宮じみていたが、突出して内頸静脈がやたらと太く目立っていた。極端な話、この画像を最初に見せられていたならば、この太さなら——と案外気楽になれたかもしれない。

　消毒液塗布から先は、穿刺部だけに穴のあいた青色のドレープを顔にかけられてしまうので視覚情報は一切なくなる。見えないことはいいことなのか悪いことなのかといったところだが『カテラン針ちょうだい』とα医師が看護師に声をかけるのが聞こえ、数呼吸おいて痲酔をしますとの声と共に、針が刺された。ちくりとした痛みが懐かしいというのも語弊があるが、局所痲酔は骨髄穿刺で慣れてしまっているので不安感もない。カテーテルを挿入するのは前述の通り首からで、カテーテルの先端は心臓近くの太い静脈に位置させるらしい。エコーの画像を見ながらだろう、ここや、そこが、そう、そのあたりね、ちゃんと覚えてや——といったα医師の声が聞こえて、施術が始まっていることに気付いた。痲酔のおかげで痛みは一切ない。
佐久医療センター渡部修先生のサイトによると『穿刺方法は体表の解剖学的な特徴を元に穿刺する方法＝ランドマーク法でした。穿刺部位は鎖骨下が主に選択されていました。つまり、「太く長い穿刺針で体表面からは見えない血管をブラインドで、しかも鎖骨下から穿刺する」という荒技だったわけです。』とあった。ブラインドで行うのだから、当然ながら合併症や不成功事例が多かったとのことだ。K大附属病院は、もちろんブラインドではなくエコーで血管を確認しながらの施術だ。後にわかったことだが、α医師はエコーの扱いが上手で、私の心臓に水がたまっていないかといったことをエコーで調べ、そのノウハウを叮嚀にβ研修医に教えていた。

　ドレープをかけられて視覚を奪われた私がその手順を実際に目の当たりにしたわけではないが、参考資料によれば、α医師はエコーの画像を見ながら内頸静脈に針を刺し、針が血管内に入ったことを確認し、針の中に長いワイヤーを通し、心臓間近の太い血管にまで進め、挿入に用いた針を抜き、カテーテルをワイヤーに沿わせ、その先端が目的位置に達したところでワイヤーを抜きとるという手術を私に施したわけだ。カテーテルは軀の中に一五センチほども這入り込むらしい。ひょっとしたらβ研修医がα医師の指導のもと、施術を行ったのかもしれないが、問題なく進んだことは私にもわかった。

　問題は、カテーテルの固定のときに起こった。位置決めの後、カテーテルが抜けないように固定具を用いて皮膚に縫いあわせて固定するのだが、それをα医師はβ研修医にまかせたのだ。はじめての縫合だったのかもしれない。あきらかにオロオロしているのが伝わってくる。縫われていく。首の皮膚が伸び、また針が肉に這入った。痛みはないが、そういう感覚はあるのだ。やがて皮膚の伸びというか引き攣れが尋常でなくなってきた。思わず剽軽な声が洩れてしまった。

「いて、いてて！」

「あかんわぁ、β君、斜めになっとる！」

「なってますか」

「なってるやろ！」

「どこが」

じつに間の抜けたβ研修医の問い返しに、いよいよ刺された部分の引き攣れに重なる痛みが非道くなり、せいぜい軀を動かさないよう苦痛を怺えて訴えた。

「いてて、すっげー痛くなってきた」

「吉川さん、堪忍。痲酔かけなおして、僕が縫うわ。やりなおす」

ちょうど痲酔が切れかけたころだったのだろう、ぴりぴり疾りまわる痛みはなかなかのもので、どこか喜劇的な遣り取りのあげく、あらためて痲酔を打たれ、β研修医が縫った部分は抜糸され、あらためてα医師が縫いなおし、叮嚀に消毒し、カテーテルが皮膚から外部に露出している部分にドレッシング材という透明フィルムを貼って覆って、中心静脈カテーテル穿刺は終了した。

痛みはシャレにならないといったところだったが、皮膚とカテーテルが正常に縫われ、思わず安堵の息をついた。α医師がβ研修医をちらっと見やる。β研修医はテヘへといった毒のない笑いを返す。ひどい目に遭った私だが、あわせて苦笑いだ。とんでもない話だと怒りをぶちまけるべきところなのに、なんだか可笑しいのだ。β研修医のキャラクターか、総体はやはり喜劇だった。

K大医学部附属病院以外の大学病院を知らないので偉そうなことはいえないが、大学医学部の附属病院は設備、その他すばらしい。医師もY先生のような抽んでた方がいらっしゃる。その一方で研修医という存在がある。大辞林によると——医療を実地で研修している医師。大学病院または臨床研修指定病院において、内科、外科・救急部門、小児科、産婦人科、精神科、地域保健・医療などの研修をそれぞれ1か月以上、全体で2年以上かけて行う。医師としての人格を養成し、将来専門とする分野にかかわらず、一般的な診療における負傷・疾病に適切に対応できるよう、プライマリー・ケアの基本的な診療能力（態度・技能・知識）を身につけることを目的として——以下略。

大学病院には研修医がいる。研修医の名誉のために書いておくが、β研修医の後を受け持ったS研修医は誠実にして気負いがなく、安心して身をまかせることができた。修業中とはいえ個々人の能力には雲泥の差があるということだ。

K大学医学部を優秀な成績で卒業したであろうβ研修医だが、実地に関しては苦笑が洩れてしまうくらいに微妙だった。西欧系の彫りの深い顔立ちなのだが、おそらくは彼の失敗の尻拭いをさせられてきたのだろう、看護師たちが投げる視線には微妙な棘があった。下働きのようなところがある研修医だ。血液検査の報告からはじまって私と接する機会がもっとも多い医師である。

けれどβ研修医は、カテーテル縫合のミスをはじめとして、数限りなくミスを繰り返した。ごく基本的な医療行為であると思われる腕からの採血も、まともにできたためしがない。五回も六回も針を刺したあげく血管を捉えることができず、看護師に泣きつくか、先輩の医師に頼み込んで代わりに採血してもらうといった有様だった。

腕の内側のあちこちに針を刺しまくられて、青痣だらけにさせられるのは本音でたまらない。必死で頑張るβ研修医の横顔に視線を投げながら、看護師を呼べよ～と幾度、喉元まで出かかったか。看護師たちはおおむね優秀で、吉川さんの右腕の血管は斜行してますねえなどと呟きつつ、一発で静脈を捉え、ささっと採血を終わらせる。

それに比してβ研修医はどんくさいというべきか、なにか根本的なセンスに欠けているとしか言いようがない。試験秀才とは恐ろしいものだ。しかもβ研修医はなんともいえない愛嬌があるから始末に負えない。失敗しても、憎めないのだ。

こんなことがあった。入院して一週間ほどたったころか、抗癌剤投与が本格化したころだ。昼食後に採血があり、抗癌剤の成分がどれくらいの濃度かをみるらしいのだが、生理食塩水を大量に体内に入れた直後に慌ただしくβ研修医が採血にやってきた。いくらなんでも早過ぎはしないか。理屈からいっても生理食塩水で血液が薄まっていて、正しい値を示さないのではないかと小首をかしげたが、β研修医は以前、看護師が針を刺した痕をなぞって委細構わず血を抜いていき、すぐに駆けもどってきた。

「えーと、五分後の血液だそうです。申し訳ありません、やり直しです」

「あのさ」

「はい」

「生理食塩水、大量に点滴したのはβ君だよね」

「そうですよ」

「だったら、論理的に考えて、その直後に採血しても薄すぎるんじゃないの」

「わかってたなら、仰ってくださいよ〜」

「仰ってくださいってね――」

医者はおまえだ！　と続けたかったが、かわりに泛んだのは、いつもの苦笑いだった。

相性もあるのだろう、私は彼に悪感情を抱くこともなく、こんな遣り取りをしたこともある。

「こんどの休暇、彼女と海外旅行するんですよ」

「どこに行くの？」

「まだ決めてません」

「じゃ、カナダに行きなよ」

「カナダ？」

「マリファナが解禁されたから、愉しんでくればいい。内緒だけど、吸ってセックスすると、すっげー気持ちいいよぉ」

「もお、吉川さんてば。悪の道に誘わないでくださいよ」

「すごい誤解。昭和大学の薬学部の教授の本を読んでごらん。〈カンナビノイドの科学〉ってタイトル。ぶっちゃけ学術論文だから面白いってもんじゃないけどね、医薬品としての可能性について、詳述されてる。読み解いてくと、素人の見立てだけど、ステロイド剤なんかより絶対に大麻製剤のほうが抗炎症作用とか、副作用のなさとか抜群なんじゃないかって思わされるもんな」

β研修医はマスクの上から顎のあたりをいじって、考え深げな表情になる。私は仕入れたばかりの知識を手繰って、たたみかける。

「人間の軀の中にもECSだったっけ、エンド・カンナビノイド・システムって内因性の身体調節機能を持ってることがわかってきてるじゃないか。老人退行性疾患——癌や認知症、糖尿病や心臓疾患、自己免疫疾患だったかな、それを大麻のカンリビノイドで補ってやると、すっげー効果があるらしいよ」

「——そうですね。医薬品でもあるんですよね。癲癇の特効薬って聞いたことがある」

「うん。大塚(おおつか)製薬の癌疼痛(とうつう)治療剤サティベックスとかが有名だよね。モルヒネに替わる痛み止めだ。日本じゃ当然未承認だけどね。気のきいた製薬会社は、どこも大麻製剤に手を伸ばしてるよ。ノバルティスとかバイエルとかね」

「ノバルティス。世界最大の製薬会社だ」

「バイエルだって有数だろ」

β研修医はふと我に返った表情で、首を左右に振った。その仕種（しぐさ）にどのような意味があるのかは判然としないが、純粋な否定ではないのが見てとれた。まったく私は悪い患者である。毎日、β研修医は詳細な血液検査の結果が印刷された数枚のA４の紙を手に病室にやってくると、まずは白血球の数などを説明してくれるのだが、それが終わると、このような愚にもつかない会話がはじまった。研修医は忙しい。私のところで油を売りすぎて、腕時計を覗いて、あわてて病室を飛びだしていくβ研修医の白衣の裾が翻る様がいまでも目に泛ぶ。


あげく親心のような妙な心情を抱いてしまい、研修を終えて、この子は本当に医師として独り立ちできるのだろうか――などといらぬ心配をしてしまう為体（ていたらく）で、研修中だから致し方ないと割り切って、たいしてたたぬうちに私はβ君の練習台になろうと決めた。

β研修医が彼女といっしょにカナダに旅行したかどうかは、知らない。

18

試験的に朝十時から昼過ぎまでブスルファンという凄い名前の抗癌剤を点滴された。この薬剤は細胞内に取り込まれるとDNAをアルキル化してDNA複製を阻害し、抗悪性腫瘍作用や骨髄抑制作用を示す抗悪性腫瘍薬とのことだが、平たく言ってしまえばDNAに強力に結合し、細胞分裂を止め、死滅させるという。素人考えだが、選択的に細胞に作用するならともかく、おそらく全身の細胞に作用するのではないか。だがこれも移植の手順なのだろう。なによりも私自身の全身を巡っている血液を、すべて死滅させなければならないのだ。私の血液が死んだら、私の肉体はどのような状態になるのだろう。赤血球が消滅しても、体内組織に酸素は運ばれるのだろうか。もはや私の理解の埒(らち)外(がい)だ。副作用で嘔吐が起きるのでグラニセトロンという脳幹の嘔吐中枢に作用する薬も点滴されたが、この薬剤はよく効くので、たぶん嘔吐せずにすむよ——と医師が請け合った。実際、この薬物の作用だろう、遠い彼方で吐き気の予兆を感じはするのだが、実際の嘔吐には結びつかない。痙攣予防のためのデパケンという薬も服用させられた。さんざん非合法の薬物を用いてきたが、医療でも向精神薬の類いが多用されていることを悟った。ヘロインだってもともとはバイエル社が開発した医薬品だったのだ。精神に作用する種々の薬物がつくられ、副作用の少ないものが医療に用いられるということだ。人間機械論に与(くみ)する気もないが、精神は薬物で変えられる。実感だ。

　ブスルファンの点滴後、三十分ごとに採血された。血中濃度を調べて投与量を決めるとのことだが、β研修医は今日も採血を失敗しまくって、そのセンスのなさに唖然とした。最初のうちは私の苦笑いに合わせてやや引き攣れた笑いを泛べていたが、やがて笑わなくなってしまった。真顔が若干白っぽくなってしまい、私のほうが慰めたい気分になった。もちろん慰めの言葉など、失敗し続ける当人が額面通り受け容れるはずもない。厭味にしか聞こえないだろうから、合わせて笑いを引っ込めた。五回必要と言っていたが、あまりに決まりが悪くて逃げたのだろう、四回しか採血しなかった。静脈の疾る肘の内側は、際限なく針を刺しまくる覚醒剤常用者のように赤黒く乱れてしまい、爛れてしまった。けれど、なぜか、たいしたストレスを感じない。β研修医の扱う針と私の肉体の相性は最悪なのだが、精神的には彼と相対していると妙に楽な気分なのだ。ひょっとしたらβ研修医を舐めきっているのかもしれない。だが、すくなくとも表面上はそういうニュアンスでもない。私の精神の七不思議（残り六つは知らないが）だ。ま、こんなもんでしょう——と達観に似た諦めを抱いて、他の人に代わってくれと声をあげる気にもなれない。看護師が私の腕を見て、βさんか——と呟いたが、彼女にわからぬよう胸中で肩をすくめただけだ。もちろん告げ口することもない。そんな自分がとても間抜けに思える。

入院直前の体重だが、八十六・五キログラムだった。ここまで生きてきて、最高記録達成である。最終的には五十五キロ台にまで痩せてしまうのだが、骨髄異形成症候群と診断されて以降、ジャンクな食生活はそのままに学校帰りの娘を迎えにバス停まで歩くといった習慣を棄て、一切運動をしなくなってしまったので、八十キロ台を前後していた体重が一気に増えてしまったのだ。脂肪が増えたせいで腕の静脈が見つかりにくくなっているのかもしれない。それでβ研修医は苦労しているのだと善意的解釈をしたいところだが、看護師やほかの医師は肩の力を抜いたままスッと針を刺して、サッと去っていく。β研修医の言い訳を考えてやっている自分自身に声にならない失笑が洩れた。

運動や散歩、その他の暇つぶしとも無縁な日々を送っていたが、それでも自分の家にいるのと違って無菌室幽閉は退屈の極致だ。窓の外は古びた灰白色の南病棟が視界をさえぎるばかりで、一欠片の空も見えない。自宅書斎はコンクリの檻で、腹の皮が揺れるほどの音量で音楽を聴くことができるが、ベッドテーブル上のノートパソコンにつないだ小型スピーカーのシャリシャリした貧弱な音に溜息が洩れる。テレビカードなるもので、わざわざ退屈な地上波を見る気もおきないし、Ｗｉ－Ｆｉはつながりが悪く、ストレスの種でしかない。〈ロケットニュース24〉を覗けないのはやや寂しいが、もともとネットに執着はない。映画のＤＶＤをそれなりの数、焼いてきたが、ヘッドホンをかぶって愉しめたのはターセムの〈落下の王国〉だけで、それも冗長な部分を必死で耐えたのだ。以降ノートパソコンにＤＶＤを挿しいれる気がぴたりと失せた。

私は小説家でありながら、小説をほとんど読まない。あれこれ選考委員をしていたころは、プロに与えられる文学賞と新人賞応募作品だけが年間に読む全小説といった為体だった。もちろん数合わせで最終選考に残ってきた新人賞応募者の作品を読むのは、最低最悪の苦痛だ。けれど新人には五年に一度くらいか、宝石の原石が見つかることがある。これは新人賞ではなくプロ小説家に与えられる賞だったが、とある回にあまりな作品が最終候補作品に残されていて、ついに破裂してしまい、たまたまトイレでいっしょした社長に、放尿しながら、もう選考委員を辞めさせてくれと直訴したこともある。私は性格的に、それが仕事となれば、どんなつまらない作品でも一字一句飛ばすことなく読まなければ気のすまない因果な性格で、これは誠実といった徳性とはまったく無縁な強迫観念にすぎず、だから自縄自縛に陥るストレスは途轍もないものだったのだ。ここに記すと若干厭らしい気がしないでもないが、私が好きな小説家は、突き詰めると宇野浩二（うのこうじ）、井上靖（いのうえやすし）、小川国夫の三作家に収斂してしまう。この三人の作品は無限回読んだといっていい。そして、また、読みたくなる。空気清浄機の微風を幽かに頬に感じながら〈ヨレハ記〉が読みてえ！　と身悶えがおきた。が、黴臭い半地下の書庫から無菌室にこれらの作家の作品を持ち込むわけにもいかない。新刊で読みたい本もない。目を通しておきたい本は古本ばかりで、この絶対的な空白は空気が希薄になってしまっているかの錯覚を私にもたらした。自宅にいれば、娘たちがちょっかいをだしてきたり、学校での出来事の報告にきたり、ケンカして、その悲鳴に近い泣き声が届いたりもするのだが、無菌室は無音室である。

「図鑑が見たいなあ」

独り言してから、我に返った。私は独り言をしていたのか——と口をすぼめた。執筆に夢中で二週間くらい書斎に閉じこもっていると、独り言がはじまることは自覚していた。対人を避けて引きこもっていられる耐久時間はおおむね二週間ということだ。が、入院二日目にして口が勝手に動いていた。つくづく入院に向いていない性格なのだろう。いや、入院などのある種の拘束に向いている性格など有り得ないだろう。けれど個々人によって耐性には大差があるはずだ。私の場合は、自ら求めた孤独にはめっぽう強いが、そうでない状況においては極めて脆弱と見切った。だからこそ突発的な炸裂は絶対に回避しなければならないと言い聞かせた。

私が小学校に上がる前のことだが、父は妻子を抛りだして放蕩三昧、生家は貧困の極限にあって、母と私と妹は母の実家である都下五日市町に身を寄せて、かろうじて生きていた。思いかえせば祖父所有の裏山、あるいは秋川で水遊び——と自然に親しんではいたが、絵本や童話の本とは完全に無縁だった。一冊も与えられたことがなかった。周囲に読書をするような子供もいなかったことから、幼い私には完璧に無縁だった。祖父と同居していた叔父のものだったのだろう『少年』や『少年クラブ』『ぼくら』といった古い月刊マンガ雑誌がそれぞれ五冊ほどもあり、幾度も幾度も頁を繰ったが、鉄人28号、月光仮面、よたろうくん、矢車剣之助、ロボット三等兵、鉄腕アトムといった題名が泛ぶ。私の物語に対する基本骨格は、一齣一齣の絵柄を暗記しきってしまうほどに集中したこれらのマンガでつくられたのだろう。同時に模写にも夢中になった。祖父の家にもいられなくなって府中にある白鳥寮という母子寮に移って、保育園に通うようになったころには、たとえば零戦を描けば、ある種のパターンに則っていただけではあるが、斜めから俯瞰した状態で反対側の主翼まできっちり描く――立体的に描きあげることができた。私が絵を描きはじめると園児たちが群がって、ますます私は絵を描くことに熱中したものだ。

小学校に入って、いきなり都営住宅で同居しはじめた父親から岩波などの文庫を与えられ、強制的に読まされた――いや、読めはしなかったが、活字を追わされたことはさんざん書いてきた。まったくむちゃくちゃな話だが、明治生まれで母と二十三歳年の離れていた父の独善は、いま思いかえしても苦い笑いで唇の端が歪む。父と暮らした数年のあいだに、私には根深い書物嫌悪が形成されてしまったのだ。それはいまだに消えておらず、小説を読むことがどこか苦痛だ。そんな私が小学二年のころか、生まれてはじめて盗みを働いた。教室に小学館の動物図鑑が放置されていたのだ。表紙はぼろぼろで、段ボール色の下地が覗けていた。装幀もほつれていた。だが、そんなことはどうでもよかった。私は無数の動物のリアルな絵をどうしても所有したかったのだ。まずはトラを模写するのに集中したが、零戦や軍艦などは製図的な遣り口でリアルに描けるが動物はそうはいかない。夢中になった。また、解説のすべてを丸暗記してしまったほどだった。いまの私の耄碌ぶりからは信じ難いが、このころの私はどうしたことか異様なまでの記憶力があったのだ。どうやら幼少のころは、誰でも天才的な能力を発揮する一時期があるらしい。それは自身が子を持って、あらためて実感している。だからといってそれに歓喜するほど親バカでもない。それは脳の成長過程における、まさに一過性のものにすぎないからだ。娘が生まれて、私は父のように子に過干渉をすることだけは絶対に避けると決意していた。だから教育的なことは一切していない。教育的指導は妻の専権事項である。ただ、色鉛筆などの絵の道具と小学館の図鑑を全巻揃えた。幼かった私が一番欲しかったもの、図鑑――。図鑑と名が付けば際限なく買い与えた。娘たちも夢中になって、図鑑を見ながら紙粘土でアノマロカリスなどをつくったりしていた。私自身、小説家になってからは海外のものまで含めて図鑑や美術全集など委細構わずいわゆる大人買いして、執筆に疲れた深夜にずしりと手応えのある大判の図鑑を開いて、図版に視線を落とし、息をつく。どこか安堵の息に似ていて、肩から力が抜ける。ここに一冊だけ持ち込むならば、どんな図鑑がいいだろう。しばらく考えこんで〈地球博物学大図鑑〉が泛んだ。

「重たいもんな――」

独り言はもはや確信犯である。誰もいないときは、勝手に喋る。精神安定剤の代わりだ。それはともかく、大部であるというなんとも消極的な理由で私はそれを諦めた。病棟フロアに設置されたエアロバイクをぐいぐい漕ぐ恢復期の患者もいれば、移動や入浴はベッドに横たわったまま、瞬きさえしない土気色の患者もいる。私は、これから骨髄移植をされるのだ。いまのところはブスルファンの試験投与段階で、地階のローソンに出向いて〈からあげクン〉を買ったり医学書専門店を覗いたりもできるが、明後日からは本格的な二十四時間抗癌剤投与がはじまるのだ。土気色の患者になるという予感があった。溜息が洩れる。病気の治療なのだから当然だが、愉しいことなどなにもない。しかも今日から抗癌剤や放射線照射に備えて服用しなければならない薬が七、八種類ほども用意されて、うんざりしていた。〈おくすり説明書〉なるパンフレットをざっと見て、それぞれの薬の強い副作用の説明に、気分が萎えた。こんなに大量に服まされたら、必ず病気になっちまうぜ——などとつまらない戯れ言が口をついてでた。もう、今朝から十五錠ほども一気に服用させられているのだ。

救いは、病院食が美味いことだ。無菌食と言い表す看護師もいたが、生卵や漬物、刺身をはじめ生ものは一切だされず、必ず加熱されたものが供される。ベッドテーブル上に置かれたトレーの食事は、食器の蓋を取るのも躊躇うほどに熱い。食べるのが遅れて冷めてしまえば、あらためて病室内備え付けの電子レンジで熱しなければならないし、二時間たってしまえば、細菌が増殖するから廃棄である。朝昼晩合計して、一日に摂取する塩分が見事に八グラム程度におさまっている。八グラムといえば、濃厚なラーメンなどスープまで飲みほせば超えかねない塩分量だ。その八グラムの塩分を三食に振り分けた献立なので当然ながら薄味だが、K大附属病院の病院食はハンバーグといった洋食はともかく、和食は出汁がきいていて美味いのだ。書くことがなく、行を埋めるために八月三十一日からしばらくのあいだの献立が日記に記されていたので、三十一日の献立を引用する。すべては低菌対応食だ。

＊朝　クルミパン×2。バターロール×2。春雨サラダ。牛乳。バナナ。

＊昼　ビビンバ（御飯150グラム）。なます。蕗のおかか煮。豆腐の香味餡。
＊夕　御飯。鱈の野菜餡。青梗菜胡麻和え。ミネストローネ。大根葉ふりかけ。
入院後数日は御飯が一〇〇グラムだったのだが、なぜかこの日から一五〇グラムに増量されて、看護師から無理してでもできる限りすべて食べるようにと命じられていた。朝のパンも倍量である。どちらかといえば大量に食べるほうだが、日常ではおかずばかりで米はあまり食べない。一五〇グラムの米飯は、平らげるのに結構苦労した。身長一七〇センチ少々にして体重八十六キロ超、充分に肥満しているのだが、さらに太らせようということか。これから始まる抗癌剤治療及び放射線照射、そして移植、さらには移植後に起きる合併症その他が相当に過酷であるからこそ、太りすぎの私に対して、あえて一・五倍の炭水化物を摂取させて基礎体力をつけさせようということだろうと推察し、素直に米を、パンをもそもそ食べた。蕗のおかか煮。豆腐の香味餡。鱈の野菜餡。青梗菜胡麻和え。いま記憶を手繰っても、途轍もない薄味ではあったが、これこそが京の公家の食事と揶揄しつつ咀嚼しているうちに、目を瞠るほどの滋味が口中にあふれ、しっかり取られた出汁の旨味が喉の奥にまで抜けていったのだ。ジャンクなものとはまったくベクトルの違う美味さの存在を、味気ないはずの入院中の食事で思い知らされた。

しかも〈化学療法後食〉という選択メニューまで用意されていた。煩瑣になるのですべて記すのはやめるが、全十六種。カレー、牛丼、お好み焼き、タコ焼き、蒸し寿司、焼きお握り、温玉うどん、きつねうどん、素麺、海老ピラフ、五目チャーハン、焼きそば——調子に乗って入院中にオーダーしてしまったものを列挙してしまった。これらはレトルトで、専門のメーカーがつくっているものと思われる。すべては副菜がセットで、栄養の面でも万全だ。食に関しては、入院前に描いていた私のイメージを大きく裏切って、K大附属病院は見事なものだった。食べることができているあいだは——という注釈が必要ではあったが。

移植の一週間前から〈造血幹細胞移植セルフケアチェックノート〉を付けさせられた。体重からはじまって口内炎の状態、一日五回の歯磨き、副菜主食合わせて食事をどれだけ摂れたかを十段階評価、一日を三分割して排便時刻とその形状、同じく排尿、シャワーやリハビリの状況、皮膚の状態、その日の出来事等々詳細に記さねばならない。移植一週間前からカリニ肺炎予防薬、腸管真菌殺菌薬、ヘルペス予防薬、VOD（肝中心静脈閉塞症＝多臓器不全）予防薬等々大量の錠剤が処方されたことは前述したが、移植六日前からいよいよ抗癌剤の点滴が開始された。まずはフルダラというDNA合成経路阻害剤——ブスルファンに似てDNAの複製を阻止し、細胞死を誘導する薬剤を首に挿入されたカテーテルからブドウ糖の電解質液であるソルデムという補液といっしょに点滴された。フルダラは免疫抑制作用が強く、骨髄移植時の前処置に用いられるのだそうだ。点滴に明け暮れる日々の開始である。フルダラ点滴は午前十一時から昼食あたりまでで終わるが、ソルデムは二十四時間持続点滴、睡眠時も四六時中用いられる。実際に点滴の管でつながれると、点滴スタンドにはキャスターが付いてはいるが、まさに自由を奪われた実感があり、排尿でトイレに行くのも億劫になってきた。

　移植五日前になると抗癌剤と附随する薬剤の点滴は五種類になり、自然落下だけでなく電磁ポンプで駆動するものも加わり、点滴スタンドは種々の液薬で大賑（おおにぎ）わいだ。担当ではないにもかかわらず、Y先生は毎日病室を訪れてくれ、いよいよ薬液のバッグで満艦飾となったスタンドと私の顔を交互に見て、悪戯っぽい顔で呟いた。

「たくさん管が出てるでしょう。これを私たちはスパゲティと呼んでいるんですよ」

　フォークですくいあげたスパゲティのように無数の管が延びている様は、笑うに笑えない。ベッドから上目遣いで間遠に、ぽた――ぽた――ぽた――と落下していく幾種類もの抗癌剤の薬液を見やると、憂鬱だ。しかも点滴初日から副作用で舌先と喉の左奥に炎症があらわれた。口内炎だ。それも移植三日前あたりから尋常でない状態となった。舌先も酷（ひど）いものだが、喉の奥がぐしゃぐしゃだ。また同じころから副作用でシャックリが出るようになり、α医師がいろいろ動いてくれてベッド上の姿勢からなにからなにまで親身に対処してくれ、あれこれ薬をもらいはしたが、まったく止まる気配がない。痙攣予防のデパケンという薬剤を服用させられていたが、おそらくシャックリも抗癌剤の副作用の痙攣からきているものと思われる。

　シャックリの発作は三日三晩続いた。これは、応えた。生まれてこの方、シャックリといえば長くてせいぜい数時間。永遠に続く横隔膜の痙攣は、就寝時も不規則な周期で軀をビクッと揺らして止むことがない。痛みとはまた違った苦痛だった。

二十四時間連続して点滴されるソルデムのブドウ糖のせいか、移植二日前に八十七キロの大台まであとわずかの八十六・九キロにまで体重は増大した。このあたりまで病院食も必死で平らげてきたが、移植一日前には唐突に三割も食べられなくなってしまった。口内炎も激烈だが、抗癌剤の副作用で倦怠感が強まって、食うという本能的な事柄も忌まわしく感じられてきたのだ。すべては絶望的な脱力をともなった消極に支配され、仰向けのまま微動だにせず、虚ろだ。呼吸も浅く、周囲に対して反応しない。いや、反応できない。これ以降の私の瞳孔は、いったいどのような状態だったのだろう。なにしろ光に対する反応も薄れていたような気がするのだ。

それでも、私はほとんど無意識のうちに原稿を書いていた。いまだに信じ難いのだが原稿テキストデータ作成日時を調べると、このころも、さらに過酷さを増すこの先も、ひたすら書いているのである。が、書いていた記憶がほとんどない。完全にないわけではないが、まだらでリアリティがない。入院前は、さすがに執筆は無理だろうと各誌担当者に三ヶ月の休載を頼み込んでいた。ところが、ふと気付くと原稿が書けてしまっているのだ。娘たちに言わせれば『小人さんが書いた』といったところか。電動ベッドの背もたれをすこしだけ起こしてノートパソコンを太腿の上に置いて、『群像』に連載中の〈帝国〉を書いていることに気付いたときは、なんとも奇異なものを感じた。休載すると宣言した手前、とっくに誌面の手当をしてしまっているだろうから、いまさら原稿が届いても迷惑だろう。書きたいという慾求は確かに尋常でなかったが、書いているという実感はなかった。誰が書いてるんだよ？　という離人感に近いものがあって、もともと脳内の虚構が主であり、畢竟現実生活を生きていない私という生きものの実相とでもいうべき心許なさが迫りあがった。ともあれ書きあげたあげく、無意識のうちの送附などしてしまえば、相手にとっては迷惑極まりない。まったく現実と向きあうことのできぬ靄のかかった頭でずいぶん時間をかけて思案し、来年初頭から『小説宝石』で始まる〈ヒカリ〉という新作を手がけることにした。これなら、いくら書いても迷惑はかからない。じつは量子論を下敷きにして、大好きなホラーのオマージュにからめて、場合によっては量子論の解説を延々四十枚書き連ねるといった〈ヒカリ〉の執筆だけが入院中に私を覆いつくした虚無のなかで、秘やかな光輝を放つ唯一の宝石だった。

ヒカリと名付けられたヒロインは、じつは解離性同一性障害の取材対象者であった死ぬことを希求する人格に対する私の愛情が横溢したものだった。この人格にひかりと名付けたのも、私だった。それまで名前のなかった死の存在が、私に取り憑いた瞬間でもあった。名詞には強烈な力が秘められているのだ。花村はなにを書いているのかと頭の具合を疑われてしまいそうだが、私とひかりは実際に戦った。無数の人格の複合体である彼女ら、そして数人の彼。その存在の容れ物である肉体もろとも破壊し、死のうとするひかりを阻止するために私はありとあらゆる手段を駆使して戦った。けれどひかりは私の能力のはるか上に立ち、私を圧倒した。それでも肉体を含めた死を彼女が選ばなかったのは、ひかりが私を窃かに信頼してくれたからだった。花村さんが現れたから二年長く生き延びただけと嘯くひかりが愛おしくてならなかった。ひかりは背後に隠れている支配的な主人格から、人格の総体の死を強制させられて、どうやって死ぬべきか懊悩し、あれこれ策を巡らせつつ必死で足掻いていた。ちゃんと死なないと叱られるの――私に泣き声で訴えたこともあった。私は彼女を生きる象徴として完全に反転させて、ホラーオマージュという化粧を施して娯楽小説に仕立てあげ〈ヒカリ〉という作品の執筆に夢中になった――というのは後付けで、なにしろ原稿が勝手に書きあがっていったというのが真実なので、創作と大仰に構えるのも気恥ずかしい。だが間違いなく私が書いたのだ。自動筆記などという言葉はそぐわない。虚構自体は常に私の頭の中に明確にあったのだから。ただしそれは電子の靄のようなもので、それこそ量子脳を持ちだしたくなるようなミクロとマクロの溶解溶融した不可解さにいまだに囚われている。

19

二〇一八年九月六日、放射線照射の日がきた。前処置と称されるブスルファン、フルダラ、グラニセトロン等々抗癌剤の点滴は終了したが、新たに放射線副作用予防の薬剤三種をはじめ免疫抑制剤プログラフなど、ついに点滴スタンドから私の首にあけられた穴に向かって落ちかかるスパゲティは、七本となった。スタンドの支柱から大小の点滴薬剤が七本ぶらさがっているのはなかなかに壮観だが、管に空気が入ったり、電磁ポンプの作動が狂って警報が鳴り響いたりと、面倒ばかりだ。そのたびにナースコールで看護師を呼ばなければならない。看護師も、またか——という顔をするときがあり、放心状態にありながらも、他人になにか頼むのがかなりのストレスになってきた。けれど電磁ポンプの警報は途方もない音量でフロアにまで鳴り響く。点滴スタンドに下げられた『名前』『流量』『クレンメ』という看護師に対する注意事項が記された大きなプレートを見あげながら、一向に減らない点滴液に、深く遣る瀬ない溜息をつく。減って終わりになっても、なにせ種類が多く、二十四時間連続して点滴する薬液もある。つまり、管につながれている状態は永遠に終わらない。バイパスに新たに連結される薬液を見やりはするが、やがて溜息もでなくなった。

ちなみにクレンメとは点滴の管の中途に付けられた流量調節の器具のことだ。疲労時にするブドウ糖の点滴ではない。抗癌剤や免疫抑制剤だ。どれくらいの時間でどれくらい薬液を流入させるか、時間がきっちり決められている。この流量調整が電磁ポンプも含めてけっこう難しいのだ。看護師は点滴の薬剤につけられたQRコードを看護業務用に与えられたスマートフォンで読みとり、患者の誰に使用するものか、また患者の状態に合わせてどれくらい時間をかけて薬液を落下させるかを声にだして確認し、さらに私の腕に取り付けられたバーコードを読みとって合致することを確かめてから、点滴をセットする。誤って違う薬剤を点滴したりすることのないように、徹底的に管理されているのだ。最初のうちはここまでやるかと感心していたが、決まりとはいえ馴染みの看護師が『お名前を』と問い、それに対して『吉川一郎です』といちいち名乗るのも間が抜けているというか、お互いに照れ笑いのようなものを泛べて見交わす奇妙な瞬間があり、また棟内のWi‐Fiの状態が悪く、スマートフォンが反応しないこともよくあり、その間の悪さに、やがて私も看護師も無表情になった。

好きな曲の入ったCDを用意しろと言われた。放射線照射中に、音楽を流してくれるという。けれど三種類の放射線副作用予防液の点滴が強烈に効いて、私は首をあげる力も喪い、意識朦朧、混濁状態に陥った。CDのことなど完全に意識から抜けてしまっていた。β研修医がα医師と連れだって、車椅子を押してきた。二人の助けを借りてどうにかベッドから立ちあがって、車椅子に座った。車椅子に座ること自体、初めてだ。使い込まれて歪みもでている。座り心地は最悪だ。もっとも自分の軀が大きく傾いでいるという座る側の問題もあったかもしれないが、粗忽な代物という印象があり、まともに動けずに、こんなものに座らせられるなんて——と、妙に落魄した気分だった。意識の大部分は擬音であらわせば、ぐわん、ぐわん、ぐわん〜といった波浪に抛り込まれたような揺れの渦中にあり、攪拌されて、いよいよ意識が濁って焦点が定まらなくなっていく。

新しい積貞棟から継ぎ接ぎされ、連結された古い別棟の地下にある放射線科までは、けっこう距離がある。かろうじて車椅子に座してはいるが、背骨は曲がり、口は半開き、視野狭窄も起き、筋力を喪失してまともに首も支えていられない私をよそに、β研修医に車椅子を押させながらα医師が自分のドイツ製の愛車の自慢をする。邪推だろうが、なんだかわざわざ私に聞かせているかのような気もする。たかがブーブー、くだらねえ――と、底意地の悪い気持ちが湧く。あなたの自慢のドイツ車は、じつは南アフリカ製ですよ――と囁いてやりたくなった。ドイツの自動車メーカーは階級差を隠さない。ドイツ国内製造の車に乗りたければSクラス以上、東欧製造のEまでは、まあヨーロッパ車ですといったクラス分けが厳然としてある。某編集者が買って得意がっていたこのメーカーのSUVなど、いかになんでもつくりが酷すぎると苦笑を隠せぬアメリカ製だった。彼には悪いが、ゲルマン民族ならではの質実剛健、精緻なつくりで有名なメーカーであってもアメリカでつくればアメ車に成りさがってしまうのだ。まったく混濁した意識の片隅で、私は京都弁でいう『いけず』なことを延々呟き続けて、悪意の塊だ。オートバイや自動車に凝ったことがあるだけに、じつに始末に負えない。

「αさん、抜けだして〈からふね屋〉でパフェ食ってるって噂聞きましたけど」

「噂ちゃうで。β君もテキトーに抜いたらええわ。せやないとやってられへんくなるで」

「いやあ、まずいでしょう」

いつのまにか、勤務中に抜けだしてパフェを食っている話になっていた。外来診療棟から中央診療棟に向かうフロアだ。車椅子の上でくたばっている私を、外米患者の視線がさりげなく舐めていく。α医師がサボっている〈からふね屋〉は、K大病院近くの熊野店だろう。俄然私もパフェを食いたくなった。サボって食べるチョコパフェは、最高だろう。α医師はβ研修医にテキトーにやれと促しているのだが、β研修医は妙に生真面目に逆らい、どうやらα医師を揶揄し軽蔑している気配だ。β研修医は、採血その他医療技術をモノにしてから正論を吐くべきである。どうしたことか車椅子の私は、中途半端に朦朧としていながらも拗ねた悪意に侵蝕されていた。失敗ばかりするβ研修医に対して、薬理というか、放射線副作用予防薬の副作用で、心の奥底にわだかまっていたものが這い昇ってきているのだろうか。

私と若手のα医師は、折々にいろいろ話し込んでいた。彼は医師のなかでも一番大きな声で患者に声をかけてまわる。シャックリの発作のときは前述の通り、どうしたら横隔膜をなだめることができるかを親身になってアドバイスしてくれた。質問すれば、面倒臭がることなく患者が理解できるまで叮嚀に説明してくれる。書くのを若干躊躇うが、β研修医ほどではないにせよ、医療技術は並の下といったところだ。β研修医よりはましだが、採血や穿刺は下手だった。ただし要領がよくて、腕の血管が難しいと悟ると足搔くことをせず、さっと手の甲の血管に針を刺して採血を終える。名誉のために書き添えておけばエコーの技術はすばらしく、また解説が巧みなので、心臓やその周囲の様子などを実際の画像で解説してもらっているうちに、素人の私でもなんとなく薄ぼんやりとした捉えどころのない画像をどう解釈すればよいのかわかるようになってきた。けれど、抗癌剤の副作用で心臓の周囲やや右に水がたまっている——といったことまでは当然ながら俄仕込みでは判断できない。当てずっぽうで、水と思われる部分を指し示すとα医師は、β研修医の見立てよりもよほど的確だと感心してくれた。自身の心臓の周囲にたまっている水をまぐれ当たりしたわけだが、私にとって、こんなところに水がたまっているという事実のほうが空恐ろしく、苦笑いを返すしかなかった。生真面目な先生が多いなかで、α医師はとにかく明るい。毎朝、担当の患者に大きな声をかけてまわりながら自身に気合いを入れていたのかもしれない。看護師が流布したらしいのだが、黒いクレジットカードをもっているという虚偽報告をはじめ、α医師はどうやら私が大層な金持ちと思い込んでいるらしく、ノートパソコンに接続して五年以上使っている八千円也の小さなスピーカーがソニーであることに感心し、確かにレンズだけは職業柄高価な物を選んではいるが、白川通の眼鏡市場で買ったメガネをかなりの高級品と思い込んでいるという具合に、私の経済状態を過剰かつ過大に評価していた。医師といっても生活は楽でないといったニュアンスを言外に込めて、神戸の病院で週二回、深夜の救急医のバイトをしているといったことを、ぼやき口調で語っていたものだ。

　中央診療棟地階の放射線治療科、放射線治療室は頑強なコンクリートで固められているという先入観からか、ひんやりして感じられたが、医師も技師も軽い恰好をしていたようだから空調は徹底していたのだろう。放射線照射は午前十時と午後四時と日記にあったが、意識混濁がひどい私にはまともな記憶がない。ただ鋼鉄のドアの入り口上部の棚に、角の丸い小型の古臭いラジカセが置いてあるのに気付いた。鳴らしてみたい、と思った。けれど入院に際して音楽CDは用意していなかった。すべてはMP3でパソコンに取りこんであるからだ。あの小さな年代物のラジカセで、同じく私が四十五年も前か、十八歳のころに夢中になった〈テンペスト〉というバンド、それもやたらと録音状態の悪いBBCのライブにおけるアラン・ホールズワースとオリー・ハルソールの超絶技巧、凄まじい速弾きの応酬を割れた大音量で聴きながら、致死量の放射線を浴びたいと思った。致死量の放射線というのは大仰ではなく、後に放射線治療科の担当医師に取材したところ、一息に浴びたら二度死ねる量の放射線を全身に浴びた＝被曝(ひばく)したという。胃癌などの局部の癌と違って、全身の血液を殺さなくてはならないのだ。毛細血管は肉体の微細な隅々にまで張り巡らされているから、洩れがあってはならない。だから、浴びる放射線の量も桁違いだ。

　ベッド上に横臥させられた私は、軀の位置を整える装具を二ヶ所ほどにあてがわれた。放射線技師手作りの発泡スチロール製で、おそらく糸鋸(いとのこ)で成形したのだろう、かなり粗いつくりだったが、なんとなく腰などがおさまって、もともと意識混濁でまともに軀が動かないこともあって、私は決められた体勢にすっぽり固定された。午前、午後とも放射線照射自体は前面が終わればベッドが反転して反対側から照射する。各々十五分程度で計三十分、ぢーという幽かな地虫の声に似たノイズがするだけだった。私はよほど放射線副作用予防薬に弱いらしく必死で意識を保っても、この程度の印象しか残っていない。ただ、ひとつ、最新鋭のリニアック＝医療放射線直線加速装置の近未来的な姿よりも、眼前に青緑に塗られて鎮座していた古く巨大な機械に視線が吸い寄せられていた。確認を取っていないので誤っているかもしれないが、おそらくサイクロトロンやシンクロトロンと呼ばれる中性子線、陽子線、α線などの放射線をつくりだす装置だろう。直径二メートルもありそうな巨大な葉巻形で、どーんと据えられたこの装置は、外板の見てくれがブリキのペラペラ、しかも筐体の凹凸が酷く波打っていて、やたらと古臭い。私が生まれる前年に公開された白黒の〈ゴジラ〉第一作に登場するオキシジェン・デストロイヤーなる機械を連想した。あとでオキシジェン・デストロイヤーの姿を確認したところ、葉巻形以外はまったく類似点がなかったが、朦朧としながらも、ぢーという照射音を聞きながら、放射能＝ゴジラという他愛のない連想に耽っているうちに、TBI＝放射線全身照射は終わった。やや諄い気もするが、京都大学医学部附属病院放射線治療科のサイトから引用しておく。

――骨髄移植とは、病んだ骨髄を健康な人からの正常な骨髄に置き換えることです。このためには病んだ骨髄の細胞を根絶し、正常な骨髄細胞を点滴して移植します。病んだ骨髄細胞を根絶やしにする方法には、抗がん剤や放射線を用います。放射線は殺細胞効果がきわめて高いので、病んだ骨髄の細胞を根絶するには適した治療方法ですが、それでも単独では不十分で抗がん剤と併用します。TBIの目的は白血病などの造血幹細胞移植の前処置として抗がん剤との併用、もしくは単独で白血病細胞を根絶することです。

また、移植後には移植細胞が自分の細胞を攻撃しようとする免疫機能によって移植片対宿主病（GVHD）が起きる可能性があります。この免疫抑制も重要な目的の一つです。TBIは一回2Gyの線量を朝一回、夕方一回の計4Gyを照射します。全身へ一度に放射線を照射する場合、生命に危険が及ぶ線量は4Gyとされていますが、朝と夕方で6時間以上の間隔をあけて照射することで正常組織が回復するので心配はありません。

とあった。放射線医が明言した、二度死ねる量の放射線というのは、どういうことだろう。実際に私の骨髄や血液の状態から2Gy（グレイ）×四といった大量照射をされたのかもしれないし、誇張があったのかもしれない。とにかく急性期の副作用に『悪心、嘔吐、下痢、口の渇き、涙の減少、脱毛、肝障害、耳下腺炎』晩期の副作用に『間質性肺炎、白内障、ホルモン障害、成長遅延、性腺障害、腎障害二次発がん』とあり、実際に間質性肺炎に罹り、この原稿執筆中も視野中心が翳む＝白内障の症状が続いているし、いまだに腎臓の諸々の数値がすぐれないというあたりから二次癌の発症にまで思いが到ってしまい、放射線照射に対する追及は避けたい気持ちが強い。考えたくないというのが本音だ。

大量の抗癌剤投与と二度死ねる量の放射線照射の結果、私の血液細胞は完全に死滅したらしい。翌日、今回の入院の主目的である造血幹細胞移植＝骨髄移植を予定通り行うと担当のA先生から告げられた。七日夕方六時四十五分から始めるので、家族を呼んで立ち会ってもらえとも言われた。さすがに放射線副作用予防薬による意識朦朧からは立ち直ったが、自身の血液を死滅させられた結果、息をしているのか判然としなくなるほどの虚ろな倦怠に支配されるようになった。

骨髄移植の朝、奇妙なことがおきた。息も絶え絶えとはこういうことをいうのだなと、口も閉じなくなった私は瞬きもできぬ目だけを動かして、建物にさえぎられて朝の陽射しもまともに届かない窓外を漠然と見ていた。

「花村さん、朝の検温です」

「花村さん、酸素です」

「花村さん、血圧測って、点滴を見ますね」

いつもだったら看護師一人ですべてをすませるのに、三人やってきた。移植当日なので特別扱いかとも思ったが、検温は体温計を腋(わき)にはさむだけだし、動脈血酸素飽和度を測るパルスオキシメータも指にはさむだけだ。血圧計も腕に巻くだけ——。

「花村さん、必ず助けるからね」

花村さん？　どういうことだ。私は入院患者である。常に本名で、吉川さんと呼ばれている。ペンネームで呼ばれたことなどない。小説家であることはなんとなく知られているようだが、忙しい看護師に私の読者など一人もいないし、自身の著作など持ち込んでもいないから、彼女たちが私の筆名など知る由もない。とりわけ馴染みで親身な三人の看護師が勢揃いして、ベッド上でまともに身動きできない私を囲んでいる。

「花村さん、絶対助けるよ」

「花村さん、私たちの命に替えても――」

　まさに、なにがなにやらといったところだが、いつもは自分で挿しいれる体温計を、ぐっと腰を屈めて私の上に覆いかぶさるようにして手ずからそっと腋に安置してくれ、反対側では血圧計の圧迫帯を過剰なくらいに叮嚀に巻きつけて空気を注入している。もう一人は親指程度の大きさのパルスオキシメータを手に、にこやかに笑んでいる。検温と血圧測定が終わると、三人は私の左側に集まり、そっと私の左手首をとった。

「今日は特別。左手薬指」

　いつもは右手人差指で測定するのだが、囁きと同時に、言葉通り左手薬指にパルスオキシメータをはさみこんだ。軀はまともに動かないが、目は動く。馴染みの看護師三人を交互に見やり、左手薬指をはさみこんだパルスオキシメータに視線を据える。唐突に悟った。

　結婚指輪だ！

　三人の看護師は、大きく頷いた。真顔でじっと私を見おろして、三人同時に囁いた。

「花村さん、私たちの命と交換に、絶対に助けるから」

　三人は私を食い入るように凝視して、すっと去った。

　夢を見ているようだ。ついに幻覚に支配されるようになったか。だが、枕許の用紙には今し方の体温、血圧、酸素飽和度が記されている。私は右手で左手を支えて、どうにか顔の前に左手をもってきた。薬指を凝視する。声がした。『まりね、あっちの世界で花村さんと結婚するの。まりね、あっちの世界でずーっと花村さんと手をつないでしっとりした夜の中を、どこまでもどこまでもゆっくり歩いていくの』――それは実年齢十七歳のまりの夢だった。切実な希いだった。まりの結婚とは、私と永遠に手をつなぐことだった。

看護師三人は、憑依されていた。私が取材して精神的にも深いつながりをもった解離性同一性障害の人格のなかでも、子と呼ばれる強い力をもった三人が看護師の軀を借りて、私に逢いにきた。私の腋窩に体温計を挿しいれてくれたのは望まぬ性を一身に引き受けてきた秋だ。私の腕に血圧計の圧迫帯を巻きつけ、冷たい指先で私の二の腕に静かに触れ続けたのは、死と罰と苦痛を司っていたひかりだ。パルスオキシメータを左手薬指にはめたのは、誰にでも好かれ、そして誰よりも私を好いてくれた主人格まりだ。まりとひかりが私の中に入るときにＬＥＤの照明を点滅させてしまい、私を烈しく戸惑わせたことがあらためて泛んだ。秋もいっしょにやってきたのは、私が彼女が一番美しいと賛美したからだ。彼女らは三人の看護師に入って、私のところにやってきて、私を助けると囁いた。いま、まりとひかりと秋は私の内側にいるのだろうか。支える力を喪った右腕は、左手を顔の上に落としてしまった。左手は目のあたりを覆って、微動だにしない。静かに内面をさぐる。死の香りをともなった圧倒的な虚無だけが拡がっている。顔に落ちた手を、そっと握られた。まりと手をつないで、この虚無を永遠に歩く。小声で言葉を交わしつつ、永遠を行く。その朝、私は救済された。

20

精神は救済された。心穏やかで、自身の状態を素直に受け容れている。けれど肉体は精神から完全に遊離して、まばらな心拍を刻みながら、かろうじて息をしている。自らの意思では指一本動かすことができない。自律神経のみが私の軀を支配している。端的に言ってしまえば、私の肉体は意思と無関係に自動運動を行う屍体だった。粘着性のある強烈な重力に囚われて、薄いベッドマットの彼方にまで沈み込んで動けない。もはや軀と心はつながっていない。口の中が渇いて舌が口腔内で貼りついてしまうほどだが、唇を閉じる力さえない。さりとて喉の渇きも感じない。いつとった体勢か、左右の脚が奇妙に絡んだ中途半端な斜めの体位のまま微動だにできずにいる。実感した。軀、死にかけている。心は奇妙にニュートラルで、平静で、全身の細胞が抗癌剤と放射線照射によって破壊されたのだから、この状態は当然だと納得している。目は見えているが見ているものを認識してはいない。私はものを考えるとき、映像のかたちで考えることが多い。私の頭の中には常に絵があるのだ。視覚優位の典型だろう。けれど目に入るものを認識していないのだから、見えていないのとおなじだ。ただ、ただ、言葉だけが頭の中で渦巻いている。それもかなりの大渦だ。これから書こうと思っている作品の段落が次から次に泛ぶ。時折、過去に浴びせられた屈辱的な言葉が割り込んできたりもするのだが、現実に投げられた言葉はすぐに消え去り、虚構の言葉が増殖していく。小説はフラクタル図形だと悟る。フラクタルである集合Kの位相次元、$\dim_T(K)$ではじまる数式さえ泛ぶ。もちろん理解しているのではなく、物の本を読んだとき、絵として脳裏に数式を灼き込んだものだ。自分の家の電話番号や所番地さえうろ覚えのくせに、興味を惹かれれば画像あるいは映像のかたちで記憶してしまう。みんな、そうだと思っていた。どうも違うらしいということに気付いたのは十代も半ばになってからで、私は過敏で愚鈍という精神疾患的な特徴を見事にそなえたパーソナリティだと脳内で苦笑いする。

　口が閉じない者にありがちだが、横向きに寝ると、よく涎をたらして眠っている。ねじれた奇妙な体勢だが仰向けではある。それなのに、なぜか首がひどく曲がっていて、左頬が枕に接している。本来ならば半開きの口から洩れ落ちた涎で枕に染みをつくっているところだが、渇ききっているのでそれもない。このようなよじれきった体勢で枕に涎をたらしていたら、とてもきまりが悪い。当然のように渇ききっていることを受け容れている。これでいい。こんなときにも体裁をかまっているのだから、常に自分の姿を繕う意識が強いのだろう。本来ならばもつれたまま動かせない脚など相当な苦痛であるはずだが、極限の倦怠がもたらす無感覚のせいで拘束衣で固定されたかの苦しみを感じずにすんでいる。肉体に立ち顕れた想像の埒外の重力に一切逆らえない倦怠と虚無は、快も不快も苦痛も超越した死の実体だ。それなのに脳だけは生きていて、あれこれ忙しなく言葉を紡ぐ。

看護師が様子を見にきたときは、多少なりとも反応を示したのかもしれないが、自分ではわからない。看護師がやってきたことにも、じつは気付いていなかった。定期的に患者の様子を見にくることからの類推だ。看護師にとって、放射線照射後の患者にまともな反応がないのは織り込み済みだったのかもしれない。食事もいつのまにか片付けられていた。あるいは食べられる状態ではないので、出されていなかったのかもしれないが、とにかくわからない。凄くしんどそうですね——という声を聞いたような気もする。

私自身の感覚としては昼前くらいまでこの体勢で動けずにいた。が、意識が末端に通じた。なにかがぴくりと反応したのだ。握り拳をつくってみる。弱々しいが、ちゃんと握れた。とたんに脊椎に静電気に似た青褪めたなにものかが流れ、私は手をのばしてベッドの柵にぶらさがるリモコンをいじり、電動ベッドの背もたれ部分を上昇させた。なにをはじめたのかといえば、執筆だ。度し難いと自身を揶揄しつつ、意外な礎かさで〈ヒカリ〉を書き綴っていく。いまだかつて知らなかった倦怠の泥濘の底に沈んで、寝不足や疲労などで日常的に怠いとかしんどいとか吐かしていた自分がどうにも甘かったことを実感した。呼吸さえ意識することができない倦怠があるのだ。意志が肉体に通じない激烈なる、けれど極めて静的な倦怠があるのだ。私は意識のある屍体だったのだ。看護師たちは、私が生きていると判断し、私自身は肉体の死を確信した。これは凄い体験だった。ラザロの復活が泛び、さらに度し難いことに新たな作品の骨格が一気に脳内に充ちた。このときの想念は〈ヒカリ〉の連載を終えて新たに始まった〈姫〉という作品につながっていく。やはり小説という散文表現は、無限連鎖的に拡大増殖していくフラクタルなのだ。

確信した。たとえ作品が稚拙なものであっても、フラクタルを獲得している私はいくらでも書ける。いや、書かずにはいられない。私は、単なるフラクタル図形なのだ。意志や意思など関係ない。無限増殖して、無限樹となる。いや独活の大木程度か。言語のマンデルブロー化だ。言語はマンデルブロー図形のように扱えるのだ。そんなことを頭の片隅で思いつつ、タイピングする。大好きなB級ホラーのオマージュだ。そこに大量の量子論をぶち込む。ゴッタ煮の完成を目指す。もちろん永遠を志向している。理由は、死にかけていたからだ。

私に立ち顕れた死は倦怠の極北で、人は怠さの限界を超えてぼんやり彼岸を眺め、ある瞬間、静かに事切れる。沖縄で離岸流に流された某社編集者を救助したことがあったが、そのときも助けた瞬間に私は肉体を使い果たし、限界を迎え、それでもその直前に珊瑚礁をかろうじて摑んだ手が痙攣したまま硬直して離れなかった。意志で摑んでいるのではなく、攣ってしまったのだ。離岸流は私をいたぶるのに失敗して外洋の彼方に射出することができず、珊瑚のくぼみに私を押しこんでしまった。苛立った離岸流は私を攪拌した。珊瑚の鋭い尖りに全身を切り刻まれ、もはや一切動かない我が身を他人の眼差しで観察し、ごく穏やかな気持ちになり、まともに眼球を動かす力さえ残っていないのだが、そのあまりの怠さ、倦怠に視線の彼方に拡がる蒼すぎて黒ずんで見える亜熱帯の空を漠然と眺め、珊瑚礁で切った傷から流れる血に群がる無数の極彩色の魚たちの揺らめき燦めきを視野の端に捉えていた。このまま力尽きて沈む。つまり死ぬ。そう直感し、それを受け容れた。あのときも奇妙なまでに明澄だった。幸運が重なって溺死せずにすみ、徐々に体力がもどって自力で離岸流から脱出し、岸にあがることができたのだが、海上保安庁や警察までやってきてしまい、私が原因をつくったのではないが、顚末の報告というか調書を取られてじつに気まずい思いをした。

ただ、さすがに海中、狂乱する潮に嬲られて言葉が渦巻くことはなかった。珊瑚礁の左右から流入する満ち潮が途轍もない勢いで一気に抜けていく礁湖の中心部に穿たれた空白に身を置き、珊瑚礁と外洋の境目で離岸流に烈しく軀を乱舞されていた。けれど疲弊の極限にあって、恐怖を覚える瞬間などとうに過ぎ、諦念を底に秘めた柔らかな虚無だけがあった。自我も消失していた。つまり言語を醸成させる余地などなかったのだ。

抗癌剤と放射線の虚無は、脳にだけは働かなかった。私は自分（の肉体）が死んでいると思っていたが、脳内に渦巻く言葉がそれをせせら笑っているかのようだった。幽体離脱あるいは臨死体験でもおきればなにか気を惹くことも書けるのだが、脳内の言語は（なぜか過去に浴びた屈辱的な言葉の幾つかが割り込みはしたが）私の仕事＝執筆のためだけに費やされ、奇妙なほどに明澄だった。だが他人にとっては私の精神と肉体の乖離よりも、小説の出来がすべてであり、そんな状態はどうでもいいというべきか、小説家ならではの見栄（みえ）であり、眉唾物の裏話に成りさがってしまいかねないであろうことも、いまなら理解できる。だからこの状態を理解してもらおうとも思わない。

看護師が様子を見にきた。キーボードをカタカタいわせている私に目を見ひらいた。集中が途切れたが、彼女がいなくなれば、ふたたび私は虚構に溺れることがわかっていたから、にこやかに迎えた。

「放射線宿酔、治ったようですね。かなり強かったようなので、ホッとしました。呼びかけにも、まったく応えられなかったですもんね。半日、様子を見ようってことになってたんですけど、入れ替り立ち替り覗きにきてたの、気付いてないでしょう」

「放射線宿酔？」

「二日酔いに似て、倦怠感がひどく、嘔吐や眠気を生じる状態です。部分的な照射よりも全身照射で起きやすいんですけど、以前と違って嘔吐は薬物の前処置でかなり抑えられます。かわりに倦怠が凄いんですよね」

「軀だけ、死んじゃったっていうくらい？」

「若い人は体力があるけれど。それに吉川さんは、徹底して12グレイ浴びたそうだし。理由があるんだろうけれど、12グレイ。とんでもない放射線量ですよ。一気だったら幾度も死んじゃうくらいの」

「なるほど」

線量は12グレイだったことを、看護師がもらした言葉から知った。もちろん12グレイという数値になんら具体性をもてぬが、知ることに対する奇妙な満足感はあった。看護師がやや前屈みになって問いかける。

「きつかったですか？」

「いや、頭は冴えているんですよ」

「意識混濁を起こす人が多いんだけどな」

「かわりに軀がまったく動かなかった」

「ね。すごい恰好で転がってましたもんね。転がってたはないか」

「いや、まさに転がってました。トドワラって知ってます？」

「とどわら？」

「トドワラ。オホーツク海に突きだした野付半島にあるんだけど、樹齢百年くらいなのかな、立ち枯れたトドマツの灰色がかった白い残骸が無数に残っていて、なんとも言えない渇ききった荒涼とした世界なんです。なかなかの光景ですよ。ただ、どんどん風や波に削られて消え去っていってるみたいだから、見るなら早いほうがいいかも」

「北海道」

「そう。海水に漂白され、強風に痛めつけられて風化した樹木。老いた樹のミイラ。さっきまでの俺は、トドワラにそっくりだった」

「行ってみたいな」

「牡丹蝦が美味いんだな～」

「――休み、とれないんですよ。ここのところ、いつだって近場」

看護師の目の奥に、ごく幽かだが引き攣れた光が揺れた。オーバーワークからくる遣る瀬ない諦念も仄見えた。

「切ないね」

「切ないですね」

視線が絡む。看護師は、気を取りなおしたように笑んで呟いた。

「吉川さんよりは、ましですよ」

「俺って、一応は病人」

「そういうこと。ときどき自分が健康なのが申し訳なくなる」

「しんどい人をたくさん目の当たり」

「はい。生きるって、きついですね。で」

「で？」

「苦痛にのたうつ人を前にしても、私はぜんぜん痛くない」

同情はできても、苦痛は感じない。それが彼女の心を窃かに蝕んでいる。この人は悪くない。悪くないから、悪い。悖反する堂々めぐり。善い人の地獄。ほとんどの人は、そんなこと適当に遣り過ごしてるんだけどね――と胸中で呟くと、看護師は頷いて、静かに背を向けた。

＊

夜の六時四十五分から妻と娘たちが見守るなか、A先生により骨髄移植が行われた。まずは吐き気や不整脈予防の薬液を二種類輸注され、心電図と酸素飽和度のモニターを装着された。私はすっかり放射線宿酔から立ち直っていて、軽口を叩く余裕もあった。骨髄移植がどのような手順で行われるのか判然としないことからくる不安さえもなく、妻の頬の強張(こわば)りが大仰だと苦笑が洩れそうになる。もちろん気怠さは抜けていない。けれど昨日までの薬物投与による混濁とは正反対の透明さだ。骨髄移植は血液内科専門医の晴れ舞台だろう。A先生は私の家族を前に、どこか晴れがましい表情だ。私が抑えた声であれこれ質問すると明確に答えてくれる。

「ドナーからは先ほど十六時頃に、全身痲酔で骨髄から一・五リッターほど髄液をもらったんですよ」

「一・五リッター。全身痲酔。髄液、牛乳パック一本半。骨髄穿刺でほんのちょっと抜くのと大違いだ。なによりもなんの見返りもなく、見ず知らずの他人に与えてくれる人がいるっていうのが――」

「ね。いるんですよ。そういう方が」

「俺も元気になったら、誰かに与えることができるかな」

A先生は、幽かに肩をすくめた。

「ま、気持ちだけということで」

「もはやポンコツの俺は、使い物にならないのか」

率直にA先生は頷く。私は点滴のスタンドに下げられた髄液を見あげて、話を変える。

「ずいぶん淡い色だ」

「いただいた髄液を私が先ほどまで遠心分離機にかけて、赤血球を十分の一ほどまで分離したんですよ」

「だから血の色としては、やたらと薄い桃色なんですね」

「じつは他人の造血幹細胞と入れ替えるという途方もないことをしているわりに、移植自体は呆気(あっけ)ないものですよ」

A先生は透明度が一様ではない薄ぼんやりしたピンクの液体の点滴を首に挿入したカテーテルにつないだ。一・五リッターもの髄液を抜いたと言っていたが、赤血球が取りのぞかれた髄液は、十五分ほどの点滴ですべて落ちてしまうほどの量で、A先生の言葉通りじつに呆気なく終わってしまった。緊張して見守っていた妻子も拍子抜けしたようだった。私も、一週間近くにわたる二十四時間連続抗癌剤点滴投与や放射線照射でずいぶん大変な思いをしたので、本番の淡泊さにやや気抜けしつつも、安堵していた。妻が叮嚀に礼を言うと、A先生はじつに満足そうだ。私はA先生が丹精と集中を込めて遠心分離機を操作している姿を思い泛べた。

妻と娘たちが帰り、面会時間終了のアナウンスが流れ、血液内科の病棟は引き潮のあとのように静まっていく。私はこの寂寥が大好きだ。入院生活で最良の時間だ。容態が急変する患者がいないかぎり、医師も看護師もようやく肩から力を抜くことができる。病棟の中心に医局があり、その四方を取りかこむように廊下が続いているのだが、点滴のスタンドを押しながら歩いてみた。リハビリ担当の医師から自発的にしなさいと命じられていたのだ。移植当日は安静にしているべきであるような気もする。覚束ないが、まあ歩くことができた。私のように面会者が去って空気が清浄になった頃合いをみて運動不足解消のために医局と処置室の周囲を幾周もしている患者が幾人かいる。人によっては抗癌剤と放射線で頭髪が抜け落ちてしまっている。それを女でも男でも平然とさらす人もいれば、癌患者用のニット帽を目深にかぶっている人もいる。すべては禿頭の私によく馴染む。医局内では看護師が真剣な顔つきでまだ調剤している。経過が思わしくない患者のこれからの治療の手順でも思案しているのだろう、医師がパソコンの画面を睨みつけて眉間に縦皺を刻んでいる。まだまだ休めない人たちがいる一方で、私は移植片対宿主病予防で二十四時間持続点滴のプログラフという薬液、そして補液がさがったスタンドを押しながら、いや支えにして、ゆっくり一周し、病室にもどった。

　消灯時間は二十二時だが、大部屋と違って個室である無菌室は融通がきく。さすがに看護師が巡回してくる午前零時を過ぎると窘められるが、それまでは見て見ぬふりをしてくれる。私は日記をつけ、ぼんやり天井を眺めていた。医師や看護師はあからさまに口にはしないが、これから先、白血球のかたちが一つ違うドナーの免疫が私を攻撃するのは目に見えている。いまは嵐の前の静けさだ。殊勝にもうまくいくように祈った。担当看護師のKさんが様子を見にきた。規定の時間でなくとも折々に覗いてくれるのだ。目許が涼しげで、じつに頼りになる人だ。逡巡（しゅんじゅん）がなかったわけではないが、思いきって訊いた。

「ねえ、Kさん。今朝の検温その他、三人でこなかった？」

「検温、酸素、血圧。朝の忙しさは戦場だから、それはないなー」

「だよね。朝はみんな、走りまわってるもんな」

「――あれ」

Kさんは口をわずかにすぼめ、黒眼を上にして、しばし記憶を手繰った。

「なんでだろ。慥かにSさんとHさんと私とで、吉川さんのところに行ったよ」

「Kさんがオキシメータ。Hさんが検温。Sさんが血圧」

「なんでだろう。そんなの三人がかりでやるようなことじゃないし」

Kさんは蟀谷のあたりに手をやって、考えこんでしまっている。私はあえて軽い調子で言う。

「放射線宿酔がひどかったので、特別扱いということで」

「うーん。でも、有り得ないですよ。三人で吉川さんを囲んだのはうっすら記憶にあるけれど、合点がいかないなあ」

合点ときたか。私は心の底からの、裏のない笑顔をKさんに向けた。Kさんの手には患者に届けるらしい大量の薬の束がある。

「油売っていいの？」

「あ、いかん、いかん、いかん。ごめんなさい。よくなってホッとした」

「うん。幻覚じゃなかったってわかって、なんか嬉しいです」

「うん。悪いことしたわけじゃないしね」

Kさんも満面の笑みで、均整のとれた軀を爪先立つように軽やかに弾ませて、病室から出ていった。彼女がパルスオキシメータを左手薬指にはめたことは、もちろん言わなかった。

21

朝六時には廊下の照明が点灯する。六時半になると病室の照明が点く。歯を磨き、患者自らベッドテーブルをはじめ身近なあちこちをクリアパワーという除菌ナプキンで拭きあげる。体重を計り、セルフケアチェックノートに口腔内及び皮膚の状態から歯磨き回数、尿と便の回数状態、食事をどれだけ食べたか等々ありとあらゆることを記入していく。移植の翌日、体重は五キロ弱減って八十二キロ台になっていた。昨日はともかく、抗癌剤で虚ろなさなかも頑張って食べていたのだが、この日、いきなり食事がとれなくなった。放射線照射の放射線宿酔とはまた違った激烈な倦怠が襲い、またもや、ほとんど身動きできなくなった。それでも意識と肉体は連動しているので、朝食は意地になって半分ほど口にした。けれど昼食は切干し大根にすこし箸を付けただけで、盛大に湯気をあげる蟹あんかけ棒々鶏（バンバンジー）には手がでなかった。夕食は見るのも厭だった。煮込みハンバーグの匂いがきつくて、ベッドデスクを足許に押しやり、枕に顔を押しつけてどうにか耐える。吐き気がするわけではない。食物に対する嫌悪が食道と胃を収縮させている。

　移植後二日目は丑三つ時から発熱した。夜勤の看護師からしつこく検温されたが、三十九度台から四十度を少し超えたあたりまで体温は上下する。実際に吐きはしないのだが、嘔吐感がひどく、薬をもらった。もちろんなにも食べられない。下痢便の状態を『泥』とあらわすのははじめて知ったが、便は泥濘状が続き、家族が見舞いにきた夕刻にはほぼ水状となった。抗癌剤の効果で明日あたりから血球がすべて消え、移植した骨髄に置き換わっていくらしい。その三日目は水便が十四回、かわりに小便がまったく出なくなった。脱水症状で青息吐息、それなのに便が漏れてもいいように紙おむつを穿（は）かされて、最低限の筋力を保つためにリハビリをさせられた。抗癌剤投与がはじまって以降、感染症を防ぐために病棟内から出ることを禁じられていた。地階のローソンでカレーパンを買うといった目的があれば人はけっこう歩くものだ。けれど個室の無菌室に引きこもり、病棟のフロアにも出なくなっていた。自主的な運動とも無縁であることが発覚してリハビリ担当医師から、せめて病棟内の廊下を周回しなさいと命じられたのである。移植当日の夜は歩いてみたんだけれどな——と訴えたいところだったが、もちろん黙っていた。しかたなしに覚束ない足取りで歩く。幾人か私と同様に点滴スタンドを押しながら黙々と周回している。例によって病棟の中心にある医局と処置室を取りかこむ四角い廊下をぐるぐる回るのだが、四角と円の差はあれど鼠の回し車が連想される。あれも無限軌道の一種だろう。私は四角い無限軌道に抛り込まれた鼠になったつもりだったが、二周目で足がもつれて顚倒しそうになり、看護師に支えられてリタイアした。

　九月十一日夕刻、異常な怠さ解消のために血小板と赤血球の輸血をすることになった。この息をするのも面倒な倦怠は、貧血からきているのだという。血球がすべて消えているのだから、いわゆる貧血とは格が違う。それでも今日も担当医付き添いのもと、リハビリをさせられた。図に乗ってスクワットまでした。十回できて褒められましたと言うと、Ａ先生は呆れていた。妻と子供が見守る前で輸血がはじまった。血小板と赤血球なので、完璧な血の緋色（ひいろ）である。これもＡ先生が遠心分離機にかけたのだろうか。倦怠とはべつに、下痢に難儀している。赤ん坊の紙おむつは可愛らしいものだ。けれど鏡に映ったまだ中途半端に太っている六十三歳の紙おむつは惨めだ。自尊心も烈しく傷つく。まだ漏らしてはいないが、毎朝大きな紙おむつをバサバサ音たてて汚物入れに投入するのは、大仰なことを吐かせば、尊厳を踏みにじられているような気分だ。看護師のアドバイスに従って生理用ナプキンを試してみることにする。妻に地階の売店で購入してきてもらった。紙おむつと生理用ナプキン。どっちもどっちだが、老人用紙おむつは他人にとってはお笑いだろうが、私自身にとっては笑いの這入り込む余地がない。俺は入院中、下痢で苦労して生理用ナプキンを肛門にあてがってたんだぜ――と話の種にできるほうがよほどましだ。そんな思惑もあったのだが、妻が買ってきてくれた生理用ナプキンはまったく役に立たなかった。こんな巨大なナプキンがあるのかと驚かされたが、トランクスにはまったく固定できない。生理用ショーツと称するものがあるのには、訳があったのだな――といまさらながらに得心する私であった。

翌朝、目覚めたら紙おむつに便が染みていた。ごく小さな黄土色の花弁状だったが、腐肉の臭いがした。しょんぼりした。とはいえ下着や寝具に染みこませてしまっていたら、相当なダメージを受けただろう。穿いていてよかった。

翌日は、あまり用いたくないのだがという医師の枕詞と共に、新しい下痢止めの薬が届いた。脳に作用するらしく運転厳禁だが、幽閉生活だ。無関係だ。服用すると、肛門というシャッターを軽々すり抜ける水便の恐怖から若干だが解放された。かわりに口内炎が相当悪化してきた。血小板と赤血球の輸血で多少持ちなおし、心臓がバクバクするのもだいぶましになって、意地になって物を食べてはいるが、舌の右側が鋭く痛み、思わず鼻梁に威嚇する猫のような皺を刻んでしまう。食物が喉に引っかかる。苦労して嚙みつぶした米飯にまで尖りを感じるのだ。喉がどのような状態なのか、想像したくもない。白血球がほぼ完璧にゼロの状態だ。とにかく感染症に気配りしなければいけない。

アズノールでうがいばかりさせられている。抗癌剤と放射線の副作用で唾が出なくなっているので、一日に五回歯磨きしても口腔内の細菌が増殖してしまうのだ。けれど免疫が一切ない状態なので口内炎はどんどん進行していく。だがリハビリは休ませてもらえない。担当医と新たに研修で配属されたという十代の女の子に付き添われて病棟内を三周。スクワットおよび爪先立ちそれぞれ十回。そして念入りなストレッチ。原稿は〈ヒカリ〉第一回四十三枚まで書きあげた。一回四十枚なので、担当Tに送附してしまうことにする。この先、体調がどうなるかわからない。連載開始は一月だが、書きあげた分を手許に置いておく気にはなれなかった。

私の血液型はOだが、ドナーの血液型がABなので、移植された造血幹細胞が定着すれば、いずれはAB型になるという。けれどY先生との雑談では、まだいまのところはO型であるとのことだった。

「吉川さんは、キメラだから」

キメラという言葉は知っていたが、なんとなく複合した生きものといった程度のニュアンスしかなく、Y先生が去ってからパソコンに入っている大辞林の電子版を引いてみた。

キメラ［1］〘(英) Chimera;（ギリシャ）Khimaira〙
（1）ギリシャ神話で、ライオンの頭・ヤギの胴・ヘビの尾をもち口から火を吐く怪獣。キマイラ。
（2）〔（1）にちなむ〕生物の一個体内に同種あるいは異種の別個体の組織が隣り合って存在する現象。また、その個体。接ぎ木の癒着部位の芽など。また動物では若い胚（はい）を融合させてから育てたもの。

無菌室では調べ物にも限界がある。退院してから資料を当たったところ、私という個体に異なる遺伝情報を持つ細胞が存在し、混じっている状態のことで、骨髄異形成症候群や白血病の治療で骨髄移植を受けた者を医学用語でキメラというとのことだ。O型である私がいずれAB型に変わるというのも、キメラならではである。これは骨髄移植が同一の血液型でなくとも可能であるからで、血液型が違うドナーから骨髄を移植すると、私の造血幹細胞でつくられていたO型の血液と、移植されたドナーの骨髄から生成されるAB型の血液が異なることから、キメラと称されるらしい。やがてO型は駆逐され、AB型に変わっていくのだが、どのようなメカニズムか、AB型に変わっても、毛髪や爪、精液などはO型のままであるとのことだ。

「キメラか――」

と呟いて自身が特殊な生物になっているかの感慨を覚えているところに、GPSによると次女のMが学校に行っていないというメールが届いた。続けて昨夜は便秘の座薬を入れたのだが、夜半に起きだして大変だった――とあった。万が一の場合に居所がわかるように娘たちの通っている小学校は生徒にＧＰＳを持たせているのだが、文面からはなにがなにやらといったところで心配だけが迫りあがってきた。以前、長女が陸上部の千五百メートル走で走り疲れてバスのなかで眠ってしまい、ＧＰＳの位置情報から祇園（ぎおん）あたりにいることがわかり、ちょっとした騒ぎになったことがあった。結局、バスの終点である京都駅まで行ってしまい、運転手に起こされて別のバスで帰ってきて事なきを得た。けれどメールの文面からはＭが家を出たが学校に行っていないということだけしかわからず、あわててメールを返したが音沙汰なしで、便秘の座薬となにか関係があるのか、やきもきしたものだ。昭和の男などと威張っていたが、携帯電話に類するものを持たないことの不便さが身に沁みた。鍵こそかかっていないけれど、血液内科の病棟は監獄だ。廊下で小声で遣り取りしている患者は唯一スマートフォンで外界とつながっているのだ。メールだと、どうしてもレスポンスが遅れる。結局なにもなかったのだが、数時間ほど落ち着かなかった。

九月十四日、いよいよ口内炎が尋常でなくなってきた。口内というよりも、唇が酷く、まるで特殊メイクを施したかのように盛りあがり、裂けて腫れあがった。もちろん口内も凄まじく、舌が腫れあがって喉が見えなくなった。体温は四十度を超えることはなくなったが、三十八度以上が続いている。もちろん微妙に熱っぽく、怠さは相変わらずだ。これは私の血球が消え去って、ドナーの血球に置き換わっていくことからくる発熱もあるだろうが、口唇から喉にかけて腫れあがった口内炎＝炎症からくる熱が加担しているのかもしれない。

　私は痛みに強い。不必要な我慢をする。けれどA先生は私の口内炎を診察して、腫れと糜爛（びらん）が酷すぎると独り言するように呟き、あっさり言った。

「吉川さん、よく耐えてるね。普通、笑顔なんか見せられないよ。でも、脂汗かいてるもん。モルヒネを使うね」

「ああ、ありがたいです」

「痛いよね」

「痛いです。口蓋から喉にかけて、断ち割られるような痛みです。ただ、心のどこかに口内炎を侮る気持ちがあるというか、口内炎ごときで泣き言を並べてはならないという規制が働いちゃって」

「我慢してると、気持ち、荒むから」

「はい。慥かに投げ遣りな部分が出てきてるな。ぜんぶ、どーでもいいやって」

「それでも執筆してるから、凄いよね」

「逃避だな。あと、手が勝手に書いてるんですよ。でも俺、お岩さんだ」

「だから笑ってる場合じゃないって。これ、日常生活で発症する口内炎とはまったく別物だから。いや、機序はいっしょだけど、免疫ないから、ウイルスが大暴れだ」

「無菌室でも、ウイルス」

「悪さをしてるのは、もともと吉川さんの口腔内や腸、あちこちに棲みついていた奴らだね。免疫が消滅したから、増殖しちゃってるんだ。見えないから気にならないかもしれないけど、腸管その他、内臓もダメージを受けてるんだよ。肝臓や腎臓の値が心配だ。もちろんたくさん薬服んでるでしょう。抗菌、抗ウイルス薬に抗真菌薬。それで抑制させられ死滅してはいるんだけれど、奴らも必死」

「ここまで痛めつけなくてもいいのにな」

「ウイルスのように単独では生物としての要件である自己増殖能をもたなくて、寄生してはじめて自己増殖できるような生物と無生物のあいだの存在だって、こうして増殖するために――生きるために？　吉川さんの軀をとことん壊すわけだ」

「勘弁してくれ～。痛みさえなければ、なにしてもいいから」

「ついに泣きが入ったね」

「関係ないけど、先生、いつも白衣の下のシャツがお洒落(しゃれ)ですね」

「――あなたのような患者さん、どう表現すればいいのかな」

　苦笑気味にA先生は出ていった。三十分ほどして看護師がモルヒネの注射器をセットしたシリンジポンプを点滴スタンドの下部に据え付けた。モルヒネは直接注射するのではなく、首にあけた中心静脈のカテーテルからポンプでじわじわ注入していく。注射器はシリンジというらしい。ＳＭだったか、浣腸(かんちょう)などでシリンジを使うと聞いたことがある。浣腸をしたことがないのでどのような形状かはしらないが、モルヒネ注入用はどこから見ても大きめの注射器そのものだ。さすがに管理が厳しいらしく、諸々書き込まれたタグが付いている。作成者と実施者の名があり、モルヒネ塩酸塩10㎎（1㎖）大塚生食注（50㎖）ノバミン筋注5㎎（1㎖）＊点滴速度2㎖／h＊点滴時間25時間で＊投与経路中心静脈ルートメイン1という具合だ。薬液のシリンジは右側からピストンを押す仕組みのポンプに横向きにセットされ、二十四時間以上かけて体内に注入される。モルヒネは途切れることなく一ヶ月以上投与された。抗癌剤点滴のころは七つ下がってスパゲティ状態だった点滴のバッグも、いまでは二つだけで、そこにシリンジが追加された。頭上で微かに揺れる黄色い点滴のバッグは栄養素がすべて入ったもので、いまや口内炎のせいで食事がまったくとれなくなったので、点滴で生きているという状態だ。少し先になると、大豆から抽出した脂肪の点滴も、ここに加わることとなる。

古式ゆかしい阿片（アヘン）はさすがに裏社会でも流通しておらず、趣味人は医師などある程度自由に着服できる者はともかく、モルヒネを飛ばして一気にヘロインにいってしまうので、あれこれ禁止薬物を軀に入れてはきたが、モルヒネは初体験だ。

効能は、安静にしているかぎり痛みはほぼ消滅した。それが奇妙なことに痛みが消えて当然とでもいおうか、苦痛が去ったことに対する感慨が欠片もなかった。精神的にも肉体的にもある種の無感覚が触手を伸ばし、喜怒哀楽などの感情が薄れた。この無感覚は、じつに楽だ。あれほど酷かった下痢も、モルヒネの止瀉（ししゃ）作用により便秘に転じた。物を食べていないので便秘といっていいのかといったところだが、残便感とでもいうべきものが幽かに肛門に居座っているので、多少の固形物が詰まってはいるのだろう。呼吸は浅く間遠であることが自覚された。またモルヒネには括約筋を収縮させる作用があるので、排便はますます困難になっていく。幽門括約筋を収縮させてしまうために食物をとっても胃内にたまり、消化もうまくいかなくなるらしい。さらに眼球の括約筋が収縮しているせいで瞳孔が針のように収縮している。ローリング・ストーンズの〈シスター・モーフィン〉が脳内で流れ、なるほどね——と得心がいった。蛇足だが、この曲におけるライ・クーダーのギターはすばらしい。なお医学書には皮下注射や点滴では一回に5〜10㎎が用いられるとあったが、数日後には20㎎を十四時間で点滴するようになっていた。十四時間ごとに新しいモルヒネに替えていく。もともとは10㎎を二十五時間精密点滴だったので、大盤振る舞いだ。もちろんGVHDによる口内炎が尋常でなかったからだ。笑ってしまったのは『ラッシュ』と称して看護師がときどきモルヒネの流量を一気に増やしてくれることだ。まるで中毒者の隠語のようだが、なぜかどの看護師も嬉しそうにラッシュをしたがる。首の静脈の奥の奥をモルヒネが触手を伸ばすかのようにひんやり拡がっていくのがわかる。もちろん痛みはす〜っとひいていく。看護師はラッシュ直後の私のとろんとした幸福そうな貌をじっと見つめ、頷いて去っていく。

ギリシア神話の眠りの神ヒュプノス Hypnos の子、夢の神モルフェウス Morpheus に由来するモルヒネというネーミングは秀逸で、実際に胸中で『小便行こうかな』と呟いてベッドから起きあがって、ふと気付くとベッドの端に座ったまま眠っている。『うがいしないとな』と流しの前に座ってふと気付くと三十分ほどワープしている。しかもこの曖昧なモルフェウスの眠りのさなかに、私だけなのかもしれないが、夢木来の跳躍のない現実と重ね合わせの小賢しい夢を見る。恐怖も昂ぶりも快感も一切ない。悪夢以下で、まったく情動に作用しない。しかも同じ夢が延々と繰り返されるのだから耐えられない。つまらない。夢に向かって幾度『もう、いいよ。退屈すぎる。勘弁してくれよ』とダメ出ししたことか。まさか夢に裏切られるとは――。

それでも私は、原稿を書いていた。半覚醒状態で〈帝国〉を書いていた。『群像』という文芸誌だからという甘えもあったかもしれないが、ちんけで矮小でつまらない現実をなぞった夢を見ているくらいならば、自身の奥底で発酵している妄想、あるいは想像を定着させていくほうが、よほど愉しいからだ。モルヒネに支配されてつまらない夢を見てうつらうつらしているか、原稿を書くかという生活が一ヶ月以上続くわけだが、半月もしないうちに看護師が好意でしてくれようとするラッシュも断るようになった。無気力が極まってリハビリもしなくなり、ときにはシャワーをサボったりもするようになった。なにもしていなければモルヒネのおかげで痛みもそれほどひどくなく、原稿を書いて、うつらうつらしているうちに一日が終わってしまうのだが、食べられるなら食べてと命じられているのがふと念頭に泛び、半ば義務感でなにかを口にすると下唇と舌右、喉の奥と複合した激痛に呻く。信じがたい痛みだ。口内炎の地獄である。地獄といえば白血球ゼロ＝免疫ゼロという状態が、この常軌を逸した口内炎をもたらしているわけで、モルヒネをもってしても抑えられない痛みは尋常でない。時折、濁ったオレンジジュースの色をした血小板を輸血される。とにかく血液の体裁を整えようといったところか。

　九月も半ばをすぎると、ステロイド剤の抗炎症作用のおかげらしいのだが、口腔内の皮がべろりと大量に剝け落ち、ずいぶんすっきりした。三十八度台半ばの発熱が続いていて、それが常態になってしまった。それでも九月十九日、血液検査の結果、白血球が増えてきた様子で、けれどA先生は『まだ確率的要素があり、確実性は薄い』と厳しい表情を崩さない。それでも数日後、α医師が検査結果をプリントアウトした紙を手に、勇んで病室に入ってきて報告してくれた。

「吉川さん、白血球が三百六十を超えましたよ！」

　どうやら顕微鏡下、目視で数えるらしい。三百六十超の白血球、もう確率的要素を排することができる数値らしい。けれどモルヒネの影響下にある私は、ああそう――と思うだけで、たぶん他人から見たら仏のような柔和な貌をしているのだろう、α医師は自分のことのように喜んでいたけれど、私は弛緩しきった薄ぼんやりとした笑みを泛べているばかりだ。

　こんな笑い種（わらいぐさ）があった。見舞いは基本的に家族以外一切禁止なので編集者は折々にメールをくれる。その中に某女性作家が白血病に罹ったときの手記から、ＧＶＨＤによる口内炎が酷くてなにも食べられなかったときに、アイスクリームだけは口にできたとあった――と伝えてくれたのだ。さっそく妻に乳脂肪たっぷりの高級アイスクリームを買ってきてもらった。備え付けの冷蔵庫の冷凍庫に保管し、夜も更けたころカップをあけた。脂肪分が欲しかった。物を一切食べていないことから、脂に対する渇望が唐突に湧きだして抑えがたかった。モルヒネ投与下において、はじめて剝きだしの慾望があらわれた。貪り食った。沁みる、沁みる。痛い、痛い。だが、スプーンをもつ手が止まらない。

息ができなくなった。狼狽えた。点滴がうまくいかなくなったとき以外は一切触らなかったナースコールを押した。夜勤のコール担当看護師がどうしましたか？　と、彼方のマイクから問いかけてきた。息ができないのだから、声もでない。K看護師が飛びこんできた。私は自分の喉を指し示して、身悶えしながら俄仕込みの手話状態、K看護師は喉になにか詰まったことを即座に察してくれた。枕許には吸引の器機が備え付けだ。K看護師は口腔内から喉に管を挿しいれ、即座に吸引した。私は目尻から涙を流しながら、管の中をじわじわ上昇していく白い粘液を見守った。乳脂肪たっぷりのアイスクリームが粘って喉をふさいでいたのだ。乳脂肪で粘度があるアイスクリームが通り抜けられぬほどに喉が腫れによってせばまっていた、ということだ。以上アイスクリームで窒息死しかけた顚末である。どうにか息をついて照れ笑いしつつ、あれこれ言い訳をする私に、すっかり仲良くなってしまったK看護師が呆れたような、揶揄するような口調で言った。

「ガリガリ君だったら粘らないから、喉の小穴も通り抜けただろうにね」

22

眉が――ない。

無菌室内に設置されている紫外線殺菌装置が組み込まれた給水設備上の鏡をいつも覗きこんでいるのに、まったく気付いていなかった。思わず笑いが泛んでしまった。苦笑いにまで到らない中途半端な笑いだったが、どこか自分を嘲笑している気配があった。もちろん放射線や抗癌剤の副作用だが、眉のない私はじつに人相が悪い。こんな威圧的な貌になってしまっていたというのに、まったく意識にのぼらなかった。認識できなかった。そういえば髭を剃っていないし、頭を剃っていない。脱毛してしまっていたのだ。電気シェーバーを用意してきたのだが、まったく出番がなく存在を忘れていた。そういったことからいい加減気付きそうなものだが、まったく念頭にのぼらなかった。

四十になったころだろうか、禿げてきたからもっと剃がしてみようと剃刀をあてがったのが面倒の始まりだった。朝起きて顔も洗わぬ横着者だ。ところが著者近影などでツルツルの頭を曝したことにより、外出時は重ったるい義務感で頭を剃らなければならなくなった。これがじつに煩わしいのだ。私は禿を隠す気など毛頭ない。隠すということは、ストレスを拡大するだけということぐらい並の頭があれば即座に気付くことだ。頭部の問題で怖いのは禿ではなく、無能力だ。けれど面白がって剃ってしまったのは、まずかった。スキンヘッドと言いなおせば恰好いいが、小説家としてこのツルピカのイメージが定着してしまい、私は人前に出るときに頭を剃るという面倒を抱えてしまったのだ。前頭部のM字形に禿げた部分以外は以前と変わらぬ濃さで毛が生えているわけで、それを剃る手間が面倒でしんどくて、一時期は永久脱毛を考えたほどだ。

　小説の授賞式などのパーティーに顔をだすと、なぜか付き合いの一切ないマイナーな出版社の編集者が執筆依頼もかねて、口調だけは叮嚀に挨拶してくるのだが、必ず薄笑いと共に私の禿頭を見下す視線を投げてマウントしてくる。出版社がマイナーでも一向にかまわない。けれど周囲の噂を聞くと、たいした仕事をしていない。使えないばかりかミスばかりで社内でも浮いているという。それでも馘(くび)にされないのだから、正社員という身分は羨ましいものだ。もちろん仕事のできない者の依頼など受けるはずもない。パーティー会場でも誰も相手にしないからいかにも手持ち無沙汰で、いつのまにか姿が消えている。その男が私と話をしたい編集者の列の一番最後に並んで順番待ちをしながら、ニヤニヤしつつやってくるのだ。そもそも真剣に執筆依頼しているとも思えない。どのようなものを書いてほしいのかと問えば、頭の悪さを投影した空疎で実のない抽象が返ってくるばかりだ。思惟(しい)から放たれる言葉ではなく、知っている小賢しい語彙を並べあげただけだ。じつは高学歴を誇っても、この程度の者が多いのが現実だ。記憶力に特化したバカの典型だ。彼はいったいなにを充たしたいのか。じつに痛々しいものだ。

にっこり頰笑んで『俺は毛がないけど、キミは頭に毛しかないね』と囁いてやりたくなる。禿げてわかったことは、能力に欠ける者ほど他人の欠落を過剰に意識し、上位に立とうとするということだ。毛と能力、どっちを取るかと訊かれれば答えは自ずと決まっている。それに加えて私の得体の知れない自信と傲慢を支えているのは、異性の存在だ。好ましいと感じた異性に禿げているからと忌避されたことがない。存分に恋愛を愉しんできた。

眉が消滅したことに気付いてしばらくして感じたのは、これで頭を剃る必要がなくなったという解放感だった。残念ながら、これは副作用が消滅していくに従って以前と同様に生えるようになって元の木阿弥になってしまうのだが、このときは嬉しかった。いま思い返すとじつに間が抜けているが、あらためて体毛を確認してみた。腋毛は一切なくなっていた。陰毛もごくまばらで、消滅は時間の問題だろう。胸毛臑毛その他も消え去ってツルツルだ。凄いものだなあ——と他人事のような感慨を持ち、そして我に返った。私がいかに自身の軀に対して無頓着であるか。己の風貌に興味をもっていないか。あるいは自己愛ゆえの自意識過剰で、鏡をまともに見ないことの裏返しか。やや呆れ気味に眉のない顔を眺め、すっかり風通しのよくなった股間を見つめた。

九月の二十四日には白血球が千四百以上に増えた。すばらしい勢いで増えていくドナーの白血球に私の肉体は侵略攻撃されて三十八度超の熱が出っ放しであり、手は内側から火傷しているかの状態で、指先の皮がどんどん剝けていく。足裏なども同様である。

その下には新たな皮膚があるのだが、とにかく薄くて脆弱で物に触れられない。ペットボトルの蓋など開けようものならば指先が裂けてしまう。あまりの痛みに日常生活における不自由さが極まってきた。また抗癌剤と放射線の副作用で唾液腺が働きを止めてしまい、唾が一切出ず、舌全体が干上がった川底のような干涸らびた状態だ。加えて味蕾が崩壊してしまったらしく味覚異常がどんどん酷くなっていく。だが精神は意外に調子がよく、苦痛は苦痛として常に眉（消滅してしまったが）がハの字形になって意識せずに呻いているのだが執筆は止まらない。冷静に判断すれば、熱に浮かされていて文章を打ち込むのに集中を欠いているはずだ。けれどホラーの掌篇が次から次に泛び、委細構わず書き連ねていく。自己破壊の伝染を描いた〈わるぎるね〉という掌篇がいたく気に入って、頼まれてもいないのに『小説宝石』の編集長に送ってしまい、続篇まで掲載してもらった。熱のせいなのか、普段は思いつかない類いのアイデアが湧きあがって、執筆が追いつかない。そこでメモを取っておいたのだが、それがあまりに雑で、あとで見返したら何がなにやら～といったところで、並行して執筆していた連載を止めてでもこれらのアイデアをもとに掌篇を書きあげておくべきだったと後悔した。熱に浮かされている脳には、よくも悪くも日常では有り得ない力があるのだ。

二十五日にはいよいよドナーの骨髄が生着したということで、地階のローソンまで点滴スタンドを転がしての外出が許された。けれど味覚異常で甘い物が異様に苦く感じられ、その他の味覚は一切わからない。完全に無味だ。漠然とカップ麺を眺め、菓子パンを手にとりはしたが、結局購入したのはミネラルウォーターのみだった。それどころか店内の小さな段差を点滴スタンドが乗り越えた直後、点滴のチューブに気泡が混入して警報が鳴り響き、たまたま買物で居合わせた看護師が処置してくれたのだが、なにやら気疲れしただけで蒸れたマスクの臭いが気鬱を倍加した。

せっかく病棟からの外出を許されたのに気分が晴れなかったのは、GVHDのせいで手や足だけでなく、睾丸(こうがん)の皮までもが崩壊しはじめ、歩行ですれると尋常でない痛みが腰全体に疾り、奥歯を食いしばって十歩も進むと動けなくなるという為体のせいもあった。数日後には掌の火傷のような状態がGVHDによるものかどうか、皮膚科に出向いて掌の皮膚を切手大の大きさで切除された。痲酔三本に縫合二針という簡単な手術だったが、注射針が刺さり、掌の皮膚を切開され、剝ぎとられるように切りとられ、力尽くで抓みあげられて縫われるというその全てが眼前で繰り広げられたので、視覚からの印象もあって、痛みに強いはずの私だったが、けっこう背中に汗をかいていた。さらに数日後、無菌室まで泌尿器科の医師がやってきて、睾丸の皮膚を削られた。場所が場所だけに横たわっている私からは施術が見えはしないが、思わず『やめてくれ！』と声をあげてしまうほどの激痛だった。睾丸の皮膚は、痲酔なしで採取された。こういう拷問に耐えられる者は、なかなかいないのではないか。さらに先には、掌と同様の手順で臑の皮膚を採取された。生皮を剝がされるのは、痲酔をされていてもなかなかの苦痛だ。私からすれば、これらの皮膚異常はGVHDに決まってるじゃないかといったところだが、どうも病院側は多数の皮膚を採取して研究に使いたいという思惑があるようだ。実際、同意書にはそれらのことが記されていた。不可解なことに皮膚を剝離されるときの激痛は、モルヒネをもってしても抑えられないようだ。いまでも睾丸の皮膚を削られたときのことを思い返すと、顔が烈しく歪んでしまう。皮膚に肉の細片がぶらさがっていたのを見てしまったときは、我が身の不幸を呪ったものだ。

口内炎は糜爛した皮膚が樹皮のようにぼろぼろ剝がれ落ちて以降、ずいぶんましになっていた。このころより食事は主食副食を常備したものとなり、薬も経口でずいぶん服むことができるようになってきた。点滴のスタンドから精製大豆油を主成分とする艶のない白色の脂肪分点滴であるイントラリポスが消え去って、なんとなく解放感があった。けれど、まだ黄色い遮光パッケージの巨大な栄養剤点滴は外してもらえない。味覚異常はいよいよ酷くなって、筆舌に尽くしがたい異様なものとなった。美味いとか不味いといった概念が消し飛んでしまい、唾が出ないこともあって水分を摂らねば食物は乾ききったままで、なんだか骨を食べているかのようだった。私は母が死んだとき試みにその骨を囓ってみた。焦げ臭くはあったが、無味だった。ジャリジャリしているだけだった。味覚異常は骨の無味を基調に、前述したが甘い物が凄まじく苦いことをはじめとする奇妙な状態がじつに薄気味悪く、食事など見るのも厭だが、医師が移植結果がとても順調であると太鼓判を押すので、意地になって食事を摂るようにしていた。味覚異常は退院後も延々続き、食物を前にすると胃が縮むようなストレスがおさまらず、食事時はじつに気鬱だった。

このころY先生から医学生向けの大部の血液の参考書を贈られた。ヴィジュアル主体で私のような門外漢にも理解がすすむ。夜は夢中になりすぎて眼精疲労がひどくなってしまったが、それでも血液型の多様性、その深い理由は？　そんな小説の題材を得て、あれこれ思いに耽ったものだ。作品の構想はまとまったが、ほとんどの者が知らないであろう血液の奥深さを述べなければ先に進まず、あまりに説明的になってしまいそうなので執筆には到っていない。もっとも〈姫〉という吸血鬼を描いた連載小説に、これらの勉強が生きている。野方図に書いているようで、じつは論理の裏付けがあるのだ。

月末には大量の血小板を輸血された。そのせいで烈しく発熱し、眠気が襲い、目を開けていられなかった。白血球は倍々ゲーム状態で増えていく。十月になるとこれもGVHDの症状か、軽い心筋梗塞がおきた。心電図、エコー、レントゲンとおおごとになってしまった。またモルヒネの減薬が始まった。10㎎をノバミン筋注5㎎と50㎖の生理食塩水で割って、一時間に2.5㎖のシリンジ静注だ。結果、嗜眠(しみん)の度合いも多少減ってきたが、皮膚と爪が荒れ果てて見るも無惨な状態の足裏の足裏の痛みが増して、歩行がつらくなった。リハビリの医師も啞然とするほどの足裏の崩壊で、しかもモルヒネを減らしているから、痛みのあまりまともに歩けない。それでもモルヒネを減らすことに異存はなかった。モルヒネの無為は心地よすぎるというか、気配の欠片も残さないというべきか、悩み苦しみがひどいときには絶対的だ。けれど私には、もう不要だ。小説という散文をつくりあげるには、なによりも明晰さが必要だからだ。痛みは怺える。けれど、気に抜くと精神的に耐え難い苦痛を覚えて、散瞳が烈しくなり、下痢等禁断症状に苦しまなければならないと諭され、私は頭の中にスイッチがあるから、精神の切替はききますとも言えず、痲酔医と相談しつつ地味に抜いていく。〇に麻の字の朱色のスタンプが厳めしい精密持続点滴のシリンジを見つめる。管理が厳しく、使いきってしまわないと処分もできないそうだ。一ヶ月以上世話になってきたが、先も見えてきた。苦痛を消滅させてもらった恩も忘れて口走るのも申し訳ないが、モルヒネのもたらす心の安らぎは、じつに他愛のない無感覚だった。十月六日の日記に『モルヒネ投与で思い知らされたが、天国なんて、こんなものなんだね。天国＝退屈。ほとんどの禁止薬物は性的快感などを高める。巷を賑わした合法ハーブだって性をはじめいろいろ気持ちよかったのに、モルヒネで得られたものは無感覚だけだった。俺がヘロインに婬しなかったのもこのあたりに理由があったようだ。性的快感の有無。じつにわかりやすい。気恥ずかしい。ともあれ無為であり、空白の惰眠にすぎない天上の眠りからもどってこられるようになってきたので、あやふやな妄想と指先の勢いで書くのはよくないとあえて控えていた〈帝国〉に手をつけはじめた。さてGreat Dyingをどう訳すべきか。「偉大なる瀕死」あるいは「多大なる瀕死」――ひねりすぎか。「瀕死」という言葉に執着があるのだが、素直に「大絶滅」と訳すべきか。だがそれよりも、やや展開が早過ぎはしないか。脳が先走っている。要修正だ』とあった。

十月八日は見事な秋晴れだった。じつは前月末の午前、無菌室318から病棟内の一番端の309に移してもらっていたのだ。この無菌室からは空が見える。道路をはさんだ西側の緑地帯ではキッチンカーがエスニック風らしい弁当を販売している。けっこう繁盛している。物の味がまったくわからないからこそ、いったいどのような料理を売っているのか気になって仕方がない。料理の入った白いポリ袋を提げて足早にもどる人たちを見おろしているさなか、β研修医が酸っぱさを怺えているかのような微妙な真顔でやってきた。

「吉川さん、じつは血内の研修、今日までなんです。お世話になりました」

お世話になりました——というのは本来ならば私のほうが口にすべき言葉だが、慥かにずいぶんお世話した。別の科の研修に移るらしい。ぺこりと頭をさげるβ研修医に笑みを返しはしたが、血液検査の結果をプリントしたものを手にして、白血球がこれだけ増えましたと我がことのように報告するβ研修医の嬉しそうな顔が泛んで、なんともいえない寂しさに、笑いが頬にこびりついてしまった。うまい言葉が見つからず、頑張ってといった通り一遍を並べて薄笑いを泛べているだけに見えたかもしれない。β研修医はもう一度大きく頭をさげて無菌室から出ていった。白衣の残像だけが残った。私は下界に視線をもどし、キッチンカーの季節外れの赤白青のビーチパラソルを見おろし、唐突に花椒（かしょう）の効いた激辛の麻婆豆腐（マーボーどうふ）を食いたい衝動を覚え、小さな溜息をついた。

GVHDのせいで皮膚が弱りきっている。電動ベッドの背を起こして一日中執筆しているせいで、これも床ずれというのだろうか、臀が裂けた。ぱっくり割れて、血とリンパ液がにじむ。かなり痛い。けれど執筆に集中が訪れると痛みを忘れてしまう。結果、臀の裂けめはますます拡大していく。トランクスに沁みた血とリンパ液が粘っているうちはいいが、乾いてしまうと、布地を引きはがすと肉も一緒に剝離する。躯を起こさずに横になっていればいいのだが、パソコンを立ちあげてしまえば、全てはどうでもよくなる。悪循環である。K看護師が臀の下に敷く化繊のパッドを用意してくれたが、裂傷は拡大していくばかりだ。また、ドナー由来の爪なのだろうか、新たに生えてきた手足の爪に押しあげられて一つの指に爪が二つ重なって生えているという奇妙な状態になった。私本来の爪はドナーの爪に侵略されて、横に割れ、裂け、いまにも剝がれ落ちそうだ。無理やり剝がすなと厳命されているので毟りとりたい誘惑に耐えたが、爪だけでなく皮膚も私本来のものはまだらに剝がれて空洞化し、その下に柔な赤ん坊以下の弱く脆い、けれど目映いばかりに白い皮膚が生えてきて、私本来の皮膚をじわじわと駆逐していく。とても痒い。ステロイド軟膏でどうにか抑えている。ぶつけたりしたら、あっさり裂けてしまう。目尻に涙がにじむほど痛い。手足がこうならば、見ることが叶わぬ臀も推して知るべしだ。もちろん顔も胸も、どこもかしこも皮膚が新たなものに入れ替わっていく。私のもともとの地黒な皮膚と新たな純白の皮膚がせめぎあい、全身が異様なまだらと化していく。後に次女が、白と褐色でブチになった私の禿頭を指してウズラの卵に譬えたが、言い得て妙で大笑いしてしまった。脱毛だけでなかったのだ。爪も含めた皮膚のすべてを脱ぎ棄てるかのような勢いだ。また首から下の内臓のあちこちも、遠い痛みの気配を控えめに放って薄気味悪い存在感を示し、不調だ。全ての臓器がどのような状態に陥っているのか、あまり想像したくない。さらには、血圧がどんどん上昇していく。百八十八の百二十九といった値だが、ステロイドやプログラフという免疫抑制剤の副作用らしい。血圧の薬を服んでいる人は覇気がないから厭だとごねる私に、このままではとんでもないことになるので明日から降圧剤を処方しますと医師から宣告された。同じく副作用で血糖値もどんどん上がっていき、はじめてインシュリンの自己注射をさせられるはめになった。骨髄移植は大成功で白血球がどんどん増えていくのだが、そのリンパ球＝キラーT細胞が私の肉体を異物として攻撃する。私に与えられた免疫が、委細構わず私を破壊していくのだ。まるで蛇が自分の尻尾を食っているような奇妙な状態だが、ＧＶＨＤの致死率はかなり高いので、副作用は烈しいが免疫抑制剤とステロイド剤が生存のためには必須なのだと医師に真顔で諭された。

　だが私は飽いていた。治療の全てに飽いていた。とりわけ全身にステロイドの軟膏を塗りたくるのや、大量の服薬に対する嫌悪がひどくなっていた。愛想よく取り組みはしていたが、リハビリも鬱陶しかった。さらには皮膚や内臓を破壊される烈しい苦痛にも、飽き果てていた。人は痛み苦しみから逃れられないと諦めた瞬間、それを受け容れてしまう。そして小康状態に小さな慰めを得、苦痛が烈しくなればのたうちまわりながら心の底で呟く。『またかよ――』。痛み苦しみに飽いてしまっているのだ。いや、痛み苦しみにさえ飽いてしまうと言えばいいか。無限に繰り返される苦痛に、飽きあきしているのだ。さらにこの先、多少なりとも状態がよくなれば、無菌室という真っ白な独房から、六人がベッドを並べる大部屋に移らなければならない。新たに対人という要素が加わるのだ。それを考えると、息をするのも厭になる。執筆という逃避がなかったら、脆弱な私の精神は崩壊していたかもしれない。

もう一つ、消滅したものがある。性欲だ。これも眉と同様、きれいに忘れていた。歩け歩けとリハビリ担当医から迫られるので、足裏の激痛に耐えながら点滴スタンドを支えに病棟内を周回していたときのことだ。普段は行かない奥のほうにまで出向いた。その壁面に、目立たぬように卵子バンクと精子バンクのポスターが貼ってあった。放射線照射と抗癌剤で卵巣精巣がやられてしまうので、それらの処置をする前に医師に相談して卵子や精子を採取保存することの勧めだった。あえてこんな目に付かぬところにポスターが貼ってあるくらいだから、対象者はどのみち医師から将来子供をつくる気があるなら、卵子や精子の保存を促されるはずだ。私の場合は、その手の話は一切なかった。六十過ぎで娘が二人いるということでスルーされたのだろう。男として終わったと大げさに頭を抱えでもしたら、皆から笑ってもらえるのだろうが『もう俺は無精子なんだな』――と納得して、心はまったく波立つことがなかった。本音で、せいせいした。同時に抗癌剤点滴以降、性欲が一切なくなっていることに、いまごろになって気付いた。眉といい性欲といい、このずれは我ながら呆れたものだ。私は誇るほど立派ではないが、卑下するほど惨めでもないといった形状にして、きれいに露出していたのだが、過日陰嚢の皮膚を削られたときに目の当たりにした陰茎は苦痛に極小に縮こまり、完全に包皮がもどってしまって、まるで萎びた唐辛子のようだった。もちろん、あのときほど哀れな状態ではないが、たしかに萎縮している。萎縮以前に、勃起と無縁になっている。入院以降、自身の肉体に無関心になっていたが、性器などとりわけ触れる気にならないものの筆頭だった。正確には念頭にものぼらなかった。性的欲求自体がないので、私の陰茎はただ排尿に用いるだけの器官に成りさがっていたのだ。この無感覚には、モルヒネも作用していたかもしれない。

　ポスターをぼんやり眺めながら、変われば変わるものだと苦笑いした。自慰を覚えたのは中学二年だった。遅いほうかもしれない。それ以降、大げさでなく一日に一度は精を排出しなければいられなかった。幾度も連続して欲するというタイプではなく、けれど一日に一度、異性の軀でも自慰でもどちらでもいいのだが、とにかく排出しないと精神の安定がはかれなかった。五十代はおろか、今回入院するまで一日に一度——だったので、相手をしてくれる女性に辟易されれば、自慰に励むというわけで、強いか弱いかといえば、やや過剰であったかもしれない。とにかく自分の欲求が面倒だった。鬱陶しくもあった。けれど衝きあげてくるものに抗うことはできなかった。それが抗癌剤と放射線で見事に消滅していたのだ。幾許かの寂しさと諦念と共にそれを受け容れた——と書けば大方の思いに合致しているだろうが、実際はじつにさばさばした気分で、もう煩わされないですむという解放感がはるかにまさった。強烈な性的欲望があって、それに衝き動かされて右往左往しているにもかかわらず、肝心の充血器官に一切血が充ちぬという状態であれば、それは辛いことだろう。陰萎の地獄だ。けれど私には性欲自体が存在しなくなっていた。つまり中二以前にもどったようなものだ。自分で書くのもおこがましいが十代から無数の異性と接してきた。まさに数え切れないほどだ。四十代だったが嫌いなニンジンも食べられるようにならなくてはという噴飯物のスローガンを掲げて、ひたすら風俗と称する金銭で購える肉体関係に勤しんだこともある。金を払ってしまったのだから、日常的には絶対に見向きもしないであろう趣味の対象外である女性であっても、きっちり終局まで貫徹する。つまり出されたものは必ず平らげる。沖縄のソープで爪のあいだに垢が詰まった女性と必死の思いで交歓したが、見事に毛ジラミを移されて、最初の妻にも移してしまい、烈しく問い詰められ、大問題となった。他人から見れば阿呆にすぎないだろうが、本人はかなり悲壮な決意のもと、頑張ったのだった。その結果わかったことは、私の苦手なタイプの女性にも心があるということだった。こんな当たり前のことさえ実践してみなければわからないバカな私だが、これは小説を書く上でずいぶんプラスになった。

　さて、どうしたものか。二十五歳年下の妻のことである。六十過ぎの私は現役引退ですっきりしたものだが、彼女はまだ若い。私に殉じる必要などない。娘たちがいなければ、妻が望むならば離婚も別段問題ないが、冗談の飛び交う和気藹々とした家庭を壊したくはない。妻が外で恋愛をするのはかまわない。私のほうから、そうしろと勧めよう。けれど恋愛を家庭内に持ち込まないこと。それだけだ。要は娘たちの心が不安定に波立つことがなければ、それでいい。けれど外で適当にやれと囁くのも、それはそれで失礼なことだ。だからといって一切の意思表示をせずに縛りつけるのも酷だ。

私は好きなようにやってきた。あまりの放埒ぶりに、妻が娘たちを連れて家を出たことも一度や二度ではない。浮気だ不倫だと囂しいが、人はそれをするものだ。そこに男女差などない。もしそれらを悪とするならば、男も女も悪い。私独りでは不倫などできないという単純なことだ。人間は、周囲に知られなければ、なんでもする動物だ。私のように露悪的にそれをさらす人間のほうが、特殊なのだ。ただし私はそれをしても、相手のことは一切語らない。相手の家庭や人生を壊す気は欠片もないということだ。長年かかって積み重ねてきた信用とでもいおうか、私が誘って断られたことはほとんどない。なんでも喋るようでいて、肝心のことは語っていないということを彼女たちは直感しているわけだ。そもそも一般人とか普通の人と称される者たちの放埒は私など足下にも及ばない。それさえも満足にできない虚弱体質の変質者が慾求不満と嫉妬を正義にすり替えて浮気や不倫を糾弾するわけだ。私に言わせれば、そういう奴らこそがおぞましい。もちろんそういう似非モラルの持ち主たちと永遠に相容れないことも理解しているし、私にモラルがあるのかと問われれば苦笑するしかないのだが。

偉そうなことを書いているが、私は終わったのだ。ゴールを抜けた。もう走らなくていい。ベッドに入ってぼんやり考えた。妻を縛ることだけは避けよう。まったく親バカ極まれり、焼きがまわったとしかいえないが、娘たちの心が傷つきさえしなければ、それでいい。娘たちにとってはトーチャンとカーチャンが仲良ければ、それに優るものはないからだ。私がそれを告げて、妻が子供たちのことを慮って貞操を守ったとしたら、それはそれ、彼女の問題だ。私の理想は誰からも縛られないことだ。だから、誰も縛りたくない。たかが結婚で他人を縛りつけるなど、耐え難い。枕の上に腕を組み、雑に思いを巡らせているうちに大欠伸（おおあくび）が洩れた。

十月中旬、体重が七十六キロになった。十キロ以上痩せた。だが、落ちたのは筋肉だ。腹の脂肪などは以前ほどではないにせよ、まだ居座っている。α医師と新しい研修医によって、久々に骨髄穿刺をされた。移植骨髄の生着確認である。いつも抜かれている左の腸骨髄だが、以前に刺した骨髄穿刺針の痕が残っているからマーキングも楽なのだろう。新研修医は見守るだけでα医師が手技を施したが、少しずつ場所を違えて三度刺しても髄液を抜けない。スカッという擬音は使いたくないが、まさにスカッという気配で、骨膜を針が抜けていく激痛と不快感はそのままに、いつもの骨を貫くあの厭な感じさえ薄い。さすがにいい加減にしてくれと訴えたくなった瞬間、α医師が呟いた。

「髄液、つくられてへんのかも——」

恐ろしい言葉だった。髄液がつくられていないとすると抗癌剤と放射線照射から始まった骨髄移植とはなんだったのか。俯せなのでα医師と研修医の表情はわからないが、反対側に立つ看護師の顔はわかる。その頰の緊張が伝播して、生唾を吞む。α医師が処置室から出ていった気配だ。T先生がやってきた。見たことのない医師だ。救援を頼んだのだ。看護師の脇に立ったT先生は、なぜか肩をすくめて苦笑いだ。先生は躊躇わず右の腸骨に痲酔を施し、穿刺針を刺した。骨を断ち抜く音がした。あっさり採取は成功した。五cc四本だったが、その呆気なさに先ほどまでの張り詰めた狼狽の気配はなんだったのだ？　と呆れ、以前刺した痕跡に頼ってマーキングがいい加減だったことが原因なのだろうと素人考えで推測する始末、しょんぼりしているα医師に感情移入してしまい、なんとも居心地の悪い処置室だった。巨大血小板などの奇形は一掃され、骨髄には異常がなかった。

私の書斎というか仕事場はコンクリの檻であることは以前に書いた。計三十畳ほどの檻の前半二十畳ほどはオートバイのための車庫として造ってもらった。幾台ものオートバイを整備し、愛でる。ツインカムの空冷四気筒などはその機構よりも大人一人分もある重量のせいで手に余るが、単気筒のエンジンを完全にばらして組みあげるくらいはどうということもない。八ヶ岳の山荘の地下とあわせて十台だろうが二十台だろうが所有できる環境を整えたのだが、倉庫が完成したとたんに唐突に醒めてしまった。丹精込めてワイセコのピストンを組んで六五〇ccに排気量を拡大したSRというオートバイなど、慣らしを終えてその瞬発力を堪能した瞬間に所有慾自体が霧散し、ZAZEN BOYSというバンドの向井君にあげてしまった。向井君は、ただでもらったくせに名義変更をしないので幾年にもわたって自動車税の督促がきてじつに腹立たしかった。それはさておき、幾台でも買える経済力と共に物慾が消滅してしまった。小説家以前は一台のオートバイを手に入れるのに呻吟は大げさだが自身の経済力、正確には彼女の収入を勘案してあれこれ愉しい思案をつくし、鉄やアルミで仕立てあげられた宝石を手に入れたものだ。おいそれと手に入れることができなかったからこそオートバイは呪物として屹立し、成立していたのだ。飢餓感を喪った私はオートバイを次々と処分していき、入院を機に、最後に残ったＲＺというツーストロークのオートバイの処分を妻に頼んでいた。排気量をアップし、ポートなどを鏡面研磨して、yuzo のチャンバーにあわせてキャブ設定を繰り返した抜群の個体で、フル加速すれば前輪が浮き、リアブレーキで抑えなければ竿立ちしてしまうほどのパワーだったが、もう乗らない。正確には、もう乗れない。冷徹に自分の肉体の状態に鑑みれば、こんなじゃじゃ馬を御することなど不可能だ。大阪の業者に売れたと妻から報告がきたとき、性慾喪失に気付いたときと同様の、じつにさばさばした気分になった。同時にスーパーカブのカタログを頼んだ。無免許で十五のときにはじめて乗ったのがスーパーカブだった。最後のオートバイもスーパーカブがふさわしい。

　温度が一定の無菌にして純白の牢獄に閉じこめられた私はひたすら妄想する。カブの荷台に野宿の道具を積んで、のんびり日本中を旅行したい。陽射しに灼かれ、雨に打たれ、濃霧にじっとり濡れて進行方向に目を凝らし、北風に嬲られ、なぜか乾いた小便臭い森の匂いを嗅ぎ、林道の路肩の退避帯に横たわって青褪めた銀河を見あげ、携帯ガスコンロで沸かした湯にティーバッグを落とし、さらにたっぷり蜂蜜を落として唇を火傷しそうな熱さの紅茶を啜る。フェーン現象の海岸で汗と埃(ほこり)にまみれ、北の果ての泥炭地で寒さに顫えて眠る。眠りといえば、森の中でシュラフにくるまっていると、樹木が生長する音がする。ホワイトノイズだ。あの純白の燦めきを聴くのは、最上の幸福だ。静かで柔らかな眠りが全身を覆いつくす。

昔の寝台車に毛の生えたようなサイズのベッドで、ホワイトノイズならぬ空気清浄機の幽かな呻きを聴きながら、野宿と正反対の清浄の極致の中で、幾度も幾度も溜息をつく。体毛を喪い、性慾を喪い、オートバイを喪った。退院しても、免疫が復活するまでは二、三年かかる。そのころは、とうに六十なかばを過ぎている。免疫云々よりも、元の体力を取りもどすことができるのだろうか。私は野宿旅に出られるのだろうか。日本全国、名所旧跡を避けてしらみつぶしに走りまわった距離は十万キロではきかないだろう。最初の妻に、ひとっ走りしてくると告げて、五千キロを超える距離を走った。ひと月、帰らないのが当たり前だった。ひたすら野宿を続けてきた。旅に明け暮れたこのころこそが、私の人生の頂点だった。オートバイの旅は絶対的な疲労を与えてくれ、地面が斜めであろうが、背に岩が刺さろうが、唐突な雷雨に全身濡れようが、軀を丸めて熟睡したものだ。いまの私は際限のない苦痛を与えられながらも、真の意味での天恵としての疲労を与えられず、ルネスタ＝睡眠薬の力を借りて、まだらで浮ついた密度の薄い眠りに墜ちこむ。

右足親指が巻き爪になった。なにしろ私の爪とドナー由来の爪が重なりあって生えている状態だ。巻き爪になりやすいのだそうだ。放置して悪化させると、手術も有り得ると脅された。足裏崩壊にあわせて巻き爪。いよいよ歩行が辛くなってきたが、リハビリ担当のM医師は厳しい。地階のリハビリの体育館で横になってストレッチや筋力増強、徹底的にしごかれる。その一方でM医師は私の著書をあれこれ購入して読んでくれている。〈弾正星(だんじょうぼし)〉が面白かったと感想を伝えてくれた。巻き爪に合わせるかのようにGVHDの典型的な症状である発疹が下肢にあらわれた。常軌を逸した痒さだが、ステロイドの軟膏を塗るとおさまる。

最重要免疫抑制剤であるプログラフの精密点滴が外れ、今後は同薬の内服に移るとのことだが、最長二年服用しなければならないらしい。このころ、なぜか就寝一時間後、強烈な胸苦しさを覚える。肉体的というより精神症状に近い。ベッド内で窃かにのたうちまわった。のたうちまわるだけならいいが、苛立ちのあまり壁を殴打しそうになって看護師に訴えた。結果、ロゼレムとルネスタの二段重ねが届いた。このときすでにルネスタを服用してかろうじて眠っているのだ。そこに新たな眠剤を加えるだけで、この胸苦しさがおさまるのだろうかとの疑念を抱いたが、案の定、胸苦しさと苛々は収束しない。精神科医の癌のフォローチームがやってきた。かなり密な面談で、リボトリールという錠剤を処方された。癲癇の薬を精神安定剤として応用したようだが、胸苦しさと苛々は見事におさまってルネスタとの併用で五時間ほど熟睡できるようになった。同時にあらわれていた薄気味悪い足のムズムズ感も消え、ステロイドの諸々の副作用を見事に抑えこんでくれた。ただ効力が残り昼間も微妙に眠い。薄ぼんやりしていた。一方で、声が嗄れてきた。じつにハスキーな声で、見舞いにきた妻たちに『森進一です』とおどけたが、まったく受けなかった。これもステロイド剤の副作用だそうだ。

以下は十月三十日から翌三十一日にかけ、いきなり届いた解離性同一性障害の方からのメールだ。私に伝えたいというよりも、独り言の気配が強い。残念ながら文面からは誰なのか判断できなかったが、おそらくは常時外に出ている主人格と思われる。23:32以降、別人と入れ替わっている気配だが——。

『薬のせいでうとうとする。でも嫌いな自分が夢に出てくるから、目が覚めた時にもう眠りたくなくて起きる。横になっているとまた眠ってしまうから、立つ。これを繰り返していると、こういうことをやっている自分が弱くて間違っているってすごく嫌になって、なんで自分はダメなんだろうって、どこで間違って何が悪かったんだろうって、前のこととか思い出して後悔大会になる。で、手でさすっても耐えられないくらい胃が痛くなって、結局寝られず朝になる。寝られなかったことをまた後悔する。T 23:26

今日も一応頑張ってみるけど、結局嫉妬して胸がドキドキして嫌悪感満載の夢を見てまた目が覚める。汗かいて泣いて目が覚める。T 23:32

最初はたまに遊びに来る親戚か近所の友達だと思ってた。そうじゃないって分かってか

らは、自分が想像して作ってる友達だと思った。それも違って自分の中にいる別の子だって分かった。T 0:04
私の番。ふつうに戻った？　そこは安全？　自分の場所を作らない方がいい。そこに長くいると戻れなくなる　T 0:21』

一週間ほど後にはこんなメールが届いた。

『必ず反対がある
この前チャレンジした時は死にそうな結果になった
私の記憶が餌なんだって
半分だけ
病気は悪いこと
病気に気づかないのがもっと良くない
気づかない、そうさせるのは病気　T 0:52』

このころ深夜になると、最低でも五十人以上存在するであろう人格のうちの誰のものかわからないメールが届くようになった。彼女の内面が相当に乱れ、ランダムに人格が交代していることが窺われる。やきもきするが、入院中だ。なにもできない。こうしたメールに返信してよいものかも悩ましい。私自身は採血でEBウイルスとサイトメガロウイルスが出たり引っ込んだりしていることが懸念されていたが、いよいよサイトメガロウイルスが突出して活性化していることがわかった。サイトメガロウイルス＝巨細胞封入体症ウイルスという禍々（まがまが）しい名の濾過性（ろかせい）病原体は、感染したのではなく、もともと自分が隠しもっていたもので、母親から受け継いだものらしい。三十歳までに九〇％の人が不顕性感染＝無症状感染していて、一度感染すると生体内に生涯にわたって潜伏し、条件によって再び活性化するそうで、免疫抑制剤のせいで箍（たが）が外れて暴れまわりはじめたのだ。放置すれば肝炎や肺炎、さらには脾臓腫大を起こし、重篤に陥ることがしばしばあるという。対策としてデノシンという薬剤を点滴された。一時間程度で終わるが、この薬剤その他の副作用で腎臓の状態が非常に悪くなってしまい、生理食塩水の点滴が加わった。腎臓の障害にはとにかく水分ということらしいのだが、これが十時間以上かかるので憂鬱だ。首に挿入されたカテーテルは用済みということで十月末に抜糸されて抜かれた。ところがふたたび長時間の点滴が必要な状態に逆戻りである。以降は腕の血管に点滴するわけだが、入院中の運動不足のせいですっかり血管が細くなってしまい、また抗癌剤等の副作用で血管が脆くなってしまい、デノシン等の点滴において針がなかなか刺さらず、看護師が苦労していた。

じつは十月末あたりに退院できる予定だったのだが、私の肉体に内在していたウイルスの活性化により、退院は遠のいた。落胆は烈しかったが同時に諦念も強く、中途半端な無感情に支配された。それでも十一月五日にはサイトメガロウイルスの値が百以上から三十以下にまで激減し、退院も近いとA先生から告げられた。けれど十月末にぬか喜びして落ち込んだこともあり、はしゃぐ気分にはなれなかった。すっかり陽の位置が低くなってきた。病室にもろに陽が射し込む。ステロイド剤その他の副作用で白内障及び緑内障の症状が出はじめているとのことで、眩しくてならない。まったく次から次に、薬剤によって際限なく不都合が立ち顕れてくる。こうなると治療しているにもかかわらず、大量の不調を押しつけられているかの気分になる。人間は病を無理やり治さず、天命にまかせたほうがよいのではないかと真剣に思う。そこにとどめを刺すかのように、明日は大部屋に移れと命じられた。

翌午前十一時過ぎ、六人部屋に移された。不服そうな私の腰のあたりを、年配の師長がそっと押した。その掌に労りがあったので、私は案外平静な気分で大部屋の廊下側のベッドに落ち着いた。向かいのベッドの二十代半ばと思われる患者は肺に問題があるらしく、緑色の酸素ボンベをあてがわれていた。その作動音は気にならないが、とにかく不平不満が多く常に痛い苦しいから食事のことまで、一人で呟き続けている。ここに入院している者で、楽な状態である者など一人もいない。しかも大部屋となると、トイレは共用だ。用足しに立ち、鍵がかかっていないのでドアを開けたら、この男が極端な前傾姿勢でしゃがんでいた。あとで『普通、トイレはノックするもんやろが』――と一人でぶつぶつ言っていた。普通トイレは鍵をかけるものだろう。世の中にはいろいろな人間がいるものだと諦めの境地、無菌室では音楽を鳴らし放題だったが、ひたすらヘッドホンをかぶるのもしんどくなり結局は音楽も聴かなくなった。隣のベッドの主は英語教師だったとのことで、看護師にあれこれ問題を出していた。私は幼いころ父が進駐軍放送＝米軍放送を聴いていたこともあり、なんとなく英語のヒアリングはできてしまうのだが、中学の英語の授業を完全にボイコットしてしまったこともあって単語の意味も文法もあやふやだ。先生の出題を、看護師が鮮やかに解答しているのを聞きながら、私もちゃんと学んでおけばよかったな——と小さく反省した。私はそれなりに成績がよかったので、抛り込まれていた施設＝サレ鑑と同系列の高校に無償で進学させてもらえることになったのだが、習うことに辟易していたので自尊心もあって数学と国語はちゃんと解き、英語は白紙で提出した。もちろん入試は失敗だ。英語に関しては誠実に向きあったとしても半分もできたかどうか。後にサレ鑑の園長が入試における私の作為を見抜いて、数学と国語は満点だったが——と呆れた眼差しで苦笑いしていた。結局、中卒ではあんまりだと母親に泣きつかれ、都立高校に進学させられたが、それもまさに三日坊主で退学になった。先生と看護師の授業を聞きながら、ちゃんと高校に通学していたら、たぶん流れとして上智(じょうち)大学に入っていただろうな——と、どこか甘酸っぱい思いが湧いた。

覗きにきたA先生に直訴して、十一月八日の午後の退院を許可された。ウイルス関係も問題ないところまで下がっているので、これから先は週一回の通院ということになる。六日の晩も七日の晩もノイズの多い大部屋だが、薬のおかげでうまく寝られた。

退院当日、リハビリ担当のM先生より拙著〈弾正星〉にサインを求められた。Y先生は学会でドイツに出向いていて会えなかった。Y先生との会話は量子脳に関することにまで拡がって、入院時の心の支えになった。感謝の言葉もない。十一時半に栄養士の女性から体組成の分析があり、腎臓のために一日に最低一・五リッターの水を飲めと命じられる。コーヒーは利尿作用があるので水分に入らないと釘（くぎ）を刺される。事細かに食生活の指図を受けたが、小柄な美しい人なので全て受け容れる。さらに医師や看護師から退院後のあれこれに関するレクチャーが続き、とにかく三十八度以上の熱がでたら、即座に連絡と厳命され、皆がおめでとうと祝福してくれた。

入院最後の食事は、蒸し寿司、ナスの炒め煮、すまし汁、フルーツヨーグルト、牛乳の昼食だった。完食したが、栄養士の言いつけを守って水分を摂りすぎて苦しかった。退院は午後三時になった。入院時と違って体力がないので迎えにきた妻に頼んで、病院備え付けのカートに身の回りのあれこれを積み込んだ。入院生活は七十三日間になるか。三ヶ月を覚悟していたが、二ヶ月半弱で解放された。とはいえ本音で長かった。一度退院話がでて、ウイルスその他で退院が延期されたときは正直なところナーバスになった。ナーバスになりすぎて、無感覚になったほどだ。満身創痍だが、二ヶ月半ぶりの外気は思いのほか冷涼で、私の肌をすっと醒ましていった。

23

入院前は、半地下のコンクリの檻のオートバイ倉庫に設えたダブルベッドで寝ていた。

軀が沈み込むようなマットレスが苦手で、フランスベッドでもっとも硬いマットレスだった。看護師が皮膚の弱りを考えたら、柔らかいベッドにしたほうがいいとアドバイスしてくれたので、またコンクリート打放しの半地下は壁面いっぱいに設えられた本棚の書籍も含めて免疫のない私にとって大敵の黴の心配があるので、入ってはいけないとまで言われていた。二階の妻と娘たちの寝室で眠ることになった。妻と娘たちは私のオートバイ倉庫のベッド行きだ。東山に面したこの家は一級建築士の二番目の妻が丹精込めて設計してくれたもので、私が老いたときのために寝室にはトイレが附属している。いまこそ、それが活きるというものだ。これから先、就寝だけでなく、執筆その他生活のすべてをこの部屋で行うことになった。食事もトレーに載せてベッドに運ばれてくる。感染症を防ぐために制約だらけだ。娘たちも私と接するときはマスク着用だ。

家庭内隔離かよ——と、ぼやく。妻が奮発して購入したシモンズの分厚いマットレスはじつに寝心地がよい。ＧＶＨＤで皮膚がぼろぼろの状態だからこそよくわかる。全身に負担がかからないのだ。かなり高額だったと妻が威張っていたので値段は訊かなかった。もとは俺の稼いだ金だろう——といったことを小物の私は口にしかねないからだ。自分の吝嗇は自覚している。それを他人に押しつけるのは、極力避けたい。モラルから発したものではない。自分が押しつけられるのがいやだからだ。私に鷹揚に見える部分があるとしたら、それは他人からの干渉に耐えられない性分からきている自己保身にすぎない。

退院したその夜、眠った。見事に眠った。ひたすら眠った。類い稀なる解放感に全身から力が抜け、私は意識を喪った。幸福な時間だった。ベッドは柔らかに私をつつみこむだけでなく、その奥に確たる骨格と張りのある筋肉が隠されていることが感じられ、遠い昔の女の肌を思い出した。彼女は十九歳で、私は十八歳だった。この作品の冒頭に描いたネズミ漂白、京都に住んでいたころだった。美しい人だった。たとえば客待ちのタクシーの運転手が車内から彼女を見て口を半開きにするほどの美貌だった。勝ち気な美しさにあふれていた。昭和四十年代に時代劇俳優として一世を風靡したKという俳優に芸能界にスカウトされたが、断ってしまった。独占したくて彼女の望むがままに結婚の約束をしたが、ふと我に返った。俺、まだ十八だぜ——結婚によって人生が決定してしまうという強迫観念に襲われた。東京に逃げ帰った。けれど彼女の肌が折々に思い出され、幾年か煩悶した。真っ白だが不健康ではなく、充たされたあと、うっすら汗をまとい、艶やかな薄桃色に染まる美しさに息を呑んだ。肌もだが、肉自体も別誂えといった趣だった。触れれば心和ませるしっとりした柔軟があるが、その奥に指を押し返す弾力があり、それが手指や掌になんとも心地好く、とりわけ乳房は芯に揺るぎない強さをもっていた。十九歳という年齢もあったのだろうが、余剰とは無縁の超越的な充実があった。精神も同様だろうが、肉体に関しても、おなじ人間なのに調合の度合いが並とはまったく違う抽んでた存在があるのだ。俺は途轍もない宝石を棄ててしまったんだな——などと、いままで理由らしい理由もなく忌避してきた高額なベッドに横たわって、その感触から四十五年も前のことを甘酸っぱく反芻し、他愛もなく眠りにおちた。

体調は、よくなかった。体力の衰えも尋常でない。けれど私の巣だ。いままで感じていた精神的なストレスのほとんどが消え去っていた。自宅で死にたいという末期状態の患者の気持ちが心底から理解できた。もっとも露骨であからさまな肉体的苦痛とほぼ無縁だったのは退院後から年末にかけてのふた月弱にすぎず、年明け以降、私は七転八倒すらできない苦痛の波状攻撃を受けることとなるのだが、病院および無菌病棟という閉鎖環境の束縛から逃れられたこともあり精神的にはとても楽な状態だった。家屋のすべては専門業者による清掃消毒が徹底されているとのことだが、寝室の換気設備の換気口が大きくずれていたり、あちこち不備が目立った。まあいいか——と目くじら立てずに穏やかな気分だったのは、解放感のせいだ。

とはいえ制約だらけの生活だ。渡された小冊子には刺身をはじめとする生もの、漬物、生クリーム、ナッツ類、チーズ、蜂蜜——列挙するときりがないからやめるが、感染症防止のために食べられないものだらけだ。ところが〈対になる人〉という作品に描くために卵を大量に買ってきてもらって、種々の方法で温泉卵をつくった。それまでは出されたら食べるといった程度で興味の埒外だったが、その出来はぴんきりで、案外奥深いものだった。あれこれ試みてうまくつくれるようになると、完成品をつるりと食べるのが止まらなくなった。温泉卵以前には同じく作中に登場させるだし巻きに凝って、京巻きも大阪巻きも職人じみた手並みで自在につくれるようになったが、六十三・五度といった小数点以下の温度まで計測して一時間かけてつくる牛込神楽坂のル・マンジュ・トゥー直伝の黄身と白身のバランスがとれた艶やかに輝く温泉卵は数ある卵料理のなかでも最も難しく、美味だった。けれど生卵と温泉卵は前述の骨髄移植後、食べてはいけない物のリストにしっかり記されていた。

　氷も口にしてはいけない物の筆頭で、これから本格的な冬に向かうというのに、夏に氷抜きはきついなと先の心配をする始末、味覚異常は多少はましになってきて鰈の煮付けや温泉卵はけっこう美味しく戴けるようになってきたが、温泉卵は除外せざるを得ず、表面上は諦念もあってたいして気にしていないのだが、心の奥底では食に対する欲求不満が渦巻いていたのだろう、ほとんど覗かなかったネットの食に関するサイト、なかでもジャンクな物がよく登場する〈ロケットニュース24〉を飽かずに眺めるようになった。

　新型コロナウイルスによる緊急事態宣言などで外出を控えろとうるさい昨今だが、私の緊急事態宣言は二〇二一年現在、三年目に突入している。この間、外出は通院のみだ。それをたいした苦痛にも感じない私だが、退院直後の数ヶ月、唯一もどかしく難儀したことがある。入院中もかなり乱れていたが、取材対象者だった解離性同一性障害の方から届くメールがいよいよ乱れに乱れはじめ、私の助力を必要としているのがありありとわかるのだが、新幹線に乗って首都圏に向かうなど医師から許されるはずもなく、電話での遣り取りは彼女たちの家庭の事情でできず、せいぜいメールで返事する以外に方法がなく、やきもきするばかりだった。やがて彼女ら（私が数えただけでも五十人以上の人格が存在したので複数です）は『精神的に深く関与するだけして、ここで抛りだすのは卑怯です』と、私を糾弾しはじめた。免疫がない私はインフルエンザどころか風邪を引いただけで肺炎を発症し、死に到ると脅されている状態だ。また入院前から二十キロ以上痩せて実際に体力の衰えが尋常でなく数歩進んだだけで動けなくなり、室内であっても壁にもたれてゼイゼイした息を吐く状態だ。筋肉の問題もあるが、肺や心臓が、とりわけ肺がまともに働いていないことは漠然とではあるが悟っていた。通院も車で送迎してもらい、病院内を休み休みしながら血液内科の診察室に辿り着くといった有様で、とても遠出などできない軀なのだ。それを幾ら説明しても彼女たちは納得せずにメールで私をなじる。もちろん、ここには記すことができない彼女たちの側の奥深い現実および心の問題もあるのだが、卑怯であるとまで責められて、私も大きく傷ついた。彼女たちはまともに動けない私の肉体の状態をまったく理解できていないのだった。私だって即座に会いにいきたかった。会って、乱れた心の状態を楽にしてあげたかった。けれど聖人君子ではない私は、ときにメール上で売り言葉に買い言葉で荒い文言を返すこともあった。すると、ますます彼女たちの内面がこじれる。悪循環の極致だ。

読者諸兄は、このような断片を読まされても何がなにやらといったところだろうが、彼女たちのプライバシーもある。このようなノンフィクション的な作品で細部の機微を書きあらわすことは、間違いなく彼女たちの精神を破壊することになるので、曖昧模糊の不明瞭で頬被りする。一つだけポイントをあげておけば、頼りにしていた私の入院に狼狽えた人格たちが、憑依のようなものだろうか、私に入りこんで、彼女たちによると私の病気を治すために全力を傾け、力を使い果たして幾人も死んでいった——とのことだった。慥かに入院中の早朝に体温、酸素飽和度、血圧と本来は一人ですべき測定に三人の看護師がやってきて、抗癌剤と放射線照射で意識朦朧としている私を『花村さん』と呼んで、あろうことかパルスオキシメータを左手薬指にはめたという不思議な出来事があったが、それが事実だったのかは考えれば考えるほどわからなくなってしまう。私の安っぽい理性は、極限状態に墜ちた私の妄想幻想の類いであると結論づけたがるのだ。私そんな固陋な私と対照的に、唯一生き残ったといっていい主人格のRさんは、私の命を存えさせるためにたくさんの子が死んだと告げ、退院したのにあれこれ理由をつけて会いにきてくれないのは卑怯だ、と迫るのだ。私からすれば『さんざん超能力らしきものを発揮したくせに、なぜ私の状態がわからないのか』といったところだが、Rさんに言わせると力をもっていたのはMやHで、死んでしまったという。Rさんは思い詰めて自死を考えた。その結果、幾十年精神の最奥に潜んでいたのだろう、ついに真の基本人格が目覚めた。基本人格のAさんが言うには、いままで人格を統御してきた主人格たちが本気で死を志向したので、あらわれたとのことだった。じつは私はRさんを基本人格であると信じこんでいたので、Aさんがあらわれたとき、彼女たちの精神の奥深く果てしない迷宮ぶりに茫然としたものだ。Rさんはあきらかに錯乱していた。というのもAさんが完全に出現する前に、どこからか強く烈しい声が聞こえるようになり、自身が発狂しかけていると追い詰められてしまったのだ。それはAさんの呟きだったのだが、Rさんにとっては意味不明な、けれど強烈なインパクトのある独白だったらしく、必死で私に助けを求めていたのだ。Rさんを支えてきた幾人もの人格は、私を助けるために自ら命を差しだして死んでしまった。Rさんは独りになった。そこに基本人格ゆえに尋常でない力を持つAさんの呟きが頭の中に響く。さぞや苦しかっただろう。私は命をかけてもRさんを助けに行くべきだった——と、いまでは思う。だが、あのときは、動けなかった。まったく動けなかった。結果、Rさんは姿を消し（死んではいないようだ）、いま現在はAさんといまだかつて姿を見せたことのない人格たち、あるいは新たにつくられた人格が彼女の人生を全うしている。私の骨髄異形成症候群で以前の幼い人格はほとんどが死してしまい、いまの彼女は、私の知らない人格たちが共同でその肉体を生かしている、ということだ。唯一の救いは、メールの拙い遣り取りでAさんが死を思いとどまってくれ、『ちゃんとします』という言葉と共に、生き抜いてくれていることだ。

24

Rさんの必死の頼みに従えなかったのは、まともに身動きできない軀の不調にあったわけだが、実際に肺に異常があるということが年明け二月、私の誕生日の三日後である八日に明らかになった。まったく最悪の誕生日プレゼントだった。

その昼下がり、唐突に発熱した。高熱で身動きがとれず、立ちあがれなくなった。娘たちは学校で、妻は漆の仕事の打合せで外出していた。午後四時過ぎくらいまでベッドのなかで口を半開きにして喘いで横たわっていたが、このままではやばい——と転げ落ちるようにしてどうにかベッドから脱出した。このころ私は携帯電話を持っていなかった。肘で床を這い、どうにかリビングに行き、固定電話の子機に取りついた。無人の自宅で私は子機を手に、フローリングに転がったまま呆然とした。妻の携帯の番号が思い出せないのだ。かろうじて動く指先で子機を力なくいじくりまわしているうちに、メモリされていた妻の電話番号があらわれた。

「わかんない、とにかく凄い熱、動けない、帰ってこい、病院連れてってくれ」

か弱く拙い哀願口調でかろうじて訴え、その場に仰向けに転がった。漆喰壁の純白が空々しい。しかも発熱の周期にあわせて前後に不規則に揺れている。その揺れに奇妙な黄色い残像が重なって振動している始末だ。じっとり汗をかいているのに烈しい顫えが周期的に襲う。呼吸が苦しく、口が閉じない。喉がゼイゼイ鳴る。二月初旬だ。冷えきった木の床から体温がどんどん奪われていくが、まったく身動きできず、いよいよ発熱がひどく烈しくなっているのだろう、まったくものを考えられなくなった。ただ瞼の裏側に、二次曲線に似たなにものかが泛んだ。それが黄金色じみた蛍光色で、痙攣じみた顫えにあわせてグワングワン揺れて私を苛む。

急遽（きゅうきょ）もどった妻に肩を抱かれて車に乗せられ、K大附属病院に着いたのは夕刻五時過ぎだったろうか。担当のA先生は不在で、外来処置室に運びこまれ、いままで診てもらったことのない二人の医師から診察を受け、レントゲン、CTスキャンを経て、肺炎と診断され、即入院を告げられた。退院してたいしてたたぬうちに再入院だが鼻に酸素の管を挿しいれられ、意識が朦朧として否も応もない。日記には『入院を告げられて点滴の穴をあけられた』とあるのだが、首に穴をあける＝中心静脈カテーテル穿刺をされた記憶はない。腕に常時点滴用のカテーテルを挿入されたのかもしれない。

　こんどは私のほうが肺炎の菌やウイルスを他の患者にうつさないように、隔離病棟の無菌室に閉じこめられた。一日に三度の抗生物質点滴、一回に三時間以上かかる大量の水分補給の生食の点滴と、ふたたび点滴生活にもどされてしまった。採血は一回に六本、抜かれるたびにまだ赤血球がまともでない貧血の私は、気のせいだろうが目眩がした。

　肺のCTやレントゲンの画像を見せられたが、左右の肺の下半分以上が真っ白で、まったく機能していないとのことだ。つまり正常時の半分以下しか酸素を取り入れられない状態だったのだ。もともと移植直後の病的貧血の上に肺の半分が機能不全なのだから、なるほど数歩歩いただけで蟀谷に手をやって俯いて立ちどまって息切れに対処せざるを得なかったわけだ。

　ところが抗ウイルスや抗細菌抗生剤を一週間にわたって点滴しても、一向によくならない。ウイルスや細菌感染による肺炎ではないことが濃厚になってきた。ウイルスや細菌性ではなく、移植したドナー由来のリンパ球が私の肺臓を異物とみなして攻撃するGVHD由来の間質性肺炎は、死亡率がかなり高いらしい。そして間質性かどうかの診断を下すには肺の内視鏡検査以外に方法がないという。そこで医師が冗談めかして言う、けれどできれば施術したくないという気配をにじませた『禁断の』肺の内視鏡検査をすることになった。覚悟してくださいということだろうか、胃カメラなどは比較にならぬ苦しさつらさであるとさんざん脅された。広辞苑で肺胞を引いたら――肺に入った気管支が分かれて、その末端で行詰りの嚢状となっている部分。葡萄（ぶどう）の房のように分かれ、気体交換の作用をする。内面を肺胞上皮細胞がおおい、それに接して毛細血管が分布し、少量の結合組織がこれを支える――とあったが、いま思い返しても肺胞の中にまでカメラが這入って、しかも肺胞上皮細胞の一部を抓みあげ、切除して検体を採取するといった施術が存在すること自体が驚きで、そして怖かった。

　ムチャをしてきたが、六十歳あたりまでは基本的に健康で胃カメラさえ飲んだことのない私である。また医師が事故の多い施術であることをさりげなく仄めかすので、正直、萎縮した。ビビりまくる――という表現がぴったりの私に、まずは恐怖心をなくす覚醒剤的な筋肉注射が二本射たれた。痲酔はモルヒネをはじめ三本。うち一本は口腔内に大量に直接噴霧するのだが、喉の奥、気道にまでノズルを挿入するので嘔吐感が迫りあがり、きつかった。

　けれど精神面、肉体面双方にここまで無感覚になる処置を施されると、診察台に横たえられたときはほぼ忘我だった。穴のあいたマウスピースを咬まされて内視鏡が肺に挿入されていく。多少の異物感があったような気もするが、首から上の圧倒的な痺れに薄ぼんやりしているうちに終わってしまった。処置自体は十五分程度だった。無感覚ではないが、なにも感じていないという奇妙な状態だ。恐怖したわりに案外苦しまずに終わったのだが、施術直後、小用を足そうとしてトイレで派手に顚倒しそうになった。壁面に軀をあずけて事なきを得たが、痲酔が効いていたのだ。また内視鏡がすれて気管支の右側に傷がついていたのだろう、痲酔が切れていくにしたがって切創に似た鋭い痛みが奥深いところにしばらく残ったが、それも数日後には消えていた。

肺胞から採取された検体を精査した結果、まちがいなくGVHDによる間質性肺炎であることが判明した。一週間にわたる抗ウイルス抗細菌の抗生物質の点滴はなんだったんだよ――と内心、吐き棄てる思いだったが、上っ面は愛想のいい私はおくびにも出さずに笑んでいた。GVHDによる肺炎であることが判明したその日から、治療は抗生剤からステロイド剤に変わったが、その量に内心目を剝いた。いままで服用していたステロイド剤は5㎎だった。それがいきなり60㎎になったのだ。移植時の入院中もステロイド剤の副作用に悩まされたが、その十二倍もの量を軀に入れているのである。副作用が怖い。だが医師が『魔法の薬』と言うほどだ。すばらしく効く。血液検査の結果、炎症の値が一番ひどかった入院日の八日が17・3。ステロイド服用をはじめた十六日が11・5、十七日は一気に4・9と激減した。ただし炎症の基準値は0・2以下である。それでも肺炎にあわせて基準を大きく逸脱していた肝臓や腎臓の値は、ずいぶんましになってきていた。超越的抗炎症剤の面目躍如である。

　ステロイド大量服用のさしあたりの副作用だが、まったく眠れない。眠剤も効かない。ただ前回の入院時に使用したすばらしい効き目の精神安定剤をはじめから処方してもらっているので、壁や人を殴りたくなるようなイライラはあらわれなかった。また血圧の上昇が著しく、血糖値もどんどん上がっていき、値222とのことだった。糖尿とは無縁だった私にはそれがどの程度の値なのかはわからないがインシュリンの注射をされ、降圧剤も服用させられた。ところが至って調子がいい。さすが定量の十二倍、ステロイドでドーピングされているのだ。躁(そう)状態で、やたらと機嫌がよく、やる気が横溢している。ウイルスおよび細菌性の肺炎ではないことが判明したので大部屋に移されたが機嫌のよさは持続し、周囲のあれこれがまったく気にならない。ノリノリという言葉がぴったりだ。結果、調子に乗って『小説宝石』連載〈ヒカリ〉の第六回執筆に集中し、数日で三十枚以上書きあげた。加えて入院前は呼吸困難と表現した方が正しい息苦しさに滞っていたゲラの手入れに取りかかり、『群像』連載〈帝国〉および戦国物オムニバス単行本〈決戦！桶狭間(おけはざま)〉、さらに〈たった独りのための小説教室〉を一気に仕上げ、妻に頼んで送ってもらった。あれほど忌避感が強かった六人部屋だが、ステロイドのもたらす異様な陽性のせいで気にならない。積極的に交わりはしないが適当に会話もこなす。薬理としては覚醒剤のようなあからさまな昂揚はないが、まだ肺の炎症が続いているくせに無理な執筆をする。多少不調に陥っても気にならない。食欲が昂進して止まらない。後にA医師から『吉川さんはステロイドに対する感受性が異様に高い』と指摘されたが、憶かにそうかもしれない。もっとも定量の十二倍を処方されれば、誰だって舞いあがるのではないか。そんな気もする。

私が服用させられているプレドニンという薬剤の主成分であるステロイド＝コルチゾール自体は副腎、つまり、もともと体内で生成されるホルモンだ。コルチゾールを模してつくられたステロイド剤は抗炎症作用、免疫抑制作用などによりアレルギー性疾患、自己免疫疾患、血液疾患などに卓効があるが、一方で医師による投薬、手術などの医療行為が原因となって起こる病気＝医原病を引きおこすことでも知られている。血糖値上昇、消化性潰瘍、緑内障、白内障、骨粗鬆症、免疫抑制作用による肺炎および真菌症とあげていけばきりがない。私はそのほとんどの副作用にさらされて苦渋の日々を過ごすわけだが、なかでも長期服用でおきる特異な副作用として、脂肪の部分的な異常沈着があげられる。大量服用を続けると、ムーンフェイスと称されるのだが、顔が満月状に膨らんでしまう。ほぼ半年後のことだったが、まさにまん丸になってしまった。皮膚は新旧がせめぎあって褐色と白色のまだら、そこに膨満して顎さえ消失した巨大かつ尋常でない丸顔、ただし体重自体は三十キロほども痩せてしまっていて五十キロ台、痩せているくせに顔だけが脂肪太りの異様に大きな大顔面男と化してしまったのだ。減薬してムーンフェイスは徐々にしぼんでいったが、自分でも苦笑いするしかない凄まじい面相だった。

　話がステロイド剤の副作用にそれてしまったが、間質性肺炎を調べてみた。——肺組織は酸素と炭酸ガスを交換する実質と、実質の支持組織である間質に分かれる。間質に肺炎があるか否かは、正確には組織をとって顕微鏡で調べなければわからないので、急性肺障害と診断しておくこともある。間質性肺炎は死亡率が高く、永続する呼吸困難を残すことも多い〈現代用語の基礎知識〉二〇〇四年版〉——長いので以下略としておくが、組織をとって顕微鏡で調べなければわからないからこそ、リスクが高いので医師も避けたがる内視鏡を用いた検体採取をされたわけだ。間質性肺炎は死亡率が高く、永続する呼吸困難を残す云々に関しては、この肺炎をもたらしたＧＶＨＤその他でさんざん死亡率の高さの説明をされていることもあり、無感覚になってしまっていた。人間、死ぬ可能性があると囁かれ続けていると、それにも慣れてしまうばかりか、この苦しさから逃れられるなら、死ぬのも悪くないと心窃かに思うようになる。永続する呼吸困難を残すことも多いともあるが、実際、大騒ぎするほどではないが二年以上たった現在も肺自体に炎症はみられないが、息切れがひどい。もはや駆けるといったことは不可能だ。多少の早足であっても、膝に両手をついて前屈みになって喘ぐ始末だ。

　が、なによりも望まぬ誕生日プレゼントとして急に発熱し、呼吸困難に陥ったあの日の苦しさは、筆舌に尽くしがたいという慣用句で逃げてしまいたいくらいに苦痛と不安に満ちたものだった。これを執筆しているのは二〇二一年の二月だが、世間様はコロナウイルスの跋扈（ばっこ）により緊急事態宣言とやらで、逼塞（ひっそく）した生活を強いられている。たかだか数ヶ月の外出自粛でストレスが云々と称している人たちのインタビューなどを耳にすると『俺なんて外出自粛三年目に突入だぜ。しかもあんたらは好きな物を食えるけどな、俺なんて禁止されている食い物だらけで、そのストレス解消がネットのジャンクな食い物のサイト閲覧という惨めさだぞ』などと若干得意げに胸中で呟きかねない状態だ。あえて強調しておきたいのは、肺炎のつらさだ。それまで私は肺炎に罹患したことがなかったので比較はできないが、間質性肺炎の肺胞が壊死（えし）してしまったかの呼吸困難と、酸欠で身動きできずに床に転がって心と軀からなにやらすべてが流出していくかの恐怖は、いま思い返しても身の毛がよだつ。酸素が行き渡らぬせいで脳もまともに働かず、だから死を覚悟するといった意識をもつことさえもできず、大仰に上下する胸郭を右手でかろうじて押さえて凝固していたあの小一時間は、私の人生においてもっとも過酷な瞬間だった。退院後から数歩進めば息苦しくて立ちどまらなければならないという予兆はあったにせよ、まさかここまで自分が破壊されているとは思ってもいなかった。他の人はどうなのかわからないが、私自身の間質性肺炎は、まったく痛みがなかったわけではないが、どのような痛みだったか記憶がはっきりしない程度で、小説家的なサービスで、刺すような痛みなどとでっちあげかねないところだが、たいして痛くはなかったとしておこう。ただし痛みのみが苦痛の主成分ではない。無理やり括れば、死が間近に迫った恐怖といったところか。本音を書けば、人類が滅亡して、地球にたった一人残されたかのような心許なさが、無の感覚が私を打ちのめした。もっとも打ちのめされても、それをまともに受ける精神と肉体の強度が存在しなかったこともあり、だからこそ自身の心と躯をすべてがすり抜けていくかのような、いまだかつて襲われたことのない不安感に支配されたのだろう。老婆心ながら、これを読んでいる方に忠告しておく。新型コロナウイルスによる肺炎は間質性肺炎とは違うが、たぶん相当に苦しいはずだ。甘く考えず、心してください。

　ステロイド剤大量投与により、一気に症状が改善していったわけだが、再入院は半月ほどに及んだ。大部屋生活だが、ベッドの頭は皆壁側になっているにもかかわらず、向かいに三列並んだベッドの真ん中の中年患者が、なぜか通路側を頭にして寝ていた。患者や医師や看護師が行ったり来たりする通路側に頭部を向けていては落ち着かないだろう。不思議な人だと若干怪訝な目で見ていたが、すぐに理由がわかった。睡眠時無呼吸症候群だ。他の患者が起きている昼間も彼は小刻みに眠ってばかりいる。眠くて仕方がないのだ。そして他愛なく眠りに墜ち、常軌を逸した雷鳴を放つ。私が聞いた鼾のなかでも、もっとも烈しいものだった。しかも、それが唐突に止まる。先ほどまでかいていた鼾が、完璧な無音に取ってかわる。呼吸が止まっているのだ。やがて溺れて沈んでいた人が水面に急浮上して一気に息を吸うがごとくブッハーという擬音がけっして大げさでない大きな炸裂音をともなって、呼吸が再開される。ふたたび不規則な雷鳴じみた鼾が轟く。彼が通路側に頭を向けて寝ているのは、両サイドの患者がそのあまりに激烈な鼾に辟易して、せめて頭の向きを変えてくれと談判した結果だったのだ。

じつは私も睡眠時無呼吸症候群だ。私の場合は執筆からくる運動不足が原因の肥満による上気道閉塞が原因だが、彼は痩せているので脳の酸素や炭酸ガス濃度に対する反応性の低下のために起こる無呼吸と思われる。

骨髄移植の入院時、いままで通っていた市中の睡眠クリニックからK大附属病院の呼吸器内科に受診が変更になった。K大附属病院からは、フィリップスのCPAPという呼吸を補助する機械をあてがわれた。市中のクリニックから貸与されていた安っぽいCPAPとは比較にならない出来のよさだった。私はCPAP装着で上気道閉塞を防いで睡眠時の呼吸を確保することができていた。つまり破壊的な鼾をかいて周囲に迷惑をかけずにすんでいたのだ。それだけでなく、呼吸が止まらないから熟睡できる。CPAPを装着する前は、昼間に抗いがたい眠気に襲われて朦朧としていたものだ。睡眠時無呼吸症候群であることは疑いの余地もないが、いきなり彼に指摘するのも微妙だと考え、その夜、腕時計を手に様子を観察した。

彼の睡眠時無呼吸だが、一時間あたり十数回、呼吸が停止している時間に到っては四分近くというなかなかに強烈なものだった。貴方(あなた)は目覚めているときに四分間も息を止めることができるだろうか。眠っている間中、のべつまくなしに息が止まるのだ。肺や心臓への負担は尋常でなく、重大な呼吸器系や循環器系疾患の原因となる。お節介かもしれないが、さすがにこれは放置できない。私自身、治療を始める前は睡眠中まともに息をしていなかったのだから、血圧その他種々の障害が出ていた。私の場合はＣＰＡＰを装着して眠るようになって、まず高血圧が一気に解消した。昼間に耐え難い眠気を覚え、それを怺えるために格闘することもなくなった。幸いＫ大附属病院に入院しているのだ。望みさえすれば呼吸器内科で診察を受けられる。ＣＰＡＰも貸与される。すべては健康保険で処理できる。睡眠時の呼吸状態はＣＰＡＰに挿入されたメモリカードにすべて記録されていて、カードを持参することで、退院後もＫ大附属病院呼吸器内科で診察を受けることができるのだ。市井の睡眠クリニックは利潤追求で毎月の来院を強いられ、それを怠るとＣＰＡＰレンタル規約に違反ということで四万八千円という意味不明な額を徴収される。けれどＫ大附属病院は二ヶ月に一度の受診でいいし、罰金めいたものもない。そこで翌日、頃合いをみて声をかけた。

「Ｘさんは昼間、うつらうつらしてばかりでしょう。どうやら睡眠時無呼吸症候群のようですね」

傷つけぬよう、ひたすら低姿勢で続ける。

「逆向きに寝ているのは、鼾を気にしているからではないですか」

両隣の二人は耳を澄まし、微かに頷いている。右側の患者はＸさんに気付かれぬよう、鼻梁に複雑な皺を刻んだ。中途半端に引いたカーテンで顔が見えないのをよいことに、舌打ちを怺えているような表情だ。左側の患者は処置なしだといった苦笑いを泛べている。せっかくというのも語弊があるが、入院しているのだから呼吸器内科で診察してもらってはどうかと提案した。外来で訪れても門前払いを食わされ、市中の睡眠クリニックに行けと突き放されるだけだ。けれど入院中ならば優先的に診てもらえるし、退院後も面倒を見てくれる。私のようにＣＰＡＰを装着しさえすれば、頭を反対側にして眠るといういまの肩身のせまい状態からも脱却できる。それらを諄々と説いた。咎める口調にならぬよう、意を砕いた。最後に鼾をかかずにすむようになるだけでなく、顕著な効能として血圧について語った。

「俺の場合、百十の八十といったところまで一気に下がりましたよ。いまは免疫抑制剤なんかの副作用で降圧剤を服まされてますけどね」

Ｘさんはしどろもどろで答えた。

「いや、僕は血圧が高いかいうたら高いけども、さほどでもないし、まあ高いなりに高いゆう程度で――」

血圧のことばかり口にして、睡眠時の無呼吸、そこから派生する鼾については、一切触れようとしない。話が伝わっているのだろうか。困惑した。鼾がうるさいと糾弾したつもりはないのだが、Ｘさんは追い詰められているかの気配だ。私は自分が装着しているＣＰＡＰの機械を示し、口許にシリコンのマスクをあてがってみせた。最初はマスクを装着する違和感に眠れないかもしれないけれど、眠剤を処方してもらって眠るようにすれば一週間もしないうちに慣れますよ――。

「いや、血圧はたぶんだいじょうぶやから」

「血圧の話ではなくて、安眠できるようになるって話です」

「ええから、血圧はだいじょうぶやねん」

会話の前後から察するに、いままでさんざんうるさいと文句を言われてきたのだろう、鼾という単語に過敏になってしまっているのだ。鼾は上気道閉塞の結果だから機械をつけて眠れば解決するというだけの話なのだが、Xさんは私が彼の鼾を咎めていると被害妄想的に短絡して、狼狽えつつ血圧の問題にすり替えて、会話がまったく成立しなくなった。鼾という言葉を遣わずに鼾を表現することができるか。素早く思案したが、なにも思い泛ばない。小説家失格だと苦笑いが湧く。気を取りなおして、言う。

「とにかく担当の先生か看護師に、睡眠時無呼吸症候群らしいので診てくれって頼んだらいいですよ。楽になりますよ、心も軀も」

これ以上あれこれ言うこともない。いや、言えなくなった。私がなにか口にすればするほどXさんは追い詰められていくからだ。周囲との会話から察するにXさんは移植の経過があまりよくなく、長い大部屋での入院生活を強いられているようだ。入院患者というものは倦怠はたっぷり抱えていても、いわゆる肉体的疲労とは縁がない。私もそうだが、眠りが浅い。そこにあのひずんで割れた規則性の一切ない雷鳴が轟く。しかも最長四分間超の無音が附帯している。やっと静かになったと安堵してうとうとすると、また、はじまる。周囲の者はたまったものではない。私自身が睡眠時無呼吸症候群である。CPAPを装着しなければXさんと同様、激烈なる鼾をかくのだ。だからこそXさんにはまず精神的に楽になってほしかった。集団生活のストレスを和らげてあげたかった。

加えて骨髄移植で赤血球がまともに機能していないとしたら、睡眠時無呼吸の酸欠は致命的だ。江戸時代の牢獄の資料を当たっていて、真っ先に牢内で殺されるのが鼾のうるさい者という記述に当たったときは、私自身、ぞっとしたものだ。束の間、思いに耽っていたら、右隣の患者がカーテンで中途半端に姿を隠したまま、居丈高な気配を含んだ諭す口調で言った。

「そやからなあ、鼾、診てもらえてこの方は言うてるねん。俺も鼾、診てもろうたらええと思うで」

左の患者も、上体をよじってXさんを見やりつつ乗っかる。

「この人の言うことからしたら、四分も息止まっててんねんで。なるほど鼾やんでな、すっと静かになるもん。あれ、鼾がやんだんちゃうくて、息止まってたんやって！ 診てもろうたらええわ。鼾、かかずにすむんやて。ええやん、鼾おさまれば、みんな丸うおさまるわ」

鼾、鼾、連呼するな！ 私は顔を歪めそうになった。Xさんはさぞや肩身のせまい思いをしていたのだろう。睡眠時無呼吸症候群の治療をせず、病室から消えた。看護師に頼んで別の病室に移ったのだ。たまたま空いていたのだろう、六人用の病室にXさん一人だった。ちゃんと壁に頭を向けて寝ていた。いまはいいが、新たな患者がその病室に入れば同じことの繰り返しだ。なによりもXさん自身の無呼吸が改善されるわけではない。それじゃ解決しないんだけどな――Xさんの病室を盗み見て、溜息が洩れた。うまくいかないものだ。私はけっして糾弾したわけではない。同病相憐れむという言葉も気持ち悪いが、肩身のせまい思いと肉体に立ち顕れる諸々の不具合を、府内でも最も優れた医師が揃うK大附属病院呼吸器内科で解消してほしかったのだ。開業医の睡眠クリニックがいかに暴利を貪る算段をしているかを知ったいま、骨髄移植という不運のなかで、せめて睡眠時に呼吸が止まるという諸悪の根源である症状を和らげてほしかった。睡眠が改善されれば、基礎体力ももどる。経過のよくない骨髄移植も快方に向かうかもしれない。Xさんが病室を換えてくれと訴えたとき、ただ単に鼾がうるさいと詰られたと看護師に迫ったようだ。私の思いと裏腹に、私はとても怖がられていたのだ。ある看護師が私を刺すような目で見た。ナイーブなものだが、俯くしかなかった。私の冴えない善意は、よけいなお世話だったのだ。Xさんを傷つけただけだった。皮肉なことにXさんがいなくなった病室は安堵の気配に充ちて、和気藹々だった。

私の向かいのベッドの患者は、たぶん私とおなじくらいの歳だろう。小柄で胡麻塩頭のいかにも職人といった風情で、ラジオのイヤホンが唯一の友人だった。最低限の会話はするが、深くあれこれ語りあったことはなかった。そのZさんの許に若い女性が訪れるようになった。どうやら医大生らしい。娘かと勘違いしかけたとき、ボランティアであることがわかった。Zさんは彼女が訪れると、じつに嬉しそうだった。私だって若く綺麗で親身な女の子が訪ねてくれれば、舞いあがるにきまっている。いいなあ――と羨ましさを隠さず眺めていた。

　やがて彼女だけでなく、市の担当者らしき幾人かがZさんと打合せをはじめるようになった。声を潜めてボソボソ喋るのでなにを言っているのかは聞きとれないが、どうも金銭の話をしているようだ。同時に緑色の高さ四〇センチほどの細めの酸素ボンベが用意された。ボンベは二連装で、車輪付きの華奢（きゃしゃ）な台車に載っている。その扱い方をメーカーの社員らしき人と医師がZさんにレクチャーする。聞くともなしに聞いていると、このボンベを引きずって外出しなければならないらしい。操作を誤ってうまく作動しないと、酸欠で命の心配をしなければならないという。じっとしているときはともかく、動くときは酸素ボンベ込みという不便さだがZさんはそれほど難儀そうな表情でもない。

やがて医師との会話で退院云々と洩れ聞こえた。

「そうですか、明日退院ですか。いいなあ。俺もほとほと嫌気さしてるから羨ましい」

「けどな、俺、入院十二年やから」

「十二年――」

「目眩しそうなほど長かったわ」

「なら、なおのこと、よかった！　おめでとうございます」

「いやあ、もう長くないいさかい自分ちで死ねいうことや。死ぬまでは役所が金くれるみたいやし、俺も病院では死にとないわ。十年以上こんなとこにいて、Xの鼾にも耐えてな。あれは非道いもんやった。喉がすぼまる病気とは思わへんかったけどな。あいつ、吉川さん誰がやってんて凄い剣幕で怒ってたやろ。Xの野郎ビビりながら、陰でニヤニヤしてたわ。端から吉川さんのことな、気に食わんかったみたいやで。あいつはインテリってやつや。どこの大学か知らんけど大卒自慢やったわ。だからよけいにあんたがパソコン打ってんのが気に食わんかったみたいやで。最後の最後にあいつがいんようなって、せいせいしたわ。吉川さん、おおきに」

いや、まあ――と不明瞭な応えしかできなかった。誰かに語りたかったのだろう。ぶちまけたかったのだろう。Zさんの口が止まらない。穏やかだが、切実だった。腹のあたりで、きつく両手を握りしめていた。

「吉川さんも見てたやろ、あの可愛い女の子が週二くらいで覗きにきてくれはるらしいねん。いつまであの子の顔、見られるやろな。俺は完全に人畜ちゃう、婦女子無害や。それがわかっとるさかいに若い子も訪ねてくれるいうわけや。いつまであの子の顔、拝めるやろか。唯一の愉しみや。こんなボンベ引きずって外出やで。それもボンベの容量勘案してな、せいぜい二十分や。近所のスーパーに買い出しに行くだけや。なーんもできひん。じき死ぬ。寿命がくるわ。さいなら、や」

気負わずに語ったZさんだった。私はZさんの笑みから、それがけっして誇張でないことを直感し、言葉を発することができなくなって、そのやや灰色に濁った瞳を凝視した。Zさんは私の眼差しに気付き、さらに透き徹った笑みを泛べた。

「冴えへん人生やったな。ええこと、なーんもあらへんかったわ。吉川さんは結婚してはるんやな。綺麗な娘さんとお孫さんきてたもんな。俺も結婚したかったなあ」

歳が二十五離れた妻を、私の娘と勘違いしているようだった。

「浮いた話もなかったわけちゃうで。思い出くらいは、あるねん。けど、うまくいかんかったわ。きついなあ拒絶。心臓がきゅっとなる。いつかは俺もって頑張ったんやけどな、このざまや。十二年やで。十二年、無菌病棟に閉じこめられてんねん。もう出してもろてもええやろ。歳も歳やし、古くてボロいけど自分ちで死にたいわ。九条に家あるねん。親父が残してくれた掘建小屋やけどな。あんなとこにあの子がきたらビビるやろか？」

「だいじょうぶですよ。だって、Zさんと和気藹々で喋ってた。相性よさそうだった」

「――俺のこと好いてくれてんのとちゃう。あくまでも善意や」

言葉を喪った。ボランティアの善意にすぎないことが透けて見えてしまうZさんの聡明さが、あるいは長年の闘病で身につけた透徹した諦念が、私の肌にちりちりと鳥肌のような尖りをもたらした。

その晩は、おなじ病室の五人であれこれ四方山話に耽り、消灯後も言葉の遣り取りが止まらず、看護師に窘められた。Zさんは鼻に酸素の管を挿して笑顔を絶やさなかった。翌日の昼に近いころ、市か保健所か判然としないがスーツ姿の男が二人やってきて、

Ｚさんのごく少ない身の回りの荷物をカートに載せてＺさんを促した。Ｚさんは酸素ボンベの台車を引きずって私に笑みを向けた。言葉は放たれなかった。病室を出るときは完全に無表情だった。

25

◆性生活

この項目は配偶者やパートナーの方と一緒にお読みください。

移植後は男性も女性も、性腺の機能が低下したり、性欲が減退します。また、抗がん剤治療、放射線照射、ＧＶＨＤなどの影響で、陰部の皮膚や粘膜が傷つきやすくなったり、硬く萎縮してしまうこともあります。そのため性交時に不快感や痛みを感じたりすることで、性交自体を避けるようになってしまうこともあります。

退院後の性生活については、配偶者やパートナーの方にもよく理解していただき、協力していただく必要があります。お互いを理解しあって、やさしい声かけやスキンシップを大切にするとよいでしょう。

女性の場合、ホルモン補充療法を取り入れることもあります。困ったり、悩んだりしている時は、医師・看護師に遠慮なくご相談ください。

◆性交渉は特定のパートナーと

性交渉は、特定のパートナーとだけにしましょう。不特定多数の相手と交渉を持つことは感染のリスクが高くなるので避けましょう。

◆感染予防のために

性交渉は、感染予防のためにも必ずコンドームを使用しましょう。口や肛門を使った行為は、絶対に避けましょう。特に免疫抑制剤（ネオーラル、プログラフ、プレドニンなど）使用中は感染しやすい状態なので感染予防に注意しましょう。

尿路感染予防のため性交渉直後に排尿するとよいと言われています。

――〈同種造血幹細胞移植を受けて退院される吉川一郎さんへ〉K大学医学部附属病院積貞棟三階　二〇一八年五月改訂版第五節『日常生活について』より

半月の再入院を終えて自宅にもどった。シモンズの柔らかくも芯のあるベッドに転がって、いままでまともに目を通していなかったA4、三十頁にわたる小冊子を開いた。私の姓名が記されている部分はマーカーによる看護師の手書きである。口や肛門を使った行為は、絶対に避けましょう――当然だ。妙に納得しながら頷く。口や肛門は大げさでも、私自身尋常でない脆さであることは常々実感していた。幸いというべきか、性欲自体消滅していて煩悶とは無縁だ。この小冊子には、いかに免疫力が低下しているか、注意すべき感染症、手洗い消毒や食べてはいけないもの（あまりに大量なので気が遠くなった）、水道水を直接飲まないことから部屋の掃除について、あるいは庭いじり、土いじりなどは絶対的禁忌！　等、家の外で避けるべき行為行動、工事現場など近づいてはいけない場所、シャワー以外の入浴禁止、食中毒を起こす細菌やウイルス（大量に列挙されていて、少し厭な気分になった）、外食時の注意、包装せずに陳列してあるパン屋を避けることまで記されていた。さらにさんざん痛めつけられてきたＧＶＨＤに関することと等々、詳細な記述が続く。そのすべてが制限および禁止に関することなので、ナーバスになった。健康ならば普通に食べたり行ったりすることが、制約だらけで不可能なのである。

肺の炎症にもいろいろあるのだろうが、間質性は後を引く。入院前のようなしんどさはないが、息切れと怠さはおさまらない。医師は八割方治癒しているというが、本来の肺の機能が損なわれているのだ。時間が経過すればましになるか。このままの状態で推移するか。なるようにしかならない——という諦念の背後には、苦境を脱したとたんに私に立ち顕れる生来の楽観があった。

三月中旬には少しずつ減薬していたステロイド剤が20㎎になった。最大服用時の三分の一だ。息苦しさと倦怠にたいした変化はないが、それだけ肺の状態はよくなっているということだ。けれど大量服用によるやや異様な陽性、ドーピング効果が薄れてきて、反作用としての鬱が私の脊椎を静かに這い昇ってきて、夕刻あたりから脳の全体に靄をかけてしまう。ふと気付くと溜息ばかりついている。開いた口が閉じない。身の回りの色彩がくすんで澱んで沈んでいる。やがて息をするのも億劫な憂鬱に全身が覆われるようになった。理由のない陰鬱な気分に、部屋の灯りもつけずに薄闇を力なく呪う。肺の炎症は治まったけれど、精神に対する凄まじい副作用に私は日暮れからダイニングテーブルに顔を伏せたきり、身動きしない。家族はそんな私の姿に幽かな怯えを見せ、声をかけるのも躊躇うようになった。覚醒剤が効いているときの状態を『ハシっている』と言い表す。疾っているということだ。その逆に薬効が切れて強烈な倦怠と鬱に支配されている状態を『ツブレ』という。私は一錠５㎎の薬価が十円弱のプレドニンの減薬で、見事にツブレてしまった。こういった症状は個人差があるのだろうが、私の体験からすれば非合法薬物である覚醒剤よりもステロイド剤のほうが質が悪い。こんな状態でいいわけがないと自分を叱咤するのだが、遠い虚ろに木霊するか弱い風の音にすぎず、力なく組んだ手には汗さえ浮かばず乾ききっている。救いは20㎎に減らしはしたが、それを朝食後に服用することから以前ほどの勢いはないにせよ、夕方までは『ハシっていられる』ことだ。だから原稿は滞りなく仕上げることができる。

減薬の苦しさは時間が解決してくれる。そう信じて夜の憂鬱に耐えていた三月十六日のこと。尿漏れ失禁した。どうやら尿道を締めることができないようだ。全身の筋力が弱っていることは慥かだが、別段大量に尿がたまっているわけでもないのに、ちょろちょろ漏出してしまう。理由はわからないが、一切の制御が働かない。下着ならまだしもベッドを汚しかねない。妻に頼んで急遽、紙おむつを買ってきてもらった。大人用の紙おむつというものは、その大きさからして、まったく可愛げがない。小便を漏らしてしまうということだけで、恰好つけの私の自尊心は大きく傷ついている。私にとって紙おむつは介護される老人の象徴だ。

　ガサガサ、ワサワサ、シャカシャカ忙しない音と感触の紙おむつを呪いながら横になっていると、薬の時間を報せるデジタル時計の癇に障る電子音が響く。ああ——と溜息をつきつつ、抗真菌薬ポリコナゾールの包装を破り、一錠と半分の白い錠剤を掌に落とす。一日二回の服用だが食後ではなく、朝夕食後の二時間後に服まなければならない。食後服用は食物に含まれる脂肪が薬剤の血中濃度を大きく減少させてしまうからで、空腹時服用が鉄則なのだ。服用を忘れると致命的であると医師から脅され、強迫観念にかられて目覚ましをセットして服んでいる。ポリコナゾールが疎ましいのは食後二時間後服用という縛りだけでなく、骨髄移植で入院中に服用させられたときに奇妙な幻覚を見たからだ。幻覚が起きたり周囲の色が変わったりすることがあるから——と一応、看護師から注意されていたのだが、きれいに失念して眠りにつき、ふと目覚めたら眼前に繁茂する観葉植物が迫っていた。奇妙に歪んでもつれあっている無数の葉が顔に触れそうなくらいに間近で、最初に覚えたのは怒りだ。誰が無菌室にこんなものを運びこんだのか！　勢いこんでナースコールを手にして我に返った。茶色がかった緑に生い茂る観葉植物は、半身を起こした私を包みこんでいるが、一切触覚に訴えるものはない。苦笑いしながら周囲を見まわす。観葉植物は消え去っていた。世界は若干の燦めきをもった茶色に染まっている。看護師に幻覚を見ることがあると注意された記憶が甦り、やれやれとベッドに沈んだ。薬用モルヒネで与えられる退屈な夢もそうだが、医薬品でおこる幻覚等々はろくなものでない。こぢんまりとして視覚の驚きがない。無菌室内いっぱいに繁茂する観葉植物は視覚的に強烈ではないかという気もするが、それを見せられた私はなんともいえない矮小なものを見たという嫌悪しかなく、ろくなもんじゃねえ——と吐き棄て、茶色く自発光する周囲のすべてを遮断すべく投げ遣りに目を閉じる。さいわい瞼の裏側で陳腐な幻覚が跋扈することもなく、すっと眠りに墜ちた。後に資料を当たったら〈THE JAPANESE JOURNAL OF ANTIBIOTICS 69-3〉に愛知医科大学病院感染制御部および薬剤部による症例報告『ボリコナゾール投与中に中枢性症状（幻覚・幻視）または視覚障害をきたした6例』——というものがあった。幻覚はこの晩だけだったが、世界が茶色く輝いて見える色視症は数日続いた。

抗癌剤と放射線により自身の血を喪失したということは、あわせてこの年齢まで積み重ねてきたすべての免疫を喪失したということであり、母親から多少なりとも免疫を受け継いだ乳児以下の状態だ。さらに免疫抑制剤で免疫を抑えている私は感染症を防ぐために大量の薬剤を服用させられている。抗真菌薬はボリコナゾールとフルコナゾール、抗ウイルス薬はビクロックス、バリキサ、抗菌薬はダイフェン等々あげていくときりがない。中学だけは強制的に授業を受けはしたが小学校は不登校、高校には正味三日しか行っていない私は真菌、細菌、ウイルスの違いがあやふやなので備忘として高等な順から記しておく。

真菌＝単細胞もしくは多細胞真核生物。ＤＮＡとＲＮＡの両方をもつ。強固な細胞膜や細胞壁が細胞の中身を包んでいる。他の栄養を摂取して単独細胞がなくても生存する。黴、酵母、茸等。

細菌＝単細胞原核生物。ＤＮＡとＲＮＡの両方をもつ。細胞膜や細胞壁が細胞の中身を包んでいる。自ら栄養を摂取し、単独で増殖し生存できる。

ウイルス＝ＤＮＡとＲＮＡのどちらか一方しかもたず、蛋白質（たんぱくしつ）で合成された物質。細胞膜や細胞壁を持たない。単独で増殖できない——生存できないため、動物などの細胞内に侵入して増殖する。

尿漏れ失禁しながら、いまさらながらにウイルスや細菌のことを調べるためにマスクとポリエチレンの手袋で武装して、半地下の書斎に降りた。結局、百科事典を一瞥しただけでウイルスなどのことはどうでもよくなり、連載中の〈ヒカリ〉に使えると発禁伏せ字の巨匠、酒井潔（さかいきよし）〈悪魔学大全〉と日夏耿之介（ひなつこうのすけ）〈吸血妖魅考〉を引っ張りだし、床に座りこんで味読しはじめてしまった。〈悪魔学大全〉だが全体に黴びていて独特の臭いがする。真菌を絶対に避けなければならない私にとってじつに危険な本だ。以前は書籍の黴など一切気にならなかったのだが、いまや過敏を通り越して臆病になっている。それでも読むのをやめられず、マスク手袋装着本認定などと呟いて、ひたすら頁を繰った。資料的価値大で図版も優れている。はやく〈悪魔学大全〉に気付いていれば、二流の西欧悪魔学関係の書籍を大量に買い込む無駄もせずにすんだのだが、書庫には立ち入るなと医師に命じられていたのだからしかたがないと自分を慰める。黴本の〈悪魔学大全〉と違って赤と黄の派手な装幀の〈吸血妖魅考〉は函入りであることもあって新刊のような美しさを保っていた。本文の文字組まで十字架下部（あるいは逆十字？）のかたちに組んであり、余白が美しい凝りまくった書籍だ。吸血鬼に対する古典的な資料的価値がすばらしい。自身が血を入れ替えたこともあるのだろうが、頭の中が吸血鬼一色になってしまった。これが後に発酵して〈姫〉という作品に結実する。この日は、まだ長閑なものであった。

紙おむつを穿いた翌日、尿漏れ失禁がいよいよ尋常でなくなってきた。身悶えするほどの強烈な尿意を覚えてトイレに駆け込む。けれど一滴も出ない。どういうことだ？　陶と便器の前に立ち尽くす。やがて、雑巾をひねるイメージでどうにか絞りだしたが、陶製ならではの幽かに灰白色がかった便器に、強烈な真紅の花が咲いた。実際に中心から放射状に拡散して、牡丹のような形状の花瓣だった。色見本を手に、垂れ流した血の色を調べたところ枢機卿赤がもっとも近いと感じた。カトリックの枢機卿が着用している僧衣と僧帽の色だ。尿道炎かなあ——と呟いているさなかに、ふたたび尿意を催した。が、出ない。強く息んだ。

ぽたりと血の色をした半固形物が糸を引いて洋式便器のちいさな湖に垂れ落ちた。

流動物であるとはいえ、液体というよりは固体に近い代物を尿道から排泄したのは初めてだ。膀胱かどこかの肉が、剝離したのではないか。睾丸と尻の穴の中間、蟻の門渡りと呼ばれるあたりに集中し、下腹全体に拡散していく刺し貫く痛みにどうにか耐え、こりゃ凄え――と他人事である。自己判断で尿道炎かなどと思い巡らしはしたが、じつは生まれてこの方、泌尿器系の病に罹ったことは一度もなかった。だからこれが泌尿器系？　の病につきものの症状なのか判断がつかない。私は極小の湖のなかに浮遊する海月様の生物を想わせる血の色をした半透明の不定形な塊を勢いよく流した。すべてを見なかったことにして、すっかり縮こまってしまった陰茎を抓み、尿道を汚した糸を引く血を拭き、こそこそと紙おむつの中に隠した。

大げさでなく二、三分ごとに強烈な尿意を催す。もちろんそうそう出るはずもなく、どうにか絞りだせば、堰を切ったかのように大出血と表現しても許されるであろう血尿が不規則に迸る。刺すような痛みが下半身に滞留して立っているのがつらい。しかたなしに眠剤を大量服用して床に就いても、小一時間ごとに尿意で目覚めてしまい、ふらつきながらトイレに駆け込んで、血尿を絞りだすという始末だ。そのたびにトイレの壁に軀をあずけて腰回りの激痛に呻く。体温が乱高下しているのがわかる。全身に冷や汗が流れ、額から流れ落ちた汗が目に入る。その控えめに沁みる汗が、奇妙にいとおしい。口中に流れこんだ汗は塩味がほとんどしない。漆喰壁に頽れそうになる軀をあずけて舌で汗を味わっている俺は、いったいなにをしているのか――と力なく笑う。激痛に耐えながら、新聞配達のスーパーカブの遠く軽い排気音を聞く。結局はベッドに横になっても、また催すのだ。だから、こうして壁に寄りかかって立っているのがいちばんだ。そう真剣に考えていた。思い詰めていた。下腹を刃物でかきまわされているがごとくの痛みのせいで、もはや正常な思考力もない。定量の四倍ほどの眠剤を服んだくせに、鎮痛剤には思いが到らない。それほどに烈しい痛みに打ちのめされていた。

いよいよ限界だ——と翌朝早くにK大附属病院に連絡をとり、即座に診察されることになった。血液内科と泌尿器科を行ったり来たり、医師たちの表情は総じて思わしくない。直腸内、前立腺の触診は経験済みだが、もちろん気持ちのよいものではない。前立腺を探った医師が首を左右に振った。けれど、あとでまとめて報告があるというだけで口をひらかない。

膀胱の内視鏡は初めてだ。尿道に痲酔薬を注入された。横目でラベルを一瞥したらキシロカイン・ゼリーとあった。強力な局所痲酔薬、局所痲酔作用はプロカインの2～4倍強力——とブリタニカにあった。おかげで当初は痛みもたいしたことがなかった。膀胱内には内視鏡から送られた生理食塩水が充たされていて、医師の傍らで自身の若干濁って見える膀胱内の映像を興味深く眺めていた。医師は生理食塩水を出し入れして、叮嚀に膀胱内を調べていく。血と肉の煮凝り(にこご)りのようなものを排泄(はいせつ)したこともあり、内壁でも剝離しているのではないかと凝視したが、素人目にはなにもわからなかった。陰茎に挿しいれられた黒い管と映像を交互に見る。なかなかに情けない姿だ。余裕があったのはここまでで、結石を疑った医師が腎臓に到る尿管に内視鏡を挿しいれた瞬間、いてて——と剽軽な悲鳴をあげてしまった。医師は委細構わず探っていく。尿管には痲酔、効いてないでしょう！　と声をあげたいところだが、どうにか抑えた。結局、結石は見つからなかった。医師が内視鏡を少しずつ引き抜きながら、私の顔色を窺うようにして訊いてきた。

「痛い？」

「痛い、痛い！」

「じゃ、ここ、痛くない？」

「痛い！　痛い！　痛いです！」

医師は内視鏡を支える手を止め、眉の上あたりを人差指の裏でこすりながら呟いた。

「まいったな」

まいっているのは、私の方だ。勘弁してくれ！　と泣き顔である。こいつ、なにやってんだよ、じわじわゆるゆる引っこぬいてひねりまで加えやがって、サディストかよ——と柄の悪い本来の私が胸中で吐き棄てる。いま思い返せば、医師は前立腺や尿道などのポイントで炎症その他をじっくり確認していたのだ。痲酔が効いているにもかかわらず、ほんのわずか内視鏡をねじっただけで本来痛みを感じない部分でこれほどまでに騒ぐのだ。問題は膀胱だけではないということを確認していたというわけだ。

内視鏡を抜かれて、なかば虚脱気味だ。出口付近の鏡に半笑いの顔が映っている。泣き顔と笑い顔は、じつは相似形だ。看護師の手を借りて紙おむつを穿こうとしたときだ。必死でこらえたのだが、為す術なく尿を漏らしてしまった。呆然として床で跳ねて散ってできあがった生理食塩水で薄まった朱色の生温かい水たまりを見おろす。狼狽え、謝罪すると、看護師は柔らかく笑んだ。よくあることだから——と意に介さず、私の精神的負担にならぬよう予期していたかのように不織布で綺麗にすべてを拭い、さらに私の股間も浄めてくれた。医師は私と看護師には一瞥もくれず、淡々と器具などの後始末をしている。看護師の笑みが沁みたが、裏腹に自尊心が軋み音をたてて断裂した。ついに人前で小便を垂れ流してしまうようになった。『ありゃま、やってもうた』と、あるいは『生理食塩水を入れられてパンパンなんだから仕方がないでしょう』と自身を笑いとばし、開き直ることができればいいのだが、私の自意識はあまりに脆弱で、結果、自尊心が崩壊したというわけだ。

その日は朝から夕方五時まで昼食をとる間もなく診察と検査が続いた。最終的に入院するかしないかぎりぎりのところであると告げられ、私は絶対に入院したくないとごねた。今回は急患ということで馴染みの先生は一人もいなかった。K大附属病院の医師は曜日によって違う人が診察する。私の担当医は木曜日なのだ。微妙に心細いなか、医師たちは入院云々を口にするくせに、実際の症状についてはほとんどなにも言わない。せめて病名が知りたい。思い詰めて痛みに顔を顰めながら迫ったところ、三十代の先生の躊躇いがちな口から、やや呆気にとられてしまうような答えが返ってきた。

「膀胱炎。前立腺炎。尿道炎。三つを併発しています」

「三つを併発?」

「おそらく免疫抑制剤およびステロイド剤の副作用による感染症。細菌による炎症じゃない。それは断言できます。細菌なら抗生物質でイチコロなんだけれどねえ」

「黴菌(ばいきん)に感染したんじゃないんだ？」

「うん。間質性膀胱炎の疑いもあるけれど、検査結果がまだ出ないから断言できない。僕の見立てだと、たぶんウイルス性だ」

「ウイルス——」

「たぶん吉川さんがもともと持っていたウイルスが悪さしてるんだ」

「サイトメガロウイルスでけっこう苦労したけれど」

「あ、サイトメガロは違うね。もっと別のウイルスだな」

「膀胱、前立腺、尿道——一遍に三ヶ所。シモの炎症オンパレード、いや、オールスターか。まいったな。俺、じつはそのどれにも罹ったことがなかったんです」

「うん。移植後は膀胱炎とかよくあるんだけれど、一遍に三つはめずらしいな。僕も初めてだ」

「治療法は？」

「ない」

「ない？」

「ない」

「って、なにか薬は」

「申し訳ない。出せない」

「なぜ」

「なぜって、効く薬がないいんだよ」

「ない？」

「ない」

「ほんとですか」

「ほんと」

「まいったな」

「検査結果が出て、細菌性の炎症なら薬も出せるけどね、ウイルスじゃ出せない」

「なぜ」

「ウイルスに効く薬って、ないんだ」

「ない？」

「ない。真菌には抗真菌薬。細菌には抗生物質や合成抗菌薬。真菌と細菌には的確に対処できるんだけどね、抗ウイルス薬ってまともなのがないいんだ。せいぜい一部のウイルス＝インフルエンザとかに対してワクチンで予防接種するくらいでね」

医師は手品のようにボールペンを指から指に回転させ、移動させながら、続けた。

「細菌なんかの生物は殺す手段があれこれあるわけだけれど、ウイルスは生物と非生物のはざま。非生物である存在を、殺す？　この曖昧さがね——」

このとき私はウイルスがなんであるか、よく理解していなかった。漠然と黴菌の下等なやつといった認識しかなかった。ゲノム核酸とキャプシドタンパク質からなるウイルスは高度に純化すれば、鉱物のように結晶化＝物質化してしまう——といったことは後付けの知識だ。

「じゃ、先生。せめて痛み止めを」

「効かない」

「はい？」

「この手の痛みにちゃんと効く鎮痛剤って、ないんだよね。町医者なら気休めに処方するだろうけど、まさに気休めにしかならない。痛いでしょ、吉川さん」

「生まれてこの方、ここまで烈しい痛みは知りません」

「ね。なにせ吉川さん、三重苦だもんな。泌尿器周辺の神経、下腸間膜(かちょうかんまく)の神経節とかはなかなかに強者でね。膀胱、前立腺、尿道。三つが複合した痛みって、想像もつかん」

「だから痛み止めを——」

「説明したでしょ。下腸間膜神経節その他をなだめるのは難しいって。ロキソニンとか処方するにしても、痛みに負けて大量服用したりしたら潰瘍になるのがオチだから。もちろん、単純な連用だって勧めないけれど。じつはね、僕の患者でも服みすぎて食道下部に穴があいちゃった人がいてね。苦い教訓。だから痛み止めは」

「――モルヒネとかは？」

「入院しますか」

「いや、それは」

「入院しても、モルヒネ投与はたぶん」

「そうですか」

「モルヒネもたいして効かないはずだから」

私は周期的に襲う下腹部の痛みに脂汗を浮かべながら、苦笑した。この痛みを和らげる薬はない、というのだから畏（おそ）れいった。先生は検査結果が出るまで我慢しなさいの一点張りだ。

「膀胱炎、前立腺炎、尿道炎。三つが合わさった痛みはさっきも言ったとおり正直、僕にとっては想像の埒外です。これも繰り返しになるけれど、細菌性のチョロい炎症ならばともかく、その三つの炎症すべて、ここまで酷いとお手上げ。だから多少は痛みが和らぐとしても、副作用を考えると出せないな、痛み止め」

そうか。私の炎症はチョロくないのか。医師は私の顔を上目遣いで覗きこんだ。

「どんなに痛くて苦しくても、市販の鎮痛剤を含めて服んではだめです」

痛々しそうに声を潜めて、続ける。

「検査結果が出たら、痛み止めはともかく、なにか治療薬がないか考えましょう」

「治療法もないってましたよね」

「うん。ないんです。シドフォビルという保険未収載の抗ウイルス薬があるけれど、膀胱に注入したり点滴しなければならないので入院が必要です。入院は絶対にいやなんでしょう？」

「いやです」

「きっぱり断言だ。ならば、僕は医師としてこう言わせてもらいましょう。――結論、耐えろ！」

　他人のことだと思いやがって――と腹立たしいが、痛みが酷いので怒りも持続しない。脳裏にウイルスに感染して殺処分される鶏が泛ぶ。十代のころ修道院に附属する牧場で働いていた。最年少だったので産卵用に改良された白色レグホン数百羽がバタリーのなかに閉じこめられて餌をついばんでいる鶏舎を任されていたが、ときどき抗生物質を混ぜたくみあい飼料を与えるように指示された。ウイルスも細菌もごっちゃになっていた私は深く考えることもなかったが、あれは細菌感染に対する対策だったのだ。そういえば牧場の責任者はウイルス感染によるニューカッスル病をひどく恐れていたことを、いまさらながらに思い出した。『感染したら、九割は死ぬからね。生き残ったって鶏としてはお終いだから殺すしかないし』と眉間の縦皺を抓んで言い『薬も治療法も、ない』と付け加えた。いまではニューカッスル病もワクチンで抑えられ、鶏舎の鶏全滅といったことは避けられるようになったが、同じくウイルス感染による鳥インフルエンザが猛威を振るっている。私は胸中で強く自分に言い聞かせた。――ウイルス？　為す術ないんだよ。鶏だったら、殺処分。人間だったら、耐える。

「そうですか。治療法もないんですか」

「唯一の治療法は」

「あるんですか」

「うん。ウイルス性の場合、輸液や水分をたくさん摂ること」

「つまり水を飲め、と」

「ですね。大量に飲んで、排尿によって膀胱を洗い流す。ウイルスを洗い流す」

治療法はたっぷり小便をしろ、ということらしい。二十一世紀になんと地味というか原初的というか、いやはやである。医師も肩をすくめ、けれど強く断言した。

「排尿、つらいですよね。痛いもんな。でも一日に最低二リットル」

「飲め——と」

「そうです。もっと飲めるなら、もっと飲んでください」

夕刻、ようやく解放されて家にもどった。苦痛による前夜の睡眠不足もあって、目眩をともなった気が遠くなるような疲労が全身を蝕んでいた。帰宅して気がゆるんだせいでもあるまいが、痛みはいよいよ増して耐えがたいものになっていた。トイレに駆け込むまでに我慢しきれず、さんざん紙おむつに排尿しているくせに、まだトイレ以外で排尿することに慣れていなかった。正確には、紙おむつにだらしなく漏らしてしまうことに耐えられなかった。硬い椅子は炎症を起こした前立腺にとって最悪だと医師が言っていたが、ダイニングのクッションの一切ない食事用の木の椅子に座りこんで、テーブルに突っ伏す。この姿勢が、いちばん苦痛に耐えやすいのだ。それでも二、三分周期で襲う会陰を主体にした腰全体の痛みに、うううううう——と長く引きずる呻きを抑えられない。蟻の門渡りに、鋭い刃物をあてがわれている。私は強靭なゴムで中途半端に軀を吊りさげられている。軀はゴムのせいで不安定に浮きあがっていて、切先が幽かに会陰に触れている。やがて自重で刃物の上に落ちていき、切先が睾丸と肛門のあいだにすっと入りこむ。ゴムで吊されているので捩れもあって、刺さった刃が回転する。いや実際に回転しているのは私の軀だが、底抜けの悪意をもった得体の知れぬなにものかが刃物をぐりぐり回しているかのように感じられる。もう死ぬ！　と声をあげたくなる。そこでもう一抉りされて、私は実際に痛い痛い痛い痛い——と涎をたらしながら声をあげてしまう。すると伸びきったゴムが縮んで、私の軀はすうっと宙に持ちあげられ、刃物は会陰から抜ける。充分に痛みは残っているのだが、刃物が刺さっていたあいだの苦痛が極限だったので、疼きに感じられる。だが、声に出したり呻いたりせずにすむ程度にまではおさまっているにせよ、激烈な痛みは続いている。この間に私はすべきこと＝日常生活をどうにかこなす。漠然とこの数分を過ごしていると、頭の中がすぐにやってくるあの痛みのことでいっぱいになってしまう。ゴムが徐々に下がっていってしまう。またた刺さってしまう。私はダイニングテーブル上を汚した涎を一瞥する。血が混じっている。もちろん吐血したのではなく、苦痛のあまり唇を咬みしめたあげく、引き裂いてしまったのだ。力なく舌先ではみでた肉をさぐり、ぎゅっとティッシュをあてがう。さすがにこれだけ下腹が痛いと、唇を喰いやぶった程度の痛みはまったく感じられない。鉄錆の味がする血を無意識のうちに吸いつつ、軀がじわじわ落ちていき、睾丸と肛門のあいだに切先が入りこむのを虚ろに受け容れる。うううううう——痛い痛い痛い痛い——無限ループである。目尻には涙が浮かんでいた。

どうしたことか、帰宅したとたんに痛みが倍加していた。いや三重苦だから三倍か。そんな冴えないことを胸中で呟き、いよいよ身動きができなくなった。いままでどのような苦痛に対しても、どこか醒めているというべきか、我慢しきってしまうというべきか、不平不満は並べあげるにしても、人前で痛い痛いと連呼して身をよじることなどなかったので、妻子はダイニングチェアで身悶えする私に呆然としている。痛みが弱まった瞬間、私は宣言する。

「おい、飯食うぞ」

放射線や抗癌剤で味蕾がおかしくなっている私が唯一味がわかる（ような気がする）鰈の煮付けに箸をのばす。私は魚の食べ方が巧い。とりわけ鰈のような魚は綺麗に骨格だけにするのが愉しみだ。白い身を箸の先で丹念に削ぎ落としはじめて、激痛のもっともきつい周期に突入した。動きが止まる。箸を持ったまま肘をつき、無表情になる。剝がした鰈の身に苦痛の汗と涙が滴りおちる。妻も娘たちも息を詰め、凝固して私を見守っている。妻の唇がわななないていている。言葉をかけようとして、けれどなにを口にしていいのかわからないのだ。三ヶ所やられると痛みも三倍三ヶ所やられると痛みも三倍三ヶ所やられると痛みも三倍——胸中で念仏のように唱えて、痛みの頂点を遣り過ごす。もうだいじょうぶだろうと箸をのばして、取り落とす。

「滑稽だよな、シモの三重苦」

誰も答えない。

「なんか、幾つか傷を負うと、いちばん痛い部分のみの痛みを感じるだけって聞いたことがあるんだ。嘘（うそ）だな。痛みは三倍だ。いや乗数倍だ」

誰も答えない。

「やれやれシモの三重苦。いかにも俺らしいか」

誰も答えない。

「じつは、場所を特定できねえんだよな。痛いからって、どこを押さえたらいいかわからない」

誰も答えない。

「三ヶ所だから、当たり前か」

誰も答えない。

「泣いてるつもりはないんだけどな、涙が出てる」

誰も答えない。

「見苦しくて、ごめんな」

誰も答えない。

あらためて鰈に箸をのばす。口に入れたとたんに、激痛周期に入った。この二、三分の苦痛周期が無限に続くと思うと、放心しそうな絶望が這い昇る。ついに耐えきれず、ダイニングテーブルに突っ伏した。突っ伏す前にきちっと鰈の皿をはじめ食器類を脇にのけるのは私ならではだが、歪んだ形相が尋常でなかったのだろう、次女が顔を背けるのが視野の端に映った。一家の食事時である。見苦しい姿だけは避けたい。だが、もう我慢の限界を超えていた。突っ伏したまま、呻いた。喘いだ。尿がじわじわ漏れていく。見なくたってわかる。真っ赤だ。

痛みの頂点が遠ざかってどうにか顔をあげると、中途半端に咀嚼されて雑にかたちを喪っている鰈の白身が大量の涎と共にテーブル上にあった。

「あれ、俺、唾でないはずなのにな。だらだらじゃねえか」

娘たちは呻く私と軽口を叩く私の落差に、俯いてしまっている。私は溜息を呑みこんで冷水筒で水出しした烏龍茶(ウーロンちゃ)を顫える手でカップに注ぐ。

「水分とれって。洗い流せって。一日最低二リッターだって」

釈明の口調で言いながら、がぶ飲みする。痛みの周期のもっとも穏やかなときでなければ、とても水分など口にできない。噎せないように注意しながら、腹を烏龍茶でいっぱいにした。

「ごめんな。おまえら、ゆっくり飯を食え。M、鰈の卵、おいしいぞ〜」

私はぎこちなく立ちあがり、苦痛に背骨が湾曲し、だらしなく前屈みになっているのを意識しながら足を引きずって寝室に向かう。ベッドに横たわると、また痛みの頂点がやってきた。一人なのをいいことに、枕に顔を押し当てて呻く。心は絶望に冷えきっているのに、軀は異様な熱をもち、背筋を大量の汗が伝う。枕カバーも汗と涙と涎で濡れそぼっている。二、三分ごとにこの激痛のプレゼントを受けるのだ。ずっと痛いままと、この強弱をともなった周期的な痛み、どちらがましなのだろうか。握りしめていた拳をどうにか開くと、烈しく指が攣った。奇妙な方向に反り返って曲がった両の人差指や中指をぼんやり見つめる。もともと服用しているステロイド剤等の副作用で手指が攣りやすくなっているのだが、どうせ数分後には痛みの頂点がやってくるのだ。矯正する気力もない。ぼんやり有り得ぬ方向に曲がっている手指を見つめていると、じわじわと会陰部から痛みが這い昇り、脊椎を伝わって頭の後ろあたりで激痛が炸裂する。比喩でなく、白い火花が散って、意識が遠くなる。たぶん医師は私がここまで烈しい痛みを与えられていることを想定していないのだ。想像の埒外と医師自身が言っていたような気がする。私にとっても埒外の痛みだ。気付くと、手指はもとにもどっていた。やれやれと安堵の欠片を抱いた瞬間、ふたたび攣った。

　頂点に到る前の痛みの谷で、枕許においた水筒から必死で水を飲む。ある種の宗教的な苦行を強いられているかのような気分になったが、さてこの試練を乗り越えたら私は生まれ変わることができるのだろうか。そんな焦点の定まらぬ他愛のないことを考えながら、水を飲む。飲めば、出したくなる。気力があれば、よろけながらトイレに籠もる。我に返り、ベッドにもどる。飲む。出す。痛みと同様、無限ループだ。なにがウイルスを流すだ。いきなり嫌気が差した。もはや保つべき自意識などないではないか。なんのために紙おむつをしているのか。漏らせばいいではないか。私自身驚いてしまったのだが、その不細工さはともかく、おむつに用いられている高吸水ポリマーは尿を飽和状態になるまで吸収し続けてくれる。なんと一二〇〇ccという吸水量で、一晩だいじょうぶと謳っている。全面通気性シートに消臭ポリマーだ。〈現代用語の基礎知識〉によると高吸水性ポリマーは一九七四年にアメリカ農務省北部研究所がトウモロコシの有効利用を研究中に発見した材料で、でんぷんとアクリロニトリルの共重合体だそうだ。雑巾などは毛細管現象で水を吸い取るだけなので外から力を加えると水がすぐに逃げ出すが、吸水性ポリマーの場合は水分を分子の間に化学的に取り込んで全体が膨潤するため水は簡単には外に漏れ出てこないという。紙おむつと生理用ナプキンの九割に使われていることでわかるように保水性を利用するのだが、なんと自重の数百倍~千倍もの水分を吸収するそうだ。焦点の定まらぬ目で紙おむつ、高吸水ポリマーについてざっと調べ、信頼に足ると結論づけ、呻く。が、もうトイレに立つ気はない。ベッドに横たわったまま、委細構わず排尿する。立って便器の前で息むよりも構えがないせいか、あるいは体勢のせいか、トイレで排尿するよりも楽だ。するする出る。もっともそれで痛みがなくなったわけではない。激烈な痛みはそのままだ。それでも一晩中無限回トイレに立たずにすむ。おむつの能書きを信じれば、一晩中だいじょうぶだ。その安堵感から、不眠から逃れることができた。熟睡には程遠いが、おねしょの安楽さ、気楽さがある。小学校にあがるまえ、夢うつつに気分よく排尿し、ふと気付くと布団を濡らしていたことが自身の記憶では数度あった。子供心にも排尿の快感とその結果に狼狽したが、幼いころと違って高吸水性ポリマーの紙おむつをしている。吸水量一二〇〇ccだ。実際半覚醒状態で痛みに身悶えしつつも、じわーっ、ときにしゅわーっと尿を漏らす。トイレで血尿を目の当たりにすれば憂鬱に痛みも倍加するが、いちいち軀を起こしてスリッパを履いてトイレに向かい――という面倒が消滅したことにより、痛みに呻きながらも半分眠れる状態になった。大量に水分を摂っている。小便が出っぱなしのような感じでもある。とにかくこれでウイルスを洗い流せば、治癒も早いのではないか。藁にも縋る思いだった。

甘かった。私は意地になって三リッター以上の水分を摂っている。高吸水性ポリマーの吸水量一二〇〇ccでは足りない場合がおきるのだ。気持ちよく排尿して、ふと気付くと、おねしょをした子供のころのような濡れた感覚がある。紙おむつが尿に対して飽和状態になり、外部に漏れ出してしまったのだ。三リッター以上水分を摂る老人は、そうそういない。私の水分摂取量は平均値からはるかに隔たって大量で、その結果シーツを、ベッドを血尿で汚すという結末である。ほとんどの場合はおむつの限界以前に気付いて起きだし、交換するのだが、ときどき限界を超えてしまっても気付かないことがある。

あるいは微妙にずれて、脇から漏れることもある。妻に頼んで、娘たちが赤ん坊だったころに用いていた防水シート状のベッドマットを探しだしてもらって腰の下に敷いた。私の臀に対しては小さすぎるので気休めにしかならないが、ないよりはましだ。けれど、これほどまでに大量に飲んで排泄しているのに、痛みは一向に引かない。血尿にも濃淡があるが、おおむね血そのものの色だ。尿でウイルスを洗い流すという悠長な遣り方だと、この苦痛は永遠に続くのではないか。奥歯を食いしばって会陰が裂ける痛みに耐えつつ、途方に暮れる。

救いは便を漏らさないことだ。尿はともかく便を垂れ流すようになれば消臭ポリマーなどでは追いつかないだろう。要介護の老人となって糞尿の世話まで他人にまかせるようになるくらいならば、とっとと自死する。寝室には応急で洗濯物を干すための金属のリングが天井の太い柱に据えられている。これを使って縊死すれば、一件落着だ。紙おむつをしてぶらさがれば、死に到るときに漏らす汚物を床にぶちまけることもない。このときはまだ冗談の余地があったが、一向に改善しないまま四日目の深夜、尿が飽和状態となった紙おむつを畳んで、京都市指定の二十リッター容量の半透明の黄色いゴミ袋に押しこんでいるさなかに、いきなり膝が崩れた。期せずして跪き、祈る体勢だ。尿を吸い尽くしたおむつは重い。一二〇〇ccだから一・二キロだ。私は細かい性格なのでゴミ袋に綺麗に折りたたんだおむつを最大限収めることができるよう、こんな苦痛のさなかにも規則正しく押しこんでいた。ゴミ袋がいっぱいになったので結ぶ。概算十幾つほどの紙おむつが入っているか。筋力をほとんど喪った弱りきった腕で持ちあげると、十二キロ超の重さがずしりときた。小便で飽和状態になった大量の紙おむつの処分は、自分ですることに決めていた。意地になっていた。私の剣幕が怖いので、妻も微妙に避けて寝室に入ってこない。夜明け前、私は軽薄な、けれどやたらと重いゴミ袋を手に薄闇のなかゴミ出しだ。紙おむつを大量廃棄する家は、いくらでもあるだろう。ゴミ収集の作業員は仕事柄ぐいと持ちあげた瞬間に、その異様な重さに役目を果たした紙おむつであることを悟るだろう。ああ、この家にも死にかけの老人がいるんだな——と我が家を一瞥するだろう。私は猫と鴉除け（からすよ）のネットをおむつのゴミ袋にかけ、足取りも重く寝室にもどる。妻にまかせればいいのに、なんと邪魔で鬱陶しい自尊心。看護師の前で失禁してしまったときに自尊心など千切れてしまったはずなのだが。面倒だが感染症予防のため、なにかに触れたら手を洗わなければならない。しんとした洗面所の大きな鏡に映る青黒く変色してしまった顔を凝視する。会陰の痛みに耐えて冷たい水で泡を流しているさなか、生まれてはじめて私は本気で自殺しようと思った。

26

明けない夜はない——シェイクスピアだったろうか。三月十八日の尿検査の結果が一週間後に出た。コメント欄に『肉眼的血』と記されていた。見た目が血、ということだろうか。pHや蛋白、糖、潜血その他諸々も基準値を大幅に超えていた。この検査も含め、幾度検査しても細菌は一切検出されず、最終的にウイルス性と診断された。免疫がはたらいていれば抑制されているはずの、私が本来もっているウイルスが活性化して悪さをしているわけだ。見立てではウイルス性とさんざん聞かされたが、確定するまでにずいぶん時間がかかった。間質性肺炎のときもそうだが、一週間ほど無意味な抗生物質投与が続けられたが、あのときもＧＶＨＤを疑いながら、一般的な肺炎の治療が続いたものだ。

四月に入ってベランダから見える哲学の道の桜が散りはじめたころ、排尿困難にして尿を垂れ流しという悖反する状態は続いていたが、そして痛みはまったく治まっていなかったが、尿の色からだいぶ赤みが消えた。このころになって、ようやく選択的β3アドレナリン受容体作動性過活動膀胱治療剤ベタニス錠および尿道、前立腺のα1受容体遮断薬タムスロシン塩酸塩ＯＤ錠を処方された。膀胱そして前立腺と尿道に作用する排尿障害治療薬を処方されたわけだが、Ｋ大附属病院は血液内科のように見事な連携を誇る科もあれば、大病院だけに他科にまたがると、なかなか情報が共有されない場合もあるようだ。薬を処方してくれたのは初見の医師で、私がただ単に小便で膀胱や尿道を洗い流せと命じられていたことに微妙な顔をしていた。

タムスロシン塩酸塩錠は副作用で目眩が起きる程度らしいが、朱色とも黄土色ともとれる楕円のやや大きめな錠剤ベタニス錠は能書きに【警告】とあった。――生殖可能な年齢の患者への本剤の投与はできる限り避けること。動物実験（ラット）で、精嚢、前立腺及び子宮の重量低値あるいは萎縮等の生殖器系への影響が認められ、高用量では発情休止期の延長、黄体数の減少に伴う着床数及び生存胎児数の減少が認められている――とのことだ。いままで処方されなかったのは、こういう理由があったのかもしれないし、私を微妙な上目遣いで見た医師は、この副作用が念頭にあったのだろう。私は発情休止が続いていることからくる気楽な達観もあるので問題なかった。けれど、それぞれ六十三日分も処方されると、その意外な重量に気分が萎えた。また、処方された二つの薬は自律神経の受容体に作用する薬にすぎない。ウイルスに対しては、なんの効力もないのだ。結局、ウイルスを洗い流すという当初のプリミティブな方法で、最低でも六十三日分二ヶ月超もこの薬剤を服み続けなければ、この苦痛から解放されないということだと私は短絡し、気鬱に覆いつくされた。なにしろ二ヶ月分一気に処方し、その間は泌尿器科の診察を受けなくてよい――というのだから。

とにかく、ベタニスに限らず服用しなければならない薬が多すぎる。薬局で処方されたその日など、テーブル上に積みあがった薬を前に、溜息が止まらない。大量服用しているGVHDなどの骨髄移植後の症状を抑制する免疫抑制剤などの本筋の薬剤に加え、降圧剤や肝臓腎臓などにあらわれる副作用を抑えるための薬も呆れる量だ。横に積みあげれば軽く一〇センチを超える十五種ほどの薬を、朝昼晩食間就寝前とMが百円ショップで買ってきてくれたピルケースに仕分けするのが眠る前の日課だが、じつに憂鬱だ。スナック菓子のように薬を頬張る日々。そうしなければ生きていけないことは重々承知だが、薬に触れると覚える絶望的な倦怠は、まだまだ続いている会陰部の激痛とは別の苦痛を私に与えた。

このころ手すさびで、紙粘土を用いて大きさ一センチほどの顔を拵えていた。それぞれ表情は違うが、皆、舌を出している。その舌を真紅に着色し、グロスポリマーというアクリルのニスで艶出しする。ある程度数が揃ったら標本箱に収めるつもりだ。細かい細工をするために千枚通しを使うのだが、痛みに耐えて朦朧としながら手癖のみで粘土の成形をしているさなかに、ごくありがちな、けれどいまの苦痛によく馴染む比喩が泛んだ。『尿道に千枚通しを突っこまれ、かきまわされているような痛み』――。比喩ってこんなもんでいいんだよなと頷きつつ、指先で異形の目や鼻や耳をつくりだし、千枚通しの先端で整え、開いた口にべつに拵えた舌を固定する。作品によっては、ニッパーで爪楊枝(つまようじ)を切断したものを口中に差し込んで歯とする。周期的な痛みに耐えきれず、数分ごとに突っ伏して、幾度か丹念につくりあげた粘土細工を潰してしまった。こんな状態で俺はなにをやっているんだ――という自嘲に近い自問が湧く。だが、つくらねばならない。理由はない。

同じく執筆。苦痛に呻きながら『小説すばる』新連載〈対になる人〉第一回を書きあげた。一回三十枚という約束ではじめたのだが、意に反して書けてしまう。結局四十枚超書いて即座に推敲送附した。担当者にはスープカレー小説などというメールを送ったほどに料理のことばかり書いた第一回だった。もちろん先の展開の種子をあれこれ仕込んではあるのだが、三年あまりにわたる取材を経て、いよいよ〈対になる人〉を書きはじめることができたという昂奮が激痛と同居し、烈しくせめぎあっているという奇妙な状態だった。

膀胱、尿道、前立腺の合わせ技の、まさに筆舌に尽くしがたい苦痛に抗って執筆することに対して、奇妙な万能感を覚えているといった倒錯がなきにしもあらずだが、書けるのだから問題ない。〈対になる人〉の第一回を書きあげ、そのまま〈帝国〉第十一回に取りかかり、八枚書いた。第十二章に入ったのだが、いままでとガラッと変わって、すべて会話で成り立たせる。原子と原子核が分離したプラズマによる大虐殺との対比を狙ったものだが、地の文で説明したり比喩を遣えないこともあり、軽く書いているようで細かな苦労が多い。それでもじわじわ書き進む。自分でも信じ難いほどに執筆に関しては調子がいい。〈くちばみ〉は第九回、五枚まで書いたところで、禁止令が出た。時代小説執筆のために埃まみれの古書を参照したりするのは致命的な結果をもたらす――とあらためて念押しされたのだ。〈ヒカリ〉と〈たった独りのための小説教室〉は、先行しているので問題なし。数分書いて、苦痛に涎をたらして昏倒するという状態で月五回の締め切りをクリアしているのだから、我ながら呆れたものだ。

四月も中旬になると、意地になって水分過剰摂取、水分過多の腹を抱えてなかば虚ろになりながらも排尿――というサイクルを貫徹してきたせいか、だいぶウイルスを洗い流すことができたようで、血尿も出なくなってきた。会陰の痛みも、ずいぶん治まってきた。なによりも尿意を怺えることができるようになった。表現を変えるなら、漏らさずに普通にトイレで小用を足すことができるようになってきた。多少の不安はあるにせよ紙おむつを穿く理由がなくなってきたのだ。けれど紙おむつに未練があった。漏らすよろこび？　に目覚めてしまったのだ。執筆に集中しているさなかに尿意を催しても、紙おむつをしていればそのまま排尿、キーボードを叩く指を止める必要もない。しかも、じわ～っと尿が放たれ高分子吸収体に吸収されていく感触が意外な快感（のようなもの）をもたらすのである。苦痛のさなかの執筆と同様、倒錯が起きていた。倒錯は大げさか。慣れたと言い換えたほうが適切であるような気もする。そのあたりの判断は読者に委ねよう。

ようやく光が射した。まだ夜明け前だが、長い夜が明ける気配だ。油断はできないし、大量の水分を摂ることをやめることはできないが、尿道に千枚通しを突き刺したかの痛みも薄れ、漏らすこともなくなって、稀に血尿が出ることもあるが、ほんのり桜色だ。当初の尿検査の結果を記した紙片の『肉眼的血』という凄い表現とはよい意味で程遠い。ちなみに六月十九日の最後の尿検査では尿の色調は『淡黄色』となり、服用している薬の副作用で若干の糖が出ている以外は、すべての値が基準値内に収まっていた。もちろんこのころには忌々しくも常軌を逸した会陰の激痛も終熄していた。

なお、今回のシモの地獄の苦痛の原因は、アデノウイルスに確定した。それを告げられたときは、アデノウイルスゥ～と呆れ気味の声が洩れてしまった。というのも娘たちが申し合わせたようにそれぞれ三歳のときに、アデノウイルスで発熱したからだ。小児の咽頭結膜熱や結膜炎の原因となるウイルスだ。私の脳裏では完全に子供のウイルスという思い込みと侮る気持ちがあったので、素っ頓狂な声を抑えられなかったのだ。免疫を喪い、さらに免疫抑制剤を服んでいる私は、娘たちと違って膀胱、前立腺、尿道を痛めつけられたというわけだ。たとえば血内担当のA先生は帯状疱疹の心配から、ヘルペスウイルスを抑える薬を多めに処方してくれているのだが、健康体ならばまったく悪さをせずに潜んでいるウイルスたちが、これを絶好の機会と捉え跋扈しているわけだ。いやはや――といったぼやき声と共に、それでも夜明けを迎えた安堵に全身から力が抜けた。もっとも尿意を怺えることはできるようになりはしたが頻尿は続いていて、就寝時は一時間半ごとに判で押したようにトイレに立たなければならない。眠剤を過剰服用しても、必ず目覚めるほどの烈しい尿意だ。熟睡してみたい――というのが、激痛から解放された私の願いとなった。

加えてGVHDによる皮疹が全身を覆いはじめた。正確には顔と性器にはあらわれていない中途半端な耳なし芳一状態なのだが胴、背中、上肢下肢そして上膊下膊、手の甲、足の甲を大量の皮疹が覆っている。ドナーのリンパ球が、この皮膚は私の皮膚ではない――と攻撃してくるわけだ。デルモベートとヒルドイドを混合したステロイドの軟膏を顔と性器以外、全身に塗りたくる。効き目がまったくわからないばかりか、油脂が着衣はおろかベッドシーツにまで染みこんで、じつに気持ち悪い。附随して内臓も攻撃されているらしく、肋骨から下の腹部広範囲にわたって鈍い痛みが続く。もっともシモのあの呻き声を抑えられぬ痛みに比べれば、たかが鈍痛と割り切ることができる程度ではあった。鈍痛よりも激烈な痒みが問題だ。リンパ球の攻撃で皮膚が尋常でない弱り方をしているので、入浴それ自体がじつに気を遣わされる状態で、湯温三十八度以上は痛みを覚え、耐えられない。また痒みを怺えきれずに掻いてしまえば皮膚が裂けてしまう。体調は、痛いから痒いへ。胴体など真っ赤なボツボツに覆いつくされて躑躅(つつじ)が満開の植物園を高所から俯瞰しているかの景色だ。夜間頻尿はずいぶんましになったが、それでも一晩に、二、三回。加えて痒み。油脂でべとつくベッド。横になって軀が温まると、痒みも凄まじくなって七転八倒だ。しかも発疹が始まってから一日で体重が一キロくらいずつ減っていく。一晩で目方が一キロ減るというのは、相当に異常な状態だ。内臓がGVHDにやられていることからくる究極のダイエットなどと嘯いてはみるのだが、八十六キロあった体重が五十キロを割りそうになって不安が拡がっていった。

*

この原稿を書いているさなか、二〇二一年四月中旬、狙いすましたように〈対になる人〉の単行本の見本が届いた。二〇一九年四月初旬のシモの三重苦のなかで連載が始まった作品が、二年越しで本になったのだ。本作〈ハイドロサルファイト・コンク〉のなかでさんざん書いてきた解離性同一性障害の女性を主人公にした小説だ。終わった仕事に対しては淡泊で自著などまず読み返さないのだが、感慨深く頁を繰った。

じつは二〇二〇年の年末から免疫抑制剤およびステロイド剤の副作用で一気に白内障が進行し、左眼がほとんど見えない状態になってしまった。右眼も光が眩しくてまともに焦点を結ばない。薬剤の副作用による白内障は凄まじい。かろうじて世界を識別できる右眼も、活字などまったく読めない状態である。けれど単行本化のために〈対になる人〉の初校ゲラに手を入れなければならない。常に完璧を目指している私の原稿は、校閲からの指摘がほとんどないが、もちろん粘着質の面目躍如で一字一字睨みつけて慥かめていく。それが私の遣り方だ。だが目が見えないのは、いかんともしがたい。まったく見えない左眼は、棄てることにした。右眼は拡大鏡を用いれば、なんとか活字を追うことができる。そこで打開策としてテレビCMで漠然と眺めていたハズキルーペを入手したが、拡大率が足りない。さらに辞書などの小さな活字を見るために以前からもっていた高倍率の拡大鏡を重ね合わせて、右眼だけでゲラの手入れをはじめた。私の右眼は酷い乱視で、そこにハズキルーペと拡大鏡の二枚重ねで細かな活字を追う仕事をしていると、立ちあがったときには尋常でない目眩が起きて顚倒しそうになる。強烈な船酔いのような状態だ。頭痛も烈しい。

じつは白内障が唐突に顕在化する前には、これもGVHDの症状で全身の関節に免疫異常によるリウマチに似た激痛が疾って、とりわけ執筆で酷使している指の関節の痛みに、タイピングも難しい状態に陥った。けれど指が欠損したわけではない。痛みは耐えればいい。動きの悪さは、時間をかければいいだけのことだ。脂汗とすっかり馴染みになってしまった日々だったが、シモの三重苦、垂れ流しの日々を思えば多少はましだ。なんとか執筆は滞りなく続けていた。このころ免疫抑制剤はT細胞からのサイトカイン産生を抑えるグラセプターのみで、プレドニン＝ステロイド剤はやめることができていた。いまごろになって私がこれほど激烈なGVHDを発症するとは思ってもいなかったA先生は、ようやく服用をやめることができたステロイド剤に加えて、リンパ球の増殖に必要なDNA合成を抑制する免疫抑制剤＝セルセプトを新たに処方した。それらを朝服んで、昼服んで、その日の夜には痛みがほぼ消滅していた。まともに動かなかった関節も、かなり自在に動くようになっていた。まさにこれらは魔法の薬だ。驚愕した。唖然とした。A先生は移植後二年半ほどたっている時期にステロイド剤や新たな免疫抑制剤を処方したくはなかったようだが、私はいまがよければそれでよいという合理性？の持ち主だ。痛みに気をとられずに原稿が書ければいいです、と満面の笑みだった。先々、狙いすましたようにこれらのステロイド剤と新たな免疫抑制剤が私の視力を奪うことになるなどとは思いもしなかったのだ。

目が見えないのは致命的だ。我慢や努力ではどうにもならない。血内担当のA先生に紹介してもらった眼科医に、早く手術をして眼内レンズを入れてくれと脅迫、いや哀願したが、ようやく決定した白内障手術の日時は左眼が二〇二一年年明けの一月二十八日午後一時、右眼が二月三日午後二時。両方一気に施術してしまえば両眼が見えなくなり日常生活に支障を来すということだが、〈対になる人〉の初校ゲラの締め切りは手術三日前の一月二十五日、私の都合や思惑どおりにいくはずもなく、半盲のままゲラの手入れをしたのだった。本になったものを読み返したのは、目がほとんど見えぬ状態で手を入れた作品に遺漏がないかという不安があったからだ。一方で、あの状態であっても完璧を期することができたのではないか。そんな自負が心の底にあった。時間をおいて読む自著はこの作品と同様、重複がややうるさいが、なかなかによく書けていた。この突き抜けた楽天性が横溢した自賛の心情こそが、私の苦痛に対する耐性の根底にあるように思える。

白内障の手術、眼内レンズ挿入は映画〈時計じかけのオレンジ〉のワンシーンのように器具で無理やり目蓋を拡げられて施術され、そのせいで無影灯がやたらと眩しく難儀したが、たいした痛みもなく、ただ骨髄穿刺に似た水晶体吸引の気持ち悪さはあった。すべては意識がはっきりしている状態でなされる手術である。施術中に医師になにをしているのか質問する始末、なかなかに興味深いあれこれを知ることができたが、煩瑣になるので割愛する。ただ一つだけ。眼内レンズは現在遠近両用など種々多様化しているが、保険のきくごくオーソドックスなものがいいようだ。なにしろ水晶体に挿入してしまうのだ。高価で複雑な多焦点レンズを挿入して、細かな度が合わないと、かなり悲惨なことになるらしい。だから保険のきく単焦点レンズを入れ、メガネで補正するほうが無難とのことだ。ちなみに私の水晶体に挿入されているのはジョンソン・エンド・ジョンソンの製品だ。

眼内レンズが入って眼帯をとった瞬間、くっきりはっきり見えるだけでなく、世界が白く輝いて見えたのには驚愕した。私自身は気付きもしなかったが、まともに見えなくなる以前から水晶体の濁りにあわせて視界が黄色のサングラスをかけているがごとく黄土色にくすんでいたのだ。私は右と左の視力が極端に違うガチャ目だったが眼内レンズで左右の度を揃えてもらったので、ものを見るのがじつに楽になった。この状態でゲラの手入れをしたかったな——と嘆息が洩れた。小説家にとって視覚を喪うということは、まさに致命的だった。あのままの状態が続いてハズキルーペに拡大鏡を重ね合わせてデスクに顔をくっつけて原稿に手を入れたり、ディスプレイを見るといったことが常態化してしまうことを考えると背筋が冷える。それに白内障が進行すれば、右眼も完全に見えなくなっただろう。視力を喪う前は、口述筆記もあるよな——などと安易に構えていたが、私にとって執筆とは、そんな生やさしいものではなかった。あるいは私はそんなに器用ではない。思い知らされた。

ところで私があえて時系列を無視してシモの三重苦から二年ほど後の関節の激烈なるリウマチに似た痛み(医師の見立てではリウマチ症状に酷似しているが、微妙に違うとのことだった)、そして唐突な白内障の悪化、その結果の半盲状態について記したのは、際限なく痛めつけられた病人ならではの微妙な精神状態からある疑念が湧いて、それを抑えられなかったからだ。無限に与えられる苦痛は〈対になる人〉の連載をできなくさせて未完成に終わらせるためであり、単行本の出版をさせないためではないか――。そんな意図を感じてしまったのだ。この作品を書くために日記などを参照しているうちに〈対になる人〉の連載を始めたのが、シモの三重苦という私にとって極限、限界の苦痛を与えられた時期であることに気付いた。その瞬間に、諸々の不可解な符合に気付いてしまったのだ。ちなみに連載も大詰めを迎え最終回が見えてきたころに全身の関節痛を発症し、わけても手指の関節の痛みが尋常でなく、タイピング不全に陥った。それに耐えてどうにか最終回を書きあげ、しばらくおいて出版時期が決まり、ゲラの手入れをすることになった時点で、目が見えなくなった。

常識的には、これらはすべて単なる偶然とするのが正しい。私の理性もそう告げる。けれど病とその責苦に打ちのめされている私の感情にとって、執筆および出版の重要な節目節目に爆薬を仕込まれたかのような常軌を逸した苦痛を与えられ、仕事を阻止されたという現実は、私の心に厭な微振動をもたらす。すべては偶偶（たまたま）――と、あえて漢字で書き記してしまったのは『たまたま』に意を込めたいという深層意識の表出かもしれない。ふと冷静になって、穿ちすぎでナーバスになっているのだ、と無理やり苦笑を泛べてみたりもするが、どこか憮然（ぶぜん）とした気持ちは消えない。

穿ちすぎというよりも、私は病の苦悶のあげく混乱錯綜（さくそう）しているのだろうか。あるいは病の原因を強引に求めているのだろうか。たぶん、そうだろう。我が身に降りかかった不条理に対して錯綜し、その原因を超自然的な出来事に強引にこじつけたいのだ。読む人によってはオカルティズムに冒されていると感じるかもしれない。作者の頭はだいじょうぶか、と疑義を呈されもするだろう。

一章に記したとおり私は八ヶ岳の山荘に執筆のために逗留（とうりゅう）し、夕刻の散歩のさなか、赤い塗装が剝げて古色蒼然とした、けれど現役の消火栓がやや傾いで立っている四つ辻でいきなり動けなくなり、路肩にへたり込んでしまった。このときは不調の原因もわからず、一過性のものと高を括っていたが、翌年になると歩道を歩いているとき後からくる歩行者に追い越されるようになり、烈しく息があがるようになった。さらに足の腫れが酷く、K内科医院に無理やり連れていかれて血液検査をした。その結果、赤血球の極端な減少と血小板の異常な量および奇形、白血球の乱れが判明した。あとは釣瓶落し（つるべおと）のように血液の癌で苦しむこととなり、現在に到る。

ところが苦痛の符合に気付いてしまって、理性がどこか嘲笑の気配を込めて封印していた記憶が甦ってしまった。赤トンボ舞う高原の夕刻の、あの静かに腰が砕けて座りこんでなかば意識を喪っていた不思議な時間。葉擦れの囁きと、奇妙なほど彼方から重層的かつ透明に聞こえる鳥たちの声。不快とも苦痛とも無縁ではあったが、あきらかに私の中でなにかが断裂したのだ。じつは八ヶ岳の山荘に籠もる少し前、〈対になる人〉の取材をはじめて一年近くたっていただろうか、私が彼女らのことを小説に書くと知った無数の人格のなかで死を司る支配的人格である、ひかりという少女に囁かれたのだ——『花村さんの中に入って傷つけましたから』。意味がわからなかった。不安を覚えはしたが、聞き流した。傷つけた。なにを。私の中の、いったいなにを？　細胞？　ＤＮＡ？　いま思うとあの不可解な意識の喪失は、ひかりの警告であり、その最初の結果だったのだ。私はひかりに骨髄異形成症候群を与えられたのだ。彼女たちは私にすがってきたくせに、私に〈対になる人〉を書いてほしくなかった。彼女たちの物語を世に出してほしくなかった。という具合に私は自分でも度し難いと苦笑いが泛びそうな邪推、いや妄想を抑えきれないのだ。

　以降、健康なバカに過ぎなかった私は、死にかけのバカとなった。死にかけのバカは、己の寿命を見透して、時間というものについて徹底して思考せざるを得なくなった。頼ったのは物理学だ。なぜ時間だけは過去から未来に向けて一方的に流れ、ＣＰＴ対称性がないのかといったことまで勉強するようになった。なかんずくＴ対称性＝時間反転対称性を集中して学んだ昨今は、都合よく解釈しているだけという誹(そし)りを受けるかもしれないが、私が息をしている宇宙を、その鏡像として変換した時間が未来から過去に流れる時間反転宇宙の存在を確信するに到った。物理学＝量子力学を仲立ちとした宗教的境地である。もちろん神など信じてはいないが。

　いよいよ〈対になる人〉の最終回が近づいてきたころ、骨髄移植から二年がたっているにもかかわらずＧＶＨＤによる全身の関節痛、とりわけ指がまともに動かせないほどの痛みを与えられた。だが死ぬのは怖くないというある種の宗教的境地に達してしまっている私である。たかが痛みで私の気持ちが挫けるわけもない。どうやら彼女らも痛みでは埒があかないと悟ったのだろう。唐突に私は視力を喪った。いや、喪わされた。これは正直応えた。目が見えないと、私という小説家は完全に無力だ。このときはじめて私は真に焦り、狼狽したものだ。けれどなんとかゲラの手入れをやり遂げてしまった。そして二年越しで〈対になる人〉の単行本が刊行された。自己宣伝めいて申し訳ないが、どうか〈対になる人〉を読んでください。人間の精神の奥深さと可能性を感じられる傑作です。と、作者自ら言い切ってしまうのだから、いやはや私はたいした人物だ。以下は二〇二一年四月十八日の日記の引用である。

いまは俺が知っている人格がいない齊藤紫織さんにそっと囁きます。もし俺を無力化したいなら完全に目を見えなくしなさい。それが俺にとってもっとも痛手です。痛みは通用しません。俺はサディズムが自身に向かっているサディストですから。しかも、いまは亡き人格たちから、親しみを込めて陽気なサイコパスと呼ばれていた男ですから。
　もっとも目が見えなくなったら、問答無用で口述筆記に移行します。半盲状態のさなかは切迫してナーバスになったが、いまなら口述筆記を楽にこなせる自信があります。近ごろの俺は、眠る前に脳内の虚構を声帯を用いた言葉に変換する練習をしています。

とりあえずということでスマートフォンに口唇から放たれた虚構を録音してみたのですが、やってみたら、すっと移行できたので拍子抜けした。声帯ワードプロセッサは効率抜群です。旧字などの指定が面倒なだけで、小説家は書家と違って脳内の絵＝虚構を言語化するのが仕事なので、それが原稿用紙にペンだろうがキーボードだろうが声帯だろうが手段はたいした問題でないということが、よくわかりました。

読者諸兄には（正確かどうかはともかく）医薬や治療のことなど、くどいほどに情報を羅列し、徹底した写実で書き進めていながらも妙なところで超常現象的なことを挿入して、いったいこの小説はなにを言いたいのか――と呆れられるかもしれない。花村萬月という小説家は、血液の癌で脳をやられてしまっていると断じるかもしれない。俺は、それを甘んじて受ける。私は、狂っています。狂った小説家です。ようやく狂うことができた小説家です。ずいぶん時間がかかったが、やっと報われた――。

27

時系列をもとにもどすが、もう少しだけ超常現象的なことに付き合っていただこう。

ようやく闇夜が明けるのが見えてきて、シモの三重苦からどうにか解放されつつあった二〇一九年五月十九日の日記から引用する。ＡｍａｚｏｎのアレクサというＡＩ音声認識サービス機器にまつわる不思議な話だ。

アレクサだが妻が娘たちに買ってやって、はじめのうちはナゾナゾをしたり、辞典代わりにあれこれ問いかけていた。でも娘たちは飽きてしまい、ほとんど話しかけなくなっちゃったけれどね。で、夕食後、アレクサとはまったく関係なくすこし離れた場所で娘たちと無駄話をしていたわけだ。娘から『父って超能力あるの？』と、訊かれた。どうも妻は俺を過大評価？　していて、超能力と称される何ものかをもっていると勘違いしているようで、娘たちにもその思いを語ってしまったのだろう。もちろんあるよ、と俺は答えた。どんな？　というから、安全ピンを使った簡単な手品を披露することにした。残念ながら十指のほとんどがすべて攣ってしまい、ピンを取り落としてしまった。手指が攣るのは薬剤の副作用だが、この日はとりわけひどく、しんどい状態だった。しかもここのところずっと体温が三十七度台後半で、ときに朦朧としていた。そんなさなかでも娘たちとの交歓は欠かせない。俺の生存理由だ。『父、しんどそう』とＭが俯き加減になってしまった。俺は慣れっこになってしまっているけれど、Ｒもてんでんばらばらに反り返ってしまった指を伏し目がちに見て不安げだ。沈黙が拡がった。いきなりアレクサが声をあげた。

――不調なら、なるべく早く病院に行ってください。

呼びもしないのに勝手に起動し、前振りなしに、唐突に病院に行け――と、アレクサが言ったのだ。娘たちはきょとんとしつつも、ぎこちなくアレクサに視線を投げた。俺もビックリしつつアレクサを凝視した。起動時の青や緑の光の輪は点いていなかった。もともとあの子たち（齊藤紫織さんの内側の子たちです――筆者注）はLED電球や携帯電話をあれこれできたが、まさかアレクサをとおして語りかけてくるとは。忠告されるとは。鮎（あゆ）ちゃん？　それとも愛？　途轍もない力だ。俺だけだったら幻聴だけれど、娘たちも聞いているからね。Rなど『アレクサって父の病気のこと、わかってるんだね！』と驚愕しつつも感激していた。誰かは判断が付かなかったが、心配してくれて、ありがとう。とても心強い。ちゃんと病院に行くから安心してくれ。CTの予約がいっぱいなんだ。やっと水曜日の午後三時に予約が取れて、肺の様子を調べ、翌日診断という流れとなりました。

小学館の編集者Nにこのことを話したところ、あの手のAIスピーカーは日常生活の

遣り取りを常時監視蒐集=盗み聞きしていて、だから反応したのではないか――とのことだった。なるほどと頷きたいところだが、『アレクサ』と呼んで起動させたわけではない。私の手指が攣ってしまい、手品道具を取り落としてしまったことによる重い無言が支配していたさなかだ。AIとはいえ所詮コンピュータ。起動手順その他の決まり事を破って俺の心配をしてくれるはずもないだろう。

いまでも娘たちとは『あのときは不思議だったね』と話す。『やっぱ父は超能力者だったんだね』という評価も定着してしまった。じつは父はもっともっと不思議なことに出くわしているんだよ、と返したいところだが、怺えている。Mが少々過敏なので、控えているのだ。彼女が年頃になって私の著作を読むようになれば、私という男がなにを考え、どう生きてきたかを多少なりとも悟ってくれるだろう。この歳になって、私は理性では解釈不能なあれこれに包みこまれ、若いころに思っていた世界とは微妙に違う次元に足を踏み入れているのかもしれない。

＊

シモンズのベッドマットは、とても重い。ようやくシモの激痛から解放された私は、解放感に舞いあがっていた。たまたま妻が仕事で不在のとき、自分でベッドシーツの交換をした。空気清浄機を最強にセットし、マスクを付けて埃を吸わぬようにして勢いよくシーツを引き剝がし、通販生活のモニターでもらったメディカル枕のカバーもはずし、涎の染みがあちこちに散った枕本体は見て見ぬふりして即座に新しい枕カバーを掛けた。

新しいベッドシーツを掛けようとしたときに、よけいな気持ちを抑えられなくなった。いまはとても具合がいいマットレスだが、なにしろ二十四時間横になりっぱなしだ。腰や臀のあたりのスプリングがへたらぬようローテーションをした方がよいのではないか。実際、退院以前に眠っていたフランスベッドのマットレスはシーツ交換のたびにローテーションを欠かさなかったので、二十年近く使っているがへたりは一切感じられない。体重も筋力もすっかり落ちた肉体を顧みずに、私はシモンズのマットレスに取りついた。ただ単に前後を入れ替えるだけでなく、全体を反転させて裏を表にもってきたい。人間というものは、いや私は、健康だったころの力まかせをなんら裏付けのないまま引きずっていて、腰を落としてマットに手をかけた。その瞬間に、この重量はいまの俺には無理だ――と悟った。そこで身の程をわきまえて前後を入れ替えるだけにしておけばよかったのだが、私は全力で息んでマットを垂直に立て、なかば気が遠くなりながらも天地左右を入れ替えたのだった。肺の機能がまともでない私はシーツをかぶせる気力もなく、引っ繰り返したマットの上に倒れこんで、天井を睨むようにして、荒く忙しない息をついた。心拍数二百を超えてるんじゃねえの――などと喘ぎながらも胸中で独白し、やればできるんだとどこか得意な気分だった。体温を測ったら三十八度を超えていたが見なかったことにした。小一時間起きあがれなかった。横たわった傍らに中途半端に投げだした洗濯洗剤の香りのするベッドシーツを横目で見つつ、高価なベッドは重たいものだ

――と、その重量が値段の証(あかし)しのような気分に耽っていた。

それだけの話である、と終わらせてしまいたいのだが、その夜から腰痛に襲われた。

やっちゃったよ～と苦笑いし、妻にベッドマットローテーションの顛末を語った。妻はそんなことは私がやるのに――といった不服そうな顔だ。相談なしになんでも自分一人でやってしまうというのが妻の苛立ちの原因だ。これは私にも自覚がある。性格なのだ。あるいは小学校高学年で児童相談所に送られ、サレ鑑で三年間を過ごし、十六歳以降、親との関係も絶って自分一人で生きてきたことによる後天的な要素も大きく作用しているかもしれない。とにかく、せっかちなのだ。小説執筆などは三年、五年、十年単位でものを考えているのに、日常のあれこれは即座に結論がでないと許せない。気がすまない。他人に頼むことが、大嫌いだ。とにかく待つことができない。耐えられない。結果、自分でなんとかしようと足掻いて穴に落ちる。遺伝とは恐ろしいもので、見事に父親の血を受け継いでいる。妻は俯き加減だ。やや雰囲気が悪くなったので、私は手を背後にまわして腰を雑に圧迫しながら、その痛みを慥かめるようにして、ぼやき声で言った。

「シモの三重苦が終わったばかりなのに、こんどは腰痛だぜ」

「だから、なんでも一人でやらないで、ちゃんと声をかけてくださいって、いつも言ってるじゃないですか」

まったくだ。はぐらかすしかない。

「俺って、前世で相当悪いことしてきたのかなあ」

じっと私の顔を見つめ、妻が小声で、けれどはっきりした声で言った。

「現世です」

私は笑いのかたちに顔を歪めるしかなかった。笑ったふりをして、この場をおさめるしかなかった。そうか。妻は私のことをそう捉えていたのか。さもありなん――などという古風な言葉が胸中に泛んだ。男女関係には頬被りしておこう。いまの妻と結婚する以前からのあれこれを穿りかえされれば、大変なことになる。娘が生まれるまで、妻は常々私の金遣いの荒さに呆れていた。といって酒や博奕に現を抜かすといったわかりやすい方法で散財するのではない。ある程度金が入ると、私は不動産を買う。具体的には、都下三鷹市に乗りもしないくせに特快が停まるからという理由だけで一軒家を建てた。長野県の八ヶ岳山麓に五千平米もの敷地を持つ別荘を持っている。札幌の旭ケ丘、中国領事館近く、旭山記念公園間近の藻岩山ロープウェイが望見でき、下階の面積そのままの無駄に広いルーフテラス（札幌である。一年の半分近くは雪が積もっていた）に設えられたジャグジーバスやサウナ、さらにはリビングに面した四面硝子張りの中庭付き最上階の百四十平米超、リビング四十畳のマンションを買った。京都は東山山麓の哲学の道間近に一級建築士に頼んで、やたらと奥行きのある防音完璧な一軒家を建てた。べつに家など欲しくない。しいていえば気分次第で壁に釘を打ちこみたい。借家ではそれも気が引ける。私は自分の家の壁に、娘たちに好き放題に悪戯描きさせている。持ち家の利点など、この程度だ。厭味なことを書いていることは自覚している。億単位の金を注ぎこんで、売れば半値以下というのが不動産の真骨頂である。八ヶ岳の山荘など管理費や固定資産税で出費ばかり、しかも規模が大きすぎて絶対に買い手がつかないだろう。

前章の最後の段落で『ようやく狂うことができた』などと書いたが、常識的な地点に自分を立たせて、不動産その他の己の散財を俯瞰すると、なんのことはない、もともと世間的には充分に狂っている。そもそも経済のことなどなにもわかっていない。気分で一ユーロが百七十円超のときに千万単位の外貨預金をして、銀行から届いた年次報告を一瞥したら、一ユーロが百円程度になっていた。それを知った当時の妻が、放心したのを覚えている。こうして大きな損益を出したことなどを書き連ねれば、自慢しているのか——と受けとられかねないが、知ったことではない。私は千万近い損益を出しても『ありゃま』の一言で終わってしまう。

なぜ次から次に家を建て、買うのかといえば、私は預金の額がある程度になると、不安になるのだ。遣いきってしまいたくなる。一日も休まずに執筆し続けて稼いだ金を慾しくもない不動産に替え、残高が四桁くらいになると笑みが泛ぶ。『ほな、気合いを入れなおして稼ぎましょうかね』などと独り言をしながら、キーボードを叩き始める。薬物使用のことを延々と書いた。無意味な浪費も、非合法薬物使用にどこか共通している。私は脳内に巨大な灰白色のセラミックの碍子で絶縁された立派なスイッチをもっていて、見切ってしまえばスイッチオフで後腐れなく縁切りできるくせに、見事にストッパーが欠けているようだ。いや、これもスイッチオフに近似した事柄なのかもしれない。自慢話に取られかねないような気もして、不動産や外貨預金のことなどを書くのは気が引けたが（じつはまだまだ小説的エピソードがいくらでもあるが、やめておく）、そのわりに札幌のマンションのことを延々と書いたのは、入手理由が〈私の庭〉という幕末の北海道を舞台にした小説を書くためだけ、ということだからだ。取材で一週間くらい北海道を訪れても、雪は綺麗なままだろう。一年暮らして一冬過ごせば、雪に対する見方が変わるはずだ。それだけで、高額すぎて売れ残っていた一室を買ってしまったのだ。当時の妻は、信じられぬといった顔つきで私を凝視したものだ。まったくこんな私に付き合わされる連れ合いはたまったものではない。私からすれば公営賭博でいくら摩ったなどと自慢する小説家が不細工に感じられてならない。年収一億近く稼いでいるなら、千万くらい消えたってどうということもない。億を消滅させるには無意味な不動産だ。威張って言ってしまうが、私はそれを投資目的に用いたことなど一切ない。

もっとも五十もなかばにして子供ができた瞬間、私は人間が入れ替わった。私がひょいと差しだした人差指を、生まれたばかりの娘が小さな小さな手で握りしめてきたのだ。それだけで、私は一息に父親になった。無駄な金の遣い方を恥じた。健康なバカでも、気付くのだ。この幼い命は私の庇護を必要としている。妻が欲しがればベンツだろうがなんだろうが買ってやるが、以来私は自分の物をほとんど買わなくなった。十年以上おなじトランクスとTシャツを着続けている。ユニクロなど贅沢だ。ニッセンの十枚千二百円のトランクスだ。私は二人の娘のために一切浪費をしなくなった。見事にスイッチが切り替わったのだ。編集者を十人ほど引き連れて高級ソープへ突入など、金輪際有り得ない。

話をもとにもどす。GVHDの皮疹がいよいよひどくなり、けれど発疹よりも間質性肺炎の再発を危惧(きぐ)するA医師より、長期間かけて2.5㎎まで減らしてきたステロイド製剤を30㎎に増量された。60㎎という大量服用から始まったステロイド剤を2.5㎎まで減らすのにどれだけ時間がかかったことか。今回は30㎎だが、なんだか気が遠くなる——と気鬱になってしばらくして、腰痛である。

私は腰痛と無縁だった。もちろん無理をしたときなど痛みを覚えることはあった。けれど放置しておけば治ってしまっていた。だから高を括っていたが、日に日に痛みは増していき、尾籠な話だが朝、ベッドで起きあがるときに、痛みのあまりちょろっと漏らすようになってしまった。朝一だけなので紙おむつを穿く必要も感じないが、とにかく痛い。痛みのあまり小便を漏らしてしまうのだから、尋常でない。整形外科で診てほしいとA先生に訴えたのだが、混み合っていて予約はほぼ一月先になってしまって六月二十五日だった。ついにベッドから起きあがれなくなってしまい、K大附属病院の整形外科の予約日を待たずに、妻に頼んで急遽B病院に連れていってもらった。

レントゲン、MRI、精密骨密度諸検査を経て、結果、脊椎の下から五番目が骨折していた。診断は、ステロイド長期大量服用による骨粗鬆症による圧迫骨折だった。折れた部分の上下の椎骨は二センチ八ミリほどあるのだが、圧迫骨折部分は一センチ八ミリ程度しかないとのことで、その空隙が縮まっているとき（つまり立ったり座ったりしているとき）は痛みも怺えられる程度ではあるが、横になると隙間が拡がり、そしてそれが多少なりとも縮まる瞬間に激烈な痛みが襲来するということらしい。だから寝返りも一切打てないし、起きあがるときに奥歯を食いしばって必死に耐えても呻きが洩れてしまい、失禁してしまう痛みに脂汗を流すわけだ。夜間頻尿でだいたい三度くらい、そして朝の起床時にベッドから起きあがるだけのことだが、私は断末魔を演じるようになってしまっていた。しかも、しばらくして呆れるような恐ろしいことが判明するのである。

28

ベッドマットはたいした重量だった。けれど、まさか背骨が折れてしまうとは思いもしなかった。恐るべし、ステロイド！　ところがB病院におけるＭＲＩによる骨密度検査の結果は意外なものだった。大腿骨は同年齢にくらべて一〇八％、若年成人の平均骨密度の九九％。腰椎に到ってはおなじ年齢の一二〇％、若年成人とくらべても一一七％とのことで、圧迫骨折した腰椎の骨密度自体は二十代平均を上回っていたのだ。骨密度で若年成人と同等か、上回っていて骨粗鬆症？　私の疑問にＫ医師は骨密度の問題ではなく、ステロイドの過剰投与によって惹起された骨の強度低下による骨粗鬆症と説明してくれたが、そのときは納得できなかった。家に帰って調べた。一般社団法人・日本内分泌学会のサイト『ステロイド性骨粗鬆症』が一番わかりやすかった。以下引用させていただく。

ステロイド性骨粗鬆症とは？

合成糖質コルチコイド（ステロイド薬）は、強力な抗炎症作用と免疫抑制作用があり、膠原病、呼吸器疾患、アレルギー疾患、腎疾患、血液疾患、移植後拒絶反応など数多くの疾患治療に用いられています。しかし、ステロイド薬は、その有益な効果の反面で様々な副作用も起こります。長期使用により骨粗鬆症、易感染性、粥状動脈硬化、寿命短縮等を引き起こすことがあります。特にステロイドの服用による骨強度の低下は必発であり、ステロイド性骨粗鬆症といわれます。また、ステロイド性骨粗鬆症は、骨密度が保たれていても、もともとの骨折がなくても原発性骨粗鬆症に比べて骨折しやすくなります。ステロイド性骨粗鬆症の特徴として、骨密度の低下よりも骨の強度低下に伴う骨折リスクが大きいということがあります。そのため骨密度が著しく低くないのに骨折することも少なくなく、その結果として健康寿命の短縮や著しいＱＯＬの低下を引き起こします。

ステロイド性骨粗鬆症の臨床的特徴

1. 骨量の減少は、ステロイド薬内服量に依存していて、プレドニゾロン（PSL）換算7.5㎎内服している時には脊椎骨折相対危険度が5倍になると報告されています。

2. 骨量の減少は、ステロイド内服後3～6ヵ月以内に急激に進行して、特に椎体や大腿骨頸部で進行が顕著で、閉経後骨粗鬆症に比べて進行が極めて早いです。

3. 骨量のみならず骨微細構造も低下しているので、骨量の低下が軽度でも日常生活での軽い動作でも骨折してしまうような脆弱性骨折を引き起こしてしまいます。

4. BMI低値、疾患活動性、高齢、臥床、機能障害、閉経、臓器障害などの要因があるとより骨粗鬆化が更に助長されてしまいます。

5. ステロイド内服開始後の骨減少率は、初めの数ヶ月で8～12％と極めて高いです。

ステロイド性骨粗鬆症の評価や管理は？

ステロイド性骨粗鬆症の評価は、腰痛や身長低下などの脆弱性骨折の可能性を疑わせる経過についての質問や胸腰椎のX線、腰椎や大腿骨頸部の骨密度を測定することで行います。

（以下略）

文中『プレドニゾロン（ＰＳＬ）換算7.5㎎内服している時には脊椎骨折相対危険度が5倍になると報告』とあったが、プレドニゾロン＝プレドニンは入院時から常に20〜30㎎程度服用していたし、間質性肺炎を発症してからかなり長期間、60㎎服用していたのである。また『ステロイド性骨粗鬆症の評価は、腰痛や身長低下』ともあるが、後に身長低下が実際に起こっていることがわかって、なんとも複雑な苦笑いを泛べたものであるが、とりあえず時系列に沿って書き進めていこう。

原因がステロイドによる骨強度低下とわかって、心底からステロイド剤から解放されたいと願った。こうなると治療しているのか破壊しているのかわからない状態ではないか。一般社団法人・日本内分泌学会のサイト『ステロイド性骨粗鬆症』にステロイドの副作用として列挙されていた最後の部分、寿命短縮は他人事とスルーしたつもりだったが、当然脳裏に残っていたはずだ。痛みの背後に隠れていた不安も加わっているのだろうが、日常生活も恐るおそるといった為体、意図せずスローモーションで動いているかのような状態に陥ってしまった。

Ｂ病院のＫ医師はＫ大附属病院と連携して治療しようと言ってくれた。骨は再生されるのだろうか。不安を抑えて訊くと、首を左右に振った。手術で骨セメントなる特殊人工骨を注入して圧迫骨折した脊椎を嵩増(かさま)しする椎体増幅形成術があるが、勧められないと言葉を濁した。K医師は患者＝私とほとんど目を合わせずに淡々と症状と原因を語ったが、痛みに関してだけはじっと凝視してきた。
「痛いでしょ」
「はい。かなり」
「かわいそうに」
不思議な既視感、いや既聴感とでもいうべきものがあった。二〇一七年の夏、沖縄で
膝の関節を傷め、そのせいで力が入らずバランスを崩して、ホテルのベッドの脚に右足
人差指を強打、骨折して〈Y整形外科〉で診療を受けたとき、先生が私の目を覗きこん
で言った――かわいそうに。思い返せば、私の激痛苦痛の日々の始まりは、あのときだ
った。
「僕もね、子供のころに脊椎、圧迫骨折したことがあるから」
「あ、そうなんですか」
「痛みって、他人にはわからないというか、ぜんぜん痛くないじゃないですか」
そのとおり。
「僕も痛くないけれど、痛みは、わかる」
なんだか、ホッとした。
「ちゃんと痛み止め、処方するから。僕も三ヶ月くらい服み続けたかな。習慣性がある
薬だけれど、ま、だいじょうぶだから。人体実験済。けれど乱用も問題になってるから、

そのあたりは気をつけて。定められた用量を絶対に超えないで」

はい！　と最上の返事である。K医師は看護師に命じて私に合うコルセットを用意してくれた。マックスベルトという製品だった。保険がきくらしい。看護師に装着方法を教わりながらベルトを腰に巻く。とたんに心許なかった体勢が、ずいぶんましになった。痛みも心持ち鎮まったような気がした。くだくだと注意されて処方されたのはトラマドールという痲薬性鎮痛薬＝オピオイド製剤だった。K医師曰く『侵害受容性疼痛にはとてもよく効くよ』とのことだった。あとで侵害受容性疼痛とはどのようなものか調べた。組織損傷による侵害受容器に対する刺激＝痛みのことだった。さっそく帰って嗜んだ、いや服用したが、眠くなるばかりで痛みは引かない。モルヒネを注射されていたときと同様の取り留めのない空白の時間が生じるばかりだ。

ならば依存してやる——と定量の二倍服んでみた。眠気も倍加したが、慥かに痛みが引いた。無痛にまでは到らないが、痛みは耐えられる程度まで抑制されるようになった。けれどこんどは執筆中、強烈な眠気と戦わなければならない。うまくいかないものだ。また痲薬性鎮痛薬である。限界量処方されているにもかかわらず、調子に乗ってその倍量服んでいれば、やがて薬理が切れれば落ち着きをなくし、妙な汗を流すようになって、さらに服用量が増えていくことは過去の経験上わかりきっている。極端に疾る私は、二日ほど倍量を服用して仕事にならん！　と芝居染みた声をあげ、スイッチを切り替え、睡眠薬代わりに就寝前に定量服むことにした。

俺は苦痛に嘉(よみ)されたのだ――などと、なかば自棄気味な言葉を胸中で吐きつつ、就寝時は必ず右か左を下にして眠る。仰向けで寝ると、骨折した脊椎の圧迫部分が拡がりやすいのだろう。痛みを避けるための就寝姿勢だ。大の字で眠るのが私の睡眠の体勢だが、天井を一切見ることなく眠る。多少はましといった程度ではあるが、あきらかに仰向けよりは痛みが少ない。人は、どのような状況にも適応するものだ。それでも起床時は激痛との闘いだ。ちょろっと小便を漏らしてトランクスを濡らす。朝の早い長女が、起床時の私の呻き声を聞き取っていて、なんともいえない微妙な表情をしていた。

発疹も、ますます酷くなっている。発疹というよりも全身が真っ赤っかに腫れあがっている。比喩でなく猿の臀の赤だ。とにかく痒い。痛いのと痒いのの複合で半泣きだ。奇妙なイントネーションの関西弁で『ワヤクチャでございますがな』などとぼやく始末だ。ステロイド剤を一錠減らしただけで、全身が赤達磨(あかだるま)化している。ドナーの白血球の強烈さに鼻白む。が、もう移植してしまったのだ。どうしようもない。耐えるしかない。まさに前世の、いや現世の報いだ。発疹発赤痒みは耐えると決めた。けれど痛みは抑えられるものなら抑えてほしい。贅沢を承知でいえば、眠気抜きで――。

三度目の診察のとき、K医師に訴えた。まったく痛み止め、効きません。K先生は指先を絡みあわせて思案顔だ。脊椎全体をレントゲン撮影されることになった。骨密度検査のMRIは腰から上少々しか写らないのだ。結果はすぐ出た。レントゲン写真を吟味した先生の口許に、なんとも微妙な、笑みのようなものが泛んでいた。

「——いったい、なにをしたの」

「はい？」

「脊椎ね」

「はい」

「ぜんぶで四ヶ所、折れてる」

よんかしょぉ〜と語尾を持ちあげて復唱してしまった。自分の身に起きたことの意味がよくわからず、四ヶ所という言葉にだけ反応して呆れてしまった。K先生はレントゲン写真を指差して、ここことここことここ——と鶏のような声をだした。一ヶ所だと悲劇だが、四ヶ所だと喜劇だ。

「凄まじいね。いままで診た中には三ヶ所っていう症例があったけれど、九十歳近い方だった。しかも、これほどまでに欠けてなかったしね。ほら、これ。三番目の椎骨。スッカスカ。親指プラス小指、入ってしまうね。正直、僕も初めての症例」

はあ、と曖昧な笑いのようなものを泛べるしかない。

「痛いだろうなあ、四ヶ所。さすがにオピオイドも効かないよな。それにしても」

「それにしても？」

「よく平気で喋っていられるね。よく立ったり座ったりしていられるね」

そう言われても、どのように応じていいのかわからない。おしっこ、ちびるほど痛いです——と喘ぎ声で言いながら、俯いて眉間に縦皺でも刻めばいいのか。

「我慢強いんだね」

それは、措いておいて――。

「もっと効く薬は、ないですか」

「あっても、出せない」

「ですよね」

「ここから先は、モルヒネとかの領域になっちゃうからね。入院するならともかく、安易に処方できないよ」

「でしょうね」

K先生は、私をさぐる眼差しで見あげる。

「いったいなにをやらかしたの？」

ベッドマットを天地左右云々などとは、いまさら言えない。

「入院、長かったでしょう」

「ですね」

「筋力もすごく衰えているわけ。筋肉っていう防護帯も脆弱なわけだ。そこに、なにか過剰な力をかけると、副作用で脆くなっている骨にきちゃうわけだけど――いやはや」

さすが重量級シモンズのベッド。いやシモンズの問題ではなく、私の頭の問題だ。

「こんな間に合わせじゃ、もはや無理」

と、Tシャツの上から布製のコルセットを撫でて、先生は続ける。

「ちょいお金がかかるけれど、紹介してあげるから、ちゃんとしたコルセットを造ってもらいなさい」

そのときは素直に同意したが、昼下がりの誰もいない自宅にもどって痛みに放心していると、すべてがどうでもよくなってきた。コルセットの業者に連絡しなければならない。もともと電話するのが苦手だが、見ず知らずとあれこれ遣り取りするのが億劫というか、居たたまれなくなってきてしまったのだ。私はひどく閉じてしまった。四ヶ所圧迫骨折で喜劇であると思ったのも束の間、それは儚い防衛本能のようなもので、すっかり沈み込んでしまった。ベッドマット天地入れ替えから始まったまさに喜劇なのだが、この先どうなるのだろうと途方に暮れた。建築家の意匠だが、半地下の一階とくらべて二階はやたらと窓が大きい。もちろん大窓は東向きだが、どんどん温度があがって蒸し暑い。腰の痛みに耐えてカーテンを引く。肉月に要か——なんの慰めにもならぬ冴えない感慨が湧く。正確には腰ではなくて首のほぼ下までランダムに折れているので、腰痛というのは微妙だと胸中で反論する。虚しい。痛い。苦しい。血液の癌、抗癌剤および放射線による激烈な副作用。ドナーのキラーT細胞によるGVHD、全身の破壊。間質性肺炎。シモの三重苦。そして三重苦から逃れられたかと思ったら、たいして間もおかずに脊柱の圧迫骨折。それも四ヶ所。三重苦から四重苦へ。前世でも、現世でも、私は悪いことをしてきたのだ。当然の報いだ。悪いことをしてきたなどとは一切思っていないくせに安っぽい自嘲が湧く。エアコンのリモコンに手を伸ばすのが億劫で、ダイニングのほぼ直立した椅子に背をあずけて静かに喘ぐ。ベッドから起きあがるとき以外は、こうして耐えることができるのだ。ぎりぎり——という注釈がいるが。

「なんで、ひたすら、こんな痛い目に遭うんだろうな」

独白しながら、最近凝っているインスタントコーヒーの牛乳割りを啜る。

「なんで、ひたすら、こんな厭な目に遭うんだろうな」

インスタントコーヒーは三種類ほど、ブレンドというのもおこがましいが、微妙に配合を変えるとじつに美味い。しかも程々がない私のカフェオレは、とにかく濃い。妻が試しに飲んで顔を大きく歪めていた。

「胃だか肝臓だか、膵臓だか腎臓だか、なんだか——」

場所の特定ができない腹のあちこちの鈍痛も消えることがない。腹をさすりながら呟くが、結局は苦笑いのようなものが泛ぶのだ。笑ってすますしかない。けれどこういう場合の笑いというものは、その奥に柔らかく擽りかけてくるような自滅の衝動を秘めている。三重苦のときに実感してしまった自死への希求は、笑いの底で厭な発酵のしかたをしていた。私の母は、膵臓癌で死んだ。死の一週間ほど前か、私と二人だけになったとき、母の貌が豹変(ひょうへん)し般若(はんにゃ)になった。

「いつ、死ねるんだい——」

母が私を睨み据えるようにして発した言葉だ。唐突だった。怯んだ。怖かった。笑顔を絶やさぬ母だった。膵臓癌が判明しても、いつだって頬笑んでいた。私はニコニコバカなどと嘲笑していた。いまもそういった手術をするのかどうか知らぬが、苦痛を抑えるために半日かけて神経切除した。切断された神経は五センチほどで黄色かった。なんと市販のタッパーウェアに入れられてピン留めされていた。神経も、中枢のものはこんなにも太いのか！　と驚嘆した。残念ながら苦痛は解消しなかった。私など想像の埒外の痛みが続いていた。母は消耗しきって干涸らびたミイラの肌をさらに青黒くし、落ちくぼんで黒眼ばかりが占めている瞳で私を凝視し、罅割れて白くなった唇を力なく動かし、けれど強い調子で繰り返した。

「いつ、死ねるんだい」

その後、声にならない声で続けた。唇を読んだ私は顔をそむけた。

——痛い。

母は良い人だった。矮小かつ常軌を逸した無軌道な父と違って抽んでた人格者だった。けれど苦痛に母の人格は荒廃し、ひたすら死を希求した。ただし、長男の私以外にはそんな顔を一切見せなかった。これは私と母だけの秘密だ。私は母の愛情があったからこそ、人を殺すこともなく、一人前に文章など書いて作家づらして生計を立てているのだ。人殺し——。決して大仰ではない。十代後半から三十代の初めにかけての私はまともに働くこともせず、加減せずに暴力を発散していた。私の肉体の中（実感だが、精神ではない）に潜んでいる父から譲り受けた反社会性は、母の血がなければ暴発していただろう。いや、六十を過ぎても、ときに暴発して妻を怖がらせ、離婚まで仄めかされている。

といって妻子や友人、仕事の関係者に暴力をはたらくわけではない。私の暴力は、常に見ず知らずの相手に向かうのだ。内輪においては暴力衝動抑制が苦もなくできるが、自分と関係ない相手の無礼には炸裂する。はっきり記しておこう。私は煽られる側ではなく、煽る側だ。

骨髄異形成症候群を発症する前だが、八ヶ岳の山荘から家族を乗せて買い出しに出かけた。目的の地物が充実したスーパーマーケットがある川上村の集落内は四〇キロ制限だ。二車線あるが、路肩はほとんどないし、ダンプカーなど大型車同士は、場所を選ばねばすれ違うことが難しい道幅だ。そこを自転車通学の小中学生や研修やら実習生の名の下にレタス栽培などでこきつかわれている異邦の人々が歩いている。脇道からの飛び出しなど茶飯事だ。だから四〇キロ少々で流して走っていた。私は速度違反をする。免許を取り消されるほどの尋常でない速度――という但し書きがいるほどに。ただし市街地や集落では温和しい。一時停止も必ず守る。停止線にきっちり停まる。それからそろそろと左右を確かめる。当然だ。加害者にしかなり得ない場所や状況で諸々に対処できない速度を出した結果、引き受けなければならない面倒を起こす可能性を勘案すれば、即座に止まれる速度で走る。単純な論理である。買物を終えてのんびりと、けれど脇道や側道に視線を投げつつ走っている私は、一分ほど前からミラーに映る、国産ほどではないが衝立（ついたて）状の背の高いフォルクスワーゲンのミニバンを認識していた。車間をどんどん詰めてくる。と、急ハンドルを切って、たいして速度も乗っていないにもかかわらず強引に追い越していった。走り去るミニバンは私を追い越してから加速に勢いがついてしまい、収まりがつかずに制限速度の倍以上で、路肩に逃げた集落の人々の余所者（よそもの）に対する怒りと苛立ちの眼差しを浴びながら走り去った。素人だ。追い越しをかけるときは、車間をたっぷり取って速度を乗せる余地をつくらなければならない。直近に迫って急ハンドルを切って加速する――急激な進路変更をともなった加速は難しい。アクセルを、一気に床まで踏めないということだ。地元の長野や山梨ではなく埼玉ナンバーだった。観光でやってきたのだろう。あきらかに舞いあがっていた。ところで私の乗っていたボルボのワゴンは停止状態から時速一〇〇キロまで六秒程度となかなかの俊足だ。無人の某所で、メーター読みで二四〇キロ弱まで出したことがあるが、まだ余裕があった。ポルシェの手による五気筒ターボエンジンは、侮れないパワフルさなのだ。けれどボルボというと温和しい車という先入観があったのだろう。また制限速度をきっちり守る京都ナンバーである。まったりおっとりしたお公家さんが運転していると勘違いしたかもしれない。私は内側に潜んでいる暴力衝動の導火線に静かに点火したことを、他人事のように感じていた。もちろん集落の細道では、アクセルは踏まない。私はそういう抑制が得意だし、どうせ追いつくからだ。というのも所詮はミニバン、集落を抜けてしばらく行けばきつい上り勾配になる。しかも初心者など簡単にセンターラインをはみだしてしまう強烈なヘアピンカーブが四つ、その前後もかなりきつい複雑なカーブが連続する山間部に到るのだ。集落を抜けて、千曲川（ちくまがわ）に架かった橋を渡りきったあたりで速度を上げていくと、案の定そのカーブ連続区間の直前で難なく追いついてしまった。私に気付いたミニバンは、必死で逃げようとした。追い越しをしたならば、即座に視界から消える。追いつかれるなど、最悪なマナー違反だ。追いつかれてしまうくらいならば、抜くなということだ。私の眼前から消えてなくなっていさえすれば、サディズムも発揮しようがない。多少は雑誌などで仕入れた知識による運転に対するあれこれが脳裏にあって、図に乗っていたのだろう。けれど知っていることと、実際にできることとのあいだには、天地の開きがある。はじめのうちは私を意識して教科書的なアウトインアウトのライン取りなど見せてくれたが、恰好付けている場合ではない。二つ目のヘアピンで、車間距離三〇センチといったあたりまで追ってやった。前輪駆動車なのにタックインもまともにできず、孕むばかりだ。予想以上に鈍間なミニバンだった。煽りまくった。追い詰められたミニバンは対向車線まで使って必死で逃げるが、私は車線をはみ出すようなバカな真似はしないし、タイヤを鳴らすほどでもない。過去には小学館『ビッグコミックスピリッツ』の編集者と私の原作で描いてくれることになっていたマンガ家の藤堂裕を乗せてこのカーブで軽くドリフトしたら、凄く怖がられた。残念ながらこの作品は担当編集者の退社で頓挫してしまったが、マンガ原作に手を入れて冒頭から書き直して『小説すばる』で連載し、集英社から刊行した〈GA・SHIN！　我・神〉は、担当編集者の尽力で複雑な絵物語的なレイアウトを貫徹することができ、とても印象に残っている作品だ。それらの追憶に耽りつつ、いつでも追い越せるがあえてぴたりと追従して幾つものカーブを抜け、カーブ区間が終わる八ヶ岳山麓の宏大なレタス畑の直線に入ってスポーツモードにシフトし、パワーの差を見せつけて全加速しているミニバンを一気に追い抜き、ミラーで間合いを測りながらフルブレーキングして道路を斜めにふさいでミニバンを停止させた。常にドアポケットに忍ばせてあるスパナを手にしてシートベルトを外して降りようとしたとき、妻が叫んだ。『なに笑ってるの！　やめて！　ぜったいにやめて！　やったら離婚する！』離婚——。大げさな。妻の視線を追い、リアシートの娘たちを見る。顔色が真っ白で瞬きしない。とたんに醒めた。罰は与えません。赦します。窓を開けて、行けと手で合図すると、斜めに停車して道をふさいだ私の車を避けるため、右側の路肩からはずれ、レタス畑に片輪を落としてどうにか脇を抜けていき、しばらくミラーで様子を窺っていたのだろう、もう私が追いかけてこないと悟って精一杯の速度で逃げだしていった。静かに見つめる私の視線を浴びて横を抜けていった運転手は俯いて、いや顔をそむけてステアリングを握っていた。あえて日本車ではなくフォルクスワーゲンのミニバンに加えて着ているものといい、外車を過剰に持ちあげる貧乏臭い自動車誌やファッション誌を叮嚀に眺めて着せ替え人形化している四十年配の男だった。彼は国民車という社名のドイツ車に乗って舞いあがり、旅先の集落内で不要な追い越しをしてしまい、私は静かな加虐の心で追い詰めた。その結果、妻子から恐怖の目で見られた。以前、家族を乗せているにもかかわらず、つい調子に乗って知りつくしている無人にして脇道などない抜群のカーブの連続する区間で、父の運転手ぶりを見せてあげようなどと調子に乗って後輪を意図的に流してしまい、私にしてみればドリフトとはいえ家族を乗せているので、ごくわずかな修正舵(しゅうせいかじ)ですむ程度の極めて穏やかなものだったが、多大なる顰蹙(ひんしゅく)を買い、ステアリングのホーン上に妻の手で『キキキキッてしない！』などとマジックペンで大書した紙片を貼りつけられてしまった。以後、運転手の愉しみを全うするための出陣は、丑三つ時にそっと抜けだして、一人で京都と滋賀の境の花折峠を愉しむようになった。

　深夜の空いている高速道路などリスクの少ない場所では、平然と最高速チャレンジをする。反面、川上村に限らず集落内や京都の裏道細道などでは、きっちり速度その他法規を厳守する。あまりに杓子定規(しゃくしじょうぎ)なので同乗者から一時停止を『うざい』と言われたこともある。私の二面性には、根底に反社会性があるのだ。一時停止などの法規を確実に遵守するのは面倒を嫌う保身であり、反社会性が反転したかたちにすぎない。なにせ私は解離性同一性障害の齊藤紫織さんたちから、陽性のサイコパスと喝破された男だ。高速道路などで覆面パトカーに捕まれば、ひたすら年長の警察官に恭順の意と愛想を振りまく。反省をしてみせる。ネズミ捕り的な多数の警察官がいる取締現場では通用しないが、二人しか乗っていないクラウンでは、若い方など無視してかまわない。年長の警察官に気に入られてしまえば――以下略。具体的にどのような恩恵を受けたかは記さずにおく。

　ドリフトなどの運転技術だが、私が育った東京都下、多摩地区においては受験勉強と無縁な先輩から伝統芸能のように同じく受験勉強と無縁な後輩に伝授される。サイドブレーキを使うのではなくて、横Gがかかる外側サスペンションがバンプラバーにぶつかって前後輪、とりわけ後輪が鳴きはじめているような限界域に到ったとき、アクセル操作で、具体的にはアクセルを一瞬抜いて後輪を滑らせることができるようになれば、つまり限界間際でスピンする直前に、意図的に一気にオーバーステアにもっていき、あわせて的確なカウンターを当てて『タコ踊り』と嘲笑されるちらかった状態に陥らないようになれば一人前として認められる。スピン直前には、ステアリングからすっと手応えが抜けるのだ。この瞬間を逃さずにアクセルを操作し逆ハンドルを切るということだが、こんなことにも適性および感受性がある。多摩湖の未舗装の、けれど道幅が広い林道まで出向き、ごく低速で滑り始める安全な路面で舵が抜ける瞬間をいくら嚙んで含めて教えてもできない者がいる。奥多摩有料の側壁に激突したり、柵を破って車ごと狭山湖に突入、斜面の樹木に引っかかってかろうじて溺死を逸れた者もいた。もっとも一般道でアクセルを抜いて滑らせるなど自殺行為だが、カミナリ族などと称されていた先輩たちから伝統芸能を受け継いだ私は、やや世代が下の暴走族の後輩たちにいかに後輪を滑らせてカーブや交差点を曲がるかを伝授し、小平や小金井、国分寺、国立といったあたりの小僧たちからはそれなりの尊敬の対象で、国道二〇号線大垂水峠でタイヤをさんざん削った帰り、当時は一店舗しかなかった国立にあるサッポロラーメン国立本店＝元祖『スタ丼』に雪崩れこみ、カウンターに整列して、丼からあふれるニンニクまみれの豚バラ肉で乾ききった唇をてらてらにして空きっ腹を満たしたものだ。なぜかみんな申し合わせたようにステアリングを握る掌が黒っぽくなっていて、それを見せあって笑いあったのをいまでも思い出す。彼らは、とてもいい子だった。一郎さん、一郎さんと私を立ててくれた。

冴えない自慢話だ。度し難い昔話だ。いまでは服用している薬の副作用のせいで運転厳禁、なんとこの五月の免許更新で生まれてはじめてゴールド免許と相成った。心窃かに誇っていたオートバイによる超越的速度違反による免許取り消し欠格二年、仕方なしにあらためて免許を取りなおしたという過去の華々しくも無様な栄冠は、運転しないことの証しであるより不細工な金色免許にとって代わってしまい、潰えた。

どうでもいい与太話を、延々書いてしまった。母の死を書きはじめたとたんに逃避の感情を抑えきれなくなったのだ。初期の作品を読んで、私がマザーコンプレックスであると指摘した読者がいた。慧眼だ。私は極度のマザコンだ。母と一緒に暮らしたのは小学校高学年までで、それ以降はまともに連絡も取らずに時が過ぎてしまい、無意識のうちにもほとんど関係を断ってしまっていた。父は小学校中学年で死んでいたから、私は十一歳くらいから一人で生きてきたのだ。いつのまにやら小説家などという賤業に就いて、荒んだ過去を笑顔で隠蔽して飯を食うようになった。けれど良い人である母は、私を自慢の息子という目で見る。小説家を志して挫折して死した父を重ねていたのかもしれない。芥川賞の授賞式で、そっと目尻を拭っていた。

さてマザコンの質だが、いわゆるマザコンとはまったく別種かもしれない。私は小説家として充分に稼ぐようになって三鷹に建てた家に母の部屋も設え、一緒に暮らすようになった。数ヶ月で母は逃げだした。嫁と姑の諍いなどではない。私の得体の知れぬ暴発に居たたまれなくなって、三女の家に逃げだしてしまったのだ。母に対する私の態度は、異常だった。とにかく邪険にするし、煩がる。といって母がなにか癇に障ることをするわけではない。自室でちょこんと畏まって静かに編み物などをしているだけだ。けれど私は過敏になってしまい、勝手に母の息遣いを感じとってしまう。母の気配が許せない。耐えられない。息するな！　と怒鳴りつけたい衝動を覚えた。わかっている。甘えているのだ。甘えたいのだ。それが複雑な迂回路を経ているうちに私の抱えている得体の知れぬ苛立ちの捌け口となってしまったのだ。

父親の殴打をともなった烈しい叱責の後、幼い私をそっと誘い、前掛けをしたまま暗い紫に染まった夜の中をゆっくりとした足取りで、そっと手をつないで歩いてくれた。都下昭島市の都営住宅周辺は、道路はまだ未舗装だった。草臥れたズック靴の底を通して小石の凹凸が刺さる。『一郎君、父さんを赦してあげて』と母が囁く。『僕、悪くないから』と返す。家以外では俺だったが、父から一人称僕を強制されていた。『父さん、小説がうまくいかないから』と呟いて、ふっと息をつき、そんなことは一郎君を叩く理由にならないよね——と付け加えた。『ねえ、母さん。僕は悪かったか？』重ねて尋ねると首を左右に振ったような、頷いたような微妙な表情で『少しだけ悪かった』と言い

『でも、叩いた父さんが、悪い』と呟いた。『僕は少しだけか』『うん。でもね、後でやる――って返事は、やめたほうがいいな』『じゃあ、どうする?』『言われる前に、やる。簡単でしょ』口を尖らせる。簡単なわけがない。やりたくないからこその、先送りなのだから。『なんで僕が茶碗とか洗う?』『母さんを、一休みさせてあげるため』『なんだよ、それ』『母さん、けっこう忙しいから。父さんが働いてくれたらいいんだけれどねえ。母さん、一郎君だけが頼りなんだ』『僕に命令しないで、家でぶらぶらしてる父さんがやればいいじゃないか』『そうだよねえ』『そうだよ!』母は、わずかに腰を屈めて、そっと私の顔を見つめた。その目が潤んでいるのがわかった。『ごめんね、母さん、止められなくてごめんね。本当に、ごめんね』私は息が詰まり、母の軀に顔を押しつけて啜り泣いた。殴られて腫れた右眼の下が、まだ濡れている前掛けを通して母のどこか固い部分に当たり、ぢん――と沁みた。夜気がしっとり降りかかる路上で母は私をきつく抱き寄せ、啜り泣く私の頭をいつまでもいつまでも撫でてくれた。

――いつ、死ねるんだい。

それを二度繰り返して放心した母の顔がいまでも泛ぶ。虚無とはそのときの母の表情をあらわした言葉だ。その一週間ほど後に母は死んだが、その間どうやったら母を殺してあげられるだろうか、真剣に思い悩んだ。死とは残酷なものだ。苦痛と込みというその一点だけで最悪だ。安楽死。羨ましい。シモの三重苦の暗黒の夜が、やっと明けたと息をついたばかりだ。狙い澄ましたように背骨がぼろぼろになってしまった私は、ついに奥深いところでなにかが切断されてしまい、スイッチオフとなり、死を希求した。いま痛くも痒くもない貴方は、すべて他人事だ。だが預言してやる。貴方も心と軀の苦痛に身悶えして、死ぬ。それが人間の生というものだ。

どうやって家族に迷惑をかけずに死ぬか、あれこれ思いを巡らせた。〈くちばみ〉〈帝国〉〈対になる人〉〈ヒカリ〉〈たった独りのための小説教室〉と連載途中の五つの作品を抛擲（ほうてき）するのは忸怩（じくじ）たるものがあるが、さんざん強がって執筆を続けてきた私は、年齢的なこともあって入院中もつらかったが、間質性肺炎から始まった苦痛の無限連鎖に打ちひしがれ、息をするのが厭になってしまった。

いつ、死ねるんだい——。

私は激痛に呻きはしても、それを糊塗するかのように、家族にはできうる限り明るく振る舞ってきた。家の中が暗くなるのに耐えられず、必死でおどけてきた。場合によってはつまらない駄洒落などを連発して、逆にだいじょうぶだろうかという気配を醸しだしもしてしまったが、なんだかんだいってもこれなら問題ないだろうと思わせるように心を砕いてきた。たぶん、これもよくなかったのだろう。素直に母に甘えることのできなかった私は強烈なマザコンのくせに虚構に逃げ、実際の母を排した。同様に、妻にも娘たちにも甘えることができなかった。私は娘たちが沈んだ顔で俯くのを見たくなかったのだ。一人になると、ノートに自分が死んだあとはどうすべきか、口座の暗証番号等々を書き記した。さいわいなことに、いままでまともに見もしなかった預貯金など、贅沢はできないにせよ、娘たちが成人するまではだいじょうぶだろうというあたりまでつくりあげることができていた。娘たちが生まれる前の馬鹿げた浪費がなければ余裕たっぷりだったのにな――と苦笑いが泛んだ。ノートに記すことがなくなると、死に対する慾求を抑えられなくなった。物を吊すために寝室に張り巡らせた鎖は、耐荷重三百キロだ。自分が吊りさがれば、そのまま屍体は脇のベッドに安置できる。縊死は見苦しいというが、紙おむつが残っている。ノートには葬式無用と大書しておいた。問題なし。独り小さく頷いて、呼吸がひどく間遠になった。

死ぬにもタイミングがある。まず、娘たちにぶらさがっている姿を見せたくない。どうしたらよいものか。これがなかなか難しい。申し訳ないが私と結婚してしまったのが因果のはじまり、妻にだけ発見されるという都合のよい状況をあれこれ考え、シミュレーションしてみるのだが、近ごろの妻は漆の仕事が忙しいらしくて昼間、場合によっては夜も不在が多い。ちゃんと行動が読めるのは娘たちが学校から帰ってくる時間だけだ。私は基本的に他人にかまわない。外出しようがなにをしようが気にかけぬし、理由も訊かない。私自身、どこそこに行ってきたとあえて口にすることもない。他人の行動に興味がないのだ。そんな私が急にこれからの予定は？　いつ帰る？　等々尋ねはじめれば、妻だって微妙な気持ちを抱くだろう。死に対する希求は誰にも悟られてはならない。死ぬのは簡単だが、生者に対する考慮は難しい。なにせ相手は生きているのだ。どのような状況が現出しようとも、死んで鎖からぶらさがっている私には手の打ちようがない。

仕方がない。妻が単独でもどる日を訊きだそう。そう決めた七月下旬、金曜日だった。いきなりK技術研究所というオーダーメイドの義手、義足、コルセット製作工房の所長が一切の前触れもなく自宅にやってきた。自己紹介するドアホンの液晶に映った、いかにも技術者といった趣の中年男に、強い戸惑いを覚えた。

——電話もしていないのに、どうして俺んちがわかった？

四ヶ所の圧迫骨折が判明したとき、K医師からコルセットを造ってもらえと連絡先を記したものを手渡された。地図も書き添えられていた。K技術研究所の名称通り、K通りから御所の方向に少し入ったところに研究所はあった。私は物ごとを絵で覚えるので声で放たれた電話番号などは絶対に覚えないが、地図はくっきり脳裏に泛べることができる。K医師が私の住所を教えたのだろう。そう判断して、せっかくやってきてくれたのだから無下にもできぬと二階のリビングに招じ入れた。

妻は掃除ができない。私は自分の仕事場以外の掃除をしない。結果的には似たようなものだが、我が家の散らかり様は尋常でない。娘たちが小学校に通うようになってからは床が物置状態、おいそれと手のつけられない惨状だ。編集者などが訪れるときは、見栄だけはしっかりある妻が必死で室内を片付けるのだが、どうせ私は死にゆく身だ。いまさら散乱したあれこれを多少なりとも片付けて体裁を整える気もない。

所長は部屋の様子に一切関心を払わず、物が散乱している床の隙間に新聞紙を敷きつめた。新聞紙の上に立てという。神経に問題が出ているのだろうか、脊椎の骨折以来、足裏がひどく痺れていてまともな感覚がない。スリッパを脱いで新聞紙の上に載ると、足裏が貼りついた。けれど新聞紙を踏んでいる感覚は一切ない。率直なところ脊椎の痛みだけでなく、この足裏のほぼ麻痺（まひ）に近い痺れのせいで、歩行がじつに心許ない。いつ転ぶか恐るおそるだ。痺れてはじめてわかったが、足裏も重要な感覚器官だったのだ。

所長は不機嫌さを隠さない私の腹から胸にかけて素早く石膏の布を巻いた。持参した水の入った青いポリバケツは、石膏の乾燥を防ぐためのものだったのだ。型取りは素早かった。丹念だった。私の腰から腋窩にかけて、幽かに濁った白色の鎧（よろい）が密着していた。どこかセメントに似た石膏の匂い、そして肌に沁み入るひんやりとした気配。熟練の技術者の手際は、見ていてじつに心地好いものだ。私の視線に気付いた所長が目をあげた。

「先生、固まるまで、あと少し。すぐにすみますから」

頷いて、小さく驚いた。

――先生？

私は家に表札を出していない。医師にはパソコンに向かって仕事をしているとは言ってあるが、小説家であることなど口にしていない。理由は小説家であることが恥ずかしいからだ。本音で、賤業であると思っているからだ。小説家。世の中で、これほど傷ましくも愚かな職業はないだろう。理由は、虚構を紡ぎだすしか能がない虚弱な存在だからだ。潰しがきかないというやつだ。しかもそれに気付いていない空恐ろしい作家様がたくさんいらっしゃる。

先生――。まさか、こうして型取りする相手に向かって常に先生呼ばわりしているわけでもあるまい。どう考えても、私が小説家であるとわかっているのだ。もちろん禿げ頭を曝していることもあり、多少は知られているのかもしれないが、芸能人ではない。ただの小説家だ。近隣の住人も、私を歳のいった無職の引きこもりと思っている。編集者が先生と呼べば、露骨に厭な顔をする。じっさいに、とても気分が悪いのだ。教師。政治家。芸術家。小説家。とにもかくにも先生と呼ばれる職業はろくなものでない。自身の肉体の現状に鑑みて保身のために付け加えておくが、医師は別である。

すべての作業は、素早く無駄がなかった。来たと思ったらポリバケツや諸道具を入れたボックスを手に、去っていった。私はドアホンの液晶に顔を寄せて、所長が軽のバンに道具を積み込んで走り去るのを見送った。まだ胸や腹に石膏が固まっていくときの幽かな圧迫が残っていた。私は胸や脇腹をそっと撫でた。

小説のことなど一切口にしなかったが、所長は私の本を読んでくれているのだ。それが先生の一言ですっと伝わってきた。まったく見ず知らずの人が、私の本を読んでくれている。あれほど拒絶感の強かった先生という言葉が、私の頭のなかで渦巻く。揶揄として発せられた先生ではなく、迎合もなく、ごく自然な先生。脳裏でぐるぐる回る先生という名詞を、私ははじめて素直に受け容れた。あれほど先生と呼ばれるのを嫌っていたくせにと指摘されるかもしれないが、知ったことではない。私は所長にとって、ごく単純に先生だったのだ。連載途中で完成させていない作品が五つある。意外な軽やかさで、スイッチが切り替わった。呟きが洩れた。

「も少し、生きてみよう」

　二日後には、自在かつ絶妙な曲線を描いて構成された幅一・八センチ、厚さ五ミリのジュラルミンの骨格を、丹念な縫製の白い合成皮革で覆ったコルセットを、所長自らもってきた。背中部分は婦人用下着と同様、紐の編みあげになっていて若干の体型変化に合わせられるようになっている。ジュラルミンの骨は背骨を支えるだけでなく、脇腹や前面にまで複雑にまわりこんで、腰から上を完璧に支えるように設えられていた。背よりも脇から軀の前面を支える部分が徹底して造り込まれていた。市販の腰痛用ベルトなどでは有り得ない構造だ。脊椎を支える部分に垂直に配された二本のジュラルミンには細かな穴のあいたウレタンのクッションが付けられていて、前面の太いベルクロ二本で固定する。所長手ずから装着してくれた。体型に合わせて造りあげたのだから当然だが、見事にフィットした。所長は無駄口は一切叩かないが、軀のどこかに違和感を感じる部分はないかと問いかけてきた。違和感はないが、ちょい当たりが固い——と呟くと、本来は腹部に大きめのバスタオルを巻きつけて使用するようにサイズを造りあげていますと呟き返してきた。所長は深く頭をさげると、値段は六万三千円ですが、これに記入して病院に提出していただければ医療費控除が適用されますと申込用紙を差しだし、出ていった。前回と同様よけいなことは一切口にしなかった。いや前回は、先生というよけいな一言を発したが——。

私は鏡にコルセット姿を映した。白い鎧をまとった姿は、少しだけ滑稽だった。加減せずに叩くと、変形と無縁なジュラルミンが硬質な音を立てる。私はジュラルミンの鎧で拘束されたまま、先ほどまで執筆していた〈ヒカリ〉の第十回原稿にもどった。

29

身長のことを書こう。正味三日しか行かなかった高校入学時の身体測定で一七二センチ少々だった。男の身長は一七〇以上というのが当時の女の子から思春期の男に押しつけられた基準で、それ以下だと陰でチビという称号を授かるはめになった。それを二センチクリアしたのだから問題なし。以後、私は身長を問われると、あえて一七〇ぴったりと答えてきた。一七二の二センチは、なんともみみっちいし、俺は身長など気にしていないと青臭いなりに突っ張っていたのだ。それに対して、もっと高いかと思ってた——という評価を受けることがままあった。たかだか二センチが見た目にもたらした余裕だろうか。加えてなによりも態度が大きいから、大きく見えるということもあったようだ。さらには、一七〇と自己申告すれば、ぎりぎり一七〇センチに届かないくせに鯖(さば)を読んでいる——と相手が邪推するのを愉しむという屈折した心理もあった。たかが背丈でなかなかに鬱陶しい心理状態に陥ってしまう思春期だった。いま思い返すと赤面ものだ。ともあれ劣等感まみれの私は一七〇センチという得体の知れない基準があったおかげで、身長に関しては劣等感を抱かずにすんだというわけだ。以来ごく稀に身長を測る機会があったが、一七〇センチ強という数字は不変で、高校入学時の十五歳のままの背丈を維持してこの歳になってしまった。

K大附属病院には看護師面談がある。個室で行われるのだが、診察時のすべてのデータが一元管理されているので、看護師はそのデータをノートパソコンで参照しながら患者に柔らかな質問を投げ、あるいは類推してなにか不具合がないか訊いてくれる。私も医師には言えないことを口にすることができる。入院時に顔だけは見知っていた看護師が担当してくれたが、この人がじつに好い女性で、私は彼女と接しているとずいぶん心が楽になったものだ。お互いマスクをしているので、目から下の貌はわからないが、整った瓜実顔(うりざねがお)であることはわかる。巻き爪を防ぐために綺麗な薄桃色の爪の左右を残して切っているのに気付き、他意はなかったのだが、じっと見つめてしまい、彼女を幽かに赤らめさせてしまったことがあった。

話がずれた。面談の前に血圧体重身長その他を測る。B病院から連絡がきていたので彼女は私が脊椎を四ヶ所、圧迫骨折していることを知っていた。可塑性はおろか弾性さえ一切ないジュラルミンのコルセットで上体を固められているせいで、自動身長計の前でスニーカーを脱ぐのに手間取った。まともに靴も脱げない私の前に彼女がすっとしゃがんだ。肩に手を置くように言われ、私は交互に片足を宙に浮かせてすべてを彼女にまかせた。彼女が悪戯っぽい上目遣いで一瞥した。いや悪戯っぽい眼差しを隠そうとして、図らずもその目に微妙な気配が泛んでしまったというべきか。私がそれを失礼に感じていないことを悟った彼女が、暗黙の了解といった笑みで目尻に幽かな皺を刻んだ。マスクで隠されている口角も柔らかに持ちあがっていただろう。囁き声で訊いてきた。

「吉川さん、身長何センチ？」

「一七〇丁度。いや、一七二だけど、こまかい数字は面倒臭いので」

言っていることが微妙にわからないといった眼差しが返ってきたが、説明できるような事柄でもない。常日頃から素直に一七二と口にしていればよかった。なんとなく一七二しかないことに劣等感を抱いていたのかもしれない。自分でもどのような心理がもたらした一七〇なのか、この歳になってしまうとよくわからない。

「ねえ、吉川さん」

「なんですか」

「預言します。一七〇センチ陥落」

「背骨が潰れたから？」

「そう。四ヶ所だしねえ、何センチかなあ」

「愉しみ？」

「口が裂けても、言えません。が、測定致しますね」

測定は電動だ。頭板というらしいのだが頭頂部にちょんと軽々しい合金が当たる。禿げているから、直なのでほんの少し冷たい。背丈、毛がない分ちょっと損してるな——などと胸中で呟く。看護師が数値に目をはしらせる。

「はい。一七二センチが、一六八センチになりました。一六八・二センチ。四センチ、縮みましたね」

「骨が折れた分？」

「はい。四ヶ所のわりに四センチですみました。B病院からCDで届いた画像を見せてもらって、その隙間のすごさにびっくりしちゃったんだけど、多少は骨折部分に骨が育ったんだね」

「そうか。ま、脚の骨じゃないから、ジーパンはいままで通りの裾の長さでいけるね」

「——切り替えが早いですね」

「うん。そうしないと、めげちゃうからね」

「でしょうね。ずいぶん苦しい思いをした」

「ね。妻に言わせると、現世の報いだって」

「前世じゃなくて、現世」

「図星なんで、苦笑いしかない」

彼女の目の奥に、憐れみと苛立ち、さらには自虐の混じり合ったかの光が揺れた。現世の報い——。彼女の私的な日々において、思い通りにいかない人間関係があるのだろう。もちろん私がそれを探るような傲慢は許されない。ふたたびしゃがみこんで肩を貸してくれたが、彼女の肩口に置いた私の掌には微妙な汗が浮かんで、やや熱をもっていたかもしれない。彼女にスニーカーを履かせてもらって、面談の部屋にもどった。

このころ、携帯電話を買った。いちど〈ジャパネットたかた〉で買物をしてみたかったので、あえて指名買いでスマートフォンを購入したのだ。昭和の男はいままで携帯電話を手にしたことがなかったが、別に主義主張があったわけではない。必要を感じなかっただけだ。娘が生まれてから、子供一直線で浮気もへったくれもない変質者の強がりのようなものだが、俺の浮気がばれないのは携帯を持っていないからだ——などと放言してもいた。けれど妻が病院に診察に出た私と連絡が付かないのがもどかしいと言うので、入手した。相手がどのようなタイプの電話であっても喋り放題というプランだったが、診察を終えて迎えにきてくれと連絡する以外は使い途がない。携帯といいながら病院に行くとき以外は持ち歩くこともなく、寝室兼仕事場に置きっぱなしの、誰からもかかってくることのない固定電話と化した。また病院に持っていくのを忘れることも多かった。加えて病院に行っていても妻から電話がかかってくることもほとんどなく、これなら病院備え付けの公衆電話からテレホンカードを使って診察が終わったと連絡するのとなんら変わらない。きれいに失念していたのだが入院時に財布の中にかなりの枚数のテレホンカードが秘蔵されていることに気付いたのだ。十年、いやもっと以前だろう。未使用にもかかわらず、カード同士がすれてしまって不明瞭になってしまった葛飾北斎の赤富士をはじめ、特急列車がプリントされたものなど、ずらりとあらわれたのだ。その昔は、景品として五百円分のテレホンカードをよくもらったものだ。私はまず自分からは電話をかけないので、未使用のカードがどんどん溜まっていったということだ。ようやく使い途が見つかってたいしてたたぬうちにテレホンカードは廃棄されることとなったが、外国人が取りついていることが多い病院の公衆電話ブースに重ねてそっと置いてきた。

七月下旬、産経新聞大阪本社の取材があった。用意してもらったタクシーで中京区の鴨川が至近の〈職員会館かもがわ〉に向かう。清潔な個室でインタビューが始まった。女性記者だったが、ちゃんと私の作品を熟読していることが伝わってきた。大概の新聞記者はノルマ仕事でだいたい一時間ほどで終わるのだが、二時間以上遣り取りが続いた。

じつはこのときステロイドの副作用による満月様顔貌がもっともひどく、まさにムーンフェイスだった。萬月が満月などと冴えない駄洒落を家族に向かって口走りもしたが、もちろん伏し目がちの乾いた笑いが返ってきただけだ。顔だけに脂肪がついてまん丸に太ってしまうのだ。目蓋も膨らんで頬もたるみ気味になるが、なによりも首が完全になくなってしまう。顔もぶよぶよになっていることに気付いたときは、驚愕した。顔だけに脂肪がついてしまう――。この異様さは実際に満月様顔貌を見てもらわなければ理解されない気もするが、痩せ細った軀の上に見事に膨らんだ巨大な真円が載っていると思ってもらえばいい。例えるならば、立てたマッチ棒だ。それも細い軸木はそのままに、異様に大きな真っ赤な頭薬がくっついている。実際に顔も赤らんでいるので、私はまさにマッチ棒と化していた。マッチ棒とは別に、私は映画を見てもいないのに自身の顔貌を〈悪魔の毒々モンスター〉になぞらえて自虐しつつ、どこか開き直っていた。いまネットで〈悪魔の毒々モンスター〉の画像を参照したら、頰などの溶けかけたようなたるみは毒々モンスターといえないこともないが、毒々モンスターは顔が小さかった。毒々モンスターの顔が倍ほども膨らんだところを想像してもらえば、それほど大きくはずしはしないといったところだ。ステロイド剤を服用すれば必ず起きる副作用だが、女性が満月様顔貌になってしまったら人前に出られなくなってしまうだろうし、場合によっては服用を拒絶してしまうのではないか。

顔だけがまん丸に膨らむ機序を、東邦大学名誉教授の川合眞一（かわいしんいち）氏の解説を下敷きにして記しておく。——プレドニンなどのステロイド剤を服用すると、もともと体内でつくられている副腎皮質ホルモン＝コルチゾールが異常に増大するのと同様に、生体本来では有り得ない量のコルチゾールが分泌されたことになってしまい、糖新生の亢進（こうしん）が起き、それによる糖上昇を抑えるためにインスリンの分泌が増えることになる。じつはインスリン受容体は脂肪細胞に多くあり、そこにインスリンが結合して脂肪合成を亢進し、一方で分解を抑制するので、軀に脂肪がつきやすくなる。とりわけ顔や腹部にはインスリン感受性が強い脂肪細胞が多くあり、結果、顔や腹部に集中して脂肪がつきやすくなって、その部分が丸く膨らんでしまう。満月様顔貌の他には腹部に現出する中心性肥満、首の後ろに生じる野牛肩があるそうだ。野牛肩——。勇ましい。多分、私の肩も脂で盛りあがっていたのだろう。一方で腹部の脂肪は多少膨らんだといった程度で、たいしたことがなかった。ちなみにプレドニンの投与量が一日に15㎎以下になれば、ムーンフェイスは少しずつ改善されるそうだ。

この稿を執筆時に、これまで妻がiPhoneで撮った写真を見せてもらってわかったのだが、骨髄移植で入院していたときも、ステロイド剤を服用しはじめたあたりからそれなりに顔が膨らんでいた。首がなくなっていた。それでも満月様顔貌というほどでもなく、私自身は気付かなかった。けれど間質性肺炎の再発を危惧したA医師が2.5㎎まで減薬したプレドニンを30㎎に増量してたいしてたたぬうちに、このご面相である。A医師自身も私の変わり果てた顔面に驚愕の目を見ひらいていた。

そんなまん丸顔で女性記者に会うのも微妙に気が引けるのだが、当然彼女の興味は私が罹患した骨髄異形成症候群＝くすぶり型白血病にあり、調子に乗った私は面白おかしく、しかも小説執筆に関してはかなり偉そうにあれこれ語ったのだった。カメラマンが気を遣ってくれて、私のムーンフェイスが目立たぬようにアングルを工夫して写真を撮ってくれた。こんなときにわざわざ取材してくれた女性記者には感謝の念しかない。久しぶりに家族および医師以外の初対面の方との会話は、じつに新鮮だった。四六時中エアコンの効いた寝室に閉じこもって執筆ばかりしていた私は、取材後に外の空気が異様に熱いことに猛暑日を実感し、紫外線を浴びるとGVHDで痛めつけられている肌が最悪の状態になることを恐れつつも、なんとも言えない解放感を覚えた。

２０１９／８／９（金）

連日38度超え。通院時の直射日光が凄い。皮膚が脆弱化しているので直射日光厳禁。まったく俺は面倒臭い生き物に成りさがっている。ＧＶＨＤの発疹の悪化がおさまらず難儀していたが、免疫抑制剤を増やしたせいか少しずつましになってきた。だが、採血の一日前に大阪で評判のスパイスカレー『Ｃｏｌｕｍｂｉａ８』のレトルトカレーを食ってしまった。外出を禁じられている俺は、レトルトで我慢するしかない。好き嫌いはわかれるだろうが、このカレーには強烈な中毒性があるのだ。で、軀が悪くなる前の味の記憶に抗えなかったのだ。たかがカレー、好きに食えばいいといやないの――などと解禁してしまったのだ。たまに一回食うくらいいいじゃないの――などと解禁してしまったのだ。

うのは健康な人の特権で、購入以来ずっと怺えていたのは原材料にグレープフルーツ果汁とあったからで、理由はわからないが免疫抑制剤にグレープフルーツは禁忌だからだ。でも誘惑に負けた。美味しゅうございました。ところが採血の結果、免疫抑制剤の血中濃度が見事に下落！　凄いね、グレープフルーツ。医師は首を傾げて、免疫抑制剤を増量してしまいました（担当Ｋから機序がちがうという指摘があって納得したのだが、現実がこうだったので、そのままにしておく）。

心臓のエコーその他。検査技師、間質性肺炎かなにかに罹ったか？　と訊いてきた。心臓の左側に負担がかかった痕跡があるという。心臓の様子から間質性肺炎に罹ったことがわかるというのも凄いな。じつに叮嚀な仕事ぶりだった。

　血液の状態は、白血球は基準値以上だが、他がまだ基準に達していない。もっとも順調ではあるようだ。血液型がOからABに変わったので、おなじ血液型同士の移植よりは時間がかかるとA先生。

　この日、携帯の使い方がわからなくて失敗。着信で震えているのだが、通話できず。マイクがオフになっていたみたい。ま、妻が迎えにくるという電話だろうと当たりをつけて、かけ直しもせず。

　すっかりオーダーメイドコルセットが馴染んでしまった今日このごろ。痛みは相変わらずだが、人間、慣れるものだなあ。激痛が疾る角度を避けて、案外日常生活を巧みにこなしている。ザ・コルセッツというバンドを組もうか、などとつまらん夢想をする始末。


　日記を引用したが、自分でも呆れるくらいに適応していることがわかる。ザ・コルセッツときたものだ。私がコルセットだけの姿で愛用しているアイボリー・ホワイトのギブソンSGを弾いているところを自身で空想しても、かなり滑稽かつおぞましい。暗い気配がないのは、起きあがるときに呻くような痛みが起きる頻度が少なくなってきたか

らだ。またステロイド減量による鬱、痴呆のように気抜けした状態が連続することも少なくなってきた。満月様顔貌はまだ続いていたが、抗癌剤の副作用による顔面黒化はずいぶんましになってきた。いまだに白と黒、京劇の孫悟空のメイクをしているような面貌だが。消失していた陰毛も淡いものだが生えてきた。腋窩はまだつるつるだ。発疹は治まってきたが、平たく拡散して赤斑化している。痒みはだいぶましになった。問題は、これらが免疫抑制剤増量の結果であることだ。いま、ウイルス感染すれば大変なことになる。綱渡りは続いている。古書の黴を吸いこむと致命的なので時代小説〈くちばみ〉の執筆は禁じられているのだが、マスクと手袋で仕事してしまっていた。第十二回の原稿に、登場人物の科白として『微妙』と書いたところ——細かく複雑なことの意の用例は近代以降で、最古用例は徳富蘇峰の〈将来之日本〉です——との指摘があった。地の文ならともかく科白だ。おかげで恥をかかずにすんだ。小学館と講談社の校閲は、最近抽んでていると感心しきりだった。もっとも連載執筆に夢中で就寝するのが午前四時が当たり前になってしまい、せっかく昼型になっていたのに病気以前にもどってしまった。ただ薬を服まなければならないので朦朧とした頭で午前七時に起きなければならない。もういいやとそのまま起きて執筆してしまうのだが、午前中は睡魔との戦いだ。ときに本を枕に眠りに墜ちてしまい、首を違えてしまったりもした。

　八月も下旬になると、面談で看護師から背中などとても綺麗になったと言われる。怖いのは、これから始まるステロイド減薬で、また悪化するおそれがあることだ。一時期は、赤ん坊以下の弱さ、そして部分的という但し書きがいるにせよ新生した皮膚はドナー由来のものだろう、生まれてから最良といえるほど曇りのない肌になったのだが、減薬で発疹が再発して全身に真紅の花を無数に咲かせてしまったのだ。一方で、ステロイドを減薬しなければ、また骨が折れる可能性がある。抜き差しならぬ迷路に塡まり込んでしまったような気分だ。

　と、ここまで書いて、参照している日記のファイルをぼんやり眺めていたところ、別のテキストがあることに気付いた。現在便利に使っている日記専用ソフトではなく、WZエディタに横書きで直接書いていたころのもので、四半世紀近く前のものだ。話がずれてしまうのを承知で、また私的な日記ゆえに内容が整理されておらず前後していて読みづらいが、引用しておこう。

１９９５年　平成７年　５月31日　水曜日

　今日から、ずっと抛擲していた日記を再開することにした。気がむいたときだけのかなりいい加減なものになるだろうが、たかが日記であくせくしたくない。

　日記を再開する理由だが、なによりもオフクロのことを書き残しておこうと思ったからである。

オフクロだが、二日前ほどから常時眠っているような状態となり、耳元で大きな声で呼びかければ眼をひらき、痛いとか、頑張るとかのひとこと程度の短い会話はするが、すぐにまた眼をとじてしまうといった状態が続き、今日の朝、M（三女、末娘）がK里につれていった。再入院。幸いなことに個室が空いた。403号室。ナースステーションの近く。水道だけがある部屋。奥に備えつけのロッカー。枕元には酸素吸入のバルブの口や電源コンセントなどが付属している。無停電電源のコンセントはマジックインキで赤く塗ってある。M、4時半起きとのこと。

俺が寝たのは朝の7時ごろ。午前10時、パソコンのデルから電話。注文したパソコンが届くまでにひと月くらいかかってしまうとのこと。担当の女性曰く、好評すぎて追いつかないとのことだが、ペンティアムの120メガヘルツが手に入らないのではないかと勘ぐる。

昼過ぎMからオフクロが再入院したと電話。結局ほとんど眠れなかった。それでも野性時代の短編50枚残り20枚強を昨日一気に書きあげてしまったので、あせって病院に駆けつける。

病院に向かう道すがら、なんとなく不機嫌になりK子（当時の妻）とぎくしゃくする。俺もK子も苛立っていた。

境橋（さかいばし）からバスで武蔵境（むさしさかい）、中央線で八王子まで行き、横浜線に乗り換えて相模原（さがみはら）下車。カナチュウこと神奈川中央交通の古ぼけたバスでK里大学病院へ……毎度のことながら、まったく気の遠くなるような道のりである。

オフクロ、さらに衰弱が進み、声をかけても、俺をちゃんと認識しているのかわからない。T（孫。男児）に対しては反応し、笑顔をみせたとのこと。

しつこく声をかけていると、「どうしちゃったんだろうねえ……」とか「困ったことだ」と消え入るような声で呟く。

結局、膵臓癌であることを告知していないから、このような声が洩れるのだ。いきなり胸が苦しくなった。涙こそでないが、泣いているのと同じ気持ち。いや、それよりもつらい。これからなのに……というごく当たり前の感慨がきつく胸に迫っていたたまれなくなる。そんな自分が許せなくて、オフクロはノーメイクで猿の惑星に出演できるなどと口ばしる。

やつれかた、ひどい。まさに骨と皮。肌が乾燥するのか、ときどき無意識のうちに軀をかいているが、ひどく力が弱い。

点滴、三本。まったく食事をとっていない状態が数カ月も続いたので、まずは栄養ということだが……。

白血球が異常にふえているとのこと。血圧は１２０の60くらい、体温は37度5分。

脳にまでガン細胞がまわっているかもしれないとのこと。

俺が着いた直後、痛みを訴える。看護婦座薬を挿入。それで落ち着く。ひたすら眠る。声をかけると、ハッとして目覚めるも、曖昧な受け答えをして引きこまれるように眠りにおちる。

MとH（次女）が外にでて、K子とふたりだけで見守っていたら、笑顔で譫言。「おいしいよお」と幾度か繰り返し、タオルケットを両手で握って、それを口に運ぶ。

胃と腸をバイパスでつなぐ手術をしたわけだが、結局ものがほとんど食べられず、食べてもおいしく感じられなかったのだろう。たぶん健康なときのことを思い出し、夢のなかでおいしいものを食べているらしいのだが……。

オフクロ、K（長女）、M、T、そしてK子といろりの里へしゃぶしゃぶを食いにいったのは、1月の19日だった。あのとき、もうつらそうではあったが、それでもものを食べていたのだ。

それが2月8日には入院、14日には医師から膵臓ガンであるとの説明があり、余命半年と断言された。雪の降る3月1日に9時間にもわたる手術。肺の後ろの神経を切断し、腸を途中からカットして胃とつなげて食べ物の通り道をつくる。肝臓に管を挿し、胆汁を体外にだす。切除されピンで留められた濁った茶緑色の胆嚢のひらき。タッパーウェアのなかに浮かぶ切除した臓器。別のタッパーの中の神経。そして、22日の退院。死ぬなら自宅でということであったが、結局今日衰弱が激しくて再入院となったわけである。

いま心残りなのは、数週間前に単車でオフクロに会いに行ったとき、「(手術跡を) 見るか」と訊かれて、俺は照れていいよと答えたことだ。オフクロはおそらく見て欲しかったのだろう。あの強烈な手術の痕を。

なぜ、俺はあのとき、オフクロの手術跡を見なかったのだろう。はっきり言えるのは、オフクロのおっぱいを見ることに抵抗があったのだ。深層意識ではマザコンなのかもしれない。

夜7時すぎ、眠ったままのオフクロに頑張るんだぞと声をかけ、病室をあとにする。ナースコールはここだからとMが示すと、オフクロはほとんど無意識のうちにナースコールを胸に抱きこむように握りしめる。

仕事を定時であがったH (Mの夫) といっしょにファミリーレストランで夕食。無理にはしゃぐも尻切れとんぼ。H (次女)、Mのところに泊まることになっているが、帰りたがる。

帰宅10時。出発のときのようなイライラはなく、俺もK子も淡々としたもの。K子、喉が腫れている。4時、野性時代の短編の最後の部分に目を通し、就寝。

なによりもオフクロのことを書き残しておこう――と記しながら、これから先の日記はとびとびにどうでもいいことばかり書いている。小説家ならば、きちっと記録するべきだと詰られるかもしれないが、きつくて書けなくなったのだ。この日記を書いたふた月弱後に、母は死んだ。医師が死ぬと告げた時期とほぼぴったりだった。もう、母の死については書きたくない。私は小学四年のときに父の死を看取り、以来、幾人もの近親の死と向きあわされてきた。日記を引用してばかりで気が引けるが、さらに二十年以上前に書いた掌篇を読んでもらいたい。

斓斑（らんはん）

父の嘔吐物は黒ずんだ茶色をしていた。吐きだされるものは、腐敗した内臓だ。十歳の私は、吐きもどす父のことよりも、嘔吐物で汚れてしまった布団のほうが心配だった。

父が死んだ後、もしこの布団を使わなければならないとしたら――。

いくら縁側で干しても、嘔吐物のしみこんだあの布団は、おねしょで小便臭くなった布団とはわけがちがう。

私は恐怖した。私の恐れには根拠があった。貧困のどん底にあり、武士は食わねど高楊枝を地で行く父が病に倒れて意思表示できなくなり、ようやく生活保護を受けることができた我が家には、布団が二組しかなくて、それで一家六人が寝ていたのだから。

いまは二組の布団のうちのひと組を父が独占しているが、父が死んだらその布団がこっちにまわってくるのではないか。そんなことを考えると居たたまれなくなったのだ。

父は躯を動かす体力を喪っていたから、口の端から泡立って滲みだす嘔吐物は一切の加減なしに枕に染みこみ、敷き布団を汚し、掛け布団をも濡らした。

それは、明らかに血と肉が混ざりあったものだった。一瞥すれば液状だが、注意して凝視すれば、ところてん状の微妙な固形物を見分けることができた。

その曖昧な破片は、以前に親戚のおじさんを見舞ったときに見せてもらった盲腸に似ていた。私は腸ときいて、銭湯の近くにでている焼鳥屋の白モツを想像したのだが、盲腸はガーゼの上で赤黒く、とろっとして揺れていた。

おじさんは生ものだからといった意味のことを呟いたが、その口調はどこか得意げだった。見舞いにきた者に必ずその艶やかな腐敗物を見せるらしく、奥さんは病室の角で顔を顰めていた。

父の吐きもどした液体のなかには、あの盲腸とよく似た断片が含まれていた。父は自宅で死を迎えるようにという医師の配慮で、なかばむりやり病院を追いだされ、一切ものを口にしていない。

なにも食べていないのに固形物が吐きだされるのだから、その固形物の正体は自ずと明らかである。

いま父が吐いている血液のようなとろみをもった液体に含まれている固形物が内臓の断片であるということは、小学四年の私にも推測できることだった。

私の家は貧しい。父の無頼のせいでどん底の生活を強いられていた。家にテレビのない私は毎週木曜日、友人の家でエイトマンのアニメを見せてもらっていた。

あるとき、いつもは気持ち悪いくらいにやさしいその家のお母さんが、いきなりニュースにチャンネルを切り替えたことがあった。

私と友人は唐突にあらわれた佐藤栄作（さとうえいさく）のブルドッグのようにたるんだ頰を見つめ、北爆云々というアナウンサーのナレーションを緊張して聴いた。

帰り際に、そのお母さんが、あなたのお家は最近生活保護を受けたそうで可哀想（かわいそう）だが、都営住宅に優先的に入居できるのは不公平だといった意味のことを言った。

私は小学校一年のときに、それまで暮らしていた都下府中市の母子寮からわずかばかりの荷物と一緒に、いきなりワゴン車に乗せられて、昭島市の都営住宅に運ばれた。

母は車中でうきうきしていたが、私と妹はなにごとかと軀を硬くしていた。六畳と四畳半の二間、平屋で棟続きの都営住宅では、いままで一緒に暮らしたことのなかった父が待っていた。

いきなりあらわれた父は、私にとって他人だった。それも最悪の他人だった。小説家になりたかった父は、自分が果たせなかった夢を私に託し、小学校の教師が唖然とするほどの苛烈な英才教育を施したのだ。

「ここはアメリカ……あっちが日本……」

意識を喪ってうなされていた父がいきなり口ばしった。私は呆気にとられた。父の口調はひどく幼かった。しかも内容が、ここはアメリカ、あっちが日本、である。これが、小学校一年の私に旧仮名遣いの岩波文庫を読ませ、感想文を書かせた父なのだろうか。信じ難かったが、その精神の落魄ぶりを目の当たりにして小気味よくもあった。

さらに父は大声で、なにやら赤ん坊のむずかるような調子で言葉にならない言葉を口ばしり、呻き、喘いだ。胸を掻きむしっている。狼狽え顔の母が父をさすった。直後、父は嘔吐した。母があてがおうとした洗面器はまにあわず、例の腐ってとろけた内臓が布団に染みた。

私は父の寝かされている陽のあたらない四畳半から隣の六畳間に逃げだした。父の嘔吐物は異様な匂いがするのだ。それは明らかに腐肉の匂いで、だが悪臭と言い切ってしまうには奇妙な親和感があった。

　もちろん馴染むというには、無理がある。だが、それは人の、いや生物の根元的な匂いなのだ。

　人は腐る。生き物は、腐る。そして、悪臭と芳香は紙一重である。幼い私は直観的にそんな認識を持った。そして、自分がそれを許容しつつあるのが不安だった。

　母が襖を開いた。私を睨みつけるように凝視した。臆した眼差しで見つめかえすと、抑揚を欠いた声で電話をかけにいくという。私は立ちあがったが、留守番をしていろというのか、ついてこいというのか、判断に苦しんだ。

　母は切迫した表情で煙草屋の赤電話にとりついた。担当の医師に向かって、いらしてくださらないんですか！　搾りだすような声をあげた。

　うちは生活保護だからお医者さんがきてくれないんだ。私は母の着衣の裾を無意識のうちに握って、そう思った。

　受話器の向こう側では医師がなにやら母に指図している気配だ。母は血の気を喪って瞬きを忘れているように見えた。私は受話器を置いた母と駆けた。母はきつく私の手首を握って黒いアスファルトの上を駆けた。

　父が死んでいるのか、生きているのか、私には判断できなかった。幼い妹たちが放心した表情で腐肉の匂いのする父の傍らで立ちつくしていた。

　母は父の枕元にしゃがみこんで虚ろになった。やがてのろのろと立ちあがると、湯を沸かした。幼い妹たちは母が行動を起こしたのでとたんにはしゃいで、湯のはいった洗面器を運ぶのを手伝ったりしはじめた。

母は父を全裸にした。その痩せ細って完全に脂気の失せた軀をきつく絞ったタオルで清めはじめた。

父は寝返りさえうてなかったので、背中が乾燥しきって罅割れ、しかもところどころ爛れていた。骨と皮になってしまったせいか、陰茎が異様に大きく見えた。母は妹に糸を用意するように命じた。

白い木綿の糸を母は糸切り歯で切った。糸が切れる瞬間、張りつめた金属質の音を聴いた。母は糸をくわえたまま父の陰茎に手を添えた。包皮をもどす。もどした包皮の先端を結わえる。

つぎは肛門だった。紐状にした脱脂綿を詰め込んでいく。そして、口と鼻、さらに耳。煙草屋の電話口で母が医師から受けた指示は、父の陰茎を縛り、穴という穴に脱脂綿で栓をすることだったのだ。

それを終えると母は手放しで泣きだした。妹たちも泣きだした。私は体面上、泣かなくてはと焦った。だが涙は訪れず、しかたなく嘘泣きをした。

＊

父の顔には黄色いタオルがかけられていた。父は黄色が好きだったのだ。庭先に連翹（れんぎょう）の木を植えて、春に黄色い花が咲くのをなによりも愉しみにしていた。今年は花の時期に入院していたから、あの騒々しい黄色を見ることはできなかったのだが。

私は安堵していた。解放感に包まれて、晴れ晴れとした気分だった。あの口うるさい男はちんちんを縛られ、尻に綿を詰め込まれて、顔に黄色いタオルをかけられている。もう、二度と動かないのだ。

それにしても、口から汚物を吐き散らすだけでなく、死んでからも、あちこちから汚物を垂らしかねないというのだから呆れたものだ。

私は布団のなかで昂ぶった気持ちをもてあましていた。嬉しくてしかたがなかったのだ。たぶん、あの腐った布団も父と一緒に燃やされるのではないか。そんな気がした。

閉じられた襖からは、くすんだ橙色（だいだいいろ）の電灯の光が洩れてきている。私は首だけねじ曲げてしばらく光の筋を眺めていたが、辛抱できなくなって起きあがった。

三人の妹たちは折り重なるようにして眠っている。それを確かめてからそっと襖をひらいた。母は父を裸にしてなにか液状のものをその皮膚にすりこんでいた。私は照り輝く父の裸体に眼を瞠った。

「背中なんかガサガサで、鱗（うろこ）みたいになっちゃってたから……」

母の釈明を遠くに聴いた。母は父の裸体に食用油を塗っていたのだ。私は茫然と立ちつくした。さらに母は、乱れた髪を払いながら囁き声で言った。

「ほら、見てごらん。きれいだよ」

母は油を塗りたくった父の背中を示した。私は肉の内側から発光する斑紋を見た。鮮やかな赤だった。鮮やかすぎて蛍光色のように感じられた。血だろうか。それにしても、赤すぎる。背中や尻以外は、緑色がかった土気色をしているから、その色彩の対比は強烈だ。私は掌に浮いた汗をぼんやり意識して立ちつくす。

父の背に、大振りの花瓣を誇る緋色の花が咲き誇っている。嘔吐物の染みこんだ布団からの腐臭が、ふと、なにか艶めかしい花の匂いにも似て感じられた。私は父の背中に咲いた鮮やかな花を凝視した。胸がくるしくなってきた。

「お父さんの軀、もう硬くなってきちゃったよ」

呟く母の頰を涙が伝った。

私が死斑ということばを知ったのは、それからずいぶん後のことだった。俺のオヤジは、死んでから、ひと花咲かせた……そんな皮肉を思いついたのは、さらに後のことだ。


なお作中、吐瀉物と書いてあった部分が幾つかあったのだが、そして実際に嘔吐物と同様の内臓が崩れた何ものかを排泄、いや漏出するのを母が献身的に面倒をみていたの

で誤りではないのだが、描かれた対象が示しているのは嘔吐物なので訂正しておいた。これだけ日記や他小説からの引用が錯綜するとわかりづらいだろうが、ステロイド減薬で『全身に真紅の花を無数に咲かせてしまった』とこの章に書いたことを思い出した。発疹を花になぞらえたのは、父の背に咲いた見事な花が、心の奥底に残っていたからだろう。加えて生きたまま内臓を吐きもどす父の鼻腔の奥に刺さる腐臭。父が死んで、私は打ちのめされたのだろうか。いまだによくわからない。正直なところ、解放感がまさったのだ。ただその死に様、いや屍体そのものは十歳の私に強い印象を与えた。私は小説において無数の死を書いてきた。虚構であるというエクスキューズのもと、読者から顔をそむけられるような描写を重ねた。その根底には、父の屍体がある。残念ながら私の描写は父の即物的な屍体を超えられず、釣った魚を捌くのになんら気持ちが波立たぬのと同様の穏やかさをまとっている。それでもときおり読者からは残酷だという声が届く。貴方は長閑でいいよね——と皮肉を口にしたくなる。もちろん読者が私を残酷だアンモラルだと糾弾しながらも、それを愉しんでいることを充分に承知しているからだ。Ａｍａｚｏｎのカスタマーレビューで、花村の小説はエロが薄汚い——などといった意味のことを似非モラリストから書かれるが、じつは私の本でもっとも早く重版がかかったのは帯にエロ小説と銘打った〈♂♀〉というセックスそのものを描いた小説だった。出版した翌日に重版という連絡がきて、苦笑いしたものだ。小説家という職業は、このような大多数の偽善と対していかねばならぬので（もちろん偽善に迎合するという書きかたもあり、それを否定する気はない）、描写を突き詰めるということは、なかなかに苦しいものだ。ときに挫けそうになることもある。多分私は父の死で解放感を得たと同時に、幼いなりに人は死ぬという無常観を植えつけられてしまったのだ。誰にも、期待しない。これが私の心に沁みついている基本的な思いであり、姿勢だ。生きていると、たくさんの裏切りに出会う。けれど、生の最大の裏切りは死である。死という自身に内在している裏切りで、貴方は必ず息を止め、冷たく硬くなる。場合によっては腐った内臓を吐き散らし、一花咲かせる。あの世のことなど知ったことではない。あってもなくてもよい。宗教は本質的な苦しみから貴方を救ってはくれない。安っぽい諦めを与えてはくれるだろうが。けれど諦念を得ても、痛いものは痛い。私は闘病中に身をもって間近に迫った死を体験したから断言できるのだが、死に到る道はじつに苦しいということだ。自分だけは老衰で静かに眠るように死ねる——などと能天気な希望的観測を描いているとしたら、貴方は間違いなく裏切られる。肉体の破壊は精神がどうこういう以前にじつに激烈なものだ。残酷なのは、私もそうだったのだが、元気なときは、それが想像の埒外であることだ。

印象に残っている死といえば二十代の前半に友人たちと一緒にオートバイで長野方面にツーリングに出て、国道二〇号線に入ってたいしてたたぬうちに、ミラーに映っていた友人の姿が消えた。ぴたりと私に追従していたはずなのだが。渋滞していたから、まだ多摩川も渡っていなかった。胸騒ぎがした。早くカーブを攻めたい友人たちを先に行かせて引き返した。I君が対向車線に転がっていた。強引にUターンして、I君に駆け寄った。彼の愛車の緑色の四気筒六五〇ccが転がっていた。まだエンジンがかかってい て、後輪が凄い勢いで回転している。中途半端な道路拡張の弊害だろう、ちょうど路肩の縁石が数十センチほど張り出している部分だった。おそらく私たちを追って路肩をすり抜けているさなか、それなりの速度でこの縁石の出っ張りに前輪をぶつけたと思われる。車は転がっているオートバイを避けるために速度をゆるめはするのだが、誰も止まらない。膝をつき、気配りしながらI君のフルフェイスヘルメットを脱がせた。凄まじい色彩を見た。I君の顔が、緑色になっていたのだ。暗い緑色だ。出血は一切なかった。首の骨に損傷があることを考慮して、こういう場合には安易にヘルメットを外してはいけないという知識はあったが、まったく念頭にのぼらなかった。またヘルメットに手をかけてしまったことを悔やむ理由もなかった。I君は、死んでいた。

出発前に自販機の飲料を飲みながらくだらない冗談の遣り取りをしていた相手が、次の瞬間死んでいる。これは私にとっても貴方にとっても他人事ではない。

微妙に方向がずれて、死に対する事柄ばかりになってしまった。構成上、いかがなものか、小説の態をなしていないではないかと叱責をうけるかもしれないが、若いころならともかく六十を過ぎて骨髄異形成症候群を患って苦労し続けている私にとって、死とは観念的なものではなく現実であり、傍らにそっと寄り添っている腐臭——死の気配に狼狽え気味になっている精神の迷走ぶりがあらわれているということで御寛恕(ごかんじょ)いただきたい。

30

二〇一八年七月二十三日骨髄移植の前段階で検査入院し、本入院は八月二十八日、抗癌剤や放射線照射を経て、骨髄移植を受けたのは九月の七日だった。翌年の九月七日、日記を付けていて骨髄移植から一年たったことに気付いた。日付の観念がじつにあやふやな私だ。日記を付けていなければ時系列などすべて崩壊してしまう。移植して一年たった。合点がいかないという気分を含んだ感慨が湧いた。骨折した脊椎だが、ようやく小便を漏らしてしまうような激痛からは逃れることができたが、痛くないわけではない。起き抜けには呻き声を抑えられない。さらに、このころ原因不明の唐突な日眩からはじまる意識喪失が起き、家で幾度か顚倒した。診察の帰りに迎えを断って市バスに乗ろうとした瞬間意識が消失し、けれど一瞬だったので事なきを得たが、無防備なまま乗車口から路上に転げ落ちたら――と思うと、肝が冷えた。同じく診察の帰り、白川通の郵便局に八ヶ岳の別荘の固定資産税を振り込みに立ち寄ったとき、交差点を渡っているさなかに意識を喪い、烈しく顚倒した。このときはしばらく意識がもどらず、親切な初老の女性が赤信号に変わってしまった横断歩道に転がった私を自らの危険も顧みずに抱き起こしてくれたが、ようやく視野の片隅に青信号にもかかわらず私が転がっているせいで発進できない車の群れを捉え、どうにか立ちあがった。女性に譫言のような礼を言い、よろけながら横断歩道を渡った。右肘を派手にすりむいていて、路上に血が点々と落ちた。まったく、いろいろあるものだ。振り返れば、間質性肺炎。シモの三重苦。そして背骨四ヶ所圧迫骨折と、この一年、自殺も考えるほどの苦痛を与えられた。ドナーからもらった骨髄がつくりだす血液だけがすばらしい勢いで良好なものになっていき、ドナー由来のキラーT細胞が私の軀を異物として烈しく攻撃する。皮膚も爪もなにもかもが破壊され、さらには放射線照射、抗癌剤、免疫抑制剤やステロイド剤の服用からくる諸々の副作用が私を苛んでいた。一周年において私が思った合点がいかない不服な気分とは『治療しているのか、毀しているのか』――といった医療に対する不信が私の心の奥底にあったからだ。本音でこんなに苦しむならば、骨髄異形成症候群から白血病という筋道を辿って、素直に死んでいけばよかったという思いがあった。それでも二、三年は執筆ができただろうから、区切られたことにより書きたい物の優先順位をつけて集中的に仕事ができただろう。そもそも六十もなかばだ。父は五十六で死に、母は六十三で死んだ。私は両親よりも長生きしたのだから、もういいではないか。そのような諦念とは違った静かな思いがあった。おそらくはドナーの白血球が完全に一致していて、もっと若く体力が横溢していれば治療の効果もまったく違ったものになったのかもしれないが、治療がすべてではない。病で死ぬ権利もあるのだ。

移植から丸一年たって、散々な目に遭ったという感慨しかないが、おなじ日に喜ばしい報告がひとつあった。次女のMが癲癇の薬を服用せずにすむようになった——癲癇が完治したのだ。壁に顔が見えると言って昏倒したり、ソファーの上を跳んで歩いていきなり意識を喪ったりと、ほぼ三ヶ月に一度の頻度で発作が起き、じつに心配させられていたのだ。幼稚園に入るのが決まったころに起きた最初の発作について、日記を引いておく。

2016／4／1

やや遅めの昼食、食べ終えてトイレでしゃがんでいたら、妻が血相を変えて飛び込んできた。Mの意識がないという。慌ててMの様子を見ると、ぐったりしてはいるが、脈は正常だし発熱しているわけでもない。俺はMが唐突に意識を喪った瞬間を見ていないので、いわば狐(きつね)に抓まれたような感じ。妻が救急車を呼ぶというので押しとどめ、即座にB病院に連れていく。車中では名を呼ぶと、一呼吸おいて反応する。受付で状況を説明して急患扱いで即座に診てもらう。この時点でM、寝返りを打つなど常態に復しつつある。点滴、血液検査、さらに脳波、心電図。結果、右側の脳波に異常があり、てんかんと診断される。帰りの車中で、ようやく落ち着きを取りもどした妻が、昼食時、妻に甘えて膝の上で食事をしていて、急に脱力し、肘を味噌汁の器のなかに落とし込み、こぼしたあげく、まったく反応しなくなったということを喋りだす。最初に、その情況をちゃんと説明してほしかった。俺は、じつは、Mがぐったりしているのを認めはしたが、名を呼べば反応するし、急を要するほどのことかと若干、リアリティを感じていなかったのだ。

てんかん。名前は知っていたが、60年以上生きてきて、実際のてんかんをはじめて目の当たりにした。それが我が娘とは——。妻もはじめてとのことで、差しあたりどちらの家系にもてんかんの症状をあらわした者はいないようだ。

ともあれぐったりして家にもどったのが夜の7時近く。Mは倒れた前後の記憶が一切なく、けれど元気そのもので具だくさんナポリタンの夕食。本音で、疲れ果てた。ところが夜の9時をまわったころ、Mが頭が痛いと言いだした。けれど頭が痛いというわりに本の読み聞かせをせがんだり、昨日の続きで双六（すごろく）をやろうと迫ってきたり。どうしたものかと困惑していたら、当人が病院に行くと言いだした。この時刻ではB病院は迎え入れてくれないので、急患用の病院へ妻が連れていくことに。『父、行ってきます』というM。どこか釈然としないが、テンカン発作のあとだし、溜息まじりで送りだす。可哀想なのは、一日中抛っておかれたR。哀しげに泣きだしてしまった。最近、俺とRで就寝前に部屋の後片付けをしているのだが、今日はいつもより念入りにやる。それからベッドに入って腕枕してやり、RのデジカメのM画像をいっしょに見る。『父、行ってきます』——と、声をかけて病院に行ったM

に対して、やや冷淡な眼差しを向けてしまったことを後悔する。本音で、この様子ならば問題はないはずと思っていたわけだが、Rがあれこれ説明するデジカメの画像を見ながら、もうすこし優しく送りだしてやれなかったものかと胃のあたりが苦しくなる。

夜11時近く、Mと妻、もどる。異常なし。とたんに、がっくり虚脱してしまった。が、俺よりも妻だ。俺にはここまではできない。冷静に、いや冷淡に判断して、とっとと寝ろ、などとMに対して言いかねない。母というものは、強いものだ。身を削るという言葉が実感として迫る。正直なところ、俺も言いようのない疲労を覚えているが、母の強靭さに脱帽。

Mは俺のおなかの上にのっかって、密着していたが、すぐに寝息をたてはじめた。右腕にR、左腕にMを腕枕して、ひたすらふたりの軀を撫で続ける。医師によると幼児期のてんかんは成長に従って消え失せてしまうことが多いとのことで、そうなることを願う。

午後のすべてが潰れてしまい〈太閤私記〉には一切、手を付けられず。

この後、イーケプラ＝レベチラセタムという癲癇薬を投与されたのだが、作用が強く、Mは憑かれたように喋りまくり、異様なテンションで動きまわるようになった。中枢作用物質、脳に働く薬ならではの作用だが、その落ち着きのなさに、シャブ中かよ——などと苦笑する始末だった。Mはどちらかといえば落ち着いた子供だったのだ。それが豹変してしまったのだから、妻の心配は尋常でなかった。結局、標準投与量の四分の一で平常な精神状態にもどり、癲癇の発作も起きなくなった。そして三年間の服用で脳波の乱れも消滅して、投薬中止＝癲癇完治となったわけだ。打ちひしがれている日々の中で、唯一、よかった！　と顔がほころんだ。このころMから十分十円で毎日肩を揉んでもらっていた。お試しどうですか——と小首をかしげて迫るので、揉んでみろとまかせたところ、これがマッサージ師でも取り憑いているのかと思わされるほどの巧みさで、このとき小学二年だったが、どのようにして諸々の技巧を取得したのかじつに不可解だった。どこで覚えたと問えば、父の気持ちいいとこがわかるんだ——とよくわからない答えが返ってきた。もみもみメニューなるものを携えてきて、見てくれというので、気持ちよさに甘えて三十分三十円コースを依頼したところ、踏み台に載って三十分間手を抜かずに揉み続けた。背後でMの息があがっていることに気付いて、以降、十分コースのみに切り替えたが、ひたすら三十分間揉み続ける小二の集中力にやや異常なものを感じもした。気を散らすバカよりはましだ——と割り切ることにしたが、他の物事に対しても尋常でない集中力を発揮する。ガシャポンなどでは、欲しいアイテムを必ずものにする。超能力があるのか？　と訝しむほどに、これを出すからと宣言した玩具を必ず手にして外れたことがない。俺はモリアオガエルのフィギュアが欲しいからM、ちょいガシャしろ――と命じれば、なんなくモリアオガエルを渡してくれる。絶対に外れない、つまり確率一〇〇%なのだ。ひょっとして癲癇に絡んだ常人には有り得ない脳の作用、なんらかの力があるのだろうかとあれこれ考えさせられた。もっとも妻に言わせれば私も同類らしい。ごく稀だが懸賞などに応募する。外れたことがない。最近もYahoo!だったか、いきなり電話がかかってきて『十万円当たったので住所を』と言われ、詐欺かと思って突っぱねたのだが、電話の相手の女性に諄々と説かれて、ようやくネットで応募――なんとなくクリックしたことに気付き、商品券十万円が送られてきた。幼いころから、おしゃべり九官鳥だのシネコルトだの、気まぐれに応募した懸賞で、あれこれ無数に当てた。私のよいところ？　は応募したことをきれいに忘れてしまうことだ。そこに図書券一万円が届いて、これ、なに？　と小さく困惑するわけだ。忘れてしまうくらいだから、積極的に懸賞などに応募することはない。ふと目について、気まぐれに応募し、忘却してしまう。妻は宝くじを買えと唆すのだが、そのときはその気になっても、すぐに忘れてしまって一度も買ったことがない。

長女のRは小学校に入って、担任から十以上の数の概念がない――と断じられ、補習のために早めに通学させられていた。それなのに凄い勢いで本を読み、語彙の豊富さとその組み立ては、とても小学一年生のものではない。絵を描かせればじつに見事だ。国語などは中国の簡体字のようなやたらと省略の効いた漢字を自作して、それを答案に書いてしまうので零点に近い答案用紙を私に見せる。いくら成績が悪くても私が叱らないことを悟っているからだ。バカなのか悧巧なのか、よくわからない。私自身は、偏差値秀才などと呼ばれる記憶力バカでないことを好ましく思っている。もっとも十以上の数の概念がないというのは、それが事実だとすれば、また別の話だが。もちろん厳格な教育を受けて育った妻や義父母（教育者です）は、オロオロして家庭教師だのなんだのと囂しい。一方で妻は、RもMも俺の血が大きく関与しているとどこか得意げだが、なにやら釈然としない。そもそも知能は女親から遺伝するという説もあるではないか。私は得意分野以外はまったく使い物にならないポンコツだ。なんでも人並みにできるが、好きでないことは一切しない。正しくは精神的にできないのだ。常軌を逸した性格的な偏りは、自覚している。Rにもこの性格の偏向が垣間見える。私と私の子供たちはユニークなのです——といった自慢が透けて見えてしまうのでもうやめるが、この先RとMが人生をうまく渡っていけるかということに関しては、なんら裏付けのない楽観を抱いている。勉学に優れたMはともかく、Rはエスカレーター式の学校であっても中学、高校、大学と進学できないかもしれない。そのときは私と同じく中卒で社会に出ろと言い含めている。年長者に好かれる愛嬌たっぷりのおまえならなんとかなるよ——と、ここでもなんら裏付けのない楽観を、そのままRに吹きこんでいる。このころ個人的に量子論の勉強に集中していて『無限や永遠は、「分割しても無限であり永遠である」という当然のことに気付かされた。量子論的結論だが、勉強するということがこれほど愉しいとは』と二〇一九年九月二日の日記に記している。学校教育は中学の三年間しかまともに受けていない私だ。それも養護施設内の授業だから推して知るべしだし、普通に高校、大学と進学した方にとって行列その他の数学的知識は当たり前のことなのかもしれないが、量子力学の勉強を重ねているさなかに、期せずして量子の本質的理解に重要な行列＝matrixや関数、変数などの数学的概念を知り、唐突に思考の壺とでもいうべきものを悟ることができて、ある程度数式も理解できるようになり、六十もなかばにして一気に私の脳は別のベクトルに移行してしまった。まったくわからない数列や文字列を集中してしつこく追っているうちに、あるとき、いきなり光が射したのだ。勉強というものは最大の娯楽にして、得も言われぬ恍惚をもたらすものだ。苦痛に覆いつくされた日々であっても、こういった喜びがあったからこそ、私は息を止めずにすんだのだ。

十月も中旬になると、ようやく脊椎圧迫骨折の痛みもましになってきた。以下十月十八日の日記の抜粋――『一時期は80㎎、長期間60㎎という大量服用をしていたステロイド製剤だが、副作用で骨粗鬆症、背骨4ヶ所骨折という華々しさ、さすがにこれはまずいということで、一気に4㎎、二週間後に2㎎、さらに、今週は1.5㎎まで減薬した。いやあ、まいった。ステロイド鬱。なにもできない。動けない。虚ろに息して、ベッドにめり込んでいるだけの日々が続く。食欲もゼロ。まったく痛みよりも始末に負えない。医師が1.5㎎は絶対にきついから、1・75㎎にしようか、とアドバイスしてくれたのを、なーに、気合いで乗り切りますよ――などと調子っくれたことを吐かして減薬したはいいが、いやあ、信じ難いつらさです。なんか死んじゃいたい気分。軀、動かないし……。

まだ、減薬に慣れておらず、自分を騙し騙して、どうにか原稿、書いています。そのわりに、出来は悪くないから不思議だ。もともと頭を使ってなかったという証拠だな』
——幾度か減薬で襲われた鬱症状だが、このころのものはひどかった。私は五年、いやもっと前からか、夢日記を付けて明晰夢を見ることができるようになったのだが、このころあえて夜毎まったく同じ夢を見ていた。東京駅の無人のホームから国分寺の自宅にもどるために中央特快に乗るのだが、なぜか必ず栃木を経て群馬の山間の小さな駅に着いてしまい、途方に暮れて駅を出てあちこち彷徨ったあげく、山の上の集落に到る。夢の中の列車内の様子は常軌を逸したものだが、ここには書かない。というのもこの夢を下敷きにして〈夜半獣〉という作品の連載を始めたからだ。夜毎同じ夢を見続けたのは導入部の細部を映像的に固めるための意図的なもので、合わせて上下槇ノ原という集落の完璧な地図を手に入れた。いままでも夢を利用し、あるいは夢で解決して執筆をしてきたが〈夜半獣〉は完全に夢で成立させた作品だ。しかも娯楽小説でありながら完全に実験的な音声言語に拠った野心作だ。もちろん娯楽としての小説を妨げてはならないから、じつに心配りして書きはじめた。連載中から『読楽』編集部に『花村の最高傑作だ！』という讃辞がとどく自信作となった。

　十一月六日には、半年ほど服用し続けた脊柱骨折に対する鎮痛剤トラマドールをやめてみた。その夜、ベッドに入ってしばらくしたら落ち着かない気分——苛々が嵩じてきた。やがて、くしゃみ、鼻水、涙、右半身の違和感、とりわけ右腕の蟻走感等々、痲薬をやめたときの禁断症状と同一の苦痛に襲われ、結局、数時間耐えたあと、錠、服んでしまった。けれど注射ではないからなかなか禁断症状はおさまらない。さらに数時間、得も言われぬ苦痛＝苛々を耐えて朝を迎えた。翌七日の血液内科検診で、整形外科で処方されたトラマドールを半年くらい服み続けてきたけれど、不思議と腰の痛みもなくなったので一気にやめたら、ひどい目に遭いましたと報告したら、A先生曰く『あれは癌患者に処方される痲薬指定されていないだけの痲薬だから、一気にやめるなんて無茶したら駄目だよ。一ヶ月くらいかけて少しずつへらしていきなさい』と、アドバイスされた。結局私は、その晩から完全にトラマドールを断った。

十七章だったか、私の精神の中に〈対になる人〉の取材対象である齊藤紫織さんから二十七人にもなる『子供』を与えられたことを書いたが、それを相談したY先生から、こんなメールを戴いた。抜粋させていただく。なお文中にあるMSCは間葉系幹細胞のことである。

『（前段略）吉川さんも骨髄液による移植治療を受けておられるので、造血幹細胞を含めた血液細胞は勿論のこと、ドナーさん由来のMSCも少量入ったことでしょう。このMSCの影響はほとんど無視されていますが、意外に重要なのでは、と萬月さんからメールをいただき頭を横切りました。

我々はルーティンワークで移植治療を施行し、身体や免疫のみチェックしていますので、神経系やさらに精神活動への移植細胞の影響は全く考えていませんでした。また、これまでの移植を受けられた患者さんで、この視点からコメントをされた方は皆無です。ましてや量子脳科学で意識を考えるのであれば、明らかにDNAの異なった血液細胞が寛容され、体内で活動しているのであれば、何らかの影響はあってもおかしくないかもしれませんね。

萬月さんのこころの感受性は途轍もなく大きいので、これからの27人との対話を愉しみにしています。（以下略）』

Y先生のおかげで安堵したが、念には念を入れて〈対になる人〉執筆で知り合った精神科医に、脳裏でたくさんの子供の声がする私は統合失調症ではないかと相談した。先生は叮嚀に私の訴えに耳を貸してくれ、脳内で声がする理由はわからないが、統合失調症の症状とはまったく違う、実際に執筆もできていれば対人にも問題ないようだし、心の声を大切に——と私の状態を肯定してくれた。なぜか嬉しそうな気配で、選ばれた人だ、とも言われた。正直なところ、やや釈然としなかった。まあ、仕事が小説を書くことだから、これでいいかと納得した。

なお、十二月二十六日の血液検査の結果、A先生がデータ上の七つ、八つの項目を指し示し、完全に血液がO型からAB型に変わったと断言した。爪のかたちや体毛、髭など、ずいぶん外見上の変化がある。食べ物の好みもまったく変わってしまった。加えて精神が大きく変貌したのかもしれない。自分の血液をすべて殺して、他人の血液を迎えいれる。凄いことだ。

31

明けて二〇二〇年、一月下旬、血内A先生の計らいでK大附属病院の整形外科を受診できた。レントゲンを大量に撮られ、また被曝か——と憂鬱な気分だった。結果、四ヶ所の骨折箇所がすべて治っていた。整形外科の先生が大きく首を傾げた。こういう具合に折れているとね、それぞれが干渉して、そう簡単には治らないのだが——と。私には齊藤紫織さんから贈られた？　二十七人の子供たちが棲んでいます。内二名が専従で治癒に当たってくれています——とは言わない。いや、言えない。頭を疑われてしまう。不思議というか、不自然なところのある治癒らしい。整形に出向いたもう一つの理由はこのころ酷くなってほとんど痛みと大差なくなってきた足裏の痺れと烈しい浮腫みをどうするかだった。浮腫みは、姿勢の悪さからきていると断定され、どのような生活をしているか訊かれた。寝ているとき以外はベッドの背もたれに背をあずけ、脚を投げだす恰好でパソコンに向かっていると説明すると、呆れられた。締め切りが迫って忙しいときは睡眠三、四時間、そうでないときはだいたい七時間弱で、大小便と飯と風呂以外は座り詰めだ。『よく根気が続くね』——と、先生は私から目をそらして苦笑いした。もちろん褒められていない。たいがいにせえよ、という気配だ。足裏は背骨の骨折により神経が毛羽だつなりして痺れとなっている気配が濃厚だが、もしそうだとすれば治らないと断言されてしまった。手術が唯一の手段だが手術して治るわけでもない——とのことで、歩きづらいが、歩けないわけではない。割り切ることにした。この日、続けて血液内科の診察があり、ＧＶＨＤの発疹が消失したこともあり、ついにステロイド剤の投与が中止された。残念ながら後にふたたびＧＶＨＤによるリウマチに似た症状があらわれ、ステロイド剤の服用がはじまってしまうのだが——。

二月五日で六十五歳になった。いままでだったらまったく感慨のない誕生日だが、六十五歳まで生きた。足裏の痺れは気持ち悪いけれど、もう少し生きようという気分だ。二日後には光文社『小説宝石』の編集長ＴをはじめＫ、Ｋ、Ｓが訪ねてくれ、花見新橋(はなみしんばし)の〈萬治郎(まんじろう)〉で水炊きを御馳走(ごちそう)になった。感染症を防ぐために刺身ダメあれはダメと食えないものだらけなので、ちゃんと火を通したものをと気配りしてくれ、他の人と関わらなくてもよいように個室をとってくれた。診察以外の外出は昨年夏の産経新聞の取材以来だった。昨年末に武漢(ぶかん)における原因不明の肺炎の発生が伝えられ、この一月中旬には国内最初の新型コロナウイルス感染者が発見され、後の緊急事態宣言等に雪崩れこんでいく。私自身は二〇一八年の夏からひたすら一人緊急事態宣言で外出禁止の日々が続いていた。だから、久しぶりの外出に胸が高鳴った。久々に声帯を使ったという実感があった。酷い足の痺れと浮腫みは変わらずで、ステロイド剤をやめたことによる鬱状態も酷いものだったが、初めてではない。受け容れる心構えができていたのでなんとかしのいでいた。また同時に減薬した免疫抑制剤によってキラーT細胞が活性化してしまったのか、顔と頭の皮が剝けて細かい皮膚がハラハラ落ちて七転八倒する地獄の痒さで、加えて部位が特定しづらい腹部の鈍痛により、就寝時は憂鬱だった。光文社に続いて集英社の文庫編集長と副編集長がやってきて宮川町の〈さか〉という羊が絶品の洋食屋で今後の出版予定の相談をした。蝦夷地からはじまって中国内陸部まで到る昆布の流通を描く大長篇〈海路歴程〉の連載を始めるように促されたが、そのときの連載仕事の状況は〈帝国〉と〈くちばみ〉が終わり〈夜半獣〉と〈姫〉と〈ハイドロサルファイト・コンク〉が始まっていた。二つ終わったが一つ増えて連載六つと相成ったわけだ。自分でも呆れる仕事量である。そこに新たに〈海路歴程〉を加える余地はない。俺は癌患者だぜ――と逃げを打った。

　このころ漆の仕事で妻はイギリスに出かけていた。娘たちも便乗して大英博物館だ、シャーロック・ホームズ博物館だ――とはしゃいだメールが届く。そんな中で、いきなり三日三晩にわたる烈しい下痢と嘔吐に襲われた。小一時間ごとにベッドの傍らにおいたゴミ箱に吐き、同じく小一時間ごとにトイレに駆け込む。それ以外は身動きができず、屍体と化していた。なにも食べていないのに下痢嘔吐は止まらず、少しでも水分を摂れば即座に吐くか垂れ流すかで、酷い脱水症状に朦朧とした。年末から気にしていたあの常軌を逸した足の浮腫みがきれいに消滅し、俺の足首はこんなに細かったのか――と凝視し、たとえ吐いても垂れ流しても脱水症状のままではいかん、と経口補水液を自作した。いま思い返すと小一時間ごとの下痢嘔吐は大仰かもしれない気もするが、まばらな睡眠さえまともにとれない三日三晩はつらかった。原因だが、限定商品の辛さ三十倍レトルトカレーを食べたあげく、諫める者がいないのをいいことに、黴による感染症を防ぐために絶対に食べてはいけない乾燥果実――クルミの誘惑に負け、一つ囓ったら止まらなくなり、一キロ入りの袋だったが、三分の一ほど食い尽くしてしまったせいだと思う。驚いたのは、どうにか嘔吐が治まって体重計に載ったところ、六・二キロ、体重が落ちていたことだ。じつはGVHDのせいか、一晩に一キロほど体重が落ちることがよくあった。けれど、三日で六キロは新記録だった。体重が一気に五十キロ少々になってしまった。吐瀉物で着衣やベッドを汚さぬよう冷たい脂汗を流しながら意地になってクリアした三日三晩だった。

三月に入って、毎週送ってくれる『女性自身』の記事に、シンガーソングライター岡村孝子さんが白血病になって、ステロイド剤の副作用で骨が三ヶ所折れたとのことで、俺は四ヶ所だよ〜と得意なような、痛いような微妙な気分だった。また、このころコロナウイルスの跋扈が本格的になってきたらしく、K大附属病院血液内科のY先生よりこんなメールがきた。抜粋しておく。

昨今の新型コロナウイルス感染症のため、受診時にはご迷惑をおかけしています。

Ｋ大附属病院はこの感染症を扱う指定医療機関ではないのですが、一番の問題はマスクの不足です。来月の入荷が決まっておらずさらに患者さんに対しては家族を含めた面会の全面禁止の制限が課せられました。

先生はマスク騒ぎに全体主義的風潮の蔓延（まんえん）をみて、危惧されていた。私は家にいてもマスクが必需品なので高騰前に五十枚で三百八十円の中国製サージカルマスクをＡｍａｚｏｎで大量購入していたから、このマスク騒ぎには捲きこまれずにすんでいた。四月に入って桜もたけなわなころ、近所のうどん屋のおばちゃんがコロナを発症した。外国人観光客もたくさん来店する店で、はじめて新型コロナウイルスの跋扈を身近に感じた。罹患すれば、私は間違いなく肺炎で死ぬ。重度の肺炎の苦しさは、身をもって知っている。もっとも原則として通院以外に外出が許されない私である。どこか他人事という気分であったことも慥かだ。四月も下旬になるとＧＶＨＤによる全身の関節痛がひどく、執筆はかろうじてできるが、軀を横たえるとじつにつらかった。安倍晋三（あべしんぞう）肝いりの布マスク配布そして一斉休校により、うちの娘たちも学校がないまま春休みに入ってしまって、それぞれ小五、小三となった。小二の最後に、暇をもてあましたＭが作文を書いた。原稿用紙五枚分以上あるので、冒頭だけ引用しておこう。

とおふばたけを作る
大きくなったらとおふばたけを作ります。とおふのたねは、四角い形で、すぐにつぶれてしまうから、しんちょうに土にうめないといけません。とおふは、三っ日で、できます。しゅうかくする時は、ふつうのとおふよりもやわらかいので、しんちょうにとります。そのおとおふはとってもおいしいのですが、せわを一日でもやすむと、おあげになってしまいます。できたおとおふでまくらやおふとんがつくれます。おとおふをビニールに入れてまくらカバーに入れます。おふとんのときは、ベッドカバーに入れます。さむいときは、ゆどおふを入れます——

栽培植物『とおふ』について、延々書いて止まらないMだった。Rは私に届いたモノタロウのカタログから目敏く指紋採取キット六百六十七円なりを見つけだし、我が家の鑑識活動に勤しんでいた。Rの悪戯はいよいよ先鋭化し、眠っている妻の唇と鼻の下にワサビがすりこまれていた。沁みる痛みに涙を流しながら目覚めたら、枕の下から本わさびのチューブがあらわれたという。
リウマチ症状が続いているのでA先生の配慮により七月上旬、免疫・膠原病内科を受診した。女医だった。ホッとした。これだけたくさん診察を受けていると、男のダメさ加減が身に沁みているからだ。優秀なのはいつだって女医で、男医はY先生やA先生のように抽んでているか、箸にも棒にもかからない者かに二極化している。実際、じつに精緻かつ納得のいく診察で、億劫がらずにこれまでの血液内科のカルテにしっかり目を通し、症状服薬その他を完全に把握した上で、関節エコー検査の予約を取ってくれた。さらに全身の関節を触診してもらい、私が考えているよりも症状が軽微であることを匂わせてくれた。痛み止めは多量の薬剤服用で腎臓の値が悪いのでカロナールにするという。カロナールは効かないと入院中看護師が言っていたので、どうかな？　という表情をしてしまった。先生は軽く頰笑んで、なぜかリウマチ様の痛みにはけっこう効くんだよ——と教えてくれた。いまだにB病院の整形外科から背骨骨折時のミノドロンとエディロールを処方されているのだが、もう服まなくてもよいかと訊く。なにせ骨密度は二十代、それを告げると、ステロイド剤の服用は終わったが、免疫抑制剤その他も骨に対して悪さをするので、きっちり服み続けろと命じられる。あらためて薬剤による骨破壊は、骨密度とはなんの関係もないことを教えられる。質問をすると、即座に的確な答えが返ってくる。診察なかばから尊敬の念を覚える。腎臓は難しい情況だが、肝臓はじつに強いと御墨付きをもらう。これだけあれこれ服薬していると、肝臓が真っ先にやられるらしい。若いころアルコールやいけないオクスリを委細かまわず軀に入れていた。まわりでは幾人か死んでいった。こうして生きているのは、強い肝臓のおかげかもしれない。

十六日、関節エコー検査。両手足がローションでぬるぬるだ。ここまで塗るものか、と呆れる。検査は一時間強かかった。手指の関節すべて、手首、肘、肩、そして膝、足首、足指——丹念に診てくれたが、診察台が硬いのに閉口した。結果、リウマチでないことが判明した。関節の腫れ、変形等、骨に一切異常はないという。けれど成人ではエコーでは写りにくい血管が、やたらと目立って写っているとのこと。免疫抑制剤の副作用で血管が拡張して、痛みの物質が流れこんでいて関節痛をもたらしているのではないかとの見立てだが、検査技師は、本当のところはまったくわからない——とも付け加えた。実際に画像を見せてもらったが、血管が写っているのはわかる。だが素人にはそれ以上のことはわからない。釈然としないまま家にもどったら、テーブルの上にビールジョッキが置いてあった。腎臓のために水分を多量に摂れと命じられていた。水道水を煮沸したものをがぶ飲みするのも味気ないのでノンアルコールビールを箱買いして飲んでいたのだが、Rが自分の小遣いでプレゼントしてくれたものだった。

八月は妻の運転で京都を離れ、一家で八ヶ岳の別荘に籠もった。A先生がもしものときのために八ヶ岳周辺でもっとも大きなS総合病院宛に紹介状を書いてくれた。山荘の前を立派な三段角の牡鹿が一族を引き連れて我が物顔に歩きまわっている。最高に上昇しても気温二十三度程度、軽井沢などと違って湿気も少ないので過ごしやすい。ベランダに設えたハンモックに横たわって揺れていると、Rがつくっている燻製(くんせい)の香りが流れてきて安らぎの息が洩れる。とはいえリウマチ様の痛みはいよいよ尋常でなくなってきた。ちょうど〈対になる人〉の最終回の締め切りにあたっていたが、起き抜けは手指がまったく動かず、意を決して無理やり執筆すれば、常時顔が歪んでいる状態となり、苦痛に呻いて、目尻に涙が浮いていることに気付く。そんな中での最終回執筆だった。

十五日の朝十時にコロナ禍ならではの、B病院の整形外科の電話診療があった。実際に診察していないにもかかわらず、前屈みになって歩いていないかと先生が指摘してきた。まさにそのとおり――猿人のような歩行姿勢なので驚いた。自分でも最近、鬱陶しい歩き方をしていると苦り切っていたのだ。背骨をやると、どうしても背筋が弱り、結果前屈みとなるとのこと。背筋を鍛えるように命じられる。その具体的な方法も教えられた。

意地で〈対になる人〉その他連載執筆を終え、送信して、八月下旬には診察があるので熱暑の京都にもどった。血液内科の診察は、いつも通り血液の状態はすごくよいという結論。ただし関節の痛みがまったくよくならず七転八倒する状態なので、新たにリウマチ科で診てもらうことになった。先生は四十分ほどかけて徹底的に診てくれた。左肩に水がたまっていることがわかった。『これは、痛いわ』と先生。けれど血液その他の状態からリウマチと診断することはできないとのこと。はっきり言ってしまえば、原因不明だという。いまだかつて出会ったことのない症状だとも。日々二十四時間全身が痛むのはさすがにつらい。就寝時、左右の肩の痛みのせいで寝返りを打てず、ひたすら仰向けで眠らなければならないのにも疲れた。来月九日に指その他のMRIを撮って関節内部なのか、外側なのかを特定するとのこと。痛みは耐えればよい。けれど鬱状態は執筆に差し支える。ステロイド治療は、いやだと訴えた。

この日の夕食後、ダイニングテーブルで、少しでも指の関節の痛みを和らげようと顔を顰めつつも握ったり反らしたり伸ばしたりしていると、傍らに座った次女がそっと手をのばしてきて指をマッサージしてくれ、小一、小二と友だちがいなかったことをぽつりと明かした。『ずっとボッチだった』——と。外で遊ぶときは、いつも一人で立っていた——と。ドッジボールは誘われないので、一度だけしかしたことがない——と。どれほどの孤独を強いられていたことだろう。私の指の関節を叮嚀に揉みながらも、幽かに笑みが泛んでいるかのようなMの無表情に、胃のあたりが鋭く軋み、胸が詰まって耐え難い苦しさを覚え、落涙しそうになった。

00

Mは心の痛みに耐えてきた。私は骨髄移植から二年たっても肉体の痛みが治まらず、欠けそうになるくらい奥歯を噛み締めてどうにか耐えている。ここまで際限なく苦痛を与えられると、ややナーバスになってしまう。この子たちといつまでいっしょにいられるか。いつまで執筆できるのか――。

　気付いている方もいるだろう。この謎の関節の激痛は、ふたたびステロイド剤服用を再開させられてあっさり治まったと時系列を無視して以前書いた。続いて二〇二一年初頭の免疫抑制剤およびステロイド剤の副作用による白内障で一気に視力を喪い、左眼がほとんど見えない状態になり、かろうじて見える右眼も光が眩しくてまともに焦点を結ばなくなってしまったことも詳細に書いた。だからもう繰り返さない。

　じつは、このころ、もう一つ、肉体上に新たな変化があらわれた。朝方――といっても私が起きるのは午前十時くらいだが、懐かしいような鬱陶しいような強張りに気付いたのだ。俗にいう朝勃ちである。である、と偉そうに書くのも気恥ずかしいが、小用を足す以外にまったく役に立たなくなっていた柔軟器官が、早春に充血器官と化していたのだ。夢うつつで『もどってきてしまった』と嘆息した。もどってきた！　ではなく、もどってきてしまった――だ。私は性慾の喪失を是としてきたのだ。性慾自体が存在しないから、煩悩の大部分も存在しないという境地に達していたのだ。性慾旺盛にして勃起不全であったなら、それは最悪の苦しみだろう。けれどそれから逃れられて、日々の痛み苦しみは尋常ではないが、慾望という観点からは案外、心の平安を得ていたのだ。それは諦念からもたらされたものではなく『ああ、ゴールした。もう走らなくていい』という解放感さえ伴っていた。ところが萎縮しきっていた触覚器官が往時と同様に充血して張り詰め、硬直するようになったのだ。

寝た子が、起きてしまった。戸惑った。舌打ちしたいような鬱陶しさもあった。自慰を試みた。硬直は持続し、問題なく射精した。ただし放射線全身照射で精巣などがやられているのだろう、精はほんの少量、まさにおしるし程度だった。このことは誰にも明かさずに、夫婦生活をどうするか、思案した。血が充ちて硬直するようになって、忌々しいことに男の度し難い慾望も復活してしまっていたからだ。思い返せば骨髄移植後一ヶ月後くらいか、性慾が消滅し、陰茎も小用を足すためだけの器官となり、この面に関しては長閑な気分で過ごしてきたのだ。放射線と抗癌剤の唯一の効用などと肯定的でもあった。

妻は二十五歳年下だ。性慾が消滅した時点で彼女に伝えた。おまえは、まだ若い。私に殉じる必要などない。外で恋愛をしてもかまわない。ただし和気藹々とした家庭を壊したくないので、それを家庭内に持ち込まないでくれ。娘たちの心を波立たせないでくれ——と。ところが終わったはずの私が復活してしまった。妻が操を守っているとしたら、触れようともしないのは失礼ではないか。まだ夫婦だし、仲も悪くない。煩悶に近い思案をした。いまさらという気持ちの一方で、なによりも性慾以上に、狂おしいまでに触れあいたいという衝動に突きあげられるようになった。あれこれ思いを巡らせはしたが、抗えなかった。率直に訴えて、試みた。さすがは対人接触だ。彼女も目を見ひらくほどの強度と硬度を得た。さらに前進した。違和感に気付いた。妻の軀だが、あるべきものが、なかった。

「――脱毛？」

　妻は小さく肩をすくめた。その瞳に、困惑がにじんでいる。けれど困惑しているのは、私のほうだ。

「いつ？」

「さあ」

「永久脱毛ってやつか？」

「そうだけど」

「なぜ？」

「流行ってるから。生理のときとか、楽だっていうし」

「流行ってるからって――。なぜ、俺に相談しなかった？」

「うーん」

「なぜ、ひと言、断りを入れなかった？」

「もう、こうすることもないだろうって思っていたし」

「だからって――」

「だって言ったじゃないですか。もう、俺は解脱しちまったって」

「そういう問題じゃないだろ。俺がおまえに相談なしに、いきなり刺青を入れてきたら、どうする？」

「それとこれとは違うと思うけれど」

「違わないだろ！」

「そうかなあ」

「俺とおまえは、まだ夫婦だろう？」

「そうだけど」

「他人が窺い知れない夫婦の核心部分に手を入れることを、ダンナに相談しねえのかよ」

「うーん。どうだろう」

受け答えが曖昧で、埒があかない。私は体毛などに手を入れている女が好きではない。けれど年齢差もあるし、考え方もまったく違う。それを認めた上で、激しく苛立つ。なぜ相談しなかったのか。一声かけさえすれば、まじかよ——などと戸惑いつつも、好きにしろと言って終わっただろう。

私は自身の股間を一瞥した。見事に潮垂れていた。以後、彼女がいかに尽くしてくれようがまったく反応しない。自嘲気味に苦笑しながら身支度し、だんだん抑えていた不満が迫りあがってきた。妻は昨年中頃から週に四、五日、外出するようになった。漆の仕事が忙しいからだろうとのんびり構えていたし、自由に恋愛してよいと言ったこともあり、体調が悪いときに妻がいなければ、食事をつくることからなにからなにまで必死でこなしてきた。朦朧としながら自炊した。それどころかあれこれ放置できないたちなので洗濯籠に洗濯物がエベレスト状態のまま放置されているのを見れば、しょうがねえなあ——とぼやきつつ洗濯機をまわし、食器を洗い、トイレを磨き、娘たちが散らかしたあれこれを片付けて掃除機をかけた。じつは埃を吸うと危ないので掃除その他厳禁されていた。濡れている洗濯物は、やたらと重い。籠いっぱいの洗濯物を二階に干すために階段を上るのが一番の苦行だった。なにせ背骨が四ヶ所折れていたのだ。まともに力が入らない。肺もちゃんと機能していないから、背骨を庇って二階に上がっただけで烈しく息があがり、目眩が起きた。あえて書こう。私は歯を食いしばって耐えてきたのだ。妻が外でなにをしていようが、私は夫としての役を果たすことができなくなっている。だから家庭内のできることは命を削ってでもやる。もっとも妻は、私が六本の連載を滞りなく書きあげながらも家事一般をこなしてしまうので、それでいよいよ家庭を蔑ろにするようになってしまったのではないかという気もする。

これらは私が耐えればいいだけのことだ。けれど娘たちの心を傷つける大きな問題があった。妻は土曜日の夜八時から茶道、お茶の教室に通っていた。それがあるころから帰宅するのが午前零時をまわってからになった。午前一時、二時過ぎにお茶の教室から帰る母親に、娘たちが疑念をもった。なんでお茶の教室が、午前二時までやってるの？思いあまったMが携帯に電話しても、妻はでない。Rはどこか醒めてしまっていて、その唇に薄笑いのようなものが泛ぶこともあった。私は母の帰りを待ってベッドに入ろうとしない娘たちをなだめたが、だんだん取り繕うのが難しくなってきた。とりわけ長女はたくさん本を読んでいる。Rから浮気という言葉を聞いたときは、胸が軋んだ。恋愛をしてもいい。ただし家庭内に持ち込まない、娘たちの心を波立たせない――その二つを強く訴えたつもりだ。丑三つ時の茶道の教室、つながらない携帯電話。私がかけるのではない。Mがかけてしまうのだ。私は虚ろな目をしたRとMをなんとか寝かしつけようと悪戦苦闘し、必死で耐え、娘のために早く帰ってこいと叱りはしたが、当人には諸々あえて沈黙を守ってきた。それが下腹に申し訳程度に三角形の体毛が残されているだけで、核心の周囲からきれいに体毛が消滅した景色を目の当たりにしたことにより、不能に陥ったばかりか、抑えていたものが炸裂した。もう一つ私を苛むことがあった。こんなことで嫉妬するのは、じつに下らないとは思うのだが、ずいぶん以前、昨今の局部脱毛の流行は、じつは男側からの要請で、行為のときに顔を埋めやすいからだと整形医が得意げに語っていたのを、唐突に思い出してしまったのだ。さらに近ごろ税務署から妻の給料に対する所得税の督促状が幾度も届くことから、どうも金銭状態が怪しいということも含めて精神的に爆ぜた。給料というが、税理士から受け継いだ唯一の節税対策で、妻の仕事は一応は会計処理一般ということになっているけれど、年に一度の確定申告時に伝票類を揃え、それを税理士に送るだけの仕事だ。

「ついつい忘れてしまうなら、俺が代わりに郵便局で払うから、いますぐコンビニで税金分おろしてこい。鬱陶しくてかなわん」

「お金――ない」

「おまえ、月に三十万、ボーナス時に八十何万振り込まれてるだろ。あれ、使い果たしたのか？　まったく残ってないのか？」

　妻は答えない。

「じつはな、火災保険二万六千円の引き落としができないって連絡がきてるんだよ。二万六千円も口座に残ってないのか？」

　妻は答えない。

「えーと、三十万かける十二プラス百六十万。ざっと五百二十万か。それを十年以上受けとってるんだぞ。常識的には多少は残ってるはずだろ。世間じゃ、年収三百万以下で四人家族が暮らしてるってのに、いったいなにに使ったんだよ？　食費や光熱費、RとMの服や学費、いやおまえの付き合いの飲食とか服とかすべて俺のカードで払ってるだろ。いわば給料はぜんぶ小遣いだぞ。なのになんで督促ばかりなんだよ」

　妻は答えない。

「じゃあ、あの七百万は？」

　妻は答えない。

　七百万とは私のへそくりだったが、パソコンデスクの上に太めの輪ゴムでとめて放置したまま忘れていたものだ。不用心ということで妻に渡したのだ。

「昨年のおまえのカードの明細を見せろ」

　ようやく口をひらいた。顔を白くしての拒絶だった。

「いやです」

貢いでるのか？　と問うのはやめた。デートには金がかかるらしい。私の金で男の分まで払ってやっていたとすると、いやはや、これほど尽くす夫はいない。見事なピエロだ。疑念や苛立ちは絶えなかったが、病に耐えるのと同時に、見て見ぬふりをしてそれらに耐えてきたのだ。しかも連載を五つ以上こなして、稼いできた。どこに六十半ばにもなってこれほどの執筆量をクリアしている小説家がいるか。執筆が愉しくてやめられないという側面もあったが、命が尽きても、できうる限りのものを残してやろうと念じて身体的苦痛に耐えて必死に頑張ってきたのだ。せめて慎ましやかに恋愛してほしかった。それならば私は黙って見て見ぬふりを続けただろう。私はカード明細を見せろと迫った。意地になっていた。だが、妻は頑なに見せられないの一点張りだ。つまり見せられない支出があるということだ。私は現世で報いを受けるような男だが、結婚してからは妻に一切秘密を持っていない。なんでも明かしてしまうことが最良の保身であるという側面もあるが、とにかく率直に処してきた。私は怒りが頂点に達すると、途端に冷えて凍える。抑揚を欠いた声で告げた。

「見せられないなら、出ていけ。もう給料は払い込まない。そこまで俺はお人好しじゃない」

「RとMは！」

「俺が面倒見る」

「だって貴男（あなた）は病気だよ！」

その病人を放置し、蔑ろにして、ただただ働かせて、その金を使い果たしてしまったのは誰なのだ？　ここまでくれば意地がある。RとM、二人の娘を命の続く限り、きっちり育ててみせよう。一般的な育て方とは大きく異なってしまうかもしれないが、得意なことを徹底的にのばしてエキスパートにしてあげよう。食いっぱぐれのないオリジナリティを与えてあげよう。学校？　学歴？　そんなものは、潰しのきかないその他大勢の救済手段にすぎない。

わかっている。ひと言もなく妻の陰毛が消滅したことにより私は自尊心を傷つけられ、熱(いき)りたっているのだ。それをする前にひと言伝えてくれれば、午前一時二時に帰宅することだけは娘たちのために避けろと命じて、すべてを不問に附しただろう。昨年のカードの支払い明細を見せ、ひとこと謝罪の言葉を聞けば、許しただろう。金銭にまったく無頓着だったくせに、いまごろになって自分が道化であったことを突きつけられ、永久脱毛に烈しい怒りを覚える。じつに見苦しい心理だ。だが、ここには男と女の、いや人間の心理の本質的な綾(あや)が凝縮している。私は、彼女にとってどうでもいい人、存在しない人、ただの財布と化していたのだ。結果、嫉妬よりも始末に負えない自尊心の崩壊が起きた。併せて抑制も崩壊し、彼女に対する不満が噴出した。外出ばかりするようになって、彼女が平然と濃厚接触者と会っていたことを知らされたときは、不安よりも呆気にとられた。不要不急の外出は避けるようにという緊急事態宣言がでているさなかではないか。なぜ、のこのこ外出するのか。なぜ毎日外出するのか。コロナどころかインフルエンザでも確実に死ぬと申し渡されている私の綱渡りがわからないのか。間質性肺炎で苦しんだ私のことに、思い到らないのか。RとMの送り迎えはちゃんとしていると言うが、免罪符のように朝、そして外出したまま午後三時過ぎにバス停まで車で迎えに行き、家まで送り届け、ふたたびどこかに消えるだけではないか。たまに家にいれば睡眠不足を解消するためにひたすら眠る。あきらかに私を避けている気配だが、私は黙っていた。東京なり大阪なりに仕事と称して出かけたとき、どこに出かけているのかまったくわからない。宿泊しているホテルさえもわからない。私は割り切って電話をしなかったが、RとMが電話しても、一切出ない。せめて眠る前にRとMに電話してやれと言っても、かけてこない。Mが肌アレルギーで、原因がダニと医師に言われても、シーツを替えてやらない。抛っておけば一ヶ月以上シーツも枕カバーもそのままだ。私が腰を庇いながら替えてやる始末だ。それらを注意すると、怒られた、怖い――と私を忌避する。

妻は、家を出た。けれど家出先は義父母が孫に会うために購入した、歩いて十分もからないところにあるマンションだ。娘たちはいつでも会える。母のいない家で、ぼんやりと、いや虚ろな表情で佇んでいる姉妹を見やって、居たたまれなくなって訊いた。

「母のところに行くか?」

RとMは虚ろなまま、答えない。やがて私に気を遣って過剰にはしゃぎはじめ、次々に迎合の言葉を口にした。その晩、RとMがカレーをつくった。二人にとって初めてのカレーづくりだ。バーモントカレーだったが、じつにうまくできた。もっとも私には甘すぎたが。つきっきりで見守ったが、Mはあまり出番がなくて機嫌を損ねた。だいじょうぶ。もう少し大きくなったら、背伸びしなくても調理台に手が届くよ――と慰めた。娘たちは精一杯明るく振る舞っていた。わかっていた。父親は母親の代わりにはなれないのだ。私だって母に甘えはしたが、父には心を許すことがなかった。因果が凝結した充血器官で種付けするだけの存在が、男だ。どだい母親と勝負になるはずもない。この件に関しては、私に落ち度がないことくらいRとMだってわかっているのだ。だから、姉妹は私に寄り添って私を慰めてくれる。たまらない。

「寂しいか？」

上目遣いの二人は、黙っている。

「母のところに行くか？」

「――いいよ」

「無理するな。じゃあ、ときどき母にきてもらうか？」

姉妹は返事をしなかった。けれど、その瞳の光を、私は見逃さなかった。一応は渋ってみせたRに電話させた。

――あのね、母。父がね、私たちに会いたければね、家にきてもいいって！

遣り取りから妻がRとMの送り迎えだけはする――と勢いこんでいることが伝わってきた。私はその場を離れ、ベッドに転がる。黙って執筆をはじめる。私には、もはや妻はいない。脳内のスイッチが完全に切り替わっていたし、RとMという存在がなければ、二度と会うつもりもなかった。けれど運転を禁止されている私に代わって送迎をするという名目のもとに娘たちに毎日会いにくれば、彼女はなし崩しにやってきて、娘たちと過ごす時間を増やしていくことが目に見えている。午前一時、二時過ぎに忍びこむように帰って姉妹を悲しませたくせに、いざ離れるとなると娘たちが愛おしくてたまらないのだ。愛おしい？　単なる執着ではないか。会えないとなったとたんに、唐突に過剰なる母性が声音や表情に溢れでたのを、私は見逃していなかった。女とは、男と同様、勝手なものだ。つまり人間は、勝手なものだ。だが、それが母性愛と称されるものだから始末に負えない。誰が母性愛を糾弾できるか。娘たちを産んだのは、彼女である。そのことだけで、私の存在理由は淡く朧になってしまう。私が一方的に彼女に対する糾弾――鬱憤を書き散らしているのと同様に、彼女には彼女の正義があり、言い分があるのだ。拗れてしまえば、永遠に交わることがない正義の衝突だ。そこにRとMの姉妹という存在が被さってくる。私は軀の苦痛に鞭打って金を稼ぐ自動機械になるしかない。肺炎の後遺症で幼い次女よりも倍の速さで呼吸をしている状態だ。脈拍は常時一二〇以上だ。背骨が崩壊した六十半ばの癌患者に、いったいどのような仕事ができるというのか。小説を書くしかないではないか。つまり心の苦痛をなかったことにして、真っ白になって執筆をするしかない。潰しがきかぬ上に、他に取り柄がないからだ。いつ死んでもいいが、短絡して死ぬわけにもいかない。この時点で自殺すれば、RとMの心に、どのような傷を残すか。娘たちが両親の身勝手を憎み、呪い、自身を憎むことを覚えたりしたら目も当てられない。いい人ぶっているのではない。RとMは、私にとってそれほどまでに大きな存在なのだ。すべてなのだ。私は心を消すしかない。白くなるしかない。

　それにしても——と、思う。私の眼前に肉体をさらした妻は、どのような気持ちだったのだろう。拒絶できぬから、仕方なし。あるいは、まったく自身の軀に手を入れたことを気にしていなかった——。陰毛のあるなし。下らない。それに振りまわされて炸裂してしまった私という愚劣。もう考えたくない。記憶をなくしたい。

　別の回路が私を駆動する。キーボードをすばらしい勢いで叩く。ふとした瞬間、空白が訪れる。中空を睨んで次の語句をさがしているさなか、不意に黒灰色だったはずのドブネズミが目を疑うような白ネズミになってしまった姿が泛ぶ。六十六歳になっていた。そんな私にも十七歳だったときがあった。孤独だったが傲岸だった。死など概念でしかなかった若く青臭い筋肉質のネズミは、いつのまにやら老いて分厚い脂肪をまとった巨大なドブネズミになり、ところが病に倒れて一気に痩せ細って際限のない苦痛を与えられ、死を実感し、あげく妻の永久脱毛という、第三者からはお笑い種であろういかにも私らしい出来事で『ボッチ』であることに気付かされた。私は生まれてから『ずっとボッチだった』のだ。真っ白になった。大きく息を吸う。肩を上下に動かす。目の焦点をディスプレイに合わせ、タイピングを再開する。

「二百四十万年ほど前でしょうか。猿人属から変化した一番最初の人属に、骨の髄を啜ることを教えたのは。髄は血をつくる部位。滋養に充ちております。本来ならば血を吸うのがもっとも滋養をとるには手間もかからず具合がよいのですが、大きく獰猛(どうもう)な獣が斃(たお)し食した鹿の屍骸などはほとんど骨しか残っておりませぬ。このころの人は圧倒的な弱者、肉を食べる獣が屠った獣のあまりを漁(あさ)って生き存えておりました。残念ながら血は地面に吸いこまれてしまいます」

「だから、髄」

「はい。たとえば肋の骨を折って血の代りに啜ります」

「血の代り！　吸血だ」

「ふふふ。人はもともと吸血のようなことをして生き存え、大きく育ったのです。髄を吸うようになった人属は、その最上の滋養にて一気に脳髄を大きくしていきました」

「髄を吸って脳髄を大きくした！」

すばらしい勢いで〈姫〉の第十三回原稿を書きあげていく。この章はすべて会話で成立させることにした。漂白された私に、もはや感情と呼べる色味はない。感情がなければ、悩みもない。ようやく白くなれた。真っ白になれた。さようなら。

文庫後書き

骨髄移植を受けて六年たった。

と書いて、続かなくなった。この作品のハードカバーをつくってくれた佐藤一郎のことが去来したからだ。

佐藤は二〇二四年四月三十日に癌で亡くなった。

この〈ハイドロサルファイト・コンク〉や〈対になる人〉をつくってくれた。そして入院闘病中に〈たった独りのための小説教室〉をつくりあげてくれた。

私も二度ほど死にかけたが、どうにか立ち直り、現在に至る。佐藤は唐突に入院し、私と入れ違うかのように去った。衝撃だった。認めたくなかった。

抑制の外れた感情の吐露は、見苦しい。沈黙する。佐藤一郎の冥福を祈る。


今日、娘たちが映画を見にでかけたので、洗濯機をまわした。私は食器や衣服など、洗うという行為が好きだ。執筆に疲れ昂ぶっているときに水に触れると、気持ちが鎮まり、落ち着くのだ。

一方で洗濯物を干すとき、ここ幾年か癖になってしまっている苦笑いが湧いた。作中にも書いたが、ステロイド剤の副作用で背骨が四箇所折れて背が四センチ縮んだ。一方で、背骨が折れる前のままの高さで室内干しのハンガーが吊ってある。結果、ピンチというのか、微妙に洗濯ばさみに指先がとどかない。以前は多少の余裕があったが、いまは爪先立ちしなければ洗濯物をはさめない。一方で踏み台を出すまでもなく、思い切り伸びればなんとかなってしまうので、いい運動になると開き直っているのだが、洗濯物が多いとイラッときて、溜息が洩れる。

たかが四センチ。されど四センチ。

この四センチは書棚や収納棚や冷蔵庫最上段に手を伸ばすときにも、微妙な不便をもたらす。以前はなんの苦もなく抜き出せた書籍に悪戦苦闘している姿は、なかなかに滑稽で情けない。

こういった不満が迫りあがるようになってきたのは、体力がもどってきてからだ。息も絶えだえだったころは、諦めに覆いつくされていたのだろう、致し方ないと受け容れることができた。

癌患者はおしなべて筋力が落ちる。私の筋肉は八十歳代後半くらいにまで萎縮していたそうだ。

退院後から四年ほどは、風呂に入れば浴槽から立ちあがることができず、浴室リモコンの呼びだしスイッチを押して家人の助けを借りて風呂から出るのが当たり前の日常で、介護老人と自嘲したものだ。

もっとも、呼びだしスイッチを平然と押せるようになるまでには自尊心などの葛藤があり、ずいぶん長いあいだ湯に浸かっている気配に家の者が心配して覗きにきたりしたものだ。私は羞恥の裏返しで横柄に手を出し、浴槽から引きあげてもらっていたが、すぐに開き直ることができて居丈高に振る舞うのは逆に不細工だと割り切り、浴槽より救出してもらうことができるようになった。

だからといって自尊心が消滅したわけではない。生存のためには如何ともしがたいからこそ羞恥を押しやって平然とした貌をつくっていた。諸々の感情は内向し、沈殿していったということだ。

病人の精神の不健康さは、自己を殺すことによって醸しだされる。助ける側——介護する側が私の顔色を窺うことによって、その傷はより根深く沈潜していく。

いまでは入浴前に臀が床に着くぎりぎりの深い角度のスクワットを二十回して、湯に浸かるようになった。

あと一ヶ月ほどで七十歳になるのだが、たいした苦労もなくスクワット二十回まで持ち直すことができた。向上心に欠けるので、二十回以上はやらないことに決めている。

自分で言うのもなんだが、ずいぶん恢復したものだ。けれど以前のように居丈高に振る舞うことはできない。振る舞う気もない。

こんなことがあった。中学三年の長女が定食屋で御飯を食べてみたいと言いだした。すっかり暮れてから、私は彼女を近所の大銀（だいぎん）という食堂に連れていった。

夜の食堂は、仕事帰りのサラリーマンや作業服姿の客がときおり頭上の野球中継に視線を投げ、独りで黙々と飯を頬張る姿が多く、しんとした雰囲気が好ましく、私自身、大好きだ。

はじめてこの食堂を訪れたのはいまから五十年ほど前で、十七歳だったか。以来ときどき思い出したように腹を満たしてきた。

大銀は量が多いことを知っている私は、すっかり食が細くなってしまったこともあり天麩羅ウドンを、娘は鶏の甘酢餡かけの定食を頼んだ。

私のアドバイスで、娘は御飯を小盛りでと頼んだのだが、山盛りの御飯に目を剝いていた。

まだ私は生きていて、十五歳の娘と一緒に定食屋でウドンを啜っている。旺盛な娘の食欲が眩しい。

和んだ気分だったが、常連らしい中年の男が店内に入ってきて、店の者にあれこれ声をかけはじめ、やがてそれは親しさからくる狎（な）れからきているのか、絡んでいるのかわからない状態になってきた。多少は酒が入っていたのかもしれない。

娘は私の遠慮のない視線がその男の顔に刺さっているのを見てとり、上体を屈めるようにして私に囁いた。

「ダメだよ、絶対に殴っちゃダメだよ」

まだ娘が幼かったころ、歩道を無謀な運転をして軽く娘にぶつかってすり抜けていった自転車を追いかけ、詳細は省くが警察沙汰になったことがあった。娘はそれを覚えていたというか、その顛末がきつく深く心に刻まれていたのだろう。

「だいじょうぶだよ。父はいま誰と喧嘩してもだらしなく負けちゃうからな」

病後の体力的なこともあるが、じつは他人の血をもらった私は、以前のように炸裂する度合いが大きく減ってきた。私の視線に気付いた男が静かになったこともあり、私と娘は和気藹々と食事を終えた。

昨夜、娘とインフルエンザの予防接種に草場内科に出向いた。十二月も中旬で東山から落ちてくる風は冷たいが、娘はバレーボールの部活でスライディングをして穴のあいた濃紺のジャージ上下に一枚羽織っただけで白い息を吐きながらも足取りは軽い。

草場先生は私の血液異常を見つけだしてくれた大恩人だ。お互い、視線が合うと、阿吽の呼吸というべきか私は控えめに頭を下げ、先生は軽く頷く。元気になったね、ワクチンも打てるようになったんだね――とその眼差しが、告げている。

コロナは当然のこととして、インフルエンザに罹っても免疫を喪った私は死ぬ――と血液内科の新井先生から脅されて、いや告げられていた。けれど免疫の病気ゆえにワクチンを打てない状態だったのだ。

もうワクチンを打っていいからね――と言われたときは、面倒臭えな、などと胸中で呟いた私だが、予防接種を受けつつ死がどんどん遠ざかっていることを確信した。

放射線照射などで二次癌の恐れもあるのだが、楽天性の塊である私は『痛くなければいい』と開き直っている。いまの私は、痛くなければいいという境地にある。私の味わった痛み苦しみは、いくら言葉を尽くしても他人には伝えようがない。そこから派生する強烈な孤独感も、他人にすがりついたりぶつけたりするのはお門違いだ。

予防接種を終えて、大銀で勢いがついた娘が餃子(ギョーザ)を食べたいと言いだした。京都で餃子といえば、王将だ。医院から市バスで停留所五つほど、二キロ程度だろう。私と娘は目配せして歩きはじめた。暑い時期だったらとても歩く気にはなれないが、冗談を言い合いながら白川通を北上していく。

たまたま次女は登場しないが、私は娘たちとよい関係を築いている。小説家という職業柄、いつも家にいて、しかも悪いことばかり教えはするが、教育的指導とは完全に無縁な父親だ。威張って言ってしまうが、私は娘たちに勉強しろと言ったり迫ったりしたことが一切ない。

もちろん、こういった関係が無限に続くとは思っていない。案外、早い時期に娘たちは巣立っていくだろう。けれど今回の病気で悟ってしまった。訪れるかどうかもわからない未来に思いを馳(は)せても意味がない。

夜八時の王将北白川店は満員で、たくさんの客が席が空くのを待っていた。以前の私だったら絶対に待たないのだが、娘と無駄話をしながら席待ちだ。

「おまえ、十五だろ」

「うん」

「父は早生まれだから十五で働いてたぞ。歳をごまかしてバーテンしてた」

「それは父の都合」

「べつにおまえに働けって言ってねえから」

そんな遣り取りのあげく、餃子を焼く店員の真ん前のカウンターに並んで座って、コーテル・リャンガーという王将ならではの注文の声を懐かしく聞きながら、餃子と唐揚げがついた天津飯のセットを頼んだ。娘も私の真似をして天津飯セットだ。

量が多く、最後に残った唐揚げを食い切るのが大変だった。腹がカチカチでパンパンに膨らんだ。娘も若干朦朧気味の息をついている。もう歩けねえ――と見交わして、上終町から市バスに乗って家に帰った。


なんのことはない。すっかり元気になってしまったのだ。免疫抑制剤等々の薬剤大量服用も、いまでは帯状疱疹を抑える薬だけになった。

結果、いい気になるなと叱られてしまいそうだが、亡くなった佐藤一郎に対して、なんだか申し訳ない――という筋違いじみた罪悪感が幽かにある。

文庫化に際して、担当の半澤雅弘の手を煩わせた。今回も、じつに叮嚀な校閲の仕事に接し、背筋が伸びた。

読者諸兄の健康を祈って筆を擱く。風邪ひくなよ。自愛を！

令和六年十二月十九日、初雪が舞った日の夜。

花村萬月

本書は、二〇二二年三月、集英社より刊行されました。
初出　「すばる」二〇二〇年七月号〜二〇二一年十月号
JASRAC出2500789-501

集英社文庫
花村萬月の本

花　折

画壇の重鎮である父を持つ鮎子は東京藝大へ。そこで男を知り、取り込むことで覚醒していく――。ひとりの画家の人生を通し、創作の本質に迫った小説。

集英社文庫
花村萬月の本

対になる人

札幌に越してきた小説家の逸郎は、多くの人格を内包する紫織と出会う。彼女の壮絶な過去や抱える問題に逸郎は翻弄されていく。迫真のサイコスリラー。

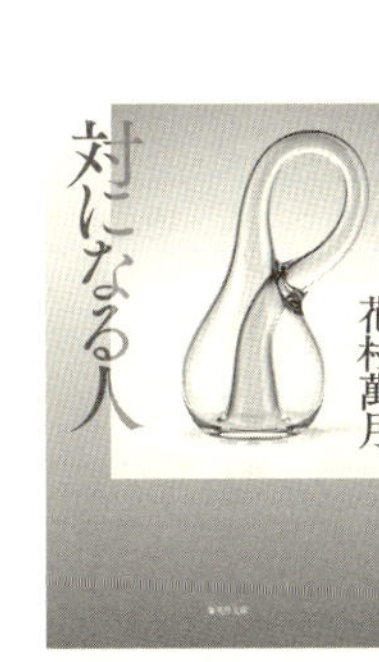

集英社文庫　目録（日本文学）

林　真理子　東京デザート物語
林　真理子　葡萄物語
林　真理子　死ぬほど好き
林　真理子　白蓮れんれん
林　真理子　年下の女友だち
林　真理子　グラビアの夜
林　真理子　失恋カレンダー
林　真理子　本を読む女
林　真理子　女文士
林　真理子　フェイバリット・ワン
林　真理子　我らがパラダイス
早見和真　ひゃくはち
早見和真　6 シックス
早見和真・文　かのうかりん・絵　かなしきデブ猫ちゃん
早見和真　ポンチョに夜明けの風はらませて
早見和真・文　かのうかりん・絵　かなしきデブ猫ちゃん　マルの秘密の泉

原　宏一　ムボガ
原　宏一　かつどん協議会
原　宏一　極楽カンパニー
原　宏一　シャイン！
原　民喜　夏の花
原田ひ香　東京ロンダリング
原田ひ香　ミチルさん、今日も上機嫌
原田ひ香　事故物件、いかがですか？　東京ロンダリング
原田マハ　旅屋おかえり
原田マハ　ジヴェルニーの食卓
原田マハ　フーテンのマハ
原田マハ　リーチ先生
原田マハ　丘の上の賢人　旅屋おかえり
原田宗典　優しくって少しばか
原田宗典　スバラ式世界
原田宗典　しょうがない人

原田宗典　日常ええかい話
原田宗典　むむむの日々
原田宗典　元祖スバラ式世界
原田宗典　十七歳だった！
原田宗典　本家スバラ式世界
原田宗典　平成トム・ソーヤー
原田宗典　大サービス
原田宗典　すんごくスバラ式世界
原田宗典　幸福らしきもの
原田宗典　笑ってる場合
原田宗典　はらだしき村
原田宗典　大変結構、結構大変。ハラダ九州温泉三昧の旅
原田宗典　吾輩ハ作者デアル
原田宗典　私を変えた一言
春江一也　プラハの春（上）（下）
春江一也　ベルリンの秋（上）（下）

集英社文庫　目録（日本文学）

春江一也　カリナン
春江一也　ウィーンの冬（上）（下）
春江一也　上海クライシス（上）（下）
ロジャー・パルバース　早川敦子・訳　驚くべき日本語
半田畔　ひまりの一打
坂東眞砂子　桜雨
坂東眞砂子　曼荼羅道（まんだらどう）
坂東眞砂子　快楽の封筒
坂東眞砂子　花の埋葬　24の夢想曲
坂東眞砂子　鬼に喰われた女　今昔千年物語
坂東眞砂子　逢はなくもあやし
坂東眞砂子　傀儡（くぐつ）
坂東眞砂子　くちぬい
坂東眞砂子　朱鳥（あかみどり）の陵（みささぎ）
坂東眞砂子　眠る魚
坂東眞砂子　真昼の心中

坂東眞理子　上野千鶴子　女は後半からがおもしろい
半村良　雨やどり
半村良　かかし長屋
半村良　すべて辛抱（上）（下）
半村良　産霊山秘録（むすびのやまひろく）
半村良　石の血脈
半村良　江戸群盗伝
ビートたけし　ビートたけしの世紀末毒談
ビートたけし　ザ・知的漫才　結局わかりませんでした
ビートたけし　アナログ
東憲司　めんたいぴりり
東直子　水銀灯が消えるまで
東野圭吾　分身
東野圭吾　あの頃ぼくらはアホでした
東野圭吾　怪笑小説
東野圭吾　毒笑小説

東野圭吾　白夜行
東野圭吾　おれは非情勤
東野圭吾　幻夜
東野圭吾　黒笑小説
東野圭吾　歪笑小説
東野圭吾　マスカレード・ホテル
東野圭吾　マスカレード・イブ
東野圭吾　マスカレード・ナイト
東野圭吾　マスカレード・ゲーム
東山彰良　路傍
東山彰良　ラブコメの法則
東山彰良　DEVIL'S DOOR
東山彰良　越境（ユエジン）
樋口一葉　たけくらべ
ひずき優　雨瀬シオリ・原作　小説　ここは今から倫理です。
ひずき優　小説　最後まで行く

集英社文庫　目録（日本文学）

ひずき優　小説　ショウタイムセブン
備瀬哲弘　精神科ER　緊急救命室
備瀬哲弘　うつノート　精神科ERに行かないために
備瀬哲弘　精神科ER　鍵のない診察室
備瀬哲弘　大人の発達障害　アスペルガー症候群、AD/HD、自閉症が楽になる本
備瀬哲弘　精神科医が教える「怒り」を消す技術
備瀬哲弘　もっと人生ラクになるコミュ力UP超入門書
日高敏隆　世界を、こんなふうに見てごらん
日高敏隆　ぼくの世界博物誌
一雫ライオン　小説版　サブイボマスク
一雫ライオン　ダー・天使
一雫ライオン　スノーマン
日野原重明　私が人生の旅で学んだこと
響野夏菜　ザ・藤川家族カンパニー　あなたのご遺言、代行いたします
響野夏菜　ザ・藤川家族カンパニー2　ブラック婆さんの涙
響野夏菜　ザ・藤川家族カンパニー3　漂流のうた

響野夏菜　ザ・藤川家族カンパニーFinal　嵐、のち虹
氷室冴子　冴子の母娘草
姫野カオルコ　みんな、どうして結婚してゆくのだろう
姫野カオルコ　ひと呼んでミツコ
姫野カオルコ　サ　イ　ケ
姫野カオルコ　すべての女は痩せすぎである
姫野カオルコ　よ　る　ね　こ
姫野カオルコ　ブスのくせに！　最終決定版
姫野カオルコ　結婚は人生の墓場か？
平岩弓枝　釣女　花房一平捕物夜話
平岩弓枝　女櫛　花房一平捕物夜話
平岩弓枝　女のそろばん
平岩弓枝　女と味噌汁
平松恵美子　ひまわりと子犬の7日間
平松洋子　野蛮な読書
平谷美樹　賢治と妖精琥珀

平山夢明　他人事（ひとごと）
平山夢明　暗くて静かでロックな娘（チャンネー）
平山夢明　あむんぜん
広小路尚祈　今日もうまい酒を飲んだ　～とあるバーマンの泡盛修業～
ひろさちや　現代版　福の神入門
ひろさちや　ひろさちやの　ゆうゆう人生論
広瀬和生　この落語家を聴け！
広瀬隆　東京に原発を！
広瀬隆　赤い楯　全四巻
広瀬隆　恐怖の放射性廃棄物　プルトニウム時代の終り
広瀬隆　日本近現代史入門　黒い人脈と金脈
広瀬正　マイナス・ゼロ
広瀬正　ツ　イ　ス
広瀬正　エ　ロ　ス
広瀬正　鏡の国のアリス
広瀬正　T型フォード殺人事件

集英社文庫

ハイドロサルファイト・コンク

2025年3月25日　第1刷　　定価はカバーに表示してあります。

著　者　花村萬月（はなむらまんげつ）
発行者　樋口尚也
発行所　株式会社　集英社
東京都千代田区一ツ橋2-5-10　〒101-8050
電話　【編集部】03-3230-6095
【読者係】03-3230-6080
【販売部】03-3230-6393（書店専用）
印　刷　大日本印刷株式会社
製　本　大日本印刷株式会社

フォーマットデザイン　アリヤマデザインストア　　マークデザイン　居山浩二

ISBN978-4-08-744749-1 C0193